如果机器人是人类制造的终极产品，那么，我们是否正处在后人类时代的前夜？

——题记

CHINESE
ROBOT

中国机器人

长篇报告文学

王鸿鹏 马 娜 —— 著 —●

辽宁人民出版社

© 王鸿鹏 马娜 2016

图书在版编目（ＣＩＰ）数据

中国机器人 / 王鸿鹏 , 马娜著 .—沈阳 : 辽宁人民
出版社 ,2017.1
ISBN 978-7-205-08746-3

Ⅰ.①中… Ⅱ.①王… ②马… Ⅲ.①报告文学 –
中国 – 当代 Ⅳ.① I25

中国版本图书馆 CIP 数据核字（2016）第 240972 号

出版发行：辽宁人民出版社
　　　　　地址：沈阳市和平区十一纬路 25 号　邮编：110003
　　　　　电话：024-23284321（邮　购）　024-23284324（发行部）
　　　　　传真：024-23284191（发行部）　024-23284304（办公室）
　　　　　http://www.lnpph.com.cn
印　　刷：辽宁星海彩色印刷有限公司
幅面尺寸：170mm×240mm
印　　张：21
字　　数：330 千字
印　　数：1~35,000
出版时间：2017 年 1 月第 1 版
印刷时间：2017 年 1 月第 1 次印刷
责任编辑：艾明秋
封面设计：丁末末　等
版式设计：琥珀视觉
责任校对：吴艳杰　等
书　　号：ISBN 978-7-205-08746-3

定　　价：48.00 元

序　曲
PRELUDE

该出场了

"我们要求和你们决斗！"

2015年6月的最后一天，一位美国"人"向一位日本"人"下了一道战书。美国"人"叫马克Ⅱ，身高5米，体重5.4吨；日本"人"叫仓田，身高4米，体重4吨。显然，这两个大汉旗鼓相当，属于同重量级的对手，真的有一拼。

这两位先生都是从科幻大片上走下来的"钢铁侠"，属于另一种"人"——美日两家机器人公司分别制造的两个超大"Robot"。

两个Robot"约架"，立刻引来无数网友的围观。马克Ⅱ全副武装，身披星条旗战袍，手持装有颜料炮弹的枪械，咄咄逼人，叫嚷着"不服来战！"通过网络视频向天下秀无敌。

日本的仓田先生是否接受挑战？一时成为世人关注的焦点。

恰在7月8日，来自世界许多国家和地区的机器人专家、学者正在中国上海浦东举办一场国际机器人产业高峰论坛，数百名业界人士汇聚一堂。论坛进入专家与现场听众互动环节，南京一所传媒学院的美女大学生韩颖向美国和日本的两位专家抛出一个问题：

"最近几天，美日两国的巨型机器人相约决斗的消息受到各国媒体的高频关注。从各自的机器人技术发展水平来看，请两位专家预测一下，这场决斗会是什么结局？"

会场上立刻响起一阵掌声，随即所有人都把目光聚焦到美日两位专家身上，等待他们给出答案。显然，这个问题把两国机器人之间的挑战转化为两国专家的挑战。

美国机器人协会会长杰夫·博恩斯坦先生咧着嘴笑起来，但他没有正面回答，而是强调这件事是一种商业炒作。他还说美国的一些公司总喜欢闹点动静，不怕事大。日本专家神原伸介博士表示同意杰夫先生的看法，也没有给出明确的结论。他话锋一转，幽默地说："这件事应该有个裁判，由第三方说了算。"他把话筒交给了身边的韩国专家金宰焕先生，也把问题巧妙而含蓄地交给了他。金宰焕先生犹疑了一下，笑吟吟地面向主持人，一言不发，用目光在问这个话题是否打住。

主持人是中国专家曲道奎博士，他转向听众席询问还有什么看法。提问的韩颖同学却这样说："专家们回避了问题的实质。我认为，这样的决斗没有赢家。这件事对机器人的发展有什么价值和意义？人类的打斗够多了，至今一些国家和地区战火连绵，民不聊生。不要把人类的打斗传导给机器人，我们希望机器人成为人类友好的帮手、和平的使者。否则，他们学会了打架，也许有一天真的会与人类打起来。请两位专家捎个话，回去劝劝他们吧，还是别打架为好。"随着一片笑声也响起一阵掌声。

曲道奎博士称赞说："这位同学讲得好。机器人的发展不应该背离'机器人之父'的原义和初衷。机器人决斗，就把这一高科技的发展目的和方向给搞歪了，是不是有悖于'机器人学三大定律'？"他把问题引向人文精神层面，导入历史纵深，也把人们的思考拉回到"Robot"的生命起点……

"Robot"来自一位文学家的脑际。1920年，一位名叫卡雷尔·卡佩克的捷克作家创作了一部舞台科幻剧《罗萨姆的万能机器人》。故事讲的是，罗萨姆万能机器人公司生产了一种劳工机器，叫"Robota"，在捷克语中是"农奴"的意思，模样很像人，具有人类一样的外表和肌体，但他们没有思想和灵魂，只会日复一日地从事繁重的体力劳动。后来，"Robota"在人的帮助下逐渐产生了情感，进而拥有了独立的灵魂，成为人类制造的另一个人类。

如果这部科幻剧演到这里落幕，本可以让人类拥有一个友好善良的伙伴作为完美大结局。卡佩克故意反转剧情。接下来，他笔下的"Robota"因对自己的地位心生不满，揭竿而起，反而把人类打得溃不成军，几乎消灭了人类，统治了世界。卡佩克也反串了角色，从一个创建"Robota"帮助人类的先手，变成了一位"Robota"进攻人类的推手。

故事仍在演绎。"Robota"不能繁衍，在最后的绝望时刻，一对男女"Robota"在人类一位同情者的帮助下，竟然产生了爱情。于是，属于机器人族群的亚当和夏娃就这样诞生了！机器人的世界得以延续下来，地球上出现了一个"新版人类"。

这部离奇的舞台剧在布拉格一经推出便引起轰动，很快风靡整个西方世界。为什么会产生如此强大的轰动效应？

第二次工业革命虽然大大提高了劳动生产率，但也把工人变成了一架架活的机器或机器节奏的奴隶。上世纪70年代末，不少中国人看过卓别林主演的喜剧片《摩登时代》，这部影片真实地反映了当时产业工人的悲惨命运。卡佩克在剧中借用"Robota"充当劳动力，以呆板的方式代替人从事繁重劳动，希望以此来解决社会问题，迎合了当时产业工人摆脱"机器奴隶"的强烈愿望和对大工业生产的反叛心理。"Robota"在那个时代应运而生，并在国际社会引起广泛共鸣。

"Robota"在英语中则被翻译成了"Robot"，此后便成为机器人的专有名词。自从Robot这个词诞生之日起，尽管它们只是存在于文艺作品之中，但绝大多数的机器人留给公众的印象，都是负面角色，它们凶残狂暴、难以控制，一心想推翻人类的统治，颠覆世界。

直到有一位俄裔美国人给这些无法无天的机器人立了三条规矩，这种局面才有所改变，他就是美国著名科幻科普作家艾萨克·阿西莫夫。阿西莫夫在1941年发表的短篇科幻小说《推理》中提出了著名的"机器人学三大定律"：机器人不得伤害人，也不得见人受到伤害而袖手旁观；机器人应服从人的一切命令，但不得违反第一定律；机器人应保护自身的安全，但不得违反第一、第二定律。

这就是曲道奎博士所说的，美国和日本的两个机器人决斗是否有悖于"机器人学三大定律"。

艾萨克·阿西莫夫之所以成为美国著名的科幻科普作家，是他创作了一系列以"三大定律"为基础的科幻小说。其中一些作品被好莱坞搬上了大银幕，以此构建了一个人类与机器人之间不乏矛盾又和谐共存的未来世界。阿西莫夫的"三大定律"虽说带有理想主义色彩，至今仍被称为"现代机器人学的基石"，成为科学家们研究发展Robot的基本原则和遵循。阿西莫夫被誉为"Robot之父"。

阿西莫夫未曾想到在他有生之年能够亲眼看到自己笔下的机器人王国由幻想变为现实，但这一切却真的发生了。1954年，美国人研制成功了世界上第一台可编程机器人，能够替代人从事繁重劳动和危险作业，在美国盛行一时，从此开启了机器人时代的新纪元，"Robot"成为20世纪人类最伟大的发明之一。

由此看来，人类的伟大创举往往从幻想开始，文学是科学的摇篮。

人类进入21世纪，迎来新科技发展的一片新天地。机器人、3D打印、云技术、脑认知、量子计算、大数据、纳米材料、石墨烯等高科技的快速发展，推动着人类社会向智能时代加速演进。以机器人为代表的人工智能无疑将成为未来智慧社会的重要平台和终端，并且，正在颠覆性地悄然改变着人类的生产方式和生活方式以及各个领域的发展形态，一次新的科技革命浪潮已经来临。

在中国上海举办的国际机器人产业高峰论坛虽已落幕，但留下的问题与思考并没有结束。马克Ⅱ与仓田两位先生"约架"的风波依然沸沸扬扬，难以平息。

日本的仓田先生开始保持沉默，后来实在禁不住对方叫板和网友们推波助澜的起哄,在犹豫了一阵之后被迫发出回应:"同意决斗!但不是枪战而是肉搏。"仓田先生不甘示弱,身着太阳旗战袍挥拳亮相。于是,双方约定在一年以后的某个时间、某个地点,以某种方式进行一场你死我活的决战。

"鼙鼓动时雷隐隐"。Robot 的"世纪对决"再次引爆舆论场,"铁粉"们猜测纷纷,评论如潮,媒体不断介入,迅速演变成一场世界性的热议。

不少中国网友发问,咱中国的机器人呢?中国机器人在哪儿?强烈要求晒晒萌照。倏然之间,公众由期待美日两个巨型机器人打架转向热烈关注中国机器人。

有人希望中国机器人出来秀秀拳脚;也有人出主意,中国机器人不要参与打架,可以站出来给他们当个裁判或制订个规则什么的;还有人主张,中国机器人应该出来给他们当个调解人,劝劝架,和为贵嘛!

是的,中国机器人在哪儿?

事实上,上海举办的那场国际机器人高峰论坛只是序曲。在公众翘首以盼的期待中,中国官方正式发布:首届"2015 世界机器人大会"将于 11 月下旬在北京隆重举行。全世界的目光都在看中国。

中国"人"该出场了。

目 录
CONTENTS

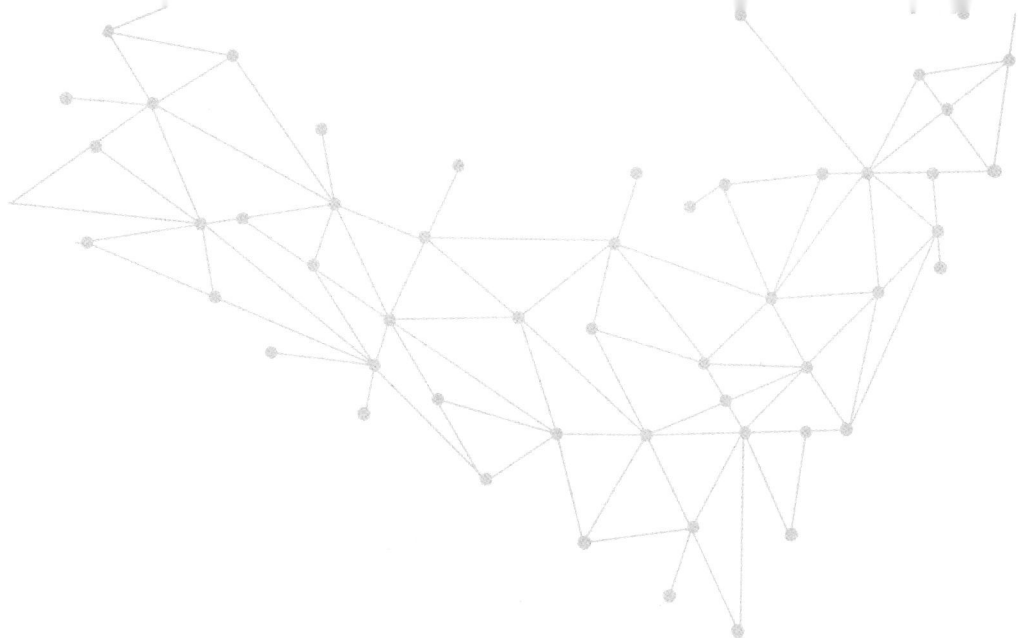

Robot
——另一个中国梦

中国愿景：当科学潮在春天里涌动时，历史开启
一个新时代，梦想从这里再出发。

01

Chinese Robot

用一种精神奠基

中国科学院沈阳自动化研究所要注册一家公司，一群科技人为这个公司的取名争论不休。中国的还是外国的？传统的还是时髦的？抑或是中洋结合的？这是个纠结的问题。

为了给公司取个心仪的名字，一个个智慧的头脑开启思维引擎在漫无边际的虚拟地带努力搜寻，却始终没有显示理想的结果。这件事不能再耽搁了。

此时，两位科学家正绞尽脑汁，苦苦思索。年长的科学家在办公室里来回踱着步子，抿嘴凝思，额头上的褶皱越来越深；年轻的科学家索性靠在沙发上，双眸望着天花板不停地转动，启动他的"思维超链接"高速加载模式，并用手指轻轻地点击着太阳穴，期望能够敲打出灵感……

一个公司的名字很重要吗？看你在意不在意。这些年大家都在意起来。人名、地名、公司名越来越讲究，出现了取名的专业人员，甚至冒出不少取名公司。本来，科学家们是一群纯粹的人，他们不太在意这个事。议着议着，大家就都在意起来了。这个公司不同寻常，在这个行业里，国内尚属首家，国外屈指可数。它是一个造"人"的生产型企业，听起来怪异，确是这样。这群科技人要为企业的命运和特殊的产品输入幸福密码。

虽说为公司取名大家很看重，但科学家的智慧和自信还不至于让他们向那些江湖上的起名"专家"或"公司"求助。大道至简，科学家的思维善于把复杂的东西简单化，寻找直抵目标的最佳路径，想不到简单的事情变得复杂了。

年长的科学家细眯的双眼突然一亮好像有了主意，随即又摇了摇头。他又一次否定了自己。当他抬起的目光掠过办公桌后面的那排书架时，在一幅照片上停住了。这是多年前他与来访的几位世界一流科学家的合影。

他走上前深情地望着那幅照片上的老所长，心中不免惋惜地默默自语："他要是活着就好了。他有办法。"就在他的目光从那幅照片上移开的一瞬间，大脑似乎重新回归到科学的思维上。他突然一拍脑袋，转身说道：

"哎，干脆！就用你老师的名字，叫'新松'吧。"

"用老师的名字？"年轻的科学家从沙发上弹起来，扬起嘴角高兴地说："好！这个好！"

这是 15 年前的一天。

年长的科学家是王天然，1943 年出生于黑龙江海伦，中科院沈阳自动化研究所所长，机器人技术国家工程研究中心主任，中国工程院院士；年轻的科学家是曲道奎，1961 年 9 月出生于山东青州，机器人技术国家工程研究中心副主任，中科院沈阳自动化所机器人工程研究开发部部长，博士。他们要成立的公司是中国第一家机器人公司。

王天然说："蒋新松是我们自动化所的老所长，自动化领域的专家，是中国机器人事业的奠基人，我们应该纪念他；另一方面，这对我们沈阳自动化所的历史也是一种传承。我们要把老所长的精神一代代传承下去，把机器人事业做大做强，了却他一个心愿。"

"好，用一种精神奠基！"曲道奎赞叹道。

就这样，中国第一家机器人公司有了正式名称：沈阳新松机器人自动化股份有限公司。用一个人的名字命名公司在国外很常见，但在中国确实不多，尤其是在国有控股企业里，好像还是头一家。

"现在大家觉得这个名字用得好，当时却费了不少周折。"回想起 15 年前新松公司成立的情景，曲道奎说，"像我们这种不少从国外回来的人成立个公司总想弄个洋名，行业本身又是'高大上'的东西，让大家听到名字就能想到这个公司很高端。想了很多名字，都不满意。王院士提出用'新松'作为公司的名字，我一听很高兴，仔细琢磨很有意义。从国外来讲，很多公司的起源、发展、传承都是有故事的，包括福特、松下、西门子，连《福布斯》商业杂志都是这样。你看那些国外百年的大公司，不少是用创始人的名字命名，是有它的道理的。因为那是一种精神的传承、文化的自信，但我们中国很少用人的名字来命名公司。当时都喜欢大气的、洋气的，看起来很时髦，你也搞不清啥意思。那时候，'以洋为尊''以洋为美'的风气颇有市场，一度成为时尚。这种'名文化'一味追求所谓的'潮'，事实上，这是一种缺少文化自信、自尊，把自己的精神、民族文化丢掉了的现象。那种西方文化的植入往往导致'精神上被殖民'，有些人可能意识不到这一点。我们不能失去了中华民族应有的文化自觉和自信。"

在曲道奎看来，用那些英雄、模范和功勋人物的名字命名团体组织、城市、街道或一种发明成果，具有积极的精神价值和文化意义。像这几年，就有了"隆平高科"和"登海种业"上市公司。它不仅传承了一种创业精神，增强了民族自豪感，也能打出中国品牌，提高中国企业的影响力，让世界感受东方大国的人文价值观。当今，作为现代企业已经不再是传统意义上的以单纯生产某种产品赢利为目的的制造场所，而是承载民族优秀文化的平台和推动人类文明进步的动力场。对于企业来说，正是这种文化功能的拓展和社会责任的自觉担当，为企业发展铸熔了基业长青的活性因子和灵魂，才使企业在栉风沐雨的市场洗礼中，越加光彩照人，永远立于不败之地。

"蒋新松老师给我们留下了机器人这一高科技财富，也留下了一笔弥足珍贵的精神财富。他的精神植入了企业文化，影响了新松公司一代代人。现在新松公司发展壮大了，有了今天的辉煌，人们也记住了蒋新松。我们也为老师争光了，我觉得挺自豪。如果老师健在，也会以新松公司为荣的。"谈到这里，曲道奎的眼圈微微泛红，一种对老师的怀念之情油然而生。他的"思维超链接"跳转到30年前的一个个画面。

02

Chinese Robot

开门弟子

1983 年，那是一个处处焕发着生机而又充满梦想的年代。初夏的北国本是凉爽的季节，却躁动着一群年轻人的热望。

在长春地质学院美丽的校园里，一批学子即将完成四年的大学学业，兴致勃勃地幻想着人生的未来。

他们那一代是幸运的一代，"文革"一结束，就进入了高中时代，安安静静地读了几年书，成为中国"老三届"之后的新一届。更幸运的是，他们考入了大学，成为新时代的幸运儿。当他们羽翼已丰、雏鹰展翅的时候，正是一代天之骄子开始谱写春天故事的时候，他们自然成为中国改革开放新时代的希望与未来。这群校园里的小伙伴早已按捺不住对未来的渴望，面对人生的选项，他们围坐在一起，跃跃欲试，热烈地讨论着、憧憬着，用灵敏的思维触角伸向未来的天空，捕捉理想的小鸟。小鸟沐浴着希望与激情。

一位方脸亮眸的小伙子却不动声色。当同学们问他如何填报毕业分配志愿时，他拿出一本从学校情报室找来的《国外自动化》杂志朝空中晃了晃，一副不由分说的派头和坚定的口气："报考机器人学研究生。"

机器人？！小伙伴们惊呆了。机器人对这些大学生来说只是科幻世界中的一个概念，甚至许多人还没听说过，哪来的研究生专业？你是痴人呓语吧？

这位全身释放着活力的年轻人就是电子仪器系的应届毕业生曲道奎。

曲道奎，大大的脑袋，高高的个头，看上去精干、帅气，典型的山东大汉。

给人印象最深的是他那副清秀的面孔总是挂着微笑，但这并没有掩盖住山东人的倔脾气和争强好胜的个性。他是班里的棋牌高手，更是篮球场上不服输的健将。

属于幸运儿一代的曲道奎又是不幸的。人生背后的逻辑并不复杂。

曲道奎在高中时不是那种勤奋刻苦的"拼命三郎"，似乎"爱玩"成为他学生时代的一个显著标签。然而，他总能在学校组织的各种各样的模拟考试中拔得头筹，赢得一片赞叹！

1979 年高考，曲道奎的成绩名列前茅。但命运之神好像故意捉弄他，父母期望中的那颗"文曲星"并没有降临到他头上。曲道奎的第一志愿落榜后，被同样是全国重点大学的长春地质学院"调配"录取。

被没有报考志愿和一无所知的大学录取，理想与现实的巨大落差让曲道奎无法接受这个结果，他感到辜负了亲人和老师的期望。当全家准备为他庆贺的时候，懊恼的曲道奎将所有的书本抛向空中，散落在家中的院子里。他要把自己的理想和绝望一起抛弃。他的美好理想像受到惊吓的那窝小鸡，咯咯地、扑棱着翅膀飞出院子，而绝望却像地上的那些书本依然躺在他的面前，不肯离开。后来，在物理老师的劝导、鼓励下，曲道奎最终还是走进了由著名的地质学家李四光创办并任首任校长的长春地质学院（现已并入吉林大学），开始了他的大学生活。

在长春地质学院度过的那段本该是人生最美好的时光里，对不情愿的曲道奎来说却是度日如年的煎熬，四年大学生活，几乎没有戴过校徽。曲道奎倒是喜欢电子仪器这个专业，对他来说，这是唯一的安慰。除此之外，他觉得大学的一些教学内容索然无味，如果不是专业上的这点寄托，恐怕任性的曲道奎就要和学校拜拜了。

曲道奎的大学时代是迷惘的。他的人生之舟在随心所欲的小波浪上漂浮着，找不到未来在何方。曲道奎总要寻找点乐子，打发日子。他最爱去的图书馆、杂志阅览室和校园附近的电影院成为他精神寄托的专属区。他的阅读无所不及，漫无目标，那些文学书刊和五花八门的国内外杂志则是他垂钓新奇的一片海洋，曲道奎上课从不做笔记，但这些都丝毫不影响他的学习成绩，一直名列前茅。

曲道奎终于从大学岁月的蹉跎中挣扎出来。在即将告别校园的最后时日，曲道奎似乎从迷惘的青春中突然觉醒了。他意识到将又一次面临人生的选择，不能当儿戏，不能再迷惘下去了。家人和亲朋好友都希望他分配到山东老家上班，他却要继续求学。这次选择不仅决定他的未来，要让这次选择改写他无奈的过去，实现一次自我颠覆——认真地对待、快乐地享受一次自由自在的学习生活。

学什么？曲道奎一头扎进阅览室，在各种信息的载体中苦苦搜寻。

"对！就报考机器人学研究生。"

当曲道奎向小伙伴们宣称自己的决定时，小伙伴们诧异的目光相互碰撞着，好像没人能读得懂他。他那微翘的嘴角却把率真的笑意写在自信的脸上，呈现出灿烂的阳光。

只见曲道奎笑嘻嘻地打开那本杂志，把一篇文章展示给大家，并得意地说："要学就学新学科，要干就干点新鲜事。机器人肯定好玩。"

大学要毕业了，同学们憧憬着自己的未来。那时国家包分配，不愁就业，大家都比较实际，希望去个好地方好单位，有一份好收入；研究生的招生名额很有限，报考的也很少。曲道奎一心想报考研究生，继续学习。

回忆起那段由迷惘到觉醒的青葱岁月，曲道奎说："那时信息相对闭塞，不像现在这么发达，键盘一敲，通过网络天下事全知道了。80 年代做什么事都是通过邮寄信件，连电话都很稀罕。要掌握国外最新的科技信息，就要去图书馆查阅资料。国外期刊也不像现在来得这么快这么丰富，几经辗转倒腾，起码要一两年才到我们手上。当时报考什么方向也没有明确的目标和想法。我这人好奇心强，总喜欢新鲜玩意儿，就到图书馆、阅览室查找信息，寻找适合的方向和兴趣。报考机器人学研究生非常偶然，是因为看到一篇介绍机器人的文章。"

是谁的一篇文章产生了如此的魅力，改变了一名"愤青"的人生轨迹？小伙伴们抢过来一看，是一篇《机器人与人工智能考察报告》，作者蒋新松。

本来曲道奎好奇心就强。看到这篇文章，他觉得肯定好玩，这玩意儿能代替人劳动。曲道奎喜欢动脑子，琢磨事，却不愿意动手，生活上是比较懒惰的那种人。所以，骨子里就对机器人产生了兴趣，好像被一种神奇的力量所吸引，当时他就动了心。那年正好中科院给蒋新松一个招收机器人学研究生的名额，他决定报考这个专业。

曲道奎兴奋极了，"机器人"这三个字几乎对每一个男孩子都会有刺激，它像一条射线，只要稍微触碰它，就会有一种能直接打到你骨子里面的神奇力量。机器人成为他的梦想，因为他对未知和神秘的东西有一种向往和探求的强烈欲望。热爱产生动力。目标一旦确定，曲道奎一反应付学习的常态，开始了考研的全面冲刺。两个半月的时间，既要复习多门学科，又要自学现代控制理论。可以说这两个半月是曲道奎四年大学生活最紧张、最充实的一段时光。

1983年7月，曲道奎收到研究生录取通知书，成为了蒋新松机器人学专业的开门弟子。这天，他迫不及待地从长春赶到中科院沈阳自动化研究所领取通知书，目的是想见见未来的导师，看看到底是什么人。曲道奎说："我也不知道蒋新松是谁，就一路考过来了。那时不像现在信息这么透明。打个比喻，就像过去结婚拜天地一样，进了洞房，揭开红盖头才知道彼此是谁。"来到沈阳自动化所，才知道蒋新松是所长。遗憾的是，蒋新松出差了，第一次没见着。他说："那时，蒋老师经常出差，到外地讲学、出席会议，为推进机器人的发展而奔波。"

曲道奎有位大学同学，家住沈阳市铁西区，这位同学带他在沈阳玩了两天。在铁西区，到处是高耸的烟囱和鳞次栉比的巨大厂房，机械轰鸣，钢花飞溅，人流如织，车辆如梭，好一派热气腾腾大生产的壮观景象。曲道奎第一次感受到这座东北工业重镇的高大、恢宏与豪迈。

沈阳铁西确实不一般。东北老工业基地曾是新中国工业的摇篮，辽宁是老工业基地的缩影。沈阳作为一个以机械制造业为主的工业城市，成为新中国建设的重中之重。在学校里，沈阳的同学一谈起家乡就眉飞色舞，以铁西为自豪。这里果然名不虚传。由于铁西区是重工业区，全国著名的重型机械公司全聚集在这里。就连其中的道路都与工业有关，如兴工街、卫工街、启工街、肇工街等。

能在这里的工厂上班的工人很牛，说话都要高八度；姑娘能嫁到铁西，就像嫁到了皇家贵族。沈阳的铁西确实在人们心目中很崇高、很神圣。

沈阳，成为东北的骄傲与风采，受到世人的瞩目与艳羡。

第一次看到如此壮观、处处涌动着生产热潮的场景，曲道奎不禁赞叹道："好家伙！这么多工厂，这么大个的厂区，简直就是一座城！"他的同学对他考上研究生既羡慕又不理解，问他："你看，这里除了机器就是人，老多了。你整机器人那玩意儿有啥用？"

曲道奎突然想起蒋新松那篇文章中的一句话："机器人就是将机器'人'化、智能化。"如果这里的机器变成了"人"，那该是一种怎样的景观？曲道奎的眼前幻化出一幅幅奇异的场景。

"哎！你想什么呢？"同学见他怔怔地凝神而思，疑惑地问。曲道奎笑着说："让你说对了。这么多人一天到晚都围着机器转，多累呀！如果把机器变成'人'，替人干活儿，多好啊！我在这里搞机器人，不仅找对了路子，也找对了地方嘛！"

十年之后，曲道奎和同事们研发的第一台中国工业机器人就是在这里上岗，真的代替了人。

入学后在蒋新松的办公室里，曲道奎第一次见到老师，至今记忆犹新。

"为什么要学机器人啊？"蒋新松看到面前的学生总是挂着一副喜庆的笑脸，十分可爱。一个人的心态是会表现在面相上的。

"读过你的文章，我喜欢。"

"好啊，喜欢是最好的老师。有最好的'老师'还不行，关键是做最好的学生。"

他的目光威严，像是一束微粒子射线。年轻人毕竟嫩了点，学生有些不自在，收起了笑脸。不过，学生年轻气盛，骨子里有一种初生牛犊不怕虎的天性，在学校里就喜欢挑战权威。他挺了挺腰板，郑重地回应了一句："只要有好老师，就会有好学生。请老师放心，我会努力的。"

老师的目光中闪出一丝不易察觉的惊异，他对学生带有个性的回答感到很意外。老师的目光像被炽火熔化的金属丝，立刻带着温度柔软下来。他喜欢这种爽快的个性，很像年轻时的自己。

曲道奎挑战成功。老师兴奋起来，滔滔不绝地上了第一课："你知道吗？机器人学不是一般的学科，是当今世界上最前沿的科学技术。它未来的方向就是将工业生产制造机器人化、智能化。美国、德国、日本和其他一些发达国家在这个领域走在世界前列。谁掌握了机器人尖端技术，谁就占领了世界高科技的制高点。我们中国差得很远呐！要奋起直追，赶超他们，国家才有希望……"

03

Chinese Robot

"老漂""小漂"一起漂

第一次见面，曲道奎就被导师的独特魅力深深吸引了。他发现他的导师蒋新松讲课与一般大学老师、教授传统的授课方式大不一样，说话带着一种霸气。他不讲某个专业、学科里的技术，他讲的是未来科技的发展，某一个领域的大概念；自动化所下一步要怎么布局，有几大方向。

"他这种教学方式对我后来的思维方法、做事方式影响很大。"曲道奎深有感触地回忆说，"更可贵的是，他利用国内外的见闻和科学家的故事激励我们，向我们灌输一种科学精神：在科学研究探索中，骨子里要有不服输的劲头，执着有韧性，不怕冒险。包括大局观、看问题的高度都受老师言传身教的影响。他用思想的光辉在你前行的路上投射出一道亮光，为你照亮未来。可以说，终身受益。那时信息闭塞，他经常出国，回来就给我们讲国外最新的东西，大家听了很新鲜，所里人都很敬佩他。能成为他研究机器人的大弟子我也很荣幸，不少人羡慕我。"

不久，进入机器人学习研究的曲道奎逐渐有所失望。他没想到在沈阳自动化所学习研究机器人，没有现成的教材和专用实验室，可供参考的资料少得可怜，大都是一年前的东西；有的书刊是两三年前的出版物，太滞后了。曲道奎的学习能力超强。很快，他把能找的资料都看遍了。虽然听老师讲课觉得新鲜，但很快就消化完了。曲道奎吃不饱的"饥饿感"越来越强烈。蒋新松察觉到了弟子学习的潜质。

1984 年，蒋新松被清华大学聘为兼职教授，同时，他与北京大学数学力学系的教授又是好朋友，就把曲道奎带到北大和清华学习。清华的学风很开放，学术氛围很浓厚，与外国的交流多。蒋新松经常带他参加国内外的学术交流会议，收集大量资料回来研究，不断地触摸机器人领域的前沿理论技术、发展动态和趋势。

后来，蒋新松又分别被上海交通大学、中国科技大学、西安交通大学等多所高校聘为兼职教授，并担任中国自动化学会、中国机器人协会、中国人工智能协会副理事长，国际自动控制联合会（IFAC）生产组织专业委员会委员。随着机器人在国内升温，蒋新松经常到全国各地讲课、作报告，或是出国考察，为推动机器人在国内的科研与发展四处奔波。蒋新松在北京友谊宾馆有一个临时住处。他一回来，曲道奎便去那儿找他，汇报学习进展情况，听他讲课。

"他讲课与一般的老师完全不是一个概念，从来不给你谈一些具体的方式、方法，那些东西让你自己看书，自己学习。他更多的是谈全球发展趋势、最新的进展方向。不仅是机器人领域，也包括他所了解的其他领域，他都能讲到；讲起来绘声绘色，声音极富磁性，很生动，很吸引人。"曲道奎回忆说，"有一次给我印象很深。他出国回来，用大手比画着，很有激情地说：'将来，我们中国的机器人要像美国、苏联那样，上天、下海；要像日本和德国那样，在工厂里奔跑。'那时，听他讲一次课很开眼界，是一种享受，有一种春风拂面的清新感，仿佛是一次精神上的深呼吸，学术理论上的营养餐。"

蒋新松演讲的魅力究竟有多大？王越超就是在单位听了蒋新松的一场报告，被他深深吸引，也被机器人迷住了，报考了蒋新松的研究生。

王越超，教授，研究员，博士生导师。他身材高挑，挺拔，看上去很干练；学者风度与领导风范在他身上恰到好处地融合在一起。王越超曾于2003年接任王天然担任中国科学院沈阳自动化所第三任所长，兼新松公司董事长，现为中国科学院重大科技任务局局长。

"我那时到所里读研究生，主要是搞机器人控制研究。师从蒋新松老师是我人生的幸运。"王越超回忆起那段影响他人生的岁月，总是感慨颇多……

王越超1960年生于沈阳市，1982年毕业于锦州工学院自动化专业。因为家在沈阳，分配到辽宁省机械研究院。学生时代的他也有一个当科学家的梦。大学毕业时向往到中科院工作，不知道怎么能够进去。后来知道考研究生是一个渠道，于是毕业后就开始准备考研究生。

有一次，单位请蒋新松作报告，宣讲机器人的应用、发展历史、现状与未来趋势。蒋新松激情洋溢，大家都听得入了迷，场内掌声不断。

王越超听说他开设了国内第一个机器人学科，并招收研究生，自己正好有这个想法，专业也对口。后来，单位又请蒋新松讲了一次课。王越超被蒋新松的魅力彻底征服了，决心已定，报考研究生非他不可。幸运的是，他成功地实现了自己的心愿，也和曲道奎结下了师兄弟的缘分。

王越超说："当时搞机器人不像现在，那时候搞机器人研究的人很少，是一个冷门。从大的方面来说，机器人属于自动化学科领域研究范畴，它是跨学科的，包括机械学、信息学、控制学等学科。我国学术界还没有建立起机器人学理论体系，我们都是从国外碎片化的信息中搜集、归纳、整理资料。在蒋老师的指导下，进行学习研究。"

曲道奎从北京学习回去后，王越超也来到北京学习基础理论。虽然他们师兄弟没有在一块学习，但他们那时的学习模式都是一样的。大多数情况下，是到一些大学里蹭课听，或到一些学术会议上旁听，收集资料回来研究。会议论文和资料很珍贵，能买到但买不起，曲道奎他们就借来复印。有时，蒋新松从国外或国内的一些会议上给他们拿回来一些最新的资料、文章，他们如获至宝。

"在北京待了大半年，学习生活很艰苦。那时流行这么一句话：'穷清华，富北大，不要命的上科大'，当时科大已迁至合肥。我们很有点《西游记》里师徒取经的味道，用现在的话来说就是'北漂'。但是，我们收获很大。"曲道奎深情地回忆着，"通过系统地学习研究，一方面对机器人前沿理论有了全面了解；另一方面对机器人技术发展脉络做了全面梳理，为深入研究打下了理论基础，等于把前期的工作扎扎实实做了一遍。为了培养我们，老师用心良苦。可以说，他是用自己的肩膀把我们托起来的。"

有一次，蒋新松从美国考察后回到北京，在友谊宾馆的住处给学生上课，介绍国外机器人发展的新技术、新成果。讲完课之后，开始讨论。曲道奎突然提出一个让蒋新松意想不到的问题："老师，你是怎么学的机器人？"

蒋新松沉吟片刻，起身踱步走到窗前。他眺望着京城之夜，心潮起伏，神情凝重。然后，他转过身来，向弟子平静地讲述了他和机器人结缘的人生经历。

04
Chinese Robot

"巨人"是这样成长的

历史总是以它沉重的脚步留下深深的足迹。

1931年8月3日，蒋新松诞生于江苏省江阴市澄北镇北大街一个紧靠长江边的平民家庭里。父亲蒋振亭，多是在外谋生挣钱养家，持家教子的重任落在了母亲陆素文肩上。

陆素文出身书香门第，知书达理，她给儿子起名蒋新松，就是希望他像松树一样，经得起风雨，长大后成为国家栋梁之材。任何人的一生，都可以从他的童年时代找到逻辑。陆素文教给蒋新松的第一个字就是"国",第二个字就是"家"。她告诉蒋新松,"国"与"家"是连在一起的,没有"国"就没有"家"。在蒋新松童年的脑海里最早深深烙下的两个字,是"国家"。

1937年抗战爆发,国遭危难家遭殃。蒋新松和家人不得不随着母亲来到扬州乡下避难,蒋新松的童年是在战乱中度过的。1938年春,蒋新松一家又从扬州返回江阴。陆素文返家后的第一件事就是安排孩子尽快读书。蒋新松天资聪颖,勤奋刻苦,成绩一直名列前茅。由于他连续跳级,10岁就小学毕业了。这天,蒋新松来到长江岸边,望着激情澎湃的滚滚江水和飞翔的鸥鸟,他的理想也张开了羽翼飞向天空、飞向远方。他情不自禁地从书包里拿出那张稍稍放大了的毕业照片,意气风发地在背面写下一行字:"一个巨人在成长。"

1942年,蒋新松如愿考入当地最好的南菁中学。他喜欢数理化和文学,尤其喜欢阅读中外科学家名人传记。有一次,在作文《我的志愿》中,他写道:"我的志愿,就是长大后做一个像牛顿、爱迪生、哥白尼、爱因斯坦那样的科学家、发明家,成为国家的栋梁之材。"

这就是蒋新松少年时代的抱负——"巨人"之梦。

可是黎明前的江阴经济一片萧条,民不聊生。15岁的蒋新松还没有读完高一,就因家庭经济困难不得不放弃学业,外出赚钱养家糊口。

1949年,江阴在"百万雄师过大江"的风卷残云中迎来了新中国的灿烂阳光。阳光下的蒋新松兴奋不已,心中的梦想再次升腾。在母亲的支持下,他又回到了南菁中学,并以优异成绩高中毕业。1951年,蒋新松考取了上海交通大学这所名牌学校的电机系。从此,蒋新松离开家乡,踏上了追逐"巨人"之梦的路……

1953年,蒋新松读完大一,校方破格推荐他参加华东地区留苏预备生统考,蒋新松金榜题名。他的出类拔萃来自他的勤奋加天才,他的面前展示出美好无限的人生前景。他抑制不住内心的兴奋,第一件事就是给母亲写信报告这一喜讯。

母亲在回信中说:"新松,你没有辜负母亲的期望,全家都为你高兴。新中国的大建设需要人才。好好珍惜,不要骄傲,学好本领,报效国家。你面前的路还长着呢。无论遇到什么情况，都要持之以恒，不要放弃。只要坚持，就能成功。"

想不到，他沿着理想的坦途一路扬帆奋进时，命运之神竟然无情地朝他狠狠一击。当蒋新松从上海兴冲冲来到北京留苏预备部，接受短期的俄语培训，准备赴苏深造时，却在体检中被查出患有肺结核！突如其来的打击让他心灰意冷，眼前一片茫然。他痛心疾首地呼喊："天道如此不公！"他不得不沮丧地返回原校学习。

此时，母亲来到他身边，用太阳般温暖的慈爱给他抚慰和鼓励。在母亲的关怀照料下，蒋新松一边调养身体，一边全身心地投入学习。他在济南机床厂实习时做的毕业设计"多刀自动车床电器驱动系统"被评为优等，以优异的成绩拿到了工企自动专业毕业证书，身体也渐渐恢复了健康。蒋新松暗自下定决心，一定要实现当科学家的梦想。梦想之船再次扬帆起航。

1956年夏末，蒋新松由上海交通大学电机系毕业，如愿分配到中国科学院自动控制与远程距离控制研究所，来到北京工作。虽然留苏的理想已经破灭，但这一专业是他梦寐以求的。蒋新松被安排在科学家屠善澄领导的小组里从事数字计算机存储器研究。崭新的事业深深地吸引着蒋新松，他踏上了为理想而奋斗的人生路。

屠善澄是我国著名的自动控制专家和自动化学会的创建人之一。1923年，屠善澄出生于浙江省嘉兴市，1948年2月毕业于美国康奈尔大学，并在该校任教。1956年，他怀着科学报国的信念回到祖国参加社会主义建设，成为我国人造卫星工程的开拓者之一，在空间技术卫星控制系统等方面做出了重大贡献。屠善澄热爱祖国、学风严谨、潜心钻研科学的精神潜移默化地影响着蒋新松。他在后来的一篇回忆文章中这样写道："进了中国科学院的大门后，我才第一次把自己的命运和国家的事业联系在了一起。干国家大事，从此成了我终生追求的目标。"

蒋新松的聪明才智和勤奋刻苦的好学精神很快赢得屠善澄的器重；他出色

的工作不仅深得屠善澄的赏识，也赢得了同事们的尊敬。在屠善澄领导的科研小组里，蒋新松出类拔萃，和所里其他三名年轻人被称为"四小才子"。正当蒋新松潜心科学之海，奋力向未知游去时，他的理想之梦却又一次被现实击碎了。

1957年，一场政治风暴将蒋新松打入深渊，他被莫名其妙地戴上了"右派"帽子。当时，他痛苦不堪，含泪给当医生的妻子写信："不能因我害了你，我们离婚吧！"聪明贤惠的妻子知道，心中的千言万语在那种无序的季节里是无法尽情表达的，回信只写了一个字："不！"

妻子的忠贞坚强，令蒋新松为之感动，备受温暖与鼓舞。他给妻子回信："无论我面前的路多么遥远，多么艰难，我一定要实现当科学家的梦想！"尽管被下放到河北农村"劳动改造"，但他仍然坚持读书，学外语。他坚信，总有一天，他一定能回到父母的身边，回到科研岗位上。

1962年，蒋新松的"右派"帽子摘掉了。不久，在妻子的支持下，为了继续从事自己热爱的专业和研究，蒋新松主动要求回到中科院自动化研究所工作。在这里，他如鱼得水，全身心地投入到科研工作中。

1963年10月，蒋新松被派到鞍钢参加冷轧钢板厂自动化的研制任务。由于扎实的理论积累和丰富的实践经验，他很快写出了在自动化领域具有国际水平的论文，被推荐参加中国自动化学会的首届理论年会，并得到刚从美国回来的自动化研究所副所长、后来成为我国"两弹一星"功勋科学家的杨嘉墀的赞赏。

1965年，杨嘉墀极力推荐蒋新松参加在瑞典召开的国际计量学会年会。但是，蒋新松尽管已经"脱帽"，却因为有过"右派"帽子，不能出席年会，只能让别人去宣读他的论文。蒋新松内心十分苦恼，他仍然被笼罩在"帽子"的阴影里。

05

Chinese Robot

结缘 Robot

历史是一本书，轻轻一翻就会出现新的一页。就像鲁班的手指被树叶划破，牛顿被树上掉落的苹果砸到脑袋，便改写了人生，造就了伟大，创造了历史。

Robot 以一种不经意的方式悄然来到中国，给科学家带来惊喜。

蒋新松虽然未能前往瑞典出席国际年会，但代他出席会议的人员把会议上的材料给他带了回来，蒋新松如获至宝。他仔细翻阅这些资料，眼前突然一亮，仿佛一道闪电打入他的脑洞。Robot 与中国科学家第一次虚拟的不期而遇就这样在无意中发生了！

蒋新松发现了一本国外关于开展 Robot 研究的资料，里面有理论概述、学术文章，也有信息汇编，一下子引发了他极大的兴趣。资料的扉页上还写着一行字："请转蒋新松先生。"没有落款，不知是谁。出席会议的人只知道是一位在美国大学里研究自动化的华人专家。究竟是谁呢？蒋新松内心充满了感激，这也成为他心中的一个谜。

从此，蒋新松与 Robot 结下了缘分，Robot 成为他终生的迷恋。

1965 年，蒋新松由北京调到中国科学院辽宁分院自动化研究所工作。能拥抱自己热爱的事业，蒋新松高高兴兴地由北京来到沈阳。他在工作中显示出非凡的科研能力，很快成为所里最突出的专业骨干。

1967 年，鞍钢有一台冷轧钢机存在不能准确停车的缺陷，求助于中国科学院辽宁分院自动化研究所。研究所组成攻关小组，由蒋新松为组长带领科研人员来到鞍钢，结果一次试验成功。由于蒋新松是"摘帽右派"的身份，这项成果直到 1978 年才获得中国科学院重大科技成果奖和中国科学大会重大成果奖。

不久，他发现，在国内的一些科技情报刊物里，Robot 被译成了"机器人"。当人们谈论起机器人像天方夜谭时，蒋新松已经开始了对机器人的关注与研究。他凭着科学家的敏锐触角，从国外传入的信息中，意识到机器人的未来价值和意义，中国应该上手了！

科学家用敏锐的目光与智慧为机器人跨进中国按响了门铃。

1972 年，辽宁分院自动化研究所取消了连队建制，恢复科研机构体制。8 月 15 日，根据中国科学院指示，改名为中国科学院沈阳自动化研究所，正式挂牌，并明确了所里科研方向转向自动化领域。就在这一年，吴继显、蒋新松、谈大龙三个人联合起草了一份给中国科学院的报告：《关于人工智能与机器人》。这是中国科学家最早提出的有关机器人的建议，也是"机器人"概念第一次以正式公文的方式登上中国官方桌台。

报告认为，研制机器人是未来装备制造业实现完全自动化的必然方向，也是一个国家工业发达强盛的重要标志。美日欧一些国家已经进入工业应用，中国必须早起步。想不到，蒋新松等三人的这个建议在所里引起轩然大波。有人皱着眉头责问："机器人是什么？""难道洋人的今天，就是我们的明天？"也有人说："这是搞'花架子'。我们连机器人还没搞明白，就要造机器人，简直是痴人说梦！"这也难怪，那时的信息太闭塞了。在中国恐怕没有几个人知道机器人是什么，甚至有人一听就恐慌："机器变成人了，那还了得！"何况当时自动化所还处在连队管理体制下，领导成员都是行政人员，对业务几乎一窍不通。蒋新松无奈地摇摇头，哭笑不得。

三位科学家不肯罢休，跑到北京国家有关部门四处奔走呼吁。结果，被指责为搞"非法组织"活动而被"通缉"。他们不得不悄悄潜回沈阳，无功而返。这是机器人初到中国遭遇的第一次撞墙，科学家的梦想之舟也被撞翻。这时的机器人只是在三个中国科学家的脑洞里完成了一次虚拟空间的穿越，没有给"她"

留下物理现身的机会。

蒋新松不改初心，仍然默默坚持研究，始终没有放弃。1977 年，由于他在鞍钢技改中做出突出的成绩和贡献，作为沈阳自动化研究所的代表，蒋新松被派往北京起草有关自动化学科的发展规划，并为筹备和出席 1978 年召开的全国自然科学规划大会作准备。蒋新松作为主要执笔者起草了北京自动化研究所和沈阳自动化研究所关于我国自动化学科的发展规划草案，他再次提出了研制机器人。

为了防止像上次给中科院的报告一样被否决，避免重蹈覆辙的命运，大会召开前，他贴海报、办讲座，先期宣传机器人的广泛用途和价值。他四处奔走，不遗余力地大声疾呼："机器人将是人类进入 21 世纪具有代表性的高技术，如果我们失去了一个领域的科学技术优势，我们失去的可能就是一个时代。"

虽然也有人提出质疑，但大多数科学界人士赞成蒋新松的观点，尤其是屠善澄、杨嘉墀、王大珩和宋健等几位自动化领域的顶级科学家明确表态支持。在他的极力争取下，研制机器人项目终于被正式列入 1978—1985 年的自动化科学发展规划。机器人获得了进入中国的"通行证"。蒋新松被任命为中科院沈阳自动化所机器人研究室主任。

屠善澄、杨嘉墀、王大珩等一批自动化专家跟着钱学森早已投身于"两弹一星"的研究制造中去了，中国研究机器人的重大课题责无旁贷地交给了沈阳自动化所，也历史性地落在了蒋新松肩上。尽管机器人列入规划，但真正的机器人到底是个什么样，没有人见过；从哪里下手，谁也说不清。一切都是空白。蒋新松和所里的科研人员要把研制机器人的课题搞起来，显然不具备条件。他注定要挑起这副担子前行，在茫茫无际的荒漠上走出一条路。这是一条孤独艰辛、前途未卜的路。

中国机器人的出路源自历史的一次伟大转折——中国共产党第十一届三中全会开启了建设现代化的新时代、新征程。新时代、新征程的一个重要标志，就是解放思想，为各行各业、各条战线打开了一片新天地。

忽如一夜春风来，千树万树梨花开。正如中国当时的许多知识分子一样，蒋新松的春天真正到来了！现代化建设强烈呼唤科技战线人尽其才，才尽其用。中国科学院打破常规对沈阳自动化所的领导班子作了急速调整，让人感到，中国在急切地呼唤一个科学振兴的新时代。

1980年1月10日，中科院任命蒋新松为沈阳自动化所副所长。7月1日，蒋新松等7名中高级知识分子加入了中国共产党。站在党旗前宣誓的时候，蒋新松发出的高昂声音不停地颤抖，他的眼睛湿润了。

蒋新松，这位铮铮铁汉，在他一路风雨的人生中经历了许多坎坷、委屈和痛苦，却不曾有过流泪的记忆。他觉得，阳光彻底驱散了他头上的阴霾。这一刻的荣光与尊严，像母亲那双温暖的手，将他过去经历的所有苦难与委屈在他内心深处留下的伤痕轻轻地抚慰，轻轻地熨平。

10天之后，中国科学院任命蒋新松为所长，从而结束了沈阳自动化所建所20多年以来没有所长的历史。所里开会时，他还是坐在了边上。

"蒋所长，你靠中间坐。"

"哪里都一样。"他有点不习惯。

但他很快就适应了。他发现，这中间的位置不是轻易就能坐的，坐那儿就要担当，就要尽责。蒋新松清醒地意识到，他担当的不仅是一个所长的职务，更是民族的责任和未来。

06

Chinese Robot

小平见到了"她"

1978年，中国的一位伟人第一次见到了机器人，他是中国改革开放的总设计师邓小平。是年10月，邓小平作为中国国家领导人访问日本，这是中国改革开放的前奏曲，成为中国开启新时代的一个标志性事件。这是邓小平在酝酿中国现代化大战略过程中所做的一次取经之旅。

邓小平访问日本时正值党的十一届三中全会召开前夕。他作为中国改革开放的总设计师，心中正在勾画着中国改革开放的宏伟蓝图，脑海中思考着中华民族如何走向富强。

在对日本进行的8天访问中，邓小平乘坐新干线从东京去关西时，记者问他有何感想。他说："快，真快！就像后边有鞭子赶着似的！这就是现在我们需要的速度。"他意味深长地说："我们现在很需要跑。"

10月24日下午，邓小平兴致勃勃地来到日产公司位于神奈川县的工厂参观。这座工厂刚引入机器人生产线，使之毫无争议地成为世界上自动化程度最高的汽车生产工厂。

在参观过程中，邓小平在一台形状奇特、正在进行自动焊接作业的机器面前停下了脚步。说"她"奇特是因为这台焊接机器像一位巧手绣娘，在生产线上舞动着巧手穿针引线，眨眼间就把一台汽车的框架"缝制"得整整齐齐。陪同人员告诉邓小平，这是机器人。他微微一笑："机器人？"显然，邓小平对机器人产生了兴趣。

一位中国伟人在这里与机器人相遇。

当邓小平得知这家工厂平均每人每年生产94辆汽车时，他深有感触地说："噢，你们这个'人'不简单，人均年产量比我们长春第一汽车制造厂多93辆。"这是个什么概念呀！人家一个人一年生产94辆汽车，咱们最先进的长春汽车制造厂只能生产1辆，差93倍啊！和人家比起来，咱不泪奔还能怎么样？这就是机器人的神气！

邓小平用一种伟人的智慧与幽默巧妙地讲话。他不讲这是我们长春第一汽车制造厂的94倍，而是说多93辆，随从人员会心地一笑。面对机器人生产线高效作业的场景，邓小平说："这次访日，我明白什么叫现代化了。"

蒋新松看到这个报道后很激动。他说："当时我就想，敢于正视落后，才是走向发达的最大希望。"蒋新松讲得很有激情，特喜欢用"中国"来表达。他说："就要搞中国的机器人，中国的无人工厂。让中国的装备制造走出国门，走向世界！"

话是这么说，做起来可没那么简单。机器人是世界尖端技术，中国既没有技术积累，又缺少这方面的专业人才；外国又对中国实行技术封锁。脚下的路该怎么走？没什么办法，只有靠自己试着走，大着胆子闯。

历史并非都需要久久地酝酿。往往一个动念，一件小事，就发生了反转，改变了方向。思想火花魅力无穷，总是在历史的天空中迸发出夺目的光彩。

蒋新松曾说，邓小平访问日本有一个细节给他留下了极深的印象。

在访问日本松下电器公司时，邓小平应邀来到一间展示微波炉等新产品的展览室参观。讲解人员把一盘烧卖用微波炉加热后，请邓小平观看。邓小平拿起一个烧卖看了看，突然一下放到嘴里，边吃边说味道不错。

这一幕出乎松下公司职员的意料，现场人员也很惊奇。事先没有考虑这样的细节安排，想不到邓小平竟敢吃下去。大家无不赞叹邓小平敢于尝试的精神。

"瞧瞧小平同志，他不仅为我们指出了路子，也为我们做出了榜样！"蒋新松毫不掩饰自己的情感。他对弟子说："从这件事可以悟出，邓小平在改革开放之初就提出要大胆地试、大胆地闯。这个细节给我们一种精神启示，在科学领域，就是要试一试、闯一闯。学习小平吃烧卖，搞出中国机器人。世上本来没有路，路是人走出来的。要问我怎么学的搞机器人，我就是这么走过来的，试过来的，闯过来的……"

那天晚上，曲道奎躺在床上辗转反侧，怎么也睡不着。他被老师的故事深深感染，老师的嘱托萦绕于心。他觉得这个"第一"不是当初想象的那么好玩。蒋新松是第一个搞机器人的科学家，经历了那么多坎坷波折；他是中国第一个机器人学研究生，会有什么样的未来在等待着他呢？

"第一"不是"之一"。"第一"是走别人没有走过的路，是吃别人没吃过的螃蟹;是义无反顾的历史使命与责任担当,是一种不是英雄就是烈士的注定结局。

机器人关系着中国的现代化。曲道奎他们作为中国第一代机器人学研究生,肩负着实现 21 世纪中国现代化的使命。也是从那以后,曲道奎实现了一次自我颠覆,将自己的学习研究从一种爱好和兴趣上升到一种责任,这种责任是国家的振兴,民族的富强,直到他后来创办新松机器人公司时,坚定了"产业报国"的信念。

历史也会以它轻盈的舞步留下美好的回响。

1985 年秋天,在中国科学界的邀请下,北京举办了一个中欧机器人学术交流大会,参会各国各选几篇优秀论文在大会上发言交流。曲道奎作为唯一的中国学生代表,被推荐到这次国际高层论坛上宣读自己的论文。

那天,曲道奎特地跑到王府井买了一身西装。充满青春气息的他优雅地走上讲坛,立刻吸引了众人的目光。他用流畅的英语宣读他的论文《一种新的机器人自适应控制方式》。虽然他的发音还带着稚嫩,却神采飞扬,侃侃而谈,颇有一副学者范儿。论文阐述的观点,在当时机器人领域是一种新的理论研究方向,富有创意,站到了学科的前沿,展示了中国在机器人领域的研究潜力和发展前景,赢得了与会专家的赞赏。

法国国家科研中心主任 G.杰洛特(G.Geralt)先生,得知曲道奎是蒋新松的学生,特地走到蒋新松面前与他握手表示祝贺。他是法共党员,对中国非常友好。几年前在欧洲召开的一次机器人学术会议上,蒋新松与他相识,并成为好朋友。会上,蒋新松与 G.杰洛特先生一拍即合,双方签订了中法机器人交流合作备忘录。G.杰洛特先生还向曲道奎发出到法国留学的邀请。

曲道奎回忆起来,有一种掩饰不住的幸福感:"我这一生确实比较幸运,遇到这样一位好老师。如果遇到纯学术性的老师有可能走的就是另外一条道。蒋先生学识非常广博,他既有很高的理论水平,又有很强的实践能力,他在这两方面结合得非常好,很难有人达到他这种境界。另一方面,他具有'视野超视距'的战略眼光。他那种国际化的视野和视角,已经超出一般科学家的范畴,完全是一种战略家的概念。在自动化领域和机器人学科里，无人能与他比肩。"

1986 年 8 月，为了培养机器人科研人才，在蒋新松的倡导和推动下，中国自动化学会专业委员会在大连召开了首届机器人学全国青年学术交流会。曲道奎作为新锐学者，宣读了一篇新论文《谈机器人控制》。论文直奔机器人学科前沿理论，具有较高的学术价值，是机器人应用研究领域最具代表性的一篇论文，标志着中国机器人学理论研究迈出了可喜的一步。

回想起那段青春绽放的岁月，曲道奎笑着说："其实，我个人登上那个舞台算不了什么。让中国机器人站到世界大舞台上，才是我心中的梦。"

那时的曲道奎还意识不到，实现梦想的征程上，雄关漫道真如铁；一路风云，一曲嗨歌……

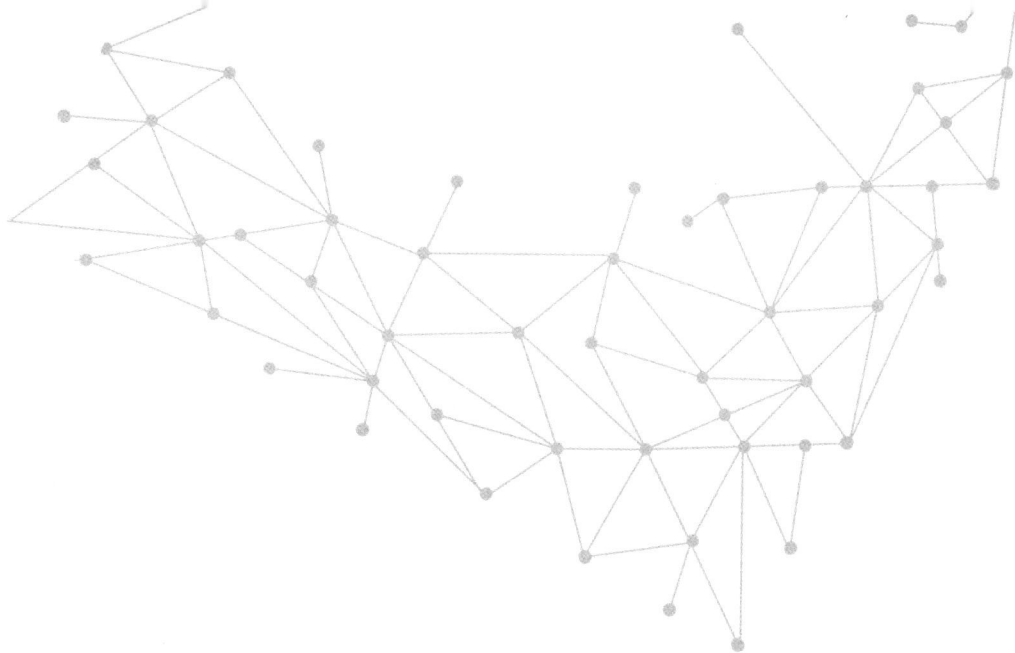

我们有了"第一人"

科学无国界：政治家推开一道门缝，科学家的精神情怀成为穿越时空的超力量。

01

Chinese Robot

跨洋握手

2015 年 11 月 23 日，"2015 世界机器人大会"在北京国家会议中心隆重举行。

当晚，在大会"机器人创新之夜"活动大厅，灯火缤纷，光彩绚丽。来自世界各国的 200 多名一流机器人专家学者欢聚一堂，将在这里举行《机器人创新合作北京共识》签字仪式。

这时，全国政协委员、中国电子学会秘书长兼本届大会秘书长徐晓兰，邀请美国大学教授席宁先生作为嘉宾和她一起主持"创新之夜"。

曲道奎对身旁的朋友说："席宁教授是新松公司的'贵人'。"

一位美国大学的教授怎么会成为新松公司的"贵人"呢？

席宁是 1977 年"文革"结束后恢复高考的第一批大学生。父亲是航空工业部第四设计院总设计师，也是航空工业部成立时的创始人之一。当年，席宁从北京十一中学毕业，高考成绩非常优秀。父亲特别希望他子承父业，就让他报考了北京航空学院（今北京航空航天大学），攻读自动控制。1987 年，席宁赴美留学，如今是美国密歇根州立大学教授。

在大家的掌声中，只见席宁又把一位老人扶到台上。

王天然院士又向朋友介绍："他是蒋新松的好朋友，也是我们沈阳自动化所的'贵人'。"

一个"贵人"又引出另一位"贵人"。他们与中国机器人之间到底有什么故事？机器人是怎样来到中国的？

历史不是一个传说。

1979 年春天，中国迎来几位特殊的美国客人，他们是美国几所名牌大学的知名教授，也是各自学科领域的专家权威。他们相继来到中国讲学，并完成一项特殊的使命——挑选一批大学生赴美留学。这是新中国成立 30 年后，中美之间科学教育界首次开展的交流活动。

要想知道中美之间实质性的交流互动为什么会发生在 1979 年春天，又为什么是从科学教育界开始的，我们必须把目光聚向历史的纵深，追溯一代伟人如何以改变世界格局的政治智慧和雄才大略，挥动巨手推开了中美之间冰封的大门。尽管一幕幕镜头早已定格在历史的画卷中。

20 世纪 70 年代初，随着国际形势的变化和发展，中美两国领导人清醒地意识到，改善双边关系符合两国的共同利益。

1972 年 2 月，美国总统尼克松应中国国务院总理周恩来的邀请访问中国。毛泽东主席与尼克松总统的握手，打破了中美冻结 20 余年的坚冰。

这是中国伟人与美国政治家跨越大洋的第一次握手——在此岸。

1977 年，卡特入主白宫。他考虑到，中国在地区和世界上发挥的作用越来越大，已成为影响国际局势不可忽视的重要一极，是不可否认的事实。卡特政府把同中国关系正常化作为它对外政策的主要目标。

随后，在邓小平和卡特的共同推动下，经过艰苦谈判，中美两国宣布自 1979 年 1 月 1 日起互相承认并建立外交关系。

为了进一步增进中美双方的了解，推动中美关系的发展，邓小平副总理应卡特总统的邀请，于 1979 年 1 月 28 日至 2 月 4 日对美国进行正式友好访问。

邓小平访美期间最具实质性的活动内容，是中美双方签署多个合作协议。其中，邓小平和卡特总统分别代表中美两国政府亲自签署了科技合作协定和文化交流协定。其内容之一，就是在科技领域开展技术、学术交流活动中，中国选派 50 名大学生赴美国深造，主要攻读自然科学、医学和工程专业。

这就是 1979 年春天，一批美国客人来到中国的使命。

在先期到达中国的美国科学家中，有一位美籍华人科学家备受期待。他就是圣路易斯华盛顿大学教授谈自忠先生。

当时，由于谈自忠教授的特殊身份和在自动化领域的学术地位，他的到来似乎让中国科学界更感兴趣。他被邀请到中科院自动化研究所作了一场"自动化与未来机器人"专题报告。

蒋新松作为自动化领域的专家，陪同谈自忠参加活动。在科学领域的志同道合，使他俩拥有更多的共同语言。他们像分开多年的老朋友，一见如故，总有说不完的话题，很快消除了彼此的距离感，两位科学家的理想与情怀拥抱在一起。

邓小平访美时，谈自忠教授应邀出席了中美科技合作协定和文化协定签字仪式。邓小平在与科技界人士的交流中，得知谈自忠是美籍华人科学家，握着他的手说："你是美国科技界的少壮派，为我们带几个学生吧。"谈自忠用四川话说："为故国效力，没个啥子说的嘛。"邓小平微微一笑，他们之间立刻多了一份亲近感，从此，也多了一层私交。

少小离家中年回。为挑选中国留学生，谈自忠第一次重返中国大陆，踏上了阔别30多年的故乡。按照父亲的嘱托，他到重庆老家祭拜了祖先，便匆匆赶到北京履行承诺。

他在中科院自动化系统所、清华大学和科技大学精心挑选了5名优秀学子，带到圣路易斯华盛顿大学做他的学生，并提供全额奖学金。这位情系故土的海外科学赤子要为中国培养未来的机器人专家。

02
Chinese Robot

访日受辱

1979 年 8 月，首届国际人工智能研讨会在日本东京召开，蒋新松作为中国专家组组长带领 4 人出席会议。

这是蒋新松第一次出国。除了出席会议，他最大的心愿就是能买一台日本的机器人，并利用这次机会对日本的机器人发展应用做一番深度考察。

在日本举办的这次研讨会上，蒋新松与谈自忠再次相逢。他俩已经成为推心置腹的好朋友。

虽说此前不久，邓小平先后访问了日本和美国，中国正以改革开放的崭新姿态融入世界，但中国与外国的科技交流毕竟刚刚起步，缺少经验。蒋新松一行在与外国专家学者的交流中，不免显得有些拘谨，无论在公共场合还是私下交流中，都有些放不开。再加上他们与外国专家彼此生疏，蒋新松一行显得有些孤单，亟须建立必要的人脉关系，尽快融入国际科技界的圈子和各种交流活动中。

在这种情况下，谈自忠利用各种场合和机会，热情主动地将蒋新松带领的中国专家组成员介绍给各国专家学者；在主办方私下安排的酒会、冷餐会或小范围的相互宴请等交流活动中，谈自忠也主动拉上蒋新松一块参加，让他进入自己的朋友圈，给中国专家组创造更多的交流学习和结识朋友的机会。

中国专家组也很想回请外国朋友，以此加深彼此之间的了解和友谊。来而不往非礼也！可蒋新松做不到。不是中国人不大方，是蒋新松心有余而钱不足。

那时中国的经济条件差,出国经费少得可怜,捉襟见肘。何况,蒋新松有自己的"大盘算",他要把出国经费省下来购买器材和资料。

蒋新松出国对自己十分苛刻,兜里的那点外汇恨不得掰开花。在后来出国考察的奔波劳顿中,蒋新松常常喝碗面汤、啃个面包对付一顿,根本舍不得花钱,游山玩水的事更找不到他。这成为他出国的一种习惯。在这样的国际交流活动中,让他掏钱请客,实在勉为其难。

谈自忠很能理解蒋新松的心情和处境,但这种场合下的社交对首次出场的中国专家组来说,又不能不为,不然人家不但不会拿你当朋友,还会瞧不上你,这在国际间的交往中是很丢份的,谈自忠便主动掏钱帮蒋新松请客。

有时,蒋新松请客,谈自忠主动埋单。蒋新松也不客气,因为他俩已成为莫逆之交。宴罢,他至多说一句:"拜托你了。"在后来他俩出席的国际学术交流活动中,谈自忠为蒋新松请客埋单已在情理之中,甚至成为他俩之间的"惯例"。谈自忠的良苦用心,为中国专家组赢得了不少机会,让蒋新松一行非常感动。

中国专家组首次出访日本参加国际学术会议,大开眼界,收获颇丰。在谈自忠教授的积极推动下,蒋新松在与外国专家学者的沟通中,不仅增进了了解,结下了友谊,也建立了相互开展学术交流和技术合作的关系。谈自忠还给蒋新松提供了大量的机器人前沿资料。

会议结束后,蒋新松带领4名成员立刻奔赴日本的几家机器人公司考察,他要买一台机器人带回去做研究。想不到,冷峻的现实给他留下的是刻骨铭心的伤痕,以至于多年之后,他向他的大弟子曲道奎回忆起这件事时,仍然不能释怀。

当时,由会议主办方联系安排,蒋新松一行来到一家日本著名的机器人公司参观。他们看到无人化的机器人生产车间,十分震撼。这就是一年前邓小平看到的"现代化"。

蒋新松立刻产生一种强烈的冲动,中国的现代化就是要搞这样的机器人工厂。参观结束时,他向厂方提出购买机器人的愿望。对方看了他一眼,用一种轻蔑的口气说："你们会用吗？ 15 年之内我们不打算与中国合作。"

想不到，对方竟以如此傲慢的口气拒绝他，蒋新松被噎得一时无语。当众之下，他像挨了一巴掌。蒋新松满脸涨得通红，两道浓眉立刻竖了起来。弱者的愤怒从来都是毫无意义的。

蒋新松努力克制心中的愤怒，回敬了一句："15 年以后，你卖给我我还不一定要你的哪！"

对方自觉失言，忙作解释，蒋新松转身走开。被人瞧不起的耻辱，在他心里留下了终生疤痕。

历史喜欢与人开玩笑。15 年后，这家日本公司真的找上门来要与蒋新松谈合作。这是后话。

瞧不起中国！深深刺痛了蒋新松，也激发了他那强烈的民族自尊心。从那一刻起，他发誓要研制出中国自己的机器人。

蒋新松还是用省下的经费从日本带回来一台计算机。他在字条上写下"勿忘雪耻"四个字，贴在计算机屏幕的一角上，作为座右铭。

从此，他像一头发怒的雄狮，成为科学界的一名狂人。他常说的一句话就是："为国家的科学事业，活着干，死了算。""科学工作是没有 8 小时工作制的。如果一个人对社会什么贡献也没有，就是长寿有什么用？"

他全身心投入到机器人的研究中，提出搞机器人的种种设想和方案，发誓要追踪国际先进技术，改变中国装备制造业落后面貌，赶超世界先进水平，让中国机器人成为民族工业的尊严。

然而，茫茫何处是通途？那时的中国，没有自己的技术积累，也没有必要的研究设备，外国实行技术封锁，把中国拒于千里之外。

蒋新松如何寻找一条通往彼岸的路？

03

Chinese Robot

Robot 友好走廊

2015 年 11 月 23 日晚，在北京"2015 世界机器人大会"现场，主办方组织的"机器人创新之夜"活动中，嘉宾主持人席宁扶上台的那位老人，就是美国圣路易斯华盛顿大学谈自忠教授。

谈自忠是美国圣路易斯华盛顿大学著名的终身教授，他长期致力于系统科学与控制理论研究，在世界智能控制和国际机器人研究领域具有卓越的建树，先后担任过两届国际电气与电子工程师学会（IEEE）、机器人与自动化学会的主席。他曾经获得过"Autosoft 终身成就奖"，IEEE、机器人与自动化学会"自动化先驱奖"和"George Saridis 领导奖"，以及美国自动控制委员会的年度大奖等殊荣。他曾多次被列入美国当代科学技术名人录以及国际工程界名人录，一度成为美国主流媒体追捧的科学界"明星"，是位具有广泛影响力的科学家，现被清华大学等国内多所大学聘为教授，并荣获中国科学院"2010 年爱因斯坦讲座教授奖"。

谈自忠教授身材不高，微胖，平头，戴副眼镜；一身得体的休闲西装，温文儒雅；开阔的前额闪烁着智慧的光亮，一副大学者的气派。看上去，谈教授要比实际年龄显得年轻。他和夫人在美国已经生活了半个多世纪，却看不出一点西方的洋味道，浑身散发着中华民族的朴实风。据说，除了喜欢听听女儿弹钢琴作为一种工作放松和生活的奢侈之外，这位老人一生没有什么爱好，几乎是在实验室里度过了自己的科研生涯。

谈自忠 1937 年出生于四川重庆，父亲是国民党时期的一名盐业官员。他在抗战烽火的硝烟中跟随着父母颠沛流离，度过了动荡不安的少年时代。据他回忆，为了躲避日军的轰炸要经常搬家，他上小学时就换过 6 所学校。

1946 年，父亲被派往台湾，举家搬迁至台北。谈自忠 1959 年由台南成功大学毕业后考入美国圣路易斯华盛顿大学攻读自动化专业，后留校任教，从事机器人研究。父亲生前交代他：不要忘了四川老家，有机会多为故乡效力。

"我和蒋先生在国内初次相识。那次在日本参加会议就成了好朋友。当时中国比较困难，他们出来都很不容易。'文革'刚结束没多久，还不熟悉国外环境，也不善于对外交往，我就牵线搭桥创造机会。他们没有条件请人家吃饭，我在国外经济条件比较好，就请他们和国外专家一起吃饭，让他们和外国专家认识、交流。只有吃饭才能相互熟悉，结交朋友，建立联系……"

谈教授说话声音不大，慢条斯理。

"说起来，话就长了些。我和宋健认识得比较早，是 1976 年在欧洲赫尔辛基召开的世界自动化大会上认识的。当时，他在七机部是搞自动化的。宋健这个人比较开放的，讲话直，口无遮拦。'文革'中有人整他，被下放了，受了很多苦。周总理爱惜人才，把他送到一个部队保护起来，否则，他的处境会更糟糕。宋健能出国参加这个大会不简单。后来，他到我这里搞研究，做访问学者，住在我家里……那时还有一个人叫杨嘉墀，我们很熟。他是中国很有名的老科学家，他与屠善澄都是从美国回来的，是新中国第一代搞自动化的专家。杨先生前一段时间去世了。那年代，在国际会议上，我跟大家就熟悉起来了。为了提高中国技术发展成果的影响力和在国际上的地位，我把蒋新松取得的科研成果和论文力推到美国的评奖台，获得了美国 SME '大学领先奖'和'工业领先奖'。从此，世界对中国的科技发展水平不再小看了。"

谈自忠教授长嘘了一口气，又说："大家都在争取。中国的科技水平和影响力在世界上还不够强，我也花了一点力量，做了一些工作，动员人家举手投票。你不可能强迫别人把手拿起来。因为我跟他们很熟悉，我自己在这方面的理论工作做得很多。有自己的贡献、有一定的权威性，我才能讲，不然的话，没法讲，讲话没分量，尤其在学术会议上，别人不服气。我在里面积极牵线搭桥，推动中国这方面的工作，提高中国在世界上的地位和影响力，不能让人家看不起。我和蒋先生都是做自动化、搞机器人的，又是好朋友，帮他的忙，很正常。后来，我邀请他到我这儿来访问，相互开展技术和学术交流。我知道他非常需要。"

科学无国界，是世界科学家们共同遵循的信条。20 世纪 80 年代，蒋新松与谈自忠之间你来我往，广泛开展学术交流，关系甚密。他们之间通过双向交流和技术互利开辟了一条机器人"友好走廊"。

然而，搭建"友好走廊"的不只是蒋新松和谈自忠，起到关键作用的人物还是邓小平和卡特两位政治家。正是美国受科技合作潜藏的商业利润刺激，卡特总统最终决定在中美两国建交的同时开展文化科技合作。

卡特与邓小平 1979 年亲自签署的中美第一个科技文化交流协定，在中美之间关闭已久的大门上推开了一道缝，科学家的精神情怀便成为穿越时空的超力量。中美科技合作给美国带来了巨大的商业利润，而引进世界先进科技也推动了中国对外开放的进程及中美政治关系的发展。

正是因为两位政治家在美国的那次跨越大洋的握手，才有了中美两位科学家之后跨越大洋在中国的握手。所以，这条无形的"友好走廊"是在中美科技文化交流合法的框架下架设的。

在这里，中国机器人应该向他们致敬！

04

Chinese Robot

"呱呱"落地

这是中国机器人从零开始的故事。

20世纪70年代末，在一次国际人工智能研讨会上，日本专家炫耀，他们研究的水下机器人已经成功地下潜到千米以下，而正在研制的"海沟"号水下机器人，正向万米以下的马里亚纳海沟冲击。

蒋新松心头增添了深深的担忧。这意味着海洋探索的话语权已经被日本掌握在手里。中国一片空白，无力发声。

蒋新松寝食不安。中国必须在这一领域有所作为。他开始苦苦寻找水下机器人研究的突破口，提出研制"极限作业机器人"，就是能够替代人在高温、高压、深海、有毒等极为恶劣的环境中作业的特种机器人。

这时，南海传来一则消息，那里蕴藏着丰富的油气资源，具有巨大的开发价值和可观的前景。更重要的是，南海的海洋安全对于国防安全具有极其重要的战略地位。

水下机器人属于特种机器人，用于水下探测、开采和海洋作业。虽然应用的范围和市场没有工业机器人那么大，但对我国来说非同小可。我国海洋面积300多万平方公里，约为陆地面积的三分之一，其中还有部分海洋国土存在争议。中国面临着激烈的海域划界争端。

蒋新松不仅具有长远的战略眼光，他那科学家的思维触角也十分敏锐。南海蕴藏丰富资源的消息带给他灵感。他立刻意识到，结合中国的国情，应先从水下机器人这一课题入手，肯定能在海上石油勘探和开发中派上大用场，在维护国家海洋权益中发挥作用。

1979 年，蒋新松提出把"智能机器人在海洋中的应用"作为国家重点课题，把水下机器人作为最初的攻坚目标。1980 年，蒋新松出任沈阳自动化研究所所长，并担任智能机器人在海洋中的应用项目总设计师。

蒋新松多次赴南海考察，了解到开展海上施救或开采石油，常常要潜到水下 20 多米，很难看清目标。50 米水下的海洋则被永恒的黑暗所笼罩，海底作业只能在黑暗中摸索，深水作业极易造成人体伤害，人工水下作业的成本极为高昂。潜水员水下呼吸所需的费用，1 分钟相当于 1 克黄金。我国这么大的海洋面积，无论是海洋资源开发还是国家的海洋安全，都需要水下机器人技术。

蒋新松从国外机器人的发展现状和中国的国情出发，组织制定总体方案。他带领一个由 10 人组成的调研组到全国 20 多个单位开展海洋机器人课题的可行性调研工作，开始向海洋机器人进军。当水下机器人姗姗来迟的时候，工业机器人捷足先登，"呱呱"落地，降生到中国。

1981 年 5 月，蒋新松收到谈自忠教授发自美国的邀请，欢迎他到圣路易斯华盛顿大学访问。

不久，蒋新松来到美国圣路易斯华盛顿大学并考察了谈自忠的实验室。在谈自忠的实验室里，蒋新松看到了用于实验型的工业机器人。这台机器人看上去并不复杂，但它的控制系统，也就是核心技术是一流的，属于世界高科技水平的标志性产物。

谈自忠还陪同蒋新松参观考察了圣路易斯发达的电子仪表工业和电子技术研究所。埃默森电器公司是世界上第一流的电子企业，采用了先进的集成制造。美国最大的飞机制造公司麦克唐纳—道格拉斯总部就设在这里，世界上第一艘登上月球的宇宙飞船"阿波罗"号就诞生在这里。20 世纪中期以后，这里是仅次于底特律的美国第二大汽车制造中心。无论是航天机器人还是工业机器人技术水平，这里都处于美国的前沿地带。

谈自忠向蒋新松详细介绍了机器人前沿技术，蒋新松大开眼界，深受启发。他意识到机器人在未来制造业中的巨大作用和价值，是工业现代化建设的方向。同时，国内的工业发展水平与发达国家相差悬殊。沈阳作为中国先进的重工业基地，常被人们引以为豪，事实上与国际上先进的制造业差了一个代际。这让蒋新松陡然增添了一种强烈的紧迫感。

回国后，蒋新松向所里的同志们介绍了这次访美的见闻和感想。他说，我们再不能夜郎自大了，必须奋起直追。否则，在这个地球上，我们没有当"球员"的资格了。他很快确定了研制工业机器人的方案，并一马当先，亲自担任组长，带领沈阳自动化所科研人员，开始攻关。

为了建立模型和调整算法，蒋新松经常通宵达旦，连续工作。几经苦战，终于攻克了一个个技术难点，实现了核心技术即控制系统的关键性突破。

1982 年，沈阳自动化所研制出了我国第一台工业机器人——用计算机实现点位控制和速度轨迹控制的示教再现型工业机器人，并于 6 月通过了国家组织的鉴定，获得了中国科学院科技成果二等奖。

至此，Robot 踏上了中国国土，拥有了中国标签。

事实上，按照现在的标准，彼时的机器人还算不上一个真正的"人"，只能是一个"胚胎"，或者说只是人的一只"胳膊"。它在预先编好的程序下，通过示教盒操作指令，能够自由地抓取东西。虽说没有"自理"能力，但它是中国的第一个工业机器人。

对当时的中国来说，这已经很了不起了，仅用了一年多的时间就走完了国外十几年的路程。科学家们已经看到了东方初露的曙光。

对此，蒋新松并不满足，他要把这个"婴儿"培养成"人"，转化成产品，走出实验室，应用到装备制造业，建造无人工厂，为国家的经济建设服务，跻身世界先进行列，让科学实现真正的价值。

蒋新松充满信心地宣称："20 年后，让中国进入机器人时代。"

人们期待着中国工业机器人跃出海面，横空出世。而跃出海面的是另一个"婴儿"。

与此同时，水下机器人也在快速的孕育中。示教型工业机器人的研制成功，实现了机器人控制技术的突破，提升了沈阳自动化所在科技界的地位，科研人员信心倍增。蒋新松鼓励大家顺势而为。1983年，海洋水下机器人被列入中国科学院的重点研究课题，并正式命名为"海人一号"。然而，这对蒋新松来说，仅仅是"路曼曼其修远兮"的开始。海洋机器人是一项跨学科的、综合性的高技术，面临许多前所未有的技术难关。

1985年12月，中国"海人一号"机器人第一台样机在大连首次试航成功，并深潜199米，能灵活自如地抓取海底指定物，技术指标达到了当时同类型产品的世界水平。

这一突破口的选择具有历史意义，为我国机器人研究与应用做出了开创性的成就。但是，与世界先进水平仍然差距巨大，美国、日本和苏联的水下机器人下潜深度已达到千米级。

别无选择，中国机器人只有奋起直追。

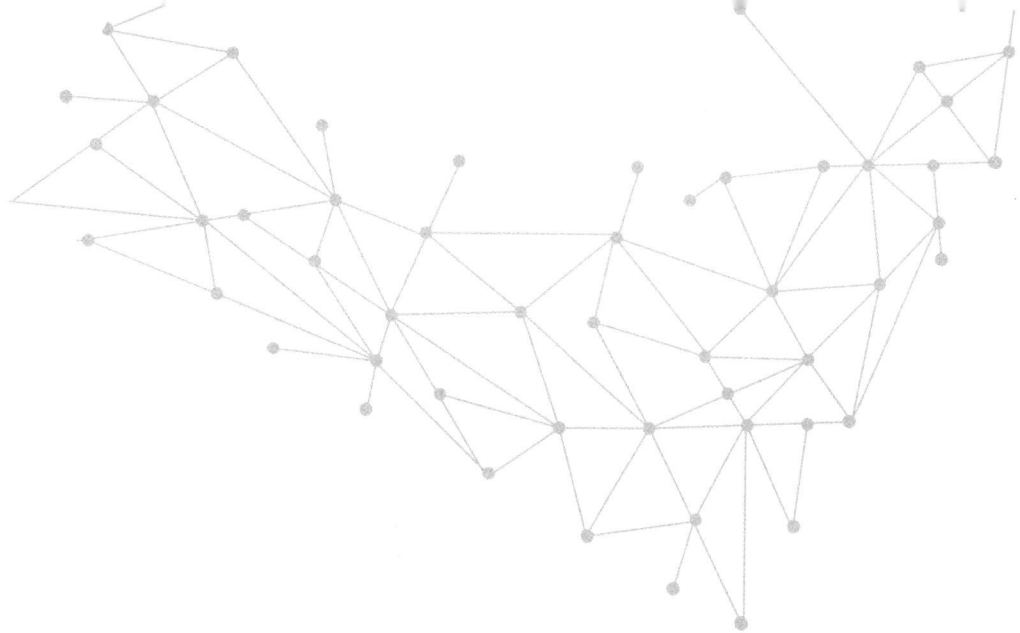

智能博弈场

追踪科技浪潮：国际上的科技竞争，是科技实力的角逐，也是智慧与精神的对垒。

在科技场上的博弈中，中国科学家发动了一场艰苦卓绝的奔袭战。

01

Chinese Robot

"863" 时代

　　浩瀚奔涌、悠悠不息的人类历史长河，在每一个澎湃激扬的拐点上，总有一群英雄挺立于潮头，成为一个时代的引领者、推动者和创造者。

　　于是，历史发生翻转，社会开启变革……

　　当今天的我们享受着科技文明扮靓的现代生活时，我们不能忘记那些在历史发展的关键时刻挺身而出，以敢于担当的精神改变历史格局和进程、奠定未来的功勋人物。

　　从 20 世纪 70 年代开始，世界兴起了以发展高新技术产业为中心的科技革命浪潮，高科技成果不断涌现，转化周期越来越短。我国科学家已经意识到，高新科技已成为跨世纪竞争的制高点和未来经济增长、社会发展与文明进步的主要推动力。面对我国技术与世界水平不断拉大的趋势，他们心急如焚。

　　与此同时，伴随着世界范围内科技革命浪潮的迅速兴起，第一次机器人发展高潮也随之到来。机器人技术传入我国，但国内对机器人的认知仍然是雾里看花。

　　1983 年前后，国务院举行了"新技术革命及对我们的挑战"的讨论。沈阳自动化所研发的第一台工业机器人成为新技术革命的一项成果，在自动化领域产生了广泛的影响，蒋新松成为这一领域首屈一指的科学家。由于他关心国际科技发展动向，对国外机器人应用和产业发展有比较深入的研究和独到见解，有关部门邀请蒋新松等几位专家作了几场专题报告，才使大家对机器人有了比较清晰的认识。各地科研院所相继开展了各种机械手的研制与开发。

1985 年初，蒋新松到美国访问。他再次来到圣路易斯华盛顿大学，了解到国外已经兴起"柔性制造系统"（FMS），或称为"敏捷制造"。在谈自忠教授的安排下，蒋新松到圣路易斯的一些制造业工厂里参观，看到的完全是另一番情景了。美国的工厂不仅实现了计算机对生产制造流程的自动控制，企业的整个管理与生产流程也由计算机联网实现了一体化运行，再加上机器人生产线的应用，整个就是一座地道的无人化工厂。这一切让蒋新松有了天上一日地上一年的感觉。

我们国家的工厂用电机作为动力带动机械运行就觉得了不起了，和人家相比，我们还停留在"刀耕火种"的年代。用现在的标准来看，人家都玩起了工业 3.0 了，我们连 2.0 还不靠边。外国人把我们甩下了一大截，真是不比不知道，一比吓一跳。蒋新松内心十分压抑，这么玩下去，怎么能玩得过人家？我们给人家提鞋都摸不着鞋后跟啊！

蒋新松回来后，立即找到上任不久的国家科委主任宋健汇报了自己的所见所闻所想，并提出了"计算机集成制造"，即 CIM（Computer Integrated Manufacturing）的初期概念，作为今后机械制造业发展的方向。

宋健非常赞赏，并告诉他，几位老科学家都很着急，正准备向中央反映。中国必须紧紧跟踪世界先进科技水平，融入全球科技体系。

改革开放后，科技领域有一个口号，叫"科学技术必须面向经济建设，经济建设必须依靠科学技术"。1984 年，宋健受命担任国家科委主任时，有一个重大难题等着他去破解，那就是科技成果在"象牙塔"里，高不可攀，不接地气，必须寻找和开拓科技与经济结合的新路子，就是把科技成果从实验室里、保险柜里解放出来，转化成推动经济发展的生产力，变成惠及老百姓生产和生活的产品，提高生活质量，让人民群众实实在在地享受到科学技术带来的经济发展和文明进步。但是，那时科技体制的改革，科技成果的转化，并不像今天人们想象的那么简单，很多人读不懂科技对经济建设的深远意义。

　　起初，宋健提出来一个"星火计划"，科技与农村结合起来，给老百姓带来了很多实惠，为中国科技的发展找到了方向。后来，又搞了"火炬计划"，是把科技与经济发展、社会发展结合起来，推动中国的科技发展，在改革开放和经济建设中发挥作用。

　　当时，杨嘉墀、陈芳允院士找到宋健，提出"应尽快用力所能及的资金和人力跟踪世界新技术发展进程"的想法，宋健拍手叫好。但是，这个好主意怎样才能得到国家领导核心的重视和支持？他们商量后，决定以书面的形式郑重地向中央反映。

　　科学无国界，这是科学家们秉承的一种职业理念，但在现实世界中，科学家们的职业命运往往受政治需要的左右。一旦科学成为国家博弈的法器，科技场将是一方看不见硝烟的战场。发展中的中国在国际科技竞争中显然处于不对等的劣势地位。面对种种歧视和封锁，中国的科技发展如何加入全球的科技体系、跻身世界前列？

　　世上没有救世主，改变命运只能靠自己。严酷的现实给出的答案只有一个：中国科学家只有在困境中奋力追踪，才能抢占科技制高点。

　　1986年3月，王大珩、王淦昌、杨嘉墀、陈芳允四位德高望重的老科学家鉴于国外高技术的迅猛发展，联名给中共中央写信，提出了要跟踪世界先进水平，发展我国高科技的建议，为本世纪末下世纪初的国民经济发展提供技术基础。

　　就这样，党中央、国务院根据"四老"的倡议，很快作出决定，制定我国的高技术研究计划。国家科委党组立即启动了这个项目，并根据四位老科学家给中央写信的日期命名为"863计划"。

　　蒋新松得知国家科委正在酝酿"863计划"，非常兴奋。他带领科技人员为争取将"CIMS主题"列入"863计划"，进行了丰富的预先理论准备和技术积累。

　　"CIMS"是"计算机集成制造系统"的英文缩写。实际上，这是蒋新松针对东北老工业基地的升级改造提出的一条科技路径，就是用信息技术把传统的制造过程变成数字化或者信息化的控制过程，这是国际上自动化发展的一个新趋势。

当时，计算机应用还很少，能够在工业界应用信息化是比较超前的。计算机集成制造系统是现在工业 4.0 的前身，就是信息化和工业化的最初融合。国家"863 计划"大政方针已定，但资金投入有限，哪些主题能列入其中，必须严格论证，精心筛选。

在论证计划内容时，蒋新松被推荐为专家论证组自动化分组的召集人。他的观点得到专家们的赞同，使 CIMS 得以列为自动化领域的第一候选项目。

今天的《中国制造 2025》很像当年"863 计划"的接续。不过，当年的"863 计划"可不像今天的《中国制造 2025》这样把"机器人"智能制造很明确地列入高技术重点发展规划。那个时候，人们对机器人的了解不可能达到今天的认知程度。机器人列入"863 计划"经历了意想不到的曲折过程。

国家计划委员会在酝酿第七个五年计划时，在蒋新松的力主和争取下，中科院批准在沈阳自动化所建立"机器人示范工程"实验室，为机器人研发提供了必要的设施和硬环境。

1986 年 7 月，"机器人示范工程"奠基仪式在位于沈阳南塔街 114 号自动化所选定的新址举行。国家科委主任宋健特地赶来参加奠基仪式。

当时，蒋新松满脑子都是机器人。他别出心裁，为新址的大门设计了一个卡通机器人造型。中间的圆菱柱是机器人的本体，上面两个圆圈是一双大眼睛；胳膊伸开小臂下垂到地面，形成一边进一边出的通道；一身全白，格外时尚、醒目。宋健看了称赞说："好！有创意！让人们知道这里是搞中国机器人的。"

8 月初，中科院技术科学部主任王大珩陪同解放军总参谋部首长来到所里，专程视察不久前在大连首航试验成功的海洋机器人。王大珩看到蒋新松设计的机器人大门，也赞扬道："好！科学家搞什么都专业。"如今，机器人在沈阳妇孺皆知。一提到机器人都知道是南塔街 114 号，那个大门就是个机器人。它已成为中国机器人发展的历史性标志物了。

要把中国机器人提升到国家科技发展战略的层面上，必须使之进入"863 计划"。一个突出的现实问题摆在面前：中国的改革开放刚刚起步，丰富的人口资源面临上岗就业。显然，这时候搞机器人不合时宜，不能匹配中国国情，不具备市场条件，似乎与现实太遥远。

蒋新松清醒地认识到，科技水平的发展是一个长期积累的过程，不可能一蹴而就。现在不动手，将来需要时再起步就晚了，就落后了。但是，又有多少人能看到、能理解这一点呢？

在那个年代，不少人对国家科技发展战略思考与宏观管理知之甚少，对国家为什么要动用较大的财力与人力去发展机器人高技术的战略规划不甚理解。

曲道奎回忆说："蒋老师当年搞机器人研究，很多部门不理解。他做了很多社会上的宣传工作，来推动这项研究。机器人到底是什么东西？机器人的作用是什么？那时，一些政府机关和企业认识不到这些东西。自动化领域主要就是机器人、CIMS 这两大课题。但这里面要搞什么东西，大家不清楚。所以，蒋老师进行了很长时间的呼吁、铺垫、宣传和推动，做了大量开创性的工作。"

如果你在落后的态势下再去追赶世界的脚步，付出的时间成本遥遥无期不说，增加的人力物力成本也是无法估量的。所以，蒋新松是"863 计划"的三任首席科学家，后来他又被公认为一位战略科学家。

此时，尽管蒋新松怀里抱着一个机器人"婴儿"，但要把它养育成"人"还要付出无数的心血，还有一段漫长的路要走。

02

Chinese Robot

"心" 与 "芯"

为了能把机器人列入"863 计划"，蒋新松跑遍了中科院所有部门和国家有关部委，苦口婆心地讲解机器人在装备制造业中的地位、作用、价值和对于民族工业、国家经济发展的重要意义。

曲道奎目睹了蒋新松在那半年多时间里，四处游说、逢人便讲的情景，有不少人笑话他魔怔（着魔）了；也有人说他搞的是科幻。

蒋新松锲而不舍。有人曾经见他提着复印的一摞摞资料，送到国家相关部门。人家办公室里没人，他就把资料塞到门缝里。向人们灌输一种理念是一项艰难的工作。开始没人理蒋新松这一套，他坐了不少冷板凳，也闹出不少笑话。有人听说他搞机器人，就说："机器人是啥玩意儿？外国有科幻电影，你是要拍科幻电影吧？"也有人说："中国到处是人，都下岗了，你还搞什么机器人呀！"甚至专家评审委员会的成员对此也有很大的争议。有人认为，高新技术是智力和资本密集型产业。中国经济初见起色，资金还不充足，应以传统工业为主，发展高投入的高新技术产业与国情不符。

在一次评审论证会上，一位评委用一种调侃的口吻向蒋新松提出这样的质疑："现在，国家搞计划生育，连娃娃都不让'造'了，你怎么还搞机器人？"这话随之引来一阵笑声。

"正是现在不让'造'娃了，将来才需要机器人。"蒋新松噌地一下站起来，把大家吓了一跳。只见他舞动着手臂，情绪激昂，声若洪钟，带着江阴方言的普通话语速很快，好像吵架似的。

"你想想看，将来人少了，劳动力少了，谁来干活儿？尤其是那些高温、高压、深海、有毒等对人有危害的工作环境，'极限作业机器人'能够代替人去干人所不能干的工作，这在国内外都有一定的市场。将来，一个娃成了宝贝，那些特殊的体力劳动、危险工作谁来干啊？说不定将来你老了，还要机器人来伺候。所以，我们必须现在就开始造'人'。到缺'人'的时候再造'人'就来不及了。"

"看来，老蒋说的还真有道理。"有人听了点点头。

"既然我们将来需要人，还搞什么计划生育？我说老蒋啊！干脆，还是回家造娃吧！"于是，"造娃"派与"造人"派打起口水仗，"还是造娃好，大家快乐又高兴嘛！"又是一阵哄堂大笑。

有时，科学家们很像一群顽皮的孩子，常常把一个严肃的话题调侃成笑料。"机器人是机器，不是人，不像人需要那么大的生存成本和对资源过多地消耗及依赖。这是个小儿科问题，还需要上基本理论课吗？"蒋新松当仁不让，据理力争。

科学精神强调严谨的科学态度，对任何人所作的研究、陈述、见解和论断都必须进行实证和逻辑检验。科学家们思维的与众不同之处在于，他们喜欢用反向思维向权威提出挑战。通俗地讲，就像老百姓挑选玉米种子，把玉米棒一层层扒开，看看里面的籽粒质量如何，否则，种到地里怎能发芽？科学家们就是用这种方式来论证一种理论正确与否，首先保证科研课题或项目在科学机理上立得住，行得通，然后才能确保开花结果。这是可行性论证的基本方法，也是科学的方法论。

几位科学家的冷幽默并没有让蒋新松的热情冷却下来，他依然是机器人的超级"铁粉"。他又冷静下来，耐着性子向大家讲解：

"你们知道吗？十年前，美国人就把机器人送上太空；五年前，日本人就有了无人工厂；他们的海洋机器人可以钻到我们的海域，我们毫无办法。我到日本买机器人，遭到拒绝。他们说，十五年内不会与中国合作。"蒋新松说着说着又情不自禁地激动起来。他慷慨陈词："现在，那些发达国家都在这个领域花大本钱，开展竞争，并对我们封锁。中国怎么才能加入全球的科技体系？我们再不干起来，就会被人家甩得越来越远，我们给人家提鞋都不够格，连'球籍'都保不住了……"

蒋新松本来是个富有浪漫情怀、率真快活的人。那些日子，他脑门儿上总是拧成一个疙瘩，一肚子忧虑和心思。一般人很难理解他。蒋新松的语言表达能力很强，他总能从不同的角度因人而异地切入你的兴趣，然后慢慢地吸引你、说服你，最后打动你、征服你。他那锲而不舍的精神和一颗火热的赤子之心终于赢得了人们的信任，大家开始慢慢接受了他的意见。

在激烈的思想交锋和观点的碰撞中，蒋新松逐渐占了上风，赢得了许多专家的赞同。

"老蒋啊，我投你一票。等我老了，你可要造个机器人来伺候我啊！"

"863 计划"对于学科领域的发展很关键。哪个学科能进入"863 计划"，那个学科就可能引领这个领域的方向，在科学领域就处于举足轻重的地位，所以各学科各院所都拼命地往里挤。自动化领域有两大方向，一是"计算机集成制造系统"，叫 CIMS（Computer Integrated Manufacturing System），这是"两化融合"的一个雏形；二是机器人。当时机器人处在一个萌芽期，还只是一只机械手，只有日本呈现出迅速发展的势头。美国和德国虽然起步早，但进入应用的热度却比不上日本。

我们国家了解的人更不多，即便在科学界也寥寥无几。"计算机集成制造系统"需要机器人这颗"芯"，而机器人要有自主控制系统这个"脑"，就像人的大脑"神经元"一样，属于机器人的核心技术。

事实上，没有人怀疑蒋新松在这个领域的绝对权威和他那"视野超视距"的眼界，何况他始终怀着一颗火热的"芯"。他要研究的那颗"芯"，不单单是机器人的"芯"，真正的"芯"是他那颗科学报国之心、兴国之心，实现现代化之心，民族富强之心——已成为他坚定不移的信念。

功夫不负有心人。蒋新松根据国务院领导关于要搞机器人的动议，从我国实际情况出发，力排众议，提出了智能机器人作为第二候选项目，终将机器人列入"863 计划"。

国家"863 计划"于 1987 年正式付诸实施，共有 15 个主题，CIMS 和智能机器人两个主题都进入了"863 计划"的篮子。最初的投入计划达到 100 亿元。

机器人提升到国家科技发展战略层面,是在进入"863 计划"发展规划之后。在砥砺奋进的跋涉中，以蒋新松为代表的一批科学家几经努力，终于为中国机器人铺就了一条成长路。

蒋新松一人承担两个主题，这在"863 计划"里是绝无仅有的。没有强烈的责任心、使命感和担当精神是做不到的，没有对事业的执着和痴情也是做不到的。

启动"863 计划"机器人项目，最关键的是要规划好科研方向和路径，一旦方向失误，路径出现偏差，将会导致前功尽弃，不可能抵达目标。而时间成本是最大的代价。这就像蒋新松审阅学生的论文，总是先看最后的结论是不是符合物理原理，否则，再好的设计和论证都是没有意义的。

在"863 计划"指导下，蒋新松以他在机器人领域的影响力和权威性，以及高超的组织才能和战略家"视野超视距"的目光，开始构建中国机器人研发体系。

在蒋新松的积极推动和各方配合下，一批依托研究所或大学建设的开发中心或实验室逐渐完成，成为龙头基地，并对国内外开放。其中，中科院沈阳自动化所成为中国机器人的摇篮。沈阳机器人工程研究开发中心作为国家开放实验室已正式运行；智能系统及智能技术国家实验室建在清华大学；机器人机械开发实验室建在哈尔滨工业大学；机器人控制理论及方法实验室建在天津南开大学；非视觉传感器建在合肥智能机器研究所；机器人装备系统实验室建在上海交通大学。

仅用了 5 年时间，在全国各地建成了 14 个开放实验室、2 个工程中心、9 个应用工厂，建立了完善的三级管理体系，并通过了 3 个型号 5 种机器人的研发与验收。

为了推广应用这些成果，在当地政府和高等院校、科研院所的支持、参与下，东北三省有关部门、企业和哈工大等单位，于 1988 年 8 月联合成立了东北工业机器人开发集团公司，蒋新松兼任董事长。目的是推进机器人技术走向市场应用，实现产业化。

当时，由于技术应用和配套研制的产品还不成熟，尤其我国工业制造业水平还不具备相应的条件，机器人一度升温之后，又渐渐冷却下来。

但是，蒋新松领导的沈阳自动化研究所丝毫没有懈怠，始终以坚定的信念走在"863 计划"设定的路线上。中国机器人犹如母腹中的胎儿艰难地孕育着。

在"七五"期间,作为"863 计划"自动化领域的首席科学家,蒋新松苦心孤诣,以他过人的智慧卓有成效地指挥了 CIMS(计算机集成制造系统)的技术攻关。在他的领导下,我国 CIMS 技术进入了国际先进行列。反观历史,我们不能不庆幸、感叹蒋新松的战略眼界和他对世界科技趋势的精准把握与判断。当初正是沿着这两个主题确定的路子走到了今天,中国才能够从容地迎接一场以机器人为标志的科技变革的新浪潮。

"863 计划"在我国科技事业发展中占有极其重要的位置,肩负着发展高科技、实现产业化的重要历史使命。正是"863 计划"实施以来的 20 多年时间里,造就了一批又一批高科技人才,缩小了我国同世界先进水平的差距,极大地带动了我国高技术及其产业的发展,为传统产业的改造提供了高技术支撑,产生了巨大的经济和社会效益。

今天,中国机器人产业的发展成就与当年列入"863 计划"密不可分,当年能把机器人列入"863 计划",现在想起来那是了不起的一步,而且确定了"芯"和"脑"两个明确的研究方向,推动中国机器人进入元时代。蒋新松功不可没,这是公认的。曲道奎肯定地说:"如果没有蒋老师的执着与坚守,中国的机器人起码要落后十年,甚至二十年。"

03

Chinese Robot

探访美国 NASA

"863 计划"起步后,如何缩小与世界先进科技水平的差距,成为中国科技界面临的首要问题。蒋新松非常清楚,在中国科技发展水平落后的国情下,最可靠的办法就是跟踪发达国家的先进技术；最低的成本就是"弯道超车"，切半径直奔国际上最前沿的技术。只有追踪才能赶超，只有赶超才能独创，只有独创才能领跑。然而，最先进、最前沿的技术属于国家的核心利益，谁也不会轻而易举地出手，更不可能拱手相让。

蒋新松经过一番深思熟虑之后，决定再次飞越大洋，踏上机器人"友好走廊"，来到美国的圣路易斯。

"那天，我去机场接他，飞机晚点了。那是第一次见面，印象很深。他衣冠不整、不修边幅地从机场出来了。虽然看着一脸疲倦，精力却非常旺盛，说话的声音很洪亮，并且思路也很敏捷。一到美国他总是四处奔波，很累、很辛苦。"

当年，蒋新松奔波于中美之间的情景，给密歇根州立大学教授席宁留下了非常难忘的记忆。

每次来谈教授这里，都是席宁车接车送接待他。那天晚上，谈自忠教授请蒋新松一起吃饭。他们就一起聊起"863计划"有些什么问题，具体怎么做，规划应该怎么搞，等等。当时有很多事情，要协调各方面的资源，国内怎么组织，怎么成立专家组，包括什么人。因为国内做机器人的很少。蒋新松说，宋健的意思是要聘请谈教授当总顾问。谈教授说，还是低调为好。低调，也是谈教授为人处世的一贯风格，所以，他总是在背后默默无闻地奉献。

这天，席宁陪蒋新松参观圣路易斯横跨密西西比河上的弧形大拱门。这座不锈钢抛物线形的建筑物，高达192米，气势宏伟、制作精致，犹如一道彩虹横空出世般飞架在圣路易斯的上空，为这座日益现代化的都市增添了一道极为摩登的城市轮廓线。拱门底部有缆车可以直达顶层。席宁请蒋新松乘缆车上去，蒋新松坚持爬上去。他们边爬边聊。

刚刚改革开放，中国工业还没有发展起来，人还没有工作，为什么要搞机器人？确实有不少人不理解。蒋新松分析得很有道理，看得比别人远。他又对席宁讲为什么搞水下机器人。水下机器人对中国很重要，关系到探测深海资源和国家安全等。通过搞特种机器人，可以把中国先提升起来。后来又谈到航天机器人，他说，如果能与 NASA 合作，很有价值。

蒋新松登上大拱门，伫立在顶端，脚下是水流湍急的密西西比河。只见他凭栏临风，凝视远方，仿佛在沉思；他身上的风衣被风吹起，就像一面飘扬的旗帜，定格在那里。那形象非常有气势。

他突然转过身来，对席宁说："小席，这个大拱桥太壮观了。我们要为机器人搭建一座'大桥'，这座'大桥'要架在太平洋两岸，成为一条'友好走廊'，能连通世界。机器人对中国太重要了。中国要搞水下机器人，还要研究航天机器人。现在能把卫星送上天了，将来还要发射太空飞船。"他很有信心地说，"用不了 20 年，嫦娥奔月的古老神话一定能成为现实。如果能通过这座无形的'友好走廊'与美国在这方面开展技术合作，对中国航天事业的发展将是一个机会……"

当时，蒋新松考虑的是机器人既要下海也要上天。但是，下海有点儿希望，上天还不具备条件。蒋新松以沈阳自动化所的科研骨干为主调动一些高等院校科研单位，重点在水下机器人和工业机器人两个方向上发力，"七五"期间，在控制系统方面取得了可喜的成果。如果向更高端的技术发展，尤其向航天方面发展，将面临更大的技术挑战。

1989 年初，为了确定中国机器人"八五"期间的研发方向和路径，蒋新松又一次来到美国圣路易斯华盛顿大学。对蒋新松的来访，谈自忠格外高兴，他清楚这位老朋友是无事不登三宝殿。

第二天，他俩一见面，蒋新松就说："你有什么好东西吗？让我看看。"谈自忠带他来到实验室。当时，中美之间的友好往来和学术交流比较多，大学实验室相互之间都是开放的。蒋新松看了实验室觉得有许多很先进的东西，特别是控制器，那是世界上最先进的。

蒋新松心中暗暗感叹，发达国家的科技发展的确太快了，如果中国不奋起直追，距离就会越拉越大。

中国研发特种机器人是上天还是下海？美国将机器人用于开发太空，登上月球；苏联、日本则将机器人用于海洋开发，水下机器人略胜一筹。中国特种机器人面临方向性选择问题。

百闻不如一见。他想到世界上最尖端的机器人技术核心——美国NASA一看究竟。他坚信，高山有好水。

蒋新松就对谈自忠说起当年邓小平访美时与卡特总统签署的文化科技交流协定，其中确定了双方在空间方面的合作意向。卡特总统还邀请邓小平参观了美国载人航天基地。如果能与美国NASA合作开展空间机器人研究，对中国机器人技术将会是一次机遇。

"蒋先生是很聪明的人，有什么要求，他不会直接讲，而是委婉地、含蓄地表达出来。如果有所指的话，大家就很尴尬了。"谈自忠教授回忆说，"国际交往，大家还是比较注意分寸的，互相都理解。他给我留下的印象是比较随和，也是比较有个性的。我觉得，他是很有魄力的人。我跟他的交往，没有利害冲突。有很多人到国外就想做点生意，他从来没有想跟你做生意，或销售什么东西。我们之间从来没有这方面的想法，大家相处得比较轻松。我们的交流就是讨论在机器人方面有什么东西，有什么技术，下一步发展的趋势。对国内朋友，我是能帮就帮。对蒋先生，我更是尽力而为。所以，他一提到邓小平访美时参观休斯敦宇航中心这件事，我就明白了他的心思。"

十年前，邓小平访美时，卡特总统的确很破例，特地安排邓小平来到休斯敦参观林登·约翰逊航天中心。邓小平不仅参观了宇宙飞船"阿波罗"17号的指令舱和月球车，还在美国资深宇航员弗雷德·海斯的引导下，登上将于当年底进行首次试飞的航天飞机的飞行模拟器，亲身体验了航天飞机从10万英尺高空降落到地面的情景。在参观"天空实验室"太空站实体模型时，邓小平饶有兴趣地向身边的宇航员询问太空生活的细节。

谈自忠明白蒋新松的心意。但是，卡特时代已经过去，美国已经"改朝换代"，中美之间的关系已经出现了微妙变化。美国NASA是美国的高科技核心地带，与它合作，美国方面不仅要从地缘政治上进行考量，而且，没有对等的技术水平，它不会与你牵手。

美国 NASA 就是美国国家航空航天局，是美国联邦政府的一个行政性科研机构，负责制订、实施美国的民用太空计划与开展航空科学暨太空科学研究。

1957 年，苏联第一颗人造地球卫星上天后，为了与苏联竞争，第二年，由美国总统艾森豪威尔签署法案组建了国家航空航天局（National Aeronauticsand Space Administration，简称 NASA），现位于美国首都华盛顿。NASA 对发展美国的航空航天事业起了重大作用。它下辖十几个研究中心和实验室，邓小平当年参观的林登·约翰逊航天中心是其中之一。

NASA 第一次把一个机器人——月球车送上了月球，它理所当然地被公认为世界范围内太空研发机构的"大咖"。

圣路易斯有 NASA 的制造中心，世界上第一艘登上月球的宇宙飞船"阿波罗"就是在这里建造的，并成为宇宙飞船建造基地。

要满足蒋新松访问 NASA 的要求，谈自忠感到这件事的难度实在太大了。难就难在蒋新松的身份。他是中国机器人领域的顶级科学家，会引起对方戒备。另外，人家接待要花好多时间。在美国，时间就是金钱，不可能哪个人来都接待。谈自忠不得不把这件事委托给在 NASA 就职的他的学生陈以龙。

NASA 神秘的大门会为蒋新松打开吗？

陈以龙是 1979 年根据中美科技文化交流协定首次赴美留学的 50 名大学生之一。陈以龙做梦也不曾想到，幸运之神会降临到他的头上。因为陈以龙是十年"文革"中断了学业重新返校复读的科大的学生。尽管他非常优秀，毕竟已到而立之年。当得到中科院发来的赴美国圣路易斯华盛顿大学留学的通知时，陈以龙高兴得跳了起来。考选面试时，他知道挑选他的谈自忠教授是国际自动化控制领域的著名专家。

陈以龙果然不负所望，在师从谈自忠教授学习期间很快成为华盛顿大学机器人学科的佼佼者，于 1984 年获美国圣路易斯华盛顿大学系统控制博士学位。他在谈自忠教授实验室进行的开创性工作受到了广泛认可并获得诸多荣誉。由于参与了 NASA 交给华盛顿大学的协作研发项目，他被选入 NASA 工作，进入美国高科技核心地带。

陈以龙不仅是新中国诞生以来第一批进入美国大学的留学生，也是第一个进入 NASA 参与美国太空开发的中国学子。他的优异表现得到了 NASA 总管的信任和赏识。

这天，陈以龙带着蒋新松来到坐落在美国加州的 NASA 研究中心参观。这里戒备森严，笼罩着神秘色彩。它曾第一次出现在美国科幻大片《未来世界》的镜头里，这个神奇的城堡，带给观众无尽的遐想。想不到在大门外，两位安全人员查验蒋新松的身份后耸耸肩，把蒋新松拒之门外，不让进入。不是说好的吗，怎么又不让进了呢？陈以龙询问缘由，对方说：“这家伙太厉害。”

谁心里都清楚，邓小平能去的地方你蒋新松不一定能去，这倒不是资格问题。因为邓小平是政治家，你蒋新松是科学家，太专业、太内行，人家要小心。最后，NASA 总管派出两位资深的专家接待蒋新松，他们在大门口接待室里与蒋新松进行了座谈。

谈自忠回忆说：“那时中美关系有点儿降温，关系不是那么好了。人家能接待他也是给了面子。因为那是高科技，大家都知道机器人在工业方面、国防领域都有很大的作用。蒋新松回来后，并没有表现出失望，而是很兴奋。虽然没有进去，但他肯定也有收获。”

后来得知，蒋新松作为中国一流的科学家到美国来往频繁，已经引起了美国联邦调查局（FBI）的注意。蒋新松一到加州的 NASA 研究中心，FBI 就向安保部门发出了报警。

机器人“友好走廊”延伸到 NASA 的大门口，被亮“红灯”了。

04

Chinese Robot

与世界精彩互动

在北京"2015世界机器人大会"期间举办的"机器人创新之夜"活动现场，嘉宾主持人席宁将谈自忠教授扶到台上，向大家介绍："首先，我向大家隆重推出美国圣路易斯华盛顿大学谈自忠教授，他是我的老师。几十年来，谈教授一直关心支持中国机器人事业的发展。为了出席这次世界机器人大会，他和夫人不辞长途旅行的辛苦，乘了20多个小时的飞机赶到北京。我们欢迎谈教授讲几句话。"

在一阵热烈的掌声中，谈教授接过话筒："谢谢大家！由于大雪的影响，飞机在日本东京转机时等了七八个小时，没有赶上今天的开幕式，非常遗憾。在日本东京等飞机时，我想起25年前，邀请了9名世界一流的机器人专家到中国来讲学，也是在东京转机。那次，通过开展学术交流，给中国专家学者带来了世界最前沿的理论技术，对促进中国机器人的发展起到了很好的作用。那时，我们海外华人科学家盼望着中国的机器人赶快成长起来，能够站到世界舞台上。这次在北京举办的世界机器人大会让我看到，这一天来到了……"

全场爆发出经久不息的掌声。

25年前，那9位世界一流的机器人专家怎么会来到中国的？

原来，这是蒋新松与谈自忠组织策划的中国机器人学者与世界顶级专家的一次巅峰对话，也是中国与世界的一次高科技互动，对确定"863计划"中的机器人路线图产生了积极重要的影响。

谈自忠教授讲述了那次难忘的经历。1991年，因"八九政治风波"陷入冰冻期的中美关系开始回暖。蒋新松想把世界上一流的机器人专家请到中国来，为"八五"期间机器人发展进行一次技术理论刷新，推动"863计划"的两个主题向纵深进军。

7月，谈自忠以他在世界机器人领域的学术地位和影响力，帮助蒋新松邀请了9位世界顶级的机器人专家来到中科院沈阳自动化研究所，举办讲座和学术研讨交流。

这批世界一流的机器人专家，个个都是"大腕儿"级人物。他们是美国航天局专家贝尔·哈森（Bell Hiall），世界机器人学会创始人、学会主席乔治·萨拉蒂斯（George Saradis），欧洲航天局的德国专家伊尔桑热（Hirshnger），日本的机器人专家福田古川，以及英国、法国和意大利的顶级专家。

这样的阵容，无疑给中国带来了最前沿的机器人技术信息。

"蒋先生是很认真的一个人，对事业那么执着。他对中国机器人事业的发展竭尽全力。在那个年代、那种环境之下，他能够奋斗出来也是很不容易的。"谈自忠回忆说，"那时，我们的交往完全是学术上面的交往。我知道，中国也不是像一些人说的那样糟糕，中国在科学技术上做的事情很多，在攻克技术难点和培养人才方面，也是不错的。像中国的航空航天，能够把卫星送上去也不是吹牛的，大家都知道这些困难在哪里，要有很好的工程人员、科学家们。中国的机器人搞得也是很不错的，希望介绍给别的国家。中国需要了解世界，世界也需要了解中国。"

谈自忠回忆说："那次去沈阳，我带过去的是全世界最好的专家，科学无国界嘛。我回到美国，美国联邦调查局就要例行调查询问。像日本人、德国人回去，他们国家的安全司法部门也可能会问他们，你到中国去有什么感受，看了什么，讲了什么，这是一定的。每个国家都有自己的法律规定和程序，所以大家只是在学术范围内交换了意见。我和那些专家就是讲前沿理论，所有问题都在学术层面交流，避免麻烦。那次活动，应该说对中国机器人技术发展是一个很大的推进和提升。"

在中国学者与这些世界级的"大腕儿"们互动的时候，有一个问题也把老外们给搞迷糊了。外国专家问蒋新松："你们中国为什么把 Robot 称为机器人？"

仔细琢磨，蒋新松也纳闷，是谁把 Robot 译成了"机器人"？从字面上看，很难让人猜到它跟"机器人"有什么关系。那么，英语中的机器人为啥不叫"Machine Man"，而是叫 Robot 呢？

说起来，还得从头捋一遍。这都是因为那个捷克人卡雷尔·卡佩克写的那部舞台科幻剧《罗萨姆的万能机器人》。剧中的主角机器人，捷克语读"Robota"。英语就沿用了它，叫 Robot，没有叫"Machine Man"，这是靠谱的。到了中国译成汉语怎么叫"机器人"了呢？

当时，蒋新松给出了这样的答案："机器人这一名词传入中国大概在 20 世纪 60 年代末 70 年代初的内部科技刊物上，难以考证译者出于怎样的考虑将 Robot 译为'机器人'，也许是 Robot 译成机器人比较直观吧。这一名词的翻译一直有很大的争议，但约定俗成很难改变。""机器人"——成为中国式的称谓。

蒋新松在后来的一篇文章中这样写道："当初 Robot 译成机器人比较直观，自有它的道理和巧妙之处。但也带来对它理解的神秘化及一定的副作用。因为叫作机器人，有人自然而然地会提出中国人这么多，还需要机器人吗？这一译名的历史功过，也许会是几十年后学术界一个有趣的研究课题。"

确实如此。Robot 译成"机器人"产生了不少误会，在机器人技术的推广应用和发展中也遇到过一些麻烦。为什么不叫"人机器"或"智能机"，一度成为学术界质疑的话题。以至于在"2015 世界机器人大会"上还有人发出疑问，"机器人"翻译回去，就不是 Robot 了，而是"Machine Man"。在国际的学术交流和技术合作中，我们总是免不了要向初来乍到的外国朋友解释一番。

20 世纪 80 年代中期，Robot 成为一个热词时，"机器人"成为中国表达，引发争议。蒋新松作为机器人领域公认的权威专家，一锤定音，也就被中国学术界慢慢认可了。

中国学者与世界专家的这次互动很活跃，也很惊险，惊险到集体"玩心跳"——一次意外成为他们难忘的纪念。

据谈自忠教授回忆："那次交流活动出现了一个小插曲，太惊险了。当时，沈阳自动化所根本没有现在这样富丽堂皇的办公室，办公楼挺破的。我们一些外国专家乘电梯下楼，电梯突然卡在中间一下子停了，把我们困在里面，上也不能上，下也不能下，把我们吓死了，要他们赶快来救援。"

蒋新松在走廊突然听到电梯紧急报警，不知出了什么事。只听有人大喊："电梯停了！快！电梯故障了，卡在半截了！"大家沿着步行梯跑上跑下，发现电梯停在了三、四楼层之间。有人叫来了所里的电工。蒋新松拦住："不行！你们千万不要乱动，赶快去找专业人员。"

大家立刻意识到，这电梯还不能乱鼓捣，万一整得不对，会更糟糕。那里面都是世界一流的机器人专家，个个都是精英，有个三长两短，可是惊天动地啊！别说是沈阳自动化所，就是中科院，都承担不起这个重责啊！蒋新松只觉得后背发凉。他在三楼对着封闭的电梯门，安慰大家，已经通知专业人员，马上就会过来排除故障，请不要着急。副所长王天然陪着外国专家团一块下楼也被卡在电梯里面了。他颤抖着声音一个劲儿地说："Non't move，Non't move"（不要移动，不要移动）。

不大一会儿，电梯服务公司的专业技术人员赶来了。原来，电梯出现了质量问题。电梯故障很快排除，恢复正常运行。专家们走出电梯，一个个惊魂未定。王天然脸色都变了。这家伙弄不好要命啊！

为了缓解一下大家心里的紧张，也为蒋新松摆脱尴尬，一向说话幽默的谈自忠教授对蒋新松开玩笑说："你这个搞自动化的怎么不自动了？"蒋新松一边擦着额头上的汗珠，一边直说Sorry。从来没见过蒋新松如此尴尬。事后，他也越想越后怕。为此，所里领导成员专门开了一次会，查找原因，汲取教训。

蒋新松一敲桌子，说："要做检讨应该我做。当初购买电梯是我让选用国产的。这还是国产最好的牌子，想不到会出现这样的问题。如果我们国家能像外国一样，用机器人生产制造，就可能不会出现这种质量问题。我看，根本原因是我们国家的制造业落后，科技水平太低，导致产品质量太差。我们要承担的责任，就是加快研究机器人，发展先进的装备制造业，彻底改变我国落后的局面。"

说来说去，原因捋到了这么一条。蒋新松又说："外事无小事，安全重于山。以后组织活动，我们可要慎重喽！"

应该说，这次交流活动，高山上的外国专家们放了不少好水，从机器人技术的应用到前沿理论和发展方向，专家们作了充分的介绍。在双方的座谈交流中，蒋新松带领他的团队与外国专家们进行了充分互动，无形中为中国机器人课题提供了很有价值的方向性意见。

根据"863计划"课题，蒋新松很快作出了中国机器人发展战略的总体布局，全方位覆盖了世界上机器人技术发展方向。其实，人们并不知道，沈阳自动化所在开发研制工业机器人、海洋机器人等特种机器人的同时，并没有放弃航天机器人的研究。

2014年，在沈阳自动化所举办了"迎接国庆六十五周年科技成果展"。在这里，除了看到工业机器人、海洋机器人、无人机等各种各样的机器人，还有一台航天机器人——登月车。这台航天机器人看上去很像个螳螂，非常小巧精致，它与2013年12月15日搭乘"嫦娥三号"着陆器驶抵月球表面的"玉兔号"月球车是一对孪生姊妹。根据航天工程需要，沈阳自动化所与中国航天科技集团公司两家并行研发，两只"玉兔"同时诞生。这只"玉兔"的性能不亚于登上月球的"玉兔号"。它是沈阳自动化所在航天机器人领域探索取得的标志性成就。

科技研发战略布局，对国家包括科研机构来说，至关重要，它决定着根本方向。有人认为细节决定成败，有人认为战略决定成败，事实上，战略解决的是方向性问题，一旦方向出了问题，一切细节都毫无意义。

细节也会决定成败。细节出了问题会走弯路，而战略出了问题要走回头路。蒋新松之所以成为战略科学家，是因为他对中国机器人发展布局选择了正确方向，奠定了坚实基础。

05

Chinese Robot

"脑"与"手"

三好街,是沈阳市和平区很有特色的一条街。因为它也是中国机器人的历史坐标。

沈阳自动化所的前身是辽宁电子技术研究所,1960 年 4 月,划归中国科学院辽宁分院直接领导,并从东北工学院(今东北大学)迁到沈阳市和平区三好街 90 号科研大楼。

三好街一带过去是东北工学院东门外的一片菜地,后来在这里建立了鲁迅美术学院、沈阳音乐学院等大学和一些科研机构。那时,学校要求学生品德好、学习好、身体好。于是,为了表达老一代人对新一代接班人的美好愿望,取名三好街。冥冥之中,它也成为那个时代对中国机器人的美好期许。

沈阳市三好街的文化沃土滋养了沈阳自动化所科学家的精神情怀,也哺育了中国机器人。在中国机器人的孕育和诞生中,沈阳自动化所的科学家们在三好街 90 号留下了太多的精彩和记忆的亮点。

曲道奎和王越超以出色的成绩先后毕业,进入中科院在沈阳自动化所刚刚建成的"中国科学院机器人学开放实验室"工作,成为科研骨干。蒋新松把他俩放到承担"863 计划"机器人项目的关键位置上。

曲道奎是中国机器人学第一个硕士,直接担任了"863 计划"机器人课题组组长。曲道奎讲道:"我机会比较好,研究生刚毕业就进入了机器人学这个前沿领域,并赶上国家'863 计划'立项,承担了研发机器人这一课题。对我来说,是历史给我提供的一个机会。所以，我觉得自己很幸运。"

那时，"863计划"课题负责人大部分都是高等院校的校长、副校长或研究所的所长、副所长。一个大学里有个"863计划"课题就很了不起了。

后来，王越超成为另一个课题组组长。他们俩研究的都是机器人控制方法，属于机器人最核心的技术，也就是它的大脑。他们俩研究的大方向是一样的，只是选择的路径不同。控制方法里面包括很多。曲道奎那时候做的是自适应控制。换句话说，就是有了感知能力，相当于把一个没有智能的机器人向有智能的方向发展一步。自适应就是能够主动适应周围作业环境的变化。王越超做的是基于传感器控制。最早的工业机器人是没有感知能力的，如何把感知能力加入机器人系统，根据传感器的信息来控制机器人自身的运动，这叫基于传感器控制。

他们俩研究的控制方法都是比较前沿的。正是有了比较前沿的研究课题，才为后续的应用和产业化奠定了基础。

蒋新松的两位弟子成为他的左膀右臂。曲道奎回忆说："我们课题组共有七八个人。最早的自动化所坐落在沈阳市和平区三好街90号。1988年搬迁到南塔街114号新落成的'国家机器人示范工程中心'。应该说，那里是中国机器人的摇篮。"

曲道奎就住在与自动化所一墙之隔的宿舍大院里。除了白天工作，几乎天天晚上加班到10点。所里晚上8点就关大门了，他们天天晚上爬墙回宿舍。如果从正门走，要麻烦看门的老师傅起来开门，还要绕道半个小时，大家都嫌太耽误时间。

当时，曲道奎正与女朋友陈丽萍谈恋爱。为什么不叫"热恋"？那时年轻人谈恋爱不像现在这么有热度。当然温度也不低，只是表达的方式不一样，他们是用科学人的方式。

有一次，两人见面，陈丽萍发现曲道奎胸前衣服上掉了一个纽扣。她想找一个给他缝上，没有合适的，就用审问的口吻问："你是不是干什么坏事了？老实交代！"

陈丽萍本来是跟曲道奎开玩笑，曲道奎却认真起来。天色这么晚了，为了证明自己清白，他拉着陈丽萍来到院墙下找扣子。陈丽萍看着他那种较真儿的劲儿像个天真的孩子，心里直乐。

墙这边没找到，只见这个山东大汉两手扒住比他高出一截的墙头，用力一挺，噌地蹿了上去，转身骑在了墙上。他伸手要拉陈丽萍上去。陈丽萍连连摆手："别别别，你下来吧！我承认你没干坏事好不好？"

"那不行，我要找着证据，洗个清白。"曲道奎一个抽身翻到墙那边，人不见了。陈丽萍觉得曲道奎很男人，那爬墙头的动作特酷。突然，曲道奎从墙那边伸过手来，手里捏着一枚纽扣。他在墙那边真的把纽扣找到了。"你翻过来吧。"陈丽萍在墙这边叫他。"好嘞！"噌噌两下，曲道奎一个连贯动作，眨眼间又翻了过来。

陈丽萍一下子抱住了曲道奎，娇嗔地说："你可别这样了，太危险。"曲道奎突然觉得周围的世界很灿烂。一只圆圆的大红灯笼高高地挂在天空，如同婴儿的脸蛋艳亮艳亮的；那月亮就像剥了壳的鸡蛋凝脂般地鲜嫩——哦！那是被星星拥抱着的月亮，星星眯着眼睛在笑；一阵微风吹起，把玫瑰的芬芳送过来，沁人心脾。他从来没见过这样的夜晚，也从来没有过这样的感觉。那个夜晚真美，年轻人陶醉了……

回想起那段经历，曲道奎脸上洋溢着很幸福的神情。"那时的人与现在不一样，很单纯。相对来说，那时候娱乐比较少，诱惑也没有现在这么多，环境也确实能够让你沉下心来做事。另外，那时搞研究的大学生本身就少，研究生更是凤毛麟角，所以我自身也觉得有一种自豪感、荣誉感和责任感。何况，又承担了国家'863计划'课题。机器人课题又是自己比较喜欢的，有动力也有激情，不用扬鞭自奋蹄。"

幸运的曲道奎比较得意，得意的曲道奎一往情深地拥抱机器人，却常常把新婚的妻子冷落在一旁。妻子陈丽萍嗔怪他："机器人的'神经元'还没应用上，你倒'神经'了。"曲道奎全身心地投入到课题研究中，满脑子都是机器人的"脑"——机器人自适应"神经元"。他在科研的路上走得近乎忘形。

不久,曲道奎发现自己心里产生了一个怪怪的念头:这个念头在他心里很快变成一只躁动不安的小兔子,蹦蹦跳跳,伸头伸脑地四处张望。蒋新松当初交给他的课题,在不知不觉中渐渐偏离了。后来,小兔子又长成为一匹脱缰的野马,常常失控。这匹野马就是他一心想超越他的老师——蒋新松。他要踢开蹄子,撒着欢儿,跑到老师前面去。他不像师弟王越超,稳稳当当,扎扎实实,向着既定的目标一步一个脚印。

科学需要像王越超一样严谨缜密,也需要像曲道奎一样特立独行,敢于向权威挑战。

有时,曲道奎觉得自己这匹野马很危险,桀骜不驯;有时又觉得很得意,可以成为一个青出于蓝而胜于蓝的奇葩。这种念头不断地分裂,分裂成两个曲道奎。一个曲道奎用理性的鞭子常常敲打着另一个喜欢独来独往、有了想法就任性的曲道奎。

所谓初生牛犊不怕虎,什么都不知道,也没什么压力。所谓的压力都是有了一定的社会经验,觉得过去一些事或一些经历成为包袱才会害怕。初生牛犊不怕虎,压根就不知道老虎是什么。老虎有多厉害都不知道,怎么可能怕呢?还以为是好伙伴呢。任性的曲道奎,不怕老虎的曲道奎,终于把老师给惹火了。他说:"我们那时也不知道深浅,研究生刚毕业就申请课题,不知道课题研究过程中还要评估、考核、验收。拿来课题就按照内容去研究,也没有什么顾虑和压力。"

蒋新松给曲道奎指定的科研题目,是 CIMS 与机器人控制的深度融合,研究机械手在 CIMS 中的实际应用,解决机器人"芯"的问题,曲道奎却搞起了机器人双手协调控制,奔着"脑"的方向去了。

当时的机器人就像人的一只手一样,是一只机械手。但是,单手有很多限制。曲道奎解释说:"我就考虑,人只用一只手很多事都做不了,两个机器人手协调起来就可以做好多动作。就像人爬墙头一样,双手既可以分工,又可以协作,才能爬过去。双手工作起来，才真正像个'人'。我在研究机器人的控制神经元时就搞起了机器人双手协调控制。"

但是，要达到这个功能不是个简单的事，要从算法和建模做起。那时不像现在技术发展得这么快，很多技术不支撑，不仅国内没有，国外也没见到。他需要通过各种建模和里面的通信技术，解决两个机器人手如何才能协调，包括感知系统怎么做，等等。

曲道奎说："那时，我脑子里总有奇怪的想法，我要搞出东西让老师感到意外、吃惊，一心想给他个惊喜。"当蒋新松检查课题进度时，发现曲道奎研究的课题不对路，没有按照预先设定的做，立刻拉下脸来，样子十分可怕。但他没说话，黑着脸走了。

这不是老中医面前玩偏方吗？蒋新松急眼了，但他没有批评曲道奎，却对着机器人研究室主任谈大龙大发雷霆，狠狠地训了他一顿。谈大龙委屈地说："他是你的弟子，你说他都不听，我能管得了他？"这小子是山东人，倔脾气。蒋新松想到自己当年年轻气盛，也曾有过任性。科学需要这种叛逆精神，蒋新松认可了。

在科学领域，曲道奎是个"喜新厌旧"的人，他总是不断地寻找新的兴奋点、探寻新事物。一旦搞明白了，他便立刻觉得索然无味，然后又去寻找新的方向。后来，曲道奎才发现，蒋新松是一座不可逾越的巅峰。当他们小组遇到一个难题久攻不下时，蒋新松来到实验室当场为他们推导出算法公式，问题迎刃而解。

曲道奎回忆说："蒋老师不仅在科研上经常帮我们解决一些复杂的专业问题，他在生活上也是一把好手。有一次过节，他请我和王越超几个学生到他家吃饭，想不到他亲自操刀下厨，做了一桌子好菜。据说，他在家里经常缝缝补补，连毛衣他都会织。像他这样全面的科学家，实在少有。大家对他简直太佩服了。"

曲道奎对自己的老师是既佩服又不服。每年都要对"863计划"课题组织一次验收，这回，曲道奎的"歪门邪道"能否挑战成功？在科研上，曲道奎不循常规，这次验收大考，他却十分认真、严谨地对待。

一次意外，让他给"863计划"课题的验收专家留下了太深的印象。

为了迎接第二天的检查验收,头天晚上,曲道奎按照整个程序将"双手协调"系统又做了一遍。那时,他们小组的工作室刚搬进新建的国家机器人示范工程实验室,大工作间门窗全部都是落地大玻璃,设计建造是比较超前的。

晚上 10 点多钟,他从工作室朝外走,不小心一下子撞到玻璃门上。原来大玻璃门边上放着一张桌子,不知道怎么回事,桌子被别人搬走了。外面是黑的,他以为玻璃门是敞着的。只听哗啦一声,玻璃门爆了。破碎的玻璃掉落在他手上,把他的右手划了一个大口子,血流如注。

当时他没在乎。回到家里,妻子一看吓坏了,流了那么多血,不放心,用自行车带着他到附近的陆军总院急诊室进行包扎,医生给他缝合了 13 针。第二天,大家看到曲道奎用纱带吊着一只手,另一只手操作键盘,演示机器人"双手协调"功能。专家们不知何故,小曲搞"双手协调",自己却变成"单手操盘"了。有人开玩笑说:"小曲,还是你的手厉害,一只手指挥两只'手'。"

06

Chinese Robot

寻找"长生不老药"

曲道奎虽然有了想法就任性,但他对老师布置的课题还是认真对待的。曲道奎不仅解决了机器人"双手协调"控制难题,也圆满完成了他担负的"863 计划"第一阶段的课题。

1988 年,曲道奎负责的机器人研究课题通过了验收,成为"七五"期间的一项成果。为此,沈阳自动化研究所受到中科院的奖励。

常规情况下,曲道奎应该出国留学读博了。自动化所的领导们很纠结,曲道奎作为机器人研究的骨干力量，一旦出国，国内的研究进展就会受影响；如果不让他出国学习，又很难与国际上最尖端的技术对接。那时，中国机器人毕竟处于起步阶段，与国际先进水平差一大截子，无论对单位还是他个人的发展都不利。其实，让领导们更不踏实的是，把曲道奎送出去他还回来不回来？

曲道奎曾到美国出了一趟差，购买了一套工业机器人元器件。回来感叹地说，中国与美国的差距太大了。有人听了，放出话给蒋新松听，这小子要是出去肯定不回来了。"那次去美国，在旧金山一下飞机看到大机场那么大，再一看高速路，跟国内完全不一样。出国前我们还有点儿盲目自信，总觉得国内已经不错了，认为这些年中国发展很快。实际上到国外一看，完全是处在不同的层次上。我在美国培训了一个月，看到国外在新技术、新领域里确实超前。"曲道奎回忆说，"回来有点羡慕嫉妒恨，一定要搞出点东西来，赶超他们。当然，也想出去长长见识。"

曲道奎出国还回不回来？当时出国留学潮开始升温，科技人员更是趋之若鹜，有些人出去就没打算再回来。蒋新松舍不得他这个大弟子。"按正常情况，1986 年读完研究生，我应该出国留学。就是因为承担了'863 计划'课题，一直出不了国，直到把课题做完。当时，我们所里有好几个在国外的，后来都没有回来。"曲道奎说，"我们那个时代搞科技的人，出国很正常也很方便。没想到，我出国留学却遇到了麻烦。"

这天，蒋新松把曲道奎叫到办公室，问："想不想去找'长生不老药'啊？"号称具有"思维超链接"反应能力的曲道奎，大脑一时短了路，莫名其妙地问："长生不老药？"不苟言笑的蒋新松看到他的大弟子总是表现得很开心。望着曲道奎一副丈二和尚摸不着头脑的模样，他也乐了，给曲道奎讲起了故事。蒋新松喜欢用讲故事的方式深入浅出地说明道理，这也是他讲话所具有的艺术魅力。

10 年前，邓小平访问日本，会见日本各党派的政要和社会名流时，大概想起了 2000 年前徐福奉秦始皇之命东渡日本寻求长生不老药的历史故事，也想唤起日本政要对中日古老友谊的缅怀与回忆。邓小平把话题一转，一语双关，对大家说，听说日本有"长生不老药"。这次访问的目的，一是交换《中日和平友好条约》批准书；二是对日本的老朋友所做的努力表示感谢；三是寻找"长生不老药"。

话音一落，现场爆发出阵阵笑声。其实，他说的"长生不老药"就是日本高速发展的丰富经验和现代化技术。

曲道奎灵台豁然透亮。老师说的"长生不老药"指的是机器人技术。他笑嘻嘻地说："这样的好事谁不愿意去？做梦都想。"

"可惜，徐福东渡之后杳无音讯，再也没有回来，让秦始皇空等了一场。"蒋新松靠在椅背上望着天花板若有所思地说道。

"这也不能全怪徐福，秦始皇也有责任。"

"秦始皇？说说看。"蒋新松立刻欠起身来，目光咄咄逼人。大弟子的跳跃思维总是让他意外。

"秦始皇没选对人啊。"曲道奎乐呵呵的，对自己的回答很得意。

"这么大的事，秦始皇也不会轻率地用人。"蒋新松又收起笑容，神情严肃地说，"恐怕是'将在外君命有所不受'，徐福乐不思蜀了吧？"

"其实，徐福也未必不想回来，根本就找不到'长生不老药'。报国无门，回来反被打入冷宫，没有好果子吃，只好望洋兴叹了。"

"这么说，徐福不回来是很有理由的？"

"那也不一定。如果用历史的眼光看，徐福没能回来有很多理由；如果用今天的眼光看，徐福回来只需要一个理由就够了。"

"什么理由？"蒋新松又一次瞪着眼睛盯着他的大弟子。

"对信任的忠诚。"曲道奎毫不含糊地回答道。

"说得好！我可以让你寻找'长生不老药'了。"

"你不怕我当徐福啊？"曲道奎挑战成功，笑着反问老师。

"你要是真的做了徐福，我也没办法。不过这次不是去日本，真正的'长生不老药'，去日本你得不到，人家不会给我们。你当一回'灵芝仙子'吧，去拜山姆大叔为师，也许能讨回点儿'神药'来。"

意想不到的是，山姆大叔搭错了一根筋，耍起坏脾气，不认曲道奎这个徒弟。

07
Chinese Robot

FBI 例行调查

邓小平访日之后，中日关系发展进入了一个新阶段，中日之间的合作交流一直比较密切，蒋新松为什么不让曲道奎去日本而是去美国？

除了美国拥有最前沿的机器人技术外，蒋新松对日本人在自主知识产权方面的态度太了解了。日本作为一个资源匮乏的岛国，把技术看得很重，尤其对领先技术和核心技术封锁得相当严密，绝不会轻易地出手、转让或向外透露。

邓小平访日期间，曾到松下公司参观。邓小平深知松下幸之助的声誉，称他为"经营管理之神"，希望松下能够将最先进的技术传授给中国人民。松下却毫不隐讳地向邓小平解释说："像我们松下电器公司这样的私有企业是通过不断开发新技术而得以生存的，所以日本的企业一般不会出口技术，更不愿意将最新技术公之于世。"

显然，邓小平的顾问们未曾向他提及这些信息，邓小平不了解日本的这个特点，出现了一时的尴尬。好在松下还是给了邓小平面子，又承诺尽量帮助中国掌握先进的电视机生产制造技术。

虽说邓小平访日之后，中日关系不断升温，双方交往更加密切，但在新技术交流方面，日方始终没有打开对中国封锁的隔墙。你到日本学日语、打工可以，学他的先进技术，门儿都没有。日本企业把高技术看作生存的命根子。曲道奎之所以到美国去买工业机械手，就是因为那次蒋新松到日本购买机器人遭到冷言拒绝，日本人是不会轻易出手技术的。

蒋新松心里一直有个结。"美国人比日本人开放。1979 年，邓小平与卡特签署过一份科技文化交流协定，这是一道门缝，双方之间比较宽松，我们可以挤进去。"蒋新松对曲道奎说。

美国是机器人的诞生地，比起号称"机器人王国"的日本起步早得多。20世纪 60 年代至 70 年代，美国的工业机器人主要立足于前沿技术研究，只有圣路易斯华盛顿大学等几所大学和少数公司开展了相关的应用研发工作。那时，美国政府没把工业机器人当回事，更没列入重点发展项目，致使错过了发展良机。这不能不说是美国政府战略决策失误。

然而，深受劳动力短缺之困的日本受到启发，一股机器人热浪席卷工业界。20 世纪 80 年代，日本成为名副其实的"机器人王国"。日本将 1980 年称为"机器人元年"。

此时，美国人才发现机器人的巨大威力，感到形势紧迫，政府和企业界对工业机器人的制造和应用在认识上发生了改变，开始重视机器人，制定和采取了相应的政策和措施。20 世纪 80 年代中后期，随着各大厂家应用机器人技术的日臻成熟，在第一代机器人的基础上，美国开始研究生产带有视觉、力觉的第二代机器人，并很快占领了美国 60% 的机器人市场。尽管美国走了一条弯路，但并没有失去机器人技术在国际上的领先地位。而且，美国的智能技术发展很快，在航天领域、汽车工业以及军事领域广泛应用。美国无疑成为世界上的机器人强国之一。

蒋新松毕竟是一位战略科学家，他的目光到达的是未来。他对曲道奎的留学是经过深思熟虑、从长计议的。当年，在日本受辱而愤怒的蒋新松一心要为国家争口气。今天，他要把这口气注入到曲道奎身上，到美国留学是最佳的选择。他亲自与美国方面联系，安排曲道奎到美国深造。

1988 年底，蒋新松为曲道奎联系去美国纽约的克莱姆森大学留学，并安排曲道奎到长春中科院留学人员外语培训中心强化学习了半年英语，为赴美留学做准备。

曲道奎为什么没有到圣路易斯华盛顿大学留学？谈自忠教授还原了这件事的真相。在中美之间的科技文化交流中，由于蒋新松与谈自忠之间来往频繁，引起了美国联邦调查局的注意。在"八九政治风波"之前，中美关系有了波动。FBI 官员过度敏感了，经常到谈自忠家里"例行调查"，对谈自忠教授正常的工作和生活造成了干扰。

在这种情况下，蒋新松安排曲道奎到圣路易斯华盛顿大学显然已不合适，转而为曲道奎选择了克莱姆森大学。

结果，在办理出国手续时，因"八九政治风波"，美国对中国留学生突然拒签。

山姆大叔关上了一扇门，上帝会把窗子打开吗？

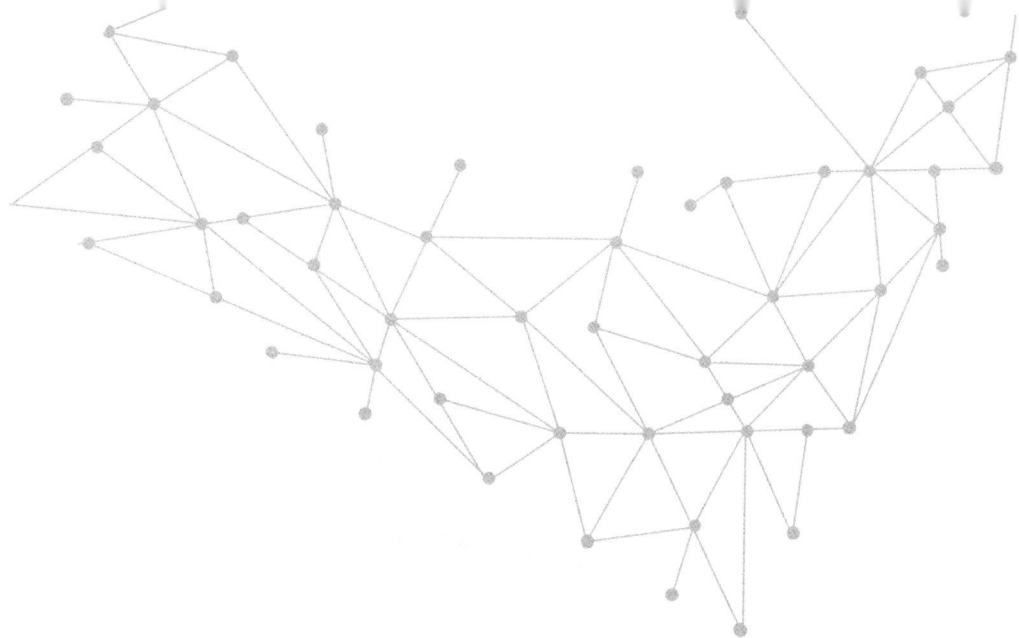

祖国是"本体"

家国之间：现实给出的命题往往是一场零和博弈。当科学报国成为人生的追求时，这道多元方程的答案很简单，但需要用精神来建模，用一生去演算。

01

Chinese Robot

莱茵河畔的风声

"我们那批留学生被拒签，都很反感。中科院也不往美国派人了。当时给我留下的阴影，就是美国政府很霸道，对中国采取种种制裁。"曲道奎回忆当时，"我对老师说，不去也罢，无所谓。我继续做'863计划'项目的延伸就是了。蒋新松老师说，'长生不老药'我们还是要找的。"

后来，科技界加强与欧洲的对接交流，科研院所一般都往欧洲派人。曲道奎去欧洲有两个选择：法国或德国。法国国家科研中心主任 G . 杰洛特先生，作为法共党员，是中国的国际友人，也是蒋新松的好朋友，曾表达过邀请曲道奎赴法留学的心愿。

蒋新松还是决定把曲道奎派往德国学习。他考虑到，曲道奎到德国不仅可以研究最先进的机器人技术，还可以学习德国在机器人产业化方面的经验。

德国机器人制造业起步晚，但发展快。二战后德国劳动力短缺，一心想提升制造业工艺技术水平，不断提高生产效率。德国政府在发展工业机器人上极为卖力。20世纪70年代中后期，德国政府在推行"改善劳动条件计划"中，强制规定部分有危险、有毒、有害的工作岗位必须以机器人来代替人工，为开辟机器人应用市场摇旗呐喊。德国工业机器人广泛装备于传统产业，积极带动传统产业改造升级，引领工业机器人向智能化、轻量化、灵活化和高效化方向发展。

1985年，德国开始向智能机器人领域进军。经过多年努力，以库卡（KUKA）

为代表的工业机器人企业脱颖而出，占据全球领先地位。蒋新松安排曲道奎到德国留学，目的很明确。曲道奎人生的关键转折，就发生在德国留学期间。

1992 年，曲道奎在合肥进行了一年的德语强化培训，并于 7 月份来到德国萨尔大学（Universitaet des Saarlandes）。

德国萨尔大学位于德国西部美丽的萨尔州。萨尔州因流经该地区的萨尔河而得名。萨尔河发源于法国，从南向北流经萨尔州，经摩泽尔河最终汇入著名的莱茵河。萨尔州虽然不大，却位于欧洲的几何中心。

萨尔大学成立于 1948 年，是德国一所著名的综合大学。在萨尔大学开设的专业中，以计算机与通信技术、机电一体化最为著名。所以，曲道奎选择在电子技术系统理论实验室做访问学者，从事神经元网络在机器人控制中的应用研究。

导师 H. 雅舍克（H. Aschek）是德国著名的机器人专家，尤其在系统控制理论方面是德国的权威。起初，他看了曲道奎的资料半信半疑，因为从他掌握的各国在机器人学领域的研发水平来看，中国在这个领域还是 "小儿科"。曲道奎提供的资料显示的成果却完全出乎他的意料。

当曲道奎来到萨尔大学第一次见到 H. 雅舍克教授时，双方的交流变成了一场严格的 "面试"。来自东方的这位年轻的学者不仅从容、流畅地回答了德国权威专业性、挑战性的提问，对机器人学在国际上的发展现状和未来趋势，也有自己独到的见解。H. 雅舍克教授立刻感受到这位来自中国的年轻学者所具有的东方智慧，他过人的悟性和灵性，正是机器人学研究者所具有的非常潜质。

不久，H. 雅舍克教授主动把曲道奎的访问学者身份申请办成了留学身份。曲道奎不仅可以参与他的项目研究，还可以随时进入他的实验室工作。在 H. 雅舍克教授的研究所里能够享受这种待遇都是被高看一眼的，所以，曲道奎在德国萨尔大学学习研究期间，得到导师的特别赏识，很受人注目。

但是，周围一些人都把他误当作日本留学生，甚至有个日本人还把他当作韩国人。曲道奎告诉他："我是中国人。"那位日本人用怀疑的口气说："中国也搞机器人？""你们日本能搞，中国为什么就不能搞？"曲道奎反问对方。

有些发达国家的留学生知道曲道奎是中国人就对他冷淡了，甚至不愿和他交往了。这件事对一般人来说，解释开也就过去了，大可不必计较。曲道奎和他的老师蒋新松一样，自尊心强，比较爱惜自己的"羽毛"，他觉得自己受到了莫大的侮辱。

在他看来，这不是偶然的误会，这是他们骨子里瞧不起中国嘛！外国人不相信中国人具备搞机器人研究的能力，使他的自尊心受到伤害。曲道奎的妻子陈丽萍回忆说："那时他每次写信来，总是说导师很欣赏他，对他很好，但外国人歧视中国人，看不起中国。"

中国在科学技术领域里，比发达国家差一大截子，谁能把中国放在眼里？西方丛林法则就是拿实力说话。表面上看起来对你挺友好，可心里瞧不起你，没人把你当回事。这使曲道奎横下一条心，一定要成为这个领域的专家，为中国人争口气。

"我们在出国之前对国家的概念并不是太强。大家有一种错觉，总认为外国民主、自由，更多的是对国内的很多现象看不惯。出去以后才发现，你羡慕的东西跟你没关系，那是人家的。"曲道奎深有感触地说，"我不知道别人在国外是什么感受，我总觉得寄人篱下。现在，国家强大了，感受肯定不一样了。中国人到哪里都可以挺直腰杆了。可见，一个国家的繁荣强盛，对一个国家的公民意味着人格、尊严。另外，我也看到了国外科技的发展，尤其在产业方面的发展程度，中国的差距还很大，产生了一种不服气的强烈冲动。中国知识分子就是这样，比较受不得窝囊气。你说我不行，对我反而是一个很大的激励，逼得我非要争口气，一定做出点名堂来给你看看不可。"

02

Chinese Robot

家书抵万金

1993 年 7 月，曲道奎的留学还不满一年，他接到所里一封信，心中倍感温暖。

邓小平南方谈话之后，中国加快了改革开放的进程，开放的大门全面打开。在科技领域改革的力度不断加大，中科院释放出一个个利好举措，大力推动科研成果市场化。同时，外国企业借助先进的技术优势开始大规模地进军中国市场。

蒋新松敏锐地意识到，中国机器人走出实验室的时候到了，必须尽快走向市场。他决定成立机器人研究开发工程部。所里坚守在科研一线的多是老同志，年轻的技术骨干大多出国留学了，需要年富力强的技术骨干把机器人事业部撑起来，尤其是机器人领域人才稀缺。谁是合适的人选？当然是他的大弟子曲道奎。出国留学人员几乎都留在了国外，大家都认为曲道奎也不会再回来了。不回来也很正常，大家都理解。国外的科研环境和条件比国内优越，对于个人来讲，更容易出成果和有利于发展。

如果能学成回国，又确实了不起，回国人员需要放弃眼前的利益和抵御住国外的种种诱惑，甚至关系到一生的事业发展和前途。有人回来后，因国内不具备继续科研的条件，只好当老师了，也确实很可惜。所以，那时回国的反而让人觉得不正常。

虽然曲道奎表示过他不会做"徐福"，蒋新松也不可能硬要曲道奎回来，本来这小子脾气就倔。人各有志嘛。

蒋新松让所里给曲道奎写了一封信，了解一下情况。虽说信中没有明说，意思很明确。曲道奎捧着这封"家书"感到沉甸甸的，也隐约地悟出了信中的潜台词是"问君归来否"，曲道奎随即写了一封回信。他在信中汇报了在德国学习研究的进展状况，也表达了一个海外学子的内心世界和精神情怀。

据王天然院士回忆，所领导收到这封信进行了传阅，大家很感动。说心里话，那时出国留学能回来确实难得。蒋新松拿着信动情地说："道奎回来，机器人这一块儿后继有人了。这封信可以在所刊上发一下。"

1993年8月第7期《机器人》杂志给这封信加了一个"编者按"刊发，摘编如下：

自到德后，我一直从事机器人仿真。其主要工作就是基于C和MICROWINDOWS，建立一个机器人仿真环境，目的是在该环境下开展神经元网络在机器人中应用的研究。该仿真环境主要由三部分组成：机器人数据库、神经元网络建模及仿真、输出显示。当然这一切皆是在WINDOWS下操作，现在大部分工作业已完成，下一步就是要扩充和加进一些有效的神经元网络算法。

曲道奎说，他当时收到所里的信很感动，也明白所里很需要他。但是，他还不能立刻回去，他出来不到一年，课题还没做完。国家公派出来一次也不容易，他不能半途而废，他要抓紧完成他的研究课题。他回信中这样写道：

我打算按期回国，若工作没完的话，至多延期月余。尽管导师希望我能留下继续这项工作，并且我身份早已变为学生，在校注册两个学期了。另外，还有其他几个大学的教授也同意我到他们手下工作一段时间或攻读学位。但通过这一年在德的亲身感受，加之国内现在形势的巨大变化，权衡利弊，回优于留。我认为回去的人并不等于多么爱国，留下者也不一定是不爱国者，只是个人处于当时环境，结合自身现状，取舍不同罢了……他乡虽好，非己故园，迟归不如早回。

1991年12月，苏联犹如溃塌的大厦，稀里哗啦分崩离析，一夜解体。同时，引发了德国的动荡和变化。这一政治气息的变化也给曲道奎的内心带来冲击。他在回信中感慨：

现在的德国已今非昔比，昔日之繁荣，自德国统一后，已如西下之夕阳，也有德国人称之为黎明之黑暗，总之问题繁多。今年更是德国的多事之秋，经济降到谷底，失业率持续上升，许多工厂倒闭，工人上街游行，新纳粹势力抬头，民族情绪上升，排外事件屡有发生。中国人被打、被刺者也时有耳闻。生活在德国总有一种不安全感，提心吊胆，总担心会有什么事落到头上……一个国家贫穷落后，其国民在外是不会受到尊重的。同样是黄皮肤的日本人，在国外的处境是截然不同的，德国人是既怕日本人，又佩服他们。

在德国留学期间，曲道奎目睹了一位苏联留学生在苏联解体后遭遇的痛苦经历和凄惨境况。所以，现在的俄罗斯人一提起当年的苏联解体就会掉眼泪。有句话说得好，真理是在痛苦中发现的。随着苏联的解体，西方的反华势力抹黑中国十分猖獗，唱衰中国的舆论甚嚣尘上，巴不得中国立刻重蹈苏联的覆辙。

曲道奎明显地感受到留学生之间的世态炎凉。残酷的现实让他深切地感悟到，一个国家失去了自主自强的能力，也就丧失了国际地位；作为国民，也就失去了做人的尊严。"那时候，一种家国情怀突然之间很强烈。如果没有强大的祖国作'本体'，一个人的灵魂还会有什么归属？本事再大，也会失去应有的尊严。"如今，他依然感慨道，"个人尊严、前途和命运总是与国家休戚与共、息息相关。说起来好像唱高调，其实就是这么回事；这是个大道理，不是空道理。只有亲历了那种处境，才能感同身受。"

正是在德国的留学经历，在曲道奎心中深深地埋下了产业报国、强大祖国的种子。"从那一刻起，我才发现，一个民族的标签就是'强大'，只有强大，你才有资格成为地球上的'球员'，才有上场的资格，才能在世界上昂起你的头颅。"曲道奎感慨道。也是从那时起，他心中坚定了一个信念，要为机器人打上"中国烙印"；让中国机器人站起来，亮丽上场，站到世界舞台上，成为中国强大的"标签"。

近年来机器人研究在国际上又不太景气，德国亦不例外，德国各大学名义上研究机器人的单位不少，但规模都很小，名不副实……真是世界真奇妙，不看不知道。从设备、水平及实力来看，我们所并不比国外任何一个研究机构差，只是我们信息不够灵通，国际文章太少，对外交往也不够。到目前为止，我已去了一些德国的机器人研究机构，还准备去有关公司了解一下情况，再向所里详细介绍。

曲道奎看到这封信，回想起当年的情景："在德国我发现，德国人很讲究秩序规则，在科学研究上很严谨。我那时搞神经元网络研究，就是把神经元网络的这种控制技术应用于控制机器人，是一种新技术。"随着深入学习研究，他发现，在神经元方面，中国与外国的差距并不大，他很快就掌握了世界的前沿技术，触摸到这一领域的天花板。

曲道奎的迫切愿望是把技术尽快应用到生产中，实现产业化。他对德国进行了一番考察。一次，他到被称为"大众狼堡"的大众生产基地沃尔夫斯堡参观，眼前的场景令他震撼。这里的汽车装配车间里，几千台机器人日夜不停地工作。正是在这里，他眼见了机器人的发展潜力和广阔前景，尤其是工业机器人在现代工业国家发挥的重要作用和巨大的产业经济价值。他迫切期望回国后能将机器人研究成果转化为产业。

曲道奎后期的研究对象已不是单纯的机器人神经元，而是以德国为代表的西方国家如何实现高技术的产业化。他作了大量的调查和分析，对德国的现代化企业包括西门子等企业巨头进行解剖和透析，从中寻找中国产业化的方向和路子，为回国发展机器人事业作准备。在这一点上，他不愧是蒋新松的大弟子，师徒之间心有灵犀、不谋而合。

03

Chinese Robot

冰心玉壶

1993年10月，曲道奎接到蒋新松从国内打来的电话，问他课题研究进展得怎么样了。他说差不多了，国外基本上就这水平。他想对德国在机器人产业化方面作些研究，德国在这方面值得中国借鉴。

"既然是这样，你就抓紧完成课题，多了解一些机器人产业化的情况，早点儿回来。"蒋新松在电话里说，"德国刚统一，矛盾重重，你在那里意义不大了。中国机器人走出实验室的时候到了，急需技术力量，更需要学科带头人。你在国内是最早搞机器人的，有这么好的基础，又在国外做了一年多的研究，掌握了国外的前沿技术，对产业有了一定的了解。所里正要成立机器人研究开发部门，你提前回来吧。自动化所搞机器人研究不再是简单地搞理论方法研究了，要做产品，走向市场。"

"我一听很激动，这一点我与老师想到一块儿去了。"曲道奎说，"实际上，我那时在国外看到的东西，给我一些启示，我也在思索机器人未来真正的作用、空间在哪里。过去，我们总觉得机器人很好玩，去搞研究，是一种兴趣爱好。后来虽然认识到机器人的应用价值，但还没有上升到机器人将来还能在产业化、制造业、国民经济发展甚至在国家强大中起到重大作用。所以，到德国去以后，这方面的感受就很深刻了，有了一个大的升华。于是，我就抓紧时间完成课题收尾工作，准备打道回府，提前回国。"

德国导师 H.雅舍克得知曲道奎要回国的消息，大惑不解，一再劝他留下来。

这天晚上，在萨尔河湾旁一家颇为考究、充满欧洲风情的酒吧里，雅舍克打开一瓶当地盛产的葡萄酒，请曲道奎一起品尝。

一轮明月正从水天相接的地方渐渐升起，给萨尔河涂抹了一层淡淡的银色。两岸灯光倒映在清澈的河水里。游艇、小船时而从河上划过，波光潋滟的水面上泛起层层涟漪，将倒映的灯光打碎成无数个金色亮点，形成一条条跳动的光带，伸向远方。

酒吧里飘荡着云朵般轻柔的乐曲，好像从远方飘来又飘向远方。这是曲道奎熟悉的一首钢琴曲，贝多芬最著名的作品《月光奏鸣曲》。在这迷人的夜晚细细品赏，令人陶醉，如诗如梦如幻。

雅舍克仿佛从梦中醒来，向曲道奎举起酒杯："曲，喜欢吗？"

"当然，我在大学里就喜欢贝多芬的钢琴曲。"

"哦，你也喜欢贝多芬？太好了。"雅舍克耸着肩膀得意地说，"贝多芬的这首《月光奏鸣曲》多情而又浪漫。"

"曲，留下来吧。"雅舍克向曲道奎举起酒杯，"热情好客的萨尔人欢迎你成为这里的公民。"

"谢谢导师，我想家了。"

"遗憾的是，你的研究成果回国用不上啊。中国在这方面的技术太落后，至今还没有自己的机器人本体。"

"正是因为这个原因，我才要回国。"

应该说，德国导师的挽留是真诚的。世界文化遗产弗尔克林根钢铁厂是萨尔州最重要的经济支柱，也是汽车制造业和汽车配件供应基地。德国很需要机器人专业技术方面的人才。显然，曲道奎留下来，会有一个美好的、尽情施展的平台。

"曲，留下来吧。待遇不用担心，有什么要求和条件尽管提出来。"雅舍克还向曲道奎许诺，以后可以帮助他把太太和孩子移居到德国。

可以说，在曲道奎面前展现出优越的事业平台、优厚的待遇和美好的人生前景。这对出国人员来说，确实具有很大的诱惑力。

"感谢先生的好意。是的，我研究的'神经元'如果离开机器人本体，无所依附，毫无价值。同样的道理，祖国是我的本体，离开祖国，我还有什么价值和意义？我们中国人讲传统。在我们中国传统文化中，国和家是连在一起的。即使我和太太、儿子移居到德国，家是搬不过来的。我离不开国，不会轻易地舍弃家。"

"哦，原来是这样。"雅舍克投来敬佩的目光，并向曲道奎举起酒杯，"祝你好运！"雅舍克终于理解了曲道奎。

在曲道奎结识的几位中国留学生中，也有人劝他留下来，说是回国就废了。他说各有各的情况，还是要回去。曲道奎既不愿当"打工仔"，也不愿做"二等公民"。

曲道奎心里十分清楚，蒋新松让他提前回国也是出于对他的器重和偏爱。老师培养他多年，工作正需要，他不能辜负老师。

赤子追梦。曲道奎谢绝了德国导师和留德学友的一再挽留，毅然回到国内。

04
Chinese Robot

科学人的温度

谈起曲道奎，他的夫人陈丽萍说，山东男人嘛，重情重义，但生活上是粗线条的人。曲道奎是搞科学的，不会吧？有人不信，对陈丽萍说，曲道奎从德国回来，肯定给你和孩子带了不少好吃好穿的外国货。

"嗨！他要是带一些吃的、用的洋货回来，就不是蒋新松的学生了。什么样的老师，带什么样的学生。他心里没这些小事。就给他儿子带了几盒巧克力，其他的全是资料和书。那些资料、印刷品很精美，我印象特深。"陈丽萍这样说。

曲道奎承认："这一点，我确实很像老师。蒋老师这种大格局的人，根本就没有那些婆婆妈妈的小事。那时，我从德国回来，顾不上买这买那的，满脑子想着回去怎么干事，就是亏欠了老婆、孩子。"其实，陈丽萍对这种小事也不在乎。

曲道奎和陈丽萍谈恋爱很偶然。陈丽萍原来是搞计算机技术的，平时见面彼此打个招呼，客气一下。有一次所里开大会，他俩无意中坐在了一块。教育处的赵老师是位女同志，左看看右瞧瞧，怎么瞅怎么像一对儿。帅哥靓女，郎才女貌，多么般配。这位老师热心了一回，郑重其事把他俩叫到办公室，说："我给你们俩当个红娘吧！咋样？"他俩相视一笑，脸一红，彼此中意，缘分天定。

他俩偶尔花前月下一回，也是聊工作，没有更多的浪漫。那个年代就是这样，平时各忙各的。一位闺蜜对陈丽萍说："山东人脾气倔，大男子主义，你可要拿住他。"陈丽萍笑笑："没感觉到！他很会献殷勤的。山东人不会都那样吧？"岂不知，结了婚，曲道奎这家伙日益露出了"本性"。

据说，任何人的一生，都可以从童年时代找到逻辑。曲道奎家是山东省青州市的。青州是古代九州之一，人杰地灵。曲道奎上面有两个哥哥、一个姐姐，他最小。山东有句俗语：头生子稀罕，老生子娇，吃亏的就是正当腰。曲道奎最小，从小又非常聪慧，集全家宠爱于一身，家里的事自然用不着他操心，何况那时他家的条件还不错。曲道奎从小就爱玩。他母亲出身大户人家，读过私塾，对曲道奎上学管得紧。虽然他爱玩，但养成了学习的好习惯，在班里是学习的尖子。高考时大家都"冲刺"，他照样玩他的，没当回事儿。到了大学，他玩得更疯。考上蒋新松的研究生，初衷是纯属觉得机器人好玩。

他和蒋新松有好多相似之处，就是在勤奋上，他自愧弗如。蒋新松是超级勤奋的科学家，在家里也是"男神"，没有不崇拜他的。曲道奎给他当学生，工作上也算一狂，生活中的懒毛病基本上保持不变。

陈丽萍出生在哈尔滨，后来随父母来到沈阳。她父亲也是搞科研的，母亲是医生。陈丽萍在姊妹两个中是老大，从小受家庭环境熏陶，自立、自强，一点也不娇气。

曲道奎没有时间和精力管家里的事，整天早出晚归，在外奔波。陈丽萍说，他回到家里总是疲惫不堪，连话都不想说。他有个特点，越累越能睡。第二天，他又早早地起来，精神饱满地走了。全身心泡在机器人事业的发展中，对家里的事，一律当甩手掌柜，也就在情理之中了。

陈丽萍也不指望他。1989 年儿子出生了，曲道奎准备出国。陈丽萍只好作出牺牲，告别科研岗位，到了行政办公室。陈丽萍对自己回归家庭不免有一种失落感。曲道奎就哄她说："媳妇，你等着，等我们研究出机器人帮你洗衣做饭、打扫卫生。你什么都不用干了。我们老了还能伺候我们。"

其实，陈丽萍也觉得，家里的事毕竟是小事，她从来不让曲道奎管。她说："曲道奎来去匆匆，成为家中过客。有时出去几天连个电话都没有，他的工作性质就是这样。像当年蒋新松老师大事还考虑不过来呢，哪有时间想那些婆婆妈妈的事？"

陈丽萍美丽、知性而优雅，也是曲道奎的骄傲。她说："要说山东人嘛，都认为大男子主义。我倒觉得，男人嘛，就应该干点儿大事，有点儿大责任、大担当、大情怀。"

也许是寄希望于儿子成为一个勤奋的人，他们给儿子起的名字叫曲晨耕。曲道奎解释："自古就有'地有三分、晨耕暮读'之说，希望孩子别像我这么懒，要爱学习、爱劳动；'晨'也是'陈'的谐音，我和陈丽萍也能扯平了。"他们像许多父母一样，在孩子身上寄予厚望。

事实上，曲道奎追求生活简单化，他应邀到全国各地参加学术交流活动、主持论坛、发表演讲，像当年蒋新松一样，为发展中国机器人四处奔波，摇旗呐喊。他出门在外，就是一个旅行箱，一身正装，连个热水杯子都不带，一年四季喝冷水，他认为这样节能。曲道奎的懒惰，其实是在物质生活上用减法、在事业和精神上用加法的一种表现。

这几年，机器人越来越火，曲道奎的活动也越来越多，他也很想轻松一下。他的爱好还是挺多的，像摄影、打球、旅游。但是，他没有时间轻松。他说，蒋新松老师也是这样，是个爱好广泛、多情浪漫的人。他岳母八十大寿的时候，他还写了一篇赞美诗，当众朗诵。平时，他是没有时间浪漫的。

曲道奎说，中国机器人发展到了关键时刻，是冲刺的时候了，我们不能停下来。抓不住这几年的风口期，我们又会被外国人甩下来。机器人时代之后，我们还有什么机会？所以，他总是处于亢奋状态。生活上怎么简单就怎么来，没时间也没精力讲究，更没有时间休闲娱乐、搞什么爱好了。

坊间认为，曲道奎这家伙太清高、太孤傲，与他老师蒋新松一个秉性。蒋新松是有名的"架子大"，见人不理会。和他碰个面，打招呼，他有时确实没反应，不知道他在想什么。他满脑子都是机器人，血液里流淌着机器人，哪有心思在意细枝末节的小事？这方面，曲道奎确实像蒋新松，不是高冷，是太忙，顾不上一些世俗的应酬。

有一次，北京有个中德论坛邀请他去主持，他答应了。后来，他又让办公室的秘书替他推掉。原来不是学术交流，是德国人搞技术产品推销的商业行为。他说，哪有时间给外国人当托儿？曲道奎的"架子"是有选择的。

都说曲道奎目无下尘。他认为，高层关注的是企业发展全局，规划战略、运筹帷幄，把握未来的趋势和方向；需要的是大脑勤奋，而不是手脚的勤快。中层承上启下，制定行动方案，亲临一线，组织实施，十分重要。工程技术人员就是做好自己的本职工作，具有强大的执行力，而不是慷慨陈词，夸夸其谈。处在基层，你没站到高位上，考虑不到那个层次上的问题，只有一步一步地到达顶层，才有那种境界。

但是，曲道奎对员工非常有人情味，从一件小事上就能看出来。一天，在办公楼门口，一位员工抱着一箱苹果走过来，和曲道奎打招呼。小伙子说："曲总，这是我们自己家种的苹果，生态有机，请你尝尝。"随手拿出几个塞到曲道奎手里。曲道奎问小伙子家是哪里的。小伙子说他家是瓦房店的。曲道奎又问家里种了多少苹果。小伙子告诉他，种了十几亩。曲道奎说，如果苹果质量好，公司买一些，正好过中秋节了，给大家发福利。小伙子高兴地说，太谢谢曲总了。曲道奎说，不用谢，这是双赢。他感慨道："这年头儿，老百姓种个地也不容易。"

曲道奎是一个很有情怀的人。也许，这就是"科学人"的温度。

05

Chinese Robot

曲道奎的"道"

事实上，曲道奎"家"的观念很强。婚后，他每年都带陈丽萍回山东青州老家过春节。后来，有了孩子，他们还是每年一起回老家陪父母过春节，直到父母相继去世。

曲道奎虽说很少照管儿子的事，但他对儿子有时也表现出父子情深的一面。朋友相聚时，他会高兴地拿出手机，让大家看他儿子和儿媳的照片。夸耀他的儿子很像他年轻时，爱好广泛，好奇心强：高考了还在那儿搞乐队；读了两个学位了，现在又在读博。儿媳也非常漂亮、贤惠。他的脸上洋溢着幸福感，流露出只有父亲才有的那种慈爱神情。大概理想主义的追求者都是这样，往往疏于亲情，并在个人生活上简单化。这是一种在家事与国事之间无法兼顾、无奈的选择。

曲道奎倒是帮陈丽萍管了一次孩子的事，不过，惹出了一场乱子。那是曲道奎刚从德国留学回来，所里准备让他组建机器人研发部。蒋新松给他3个月的时间，让他结合外国机器人产业发展的经验，起草一个机器人如何实现产业化的报告出来，让他自己去规划中国机器人如何开发市场，向产业化发展。

曲道奎全身心地投入到对未来的设想和规划中。那段时间，他满脑子都是机器人发展问题，如国内外的现状、对未来的发展趋势分析判断、中国的应对之策。不到两个月，曲道奎的报告就拿出来了，二十多页，一万多字，题目是《抓住历史机遇、推进技术应用——关于工业机器人产业的思考》。蒋新松看了很满意，安排他在机器人研发部成立的启动会上作个报告，也是一个动员会。就在开会这天，曲道奎闹出了个岔子，惹得蒋新松大发雷霆。

3岁多的儿子感冒发烧，幼儿园的老师让孩子在家休养。儿子从小淘气，喜欢在家里乱鼓捣。陈丽萍不放心，请了两天假在家里照看儿子。第三天，她们资料室有事急需处理，她只好把照看孩子的事交给曲道奎。陈丽萍对他说："你研究机器人也应该和儿子多交流交流，多培养培养感情。对儿子你都不研究，怎么能把机器人研究好？"这话让曲道奎一震，妻子这话很有哲理。其实，在他们这些科学家的心目中，机器人不就是他们的孩子吗？

结果，曲道奎看儿子在那里瞎鼓捣，突发奇想：机器人达不到成年人的理性智能，能不能实现儿童的本能智能？理性和本能成为他设想机器人控制的一个悖论。曲道奎望着儿子，完全沉浸在这个命题的冥想中，把报告会的事给忘了。所里几十个人都在会议室里等他，他却没来。蒋新松急得坐不住了，拿起电话打到曲道奎家里。曲道奎接到电话，才从冥想中醒来，想起报告会的事。

一向"护犊子"的蒋新松没吭声，放下电话，来到走廊里，对着陈丽萍的办公室大声吼起来："陈丽萍！谁让你上的班？！你不在家看孩子，让他看孩子！亏你想得出来，你是干啥吃的？！你给我赶快回去，别上班了！"蒋新松劈头盖脸、吼声如雷，把陈丽萍给吼蒙了。

"我上班不是很正常嘛，上班还有错吗？"陈丽萍心里嘀咕着没敢吭声，委屈得要掉泪。同事们扯扯她的衣角："赶快回家，曲道奎有事。"后来，同事们和陈丽萍开玩笑，人家是不上班挨批挨罚，来晚了都不行。你这倒好，上班硬给撵回去歇着。还有人说，有错的不挨批，没错的倒挨训，这是啥道理？老蒋真是不讲理。

确实，蒋新松爱训人，发起火来不商量，训起人来从来不给留面子。因为这个，他得罪了不少人，也伤了不少人。有人私下里给他提过醒，他也知道自己这个毛病，也作过检讨，就是改不了。但是，他心眼儿好，对谁都是真心相待，从来不记恨人。

据说，因为他说话太直，在中科院的一些会议上发言，常常公开指责那些只为评院士搞研究做论文、不与生产实际和国家经济发展相结合的空头"科学家"；批评那种搞科研不与实际应用相结合，不能服务于国家的经济建设，不接地气的"虚科学"现象，甚至一些项目的评审会变成了"送终会"。因为他当众讲话太不留情面，得罪了一些人，两次申报院士，都因为票不够没有通过。尽管他对看不惯的人和事向来不客气，但他对自己的两个弟子曲道奎和王越超却从来没有批评过一句，"护犊子"呗！

有一件事可以看出，他太爱惜弟子的"羽毛"了。曲道奎从德国回来，自己有了一间办公室，有人看不惯，就去告状了，说那小子从国外回来搞特殊。这么多部长、副部长，科室主任、副主任，四五个人挤在一间屋里办公，木凳子、木桌子。这小子自己弄个单间，还摆着沙发。

这事反映到蒋新松那里。蒋新松说："他天天加班加点，在里面琢磨机器人，干事业。你们水平要是超过他，也可以弄个单间。"一句话把反映情况的人给噎了回去。"老蒋再偏爱自己的学生，也不能这么'护犊子'。"有人愤愤不平。

蒋新松是一个爱憎分明的人，他毫不掩饰自己的情怀，对曲道奎的特立独行就是这么宽容。

科研部门有个老主任出于好意，跟曲道奎说要注意影响。曲道奎说："我一人一个屋会影响谁？有什么影响的？能做事就行。跟你们一个屋，乱糟糟的做不了事。"让人家老主任下不了台，与蒋新松一个口气。曲道奎就这么我行我素，爱怎么着就怎么着。他说："不用我拉倒，我可以随时走人。"当时，有外国大公司的"猎头"盯上了他，据说开价不菲。曲道奎说这话也是赌气，他从德国提前回来就是想干事的，怎么会轻易离开！

曲道奎确实想求个安静的工作环境。他从早到晚"宅"在办公室里，很晚才回家。下班回家吃饭，都要打电话一遍遍地催。陈丽萍一打电话给他他就急，只好让儿子给他打电话。他就说："马上，马上。""马上"了半天还是不进家。陈丽萍问儿子："你爸回来了吗？"

"爸说了，马上。"

"马上了半天了，还是没进家啊！"

小晨耕眨了眨眼睛，调皮地说："他说'马上'回家，可能他的马是个瘸腿马。"

曲道奎不负老师蒋新松所望。在这次报告会上，他起草的《抓住历史机遇、推进技术应用——关于工业机器人产业发展的思考》报告，深入详细地分析了国外机器人走向产业化的成功经验和教训，并有理有据地指出了我国机器人实现产业化的措施和路子。

一位老同志当场发表感言，幽默地说："纵横捭阖，深入浅出，有理有据，头头是道。曲道奎确实有'道'。"曲道奎的"道"，赢得了大家的佩服和赞赏……

曲道奎的这篇报告，发表于 1994 年 1 月《机器人》(总第 12 期) 期刊上。今天看来，应该说，这是中国机器人走向市场的一份"宣言书"。

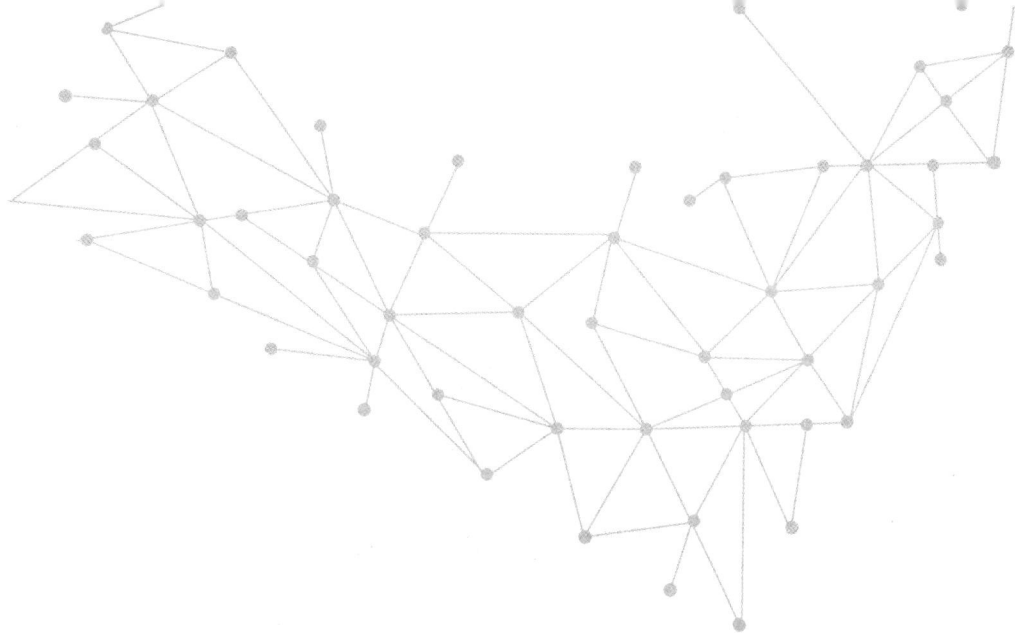

| 第五章 |

生命赋予机器人

冲破封锁链：一个借船下海的机遇，让中国机器人一步跃上世界舞台；而一个进口项目的陷阱，让中国科学界不得不绝地反击。

"中国机器人之父"用生命诠释了中国机器人的辉煌。

01

Chinese Robot

CR-01 游向太平洋

时代变换，给中国机器人提供了一次历史机遇。

20 世纪 80 年代，美国、苏联和日本人凭借手里攥着可以深潜到 6000 米的水下机器人，常常游弋大洋，窥探海底秘境，争相炫耀在海洋世界的霸主地位。

中国的水下机器人技术虽说远不及美、苏、日，无法与之匹敌，但也并不是空白，而且已经有了很好的基础。

"七五"期间，蒋新松带领他的科技团队马不停蹄地向水下机器人技术高峰进军，追赶世界水平。他亲自担任机器人产品开发课题总负责人，提出了坚持在现有的技术基础上走消化、吸收、创新的技术路线，并与美国的佩里海洋研发机构建立了技术转让及合作关系。蒋新松和封锡盛带领科技人员经过持续不断地攻关，成功地开发出系列水下机器人产品。其中包括深潜 100 米及 300 米的两种轻型水下机器人列装部队。接着他主持的水下机器人"探索者一号"的研制，用于我国海上石油开发，解决了国家急需，并出口国外。1987 年，"探索者一号"获中国科学院科技进步二等奖。与此同时，沈阳自动化所建成了国内唯一能提供水下机器人系列化产品的生产基地。

我国的海洋机器人尽管在某些方面实现了一定突破，但蒋新松的目标参照系始终是国际水平。只有世界领先，才有资格与强者对话。为了捍卫国家的海洋权益，尽快实现深海探测能力，在制定"八五"规划时，蒋新松充满信心地向国家科委立下军令状：到 2010 年，即在"十一五"期间，要让中国海洋机器人潜到 6000 米以下，达到世界海洋机器人一流水平。

蒋新松组织国内力量继续研发，很快研制出中型水下探测机器人。当时，生产了 6 台，3 台销往国外，3 台在南海平台服役。第一台服役长达 7 年。这项课题成果获国家科技进步二等奖。

水下机器人的研制，是一项综合性的高技术，它包括了深潜技术、密封技术、自动控制以及声呐、电视、电话、信息传输、液体控制等复杂技术。根据当时我国的技术水平，每前进一米，都要面临许多关键性技术的突破。要在 20 年内实现深潜 6000 米这个目标，究竟有多少胜算？

此时，出现了一个意外的转机。国际时局的变幻为中国水下机器人研制提供了一次历史性机遇，蒋新松选择了一条"非常规"路线。

1991 年初，苏联面临解体，国内一片混乱。在欧洲的一个世界机器人年会上，老朋友、法国国家科研中心主任 G.杰洛特先生向蒋新松透露了一个信息，苏联远东海洋自动化研究所遇到了生存危机，他们的专家为了解决"肚皮"问题，有意把海洋机器人深潜技术转让出去。这个信息在蒋新松机智的脑屏上立刻反射出精美的图案，如果能与苏方合作，我国深潜 6000 米的海洋机器人就可一步到位，这是一次千载难逢的机遇。回国后，他立即开始这一合作的运作。

苏联远东海洋研究所的专家来到沈阳自动化研究所与中方谈判。经过两天的艰苦商榷，苏联专家对中方提出的条件始终不表态。他们认为，蒋新松出钱太少，自己苦心经营多年的成果竟然收不回本来，这太亏了。

这次合作对双方都很重要，一个想解决"肚皮"问题，为生存救赎；一个想借势追赶世界一流，为强大抗争。蒋新松手里有限的外汇不能满足对方的胃口，双方谈得十分艰难，迟迟达不成共识，各自攥着手里的砝码，僵持不下，谁都不肯让步。谈判进行到第三天下午，苏联专家摇摇头起身要走，眼看谈判无果而终。蒋新松突然作出一个出人意料的决定:打开水下机器人实验室请客人参观。当时，有人不理解，这不是把自己的底牌亮出去了吗？是的。蒋新松就是要把这张底牌当作一张王牌来打，一口气儿打到底。

他看出对方凭借手里捏着一张王牌，迫使中方追加筹码。但他们不知中方手里也有一张王牌，而且是一只"杀手锏"。负责这一工程项目的总设计师封锡盛立刻领会了蒋新松的意图，将水下机器人实验室大门打开。蒋新松带着苏联专家走进实验室。他们看到中方完善的设施和试验产品时，一脸惊叹号，态度立刻发生了变化。当天晚上，他们从宾馆里打来电话说，明天不走了，要与蒋新松再谈谈。

苏联专家看到沈阳自动化所里的实验室，感到中方研发深潜 6000 米机器人已经具备了充分条件，只是个时间问题。如果失去了这次机会，他们很难再寻找到合作伙伴了。"肚皮"问题是苏联专家绕不过去的一道硬坎儿，咕噜咕噜地一个劲儿呼吁，要赶快解决。不得已，他们商量后，决定出手自己的王牌。

就这样，中科院沈阳自动化所与苏联合作，研制深潜 6000 米的无缆水下机器人的项目很快启动。蒋新松指导并参加了总体初步设计，提出了完整的动力学分析及各种情况下航行探制方案。

这个消息传到日本人的耳朵里，日本的两个专家悄悄来到沈阳自动化所，抛出了"绣球"，希望在水下机器人方面与中国合作。日本研制的"海沟"号，已在关岛附近成功地下潜到 7000 米，正向马里亚纳海沟底部冲刺，在世界上可谓首屈一指。

蒋新松立刻明白了日本人的企图。显然，日本人想抄俄罗斯的后路。

这时的苏联已经变成了俄罗斯。日本人胆子也壮起来了，敢在俄罗斯的背后做小动作，从中搅局。逻辑很简单，俄罗斯不是苏联了。

中日之间一直有着领海之争，与中国合作研发海洋机器人，又有多少真正的诚意？项庄舞剑，意在沛公。蒋新松委婉地拒绝了。更何况，蒋新松已经胜券在握。后来，日本又通过美国一家机构出面提出与中国合作。蒋新松很快了解到背后有日本人在参与。

对美方的"善意"，蒋新松没有简单地拒绝，而是策略、友好地与美方签订了一个备忘录，表示了协作意向，意在与美国在机器人领域保持技术沟通，重建机器人"友好走廊",力争寻找机会开展深度技术合作,追超世界先进水平。

1995 年,"海人一号"无缆水下机器人由广州起程赴太平洋进行深潜 6000 米试验,对产品的性能、质量作出鉴定。遗憾的是,蒋新松在"海人一号"的研发中,由于过度劳累病倒了。在"海人一号"搭乘试验船起程前往太平洋海域试验时,他仍然拖着病体来到广州码头为"海人一号"送行。

那天,他登上船舷轻轻拍了一下"海人一号"的脑袋,像抚摸着自己的孩子,深情地说道:"小家伙,对不起了,不能陪着你一起游向太平洋。祝你一路顺风,胜利归来。"

8 月,浩渺无垠的太平洋试验水域迎来了一位特殊的客人——深潜 6000 米水下无缆自制机器人。

它的名字叫 CR-01,即"海人一号"。与以往不同的是,第一个打头字母是 C。当 CR-01 取得了海底清晰的照片,传回到试验船上时,甲板上响起了一片欢呼声。中国海洋机器人终于冲破技术封锁链,从容地漫步在太平洋海底世界了。CR-01 水下机器人成功地进行了太平洋 6000 米深海性能试验,给国际社会一个惊喜。紧接着,CR-01 又圆满完成了联合国赋予的 15 万平方公里深水海域海底的探测任务,为祖国赢得了荣誉。

这一重要成果不仅使我国跻身世界机器人技术强国之列,也使我国具备了对世界 97% 的海洋面积进行"深耕细作"的探测能力。蒋新松不仅赢得了技术,更重要的是赢得了时间。用了 4 年多的时间,完成了 20 年的目标,与前锋国家跑齐,令世界刮目相看,把这个"863 计划"项目一下子提前了 15 年。

中科院的一位老专家听到这个消息,流着眼泪说:"想不到啊!在我有生之年,还能看到我们中国深潜 6000 米的水下机器人。"时任国务委员兼国家科委主任宋健高度评价,他说:"机器人学的进步和应用是 20 世纪自动控制最有说服力的成就,是当代最高意义的自动化。在这个领域,中国有了希望,也有了底气。"

02

Chinese Robot

深海角逐

中国水下机器人扬眉吐气，中国在国际上的座次也理所当然地随之进位。世界不再忽略中国。

1996年3月，国际高级机器人计划协会（International Advanced Robot Program，简称IARP）举办的第六届国际水下机器人讨论会在法国美丽的海港城市土伦召开。谈自忠教授是IARP组织的负责人之一。在他的积极推动下，蒋新松作为中国非正式观察员代表应邀列席。

IARP是由法国和日本1982年发起，与美、英、加等一些发达国家组织共同成立的，后又有奥地利、澳大利亚、意大利、瑞典多个国家加入。明眼人一看就知道，这个高级机器人俱乐部是发达国家开展国际间的双边及多边技术交流与合作的平台，他们通过探讨机器人技术掌控这一领域的发展方向，构成对世界海洋资源的垄断。IARP组织对成员的加入要求非常苛刻，必须先作为非正式观察员列席，然后再作为正式观察员列席，最后才能吸收为正式成员。而且一个国家只能派一名代表参加会议。

在这次会议上，蒋新松与谈自忠这对老朋友久别重逢。在中美关系经历了一段"冰冻期"回暖之后，他俩对今后开展技术交流与合作的渠道进行了商讨，同时，蒋新松迫切希望借助IARP组织的这次活动把机器人"友好走廊"开通到欧洲。欧洲在实现机器人产业化方面，可以为中国提供技术借鉴和市场经验。

想不到，日本代表节外生枝，在这次会议上涌动起了一股排挤中国的暗流。

日本代表暗中活动，利用台湾当局的"台独"政治怂恿台湾密谋加入 IARP 组织，在背后做起了小动作。

蒋新松是一位政治意识高度敏感的科学家。他对日方代表的别有用心十分警觉，立刻意识到，这是日方的阴谋活动，企图把中国大陆排斥在外。

科学无国界，科技有国家。科技发展水平体现了一个国家的实力和在世界上的政治地位及话语权。科技竞争往往超出科技范畴，成为政治力量角逐的砝码。日本暗中推动台湾加入 IARP 组织，显然是图谋不轨、背后使坏。蒋新松心中思忖，发展中的中国虽说与发达国家还有不小的差距，但正在崛起的中国已经摆脱了任人碾轧的历史，必须维护国家的地位和尊严。他暗下决心，不能让日方 代表的阴谋得逞。于是一场针锋相对的斗争在"深海"领域展开角逐。

这天，会议主办方邀请会议专家参观土伦沃邦要塞。1796 年，拿破仑远征意大利时从这里誓师出发。

土伦是瓦尔省省会，位于法国东南部，是濒临地中海、半岛环抱的港湾都市。土伦不仅是重要客运港和商港，还是法国最大的军港，停泊着众多军舰。法国唯一的核动力航母"戴高乐"号就在不远处的母港里。它那高大威武的雄姿盛气凌人，仿佛二战中的戴高乐将军昂着他那不屈的头颅。

蒋新松望着巨大的航母，一种保卫国家安全的强烈责任感油然而生。他无心欣赏土伦滨海的旖旎风光，决定向 G. 杰洛特先生申请一张中国加入 IARP 俱乐部的"入场券"。

当晚，在一家高档观光酒吧里，蒋新松和谈自忠教授请来了杰洛特先生，并打开了一瓶杰洛特先生最喜欢的法国白兰地。"哇！今天，蒋先生如此破费。"杰洛特看了一眼谈自忠教授，又转向蒋新松，幽默地说，"不会又是你的老朋友替你埋单吧？""杰洛特先生，你要知道，今天的中国已不是十几年前的中国了，今天的蒋新松也不是十几年前的蒋新松了。"蒋新松绵中藏针，微笑着说，"今天，我要答谢你这位老朋友对中国包括我个人多年的支持和帮助，你不会敬酒不吃吧？"

十年前，在中欧机器人学术交流论坛上，他俩签订了中法合作协议，建立了中法机器人合作交流机制。这位法共党员一直对中国非常友好，并与蒋新松之间一直保持着良好的私人交往。尽管与杰洛特先生是多年的老朋友，尽管蒋新松很破费，但在谈到中国加入 IARP 组织问题上，杰洛特始终不表明态度。

谈自忠教授在一旁敲边鼓，不断地给杰洛特施压，动员他支持中国大陆。杰洛特仍然耸耸肩，摊开双手，做出一副无能为力的样子。蒋新松预感到，背后阻挠中国大陆加入 IARP 组织的势力不是一般地嚣张。

在蒋新松这位老朋友的强烈攻势面前和谈自忠的帮助下，最终，杰洛特还是明确表示他个人会积极表达意见，支持中国大陆加入。杰洛特先生为了表示友好和真诚，还向蒋新松透露，10 月将在德国召开一次 IARP 重要会议，探讨工业机器人发展方向、促进多边合作的会议。他会积极促成主办方向中国发出邀请。蒋新松欣然向杰洛特举起了酒杯，在一声清脆悦耳的碰撞中，他说："一言为定！"

海洋机器人实现深潜 6000 米目标后，蒋新松更热切地希望能在工业机器人领域寻找到突破口，他不能错过机会。在这次会议上，蒋新松提出中国加入 IARP 组织的问题时，虽然一些国外友好人士做了不少工作，但由于日方等个别国家代表心怀鬼胎，从中作梗，挑动几个西方国家代表为台湾撑腰，意见出现分歧，致使这次会议没有把中国大陆加入该组织提交议程。在蒋新松的攻势下，日方代表的目的也没有得逞。

加入 IARP 组织不仅标志着一个国家的科技水平被国际社会认可，也可以体现一个国家在国际上的政治地位和尊严。所以，蒋新松的心情比较迫切。回国后，他立即向中科院写了份专题报告，里面有这样一段内容：

这次会议我提出了加入 IARP 组织的要求，并争取到该组织负责人之一 G. Geralt 先生的支持。他希望我国能参加今年 10 月在德国召开的 IARP 重要会议。目前，日本正积极主张吸收台湾加入，一旦台湾先进去，将造成我方很大被动。

我希望我方能够注意这个问题，不要辜负了国际友人的一片好心。请国家有关部门协调配合，尽快行动。

国际上的一些非政治组织往往带有政治和意识形态色彩，既是各种政治势力的分水岭，也成为政治集团的角斗场。不论博弈的结局如何，最终取决于实力。

为此，蒋新松对海洋机器人的发展作了长远布局。多年来，沈阳自动化所始终把海洋机器人技术作为机器人领域发展战略的主攻方向，并不断获得技术上的突破，在提高我国的海洋科技实力上发挥了关键作用。

人们都知道，2012年7月，我国历经十年磨一剑的"蛟龙"号在马里亚纳海沟试验海区创造了下潜7062米的载人深潜纪录，打破了日本"海沟"号一家独霸的局面。但是，人们并不知道它的整个控制系统来自中科院沈阳自动化研究所，而控制系统是海洋机器人的核心技术。这标志着中国智慧在世界深海角逐中已经完美胜出。

进入"十二五"规划以后，我国水下机器人发展驶入"快车道"。"蛟龙"号载人潜水器打破世界同类型载人潜水器最大下潜深度后，无人系列的"潜龙一号"和"潜龙二号"相继横空出世。

2015年8月，在沈阳自动化所水下机器人实验室，沈阳自动化所研究员、总设计师刘健和两位科技人员正紧张有序地调试即将下水的新型海洋机器人"潜龙一号"。

"潜龙一号"主体长4.8米、直径0.8米，外部为鲜黄色，是"十二五"期间国家"863计划"深海潜水器技术与装备重大项目的课题之一。一个月后，中央电视台新闻联播报道了"潜龙一号"成功试水的消息。6个月之后，再次传来"潜龙二号"在印度洋顺利完成了海底探测试验任务的喜讯。屈指算来，从"七五"起步的"海人一号"到今天的"潜龙二号"，中国水下机器人整整"游"过了30年。正是科学家们的不懈追求，才使它游得更深更远。

我国"十三五"规划已明确提出加强深海、深地、深空、深蓝等领域的战略高技术部署。沈阳自动化所的科技工作者们信心百倍，已经踏上了再出发的征程。

年龄已至 75 岁的封锡盛院士，精神矍铄，陪伴我国水下机器人已经走过 30 多年，至今依然带领年轻的科技人员默默无闻地奋战在科研第一线。这位中国水下机器人顶级专家与自动化所的普通职工一样，每天早晚按时上下班，中午在食堂排队打饭就餐，保持着全天候的工作状态。

谈到水下机器人，一向沉默寡言的封锡盛院士顿时兴奋起来，他充满自信地说："以'潜龙二号'为新的起点，我国水下机器人开始游向下一站。未来几年，中国的水下机器人一定能到达马里亚纳海沟，在那里留下中国人的脚步。"

03

Chinese Robot

难咽的苦果

20 世纪 90 年代，随着世界各国制造业的繁荣，工业机器人异军突起，市场空间急速膨胀，成为各国竞相发展的高科技热点。

所以工业机器人技术不仅成为发达国家抢占市场的箭镞，也成为他们打击发展中国家制造业、盘剥资源的利器。中国的汽车制造业正是在外国技术的侵吞中跌入陷阱，于是一个"陷阱"的故事成为中国汽车制造业屈辱的记忆。

按照"863 计划"和蒋新松在"七五"期间确定的机器人发展布局，水下机器人与工业机器人双箭齐发，齐头并进。而工业机器人应当走在前面，力争"八五"期间走出实验室，实现市场化。

事实上，在蒋新松果断决策下，"863 计划"进程发生了反转。90 年代前期，水下机器人研发抓住与苏联合作的机遇紧锣密鼓地向前推进，有望超前实现目标，而工业机器人的进展迟迟打不开局面。负责工业机器人本体研究的协作单位没有完成预定的任务，工业机器人要在"八五"期间走向市场的既定目标眼看就要落空。

在国际技术壁垒的封锁下，我国的工业机器人找不到突破口。王天然接替蒋新松担任所长后面临这道难题。用他的话说："寝食难安，忧心忡忡。"这时，一个中外技术合作项目的流产，将中国工业机器人逼出了实验室。

1991 年初，沈阳金杯汽车公司老总到美国考察，看到美国的"AGV"机器人很震撼，能代替工人自动装配发动机，不仅装配效率高，而且装配质量好，立刻动了心。

这是一种移动机器人，英文名字叫"Automated Guided Vehicle"，简称AGV。通俗地讲，它像搬运工，在汽车总装生产线上，驮载着发动机、后桥、油箱，跟着悬吊在流水线上的车身自动行走，进行动态装配。

AGV 是工业机器人的一种类型，它由计算机控制，具有移动、自动导航等功能，可广泛应用于机械、电子、造纸等行业的柔性搬运、传输等；也可用于自动化立体仓库、柔性加工系统、柔性装配系统（以 AGV 作为活动装配平台），或在车站、机场、邮局的物品分拣中作为运输工具。

为了提高生产效率，打造中国一流的汽车企业，沈阳金杯公司决定花钱找老外。金杯公司与美国一家装配供应商联系，准备开发一条汽车总装生产线。美国这家公司提供 AGV，并从日本引进汽车装配线。

其实，这家美国的装备供应商是想在中国市场"试水"，并不想把技术真正地转让给中国。最终将会出现怎样的结果，似乎是意料当中的事情。

双方签订合同后，金杯公司从日本引进的一条汽车装配生产线进行到一半，需要美方安装 AGV 控制系统的时候，美方突然声称："对不起，政府限制技术出口。AGV 我们做不了，不做了。"没有 AGV 这种移动机器人，已经买来的生产线成了摆设，所有装备只能是一堆废铁。

由于这条生产线是通过与其配套的日本公司签订的，美国的 AGV 进不来了。原先签订合作协议的日本公司单方面解约，也不为金杯公司提供服务支持了。几乎所有经营企业的人都知道，项目中途夭折无法继续进行，对于一个以出产品创造效益为主的生产企业意味着什么。撇开前期投入的项目资金不谈，就是项目竣工延迟也是重创，更何况突然间的终止。

当时，金杯汽车公司是我国汽车行业的排头兵。这似乎是美、日两家公司联手为金杯挖了个坑。半路上拆桥，上房抽梯子，这是最损的招儿。金杯的老总怒不可遏，咽不下这口气，要与美国、日本的企业打国际官司。一打听，你根本打不起，有理也不一定打得赢。弱势在强势面前有什么公正可言？那个年代，哪有中国的话语权？

现在回头一看，我们才发现，这是他们扼杀中国企业的一个阴谋手段。他们对中国迅速成长的优秀企业，先是打着合作的幌子控制你，打压你；或结伙打劫，敲一把中国企业的竹杠，甚至就像金杯公司的遭遇一样，半道上釜底抽薪，叫你一蹶不振，置你于死地。然后，再找几个"汉奸企业"联手吞噬中国成长中的企业，企图霸占中国市场，把控中国产业经济。这是他们掠夺中国市场惯用的伎俩和套路。

显然，一些别有用心的人已经为中国定制了阻截新技术的"封锁链"。现如今，中国汽车行业几乎是外国技术与品牌一统天下，让中国人不得不弯着腰，坐在外国人"规定"的铁壳里。不能不说，汽车产业是我国工业制造业的一个痛点。"说这话，可能有人不服气。外国汽车技术不是给国人提供了优秀产品吗？"曲道奎说，"其实，如果不是外国技术对中国市场的盘剥，中国的汽车工业早就像高铁和航天工业一样走向世界了。至今，我国连自己能叫响的民族汽车品牌都没有。"

外国技术像魔鬼的吸血管一样，吸走了中国人的血汗，吸走了中国的资源。可悲的是，至今还有许多国人没有觉醒，挣几个血汗钱，换几个资源钱，反倒觉得挺自豪，甚至盲目地"陶醉"在对外国技术的崇拜中。

当时，还发生了这样一件奇葩事情，令中国科学家们感到耻辱。中石油集团旗下负责石油勘探的东方地球物理公司需要从美国引进一台 IBM 的大型计算机，美国却不卖给中国，只同意中国租用。前提条件还要派人现场监控这台计算机的用途。

中石油不得不专门弄了一个房间，让美国人住在里面 24 小时守着，他们还不让中国人入内，每项计算都要受美国人的监控。中国方面不但要付出高昂的租用费，还要给负责监控中国公司的美国人开工资。

这件事让中国人窝囊透了。唉！没办法。那时中国的计算机还是菜鸟，命根子攥在人家手里。人在屋檐下，不得不低头啊。蒋新松听到这件事后，愤然说道："落后就要受人之气，求人就会受制于人。我们决不能在机器人领域干出这种事。"

正是这件事给中国科学家们上了一堂励志课，激发了他们赶超世界一流的决心。2000 年，我国的银河Ⅳ超级计算机问世，其各项指标均达到当时国际先进水平，它使我国高端计算机系统的研制水平又上了一个新台阶，并在此后不断开发，有了自己的"银河"系列超级计算机。

后来谈起这件事，国家科委原主任宋健感慨地说："那是中国人的奇耻大辱！现在，我们有了数种自己的超级计算机，而且批量生产了，再也用不着求美国人了。美国就是想卖给我们，也要按质论价了。"

金杯公司汽车自动装配生产线项目因 AGV 被迫搁浅。公司老总无奈之下只好去求助另一家外国公司，同样被回绝了。金杯公司的自动化装配生产线中途夭折，成为美、日商业战略的牺牲品。当时，对于这一残局如何收拾，成为金杯公司高管的一块心病。打官司又不成，只能打掉牙往肚里咽。

后来，金杯公司的老总听说沈阳自动化所是搞机器人的，在国内身手不凡。情急之下，总经理赵希友来到中科院沈阳自动化所向蒋新松诉苦，希望他们能够帮助解决这个半截子工程。蒋新松一听就坐不住了。欺人太甚！他对赵经纶和白小波等几位技术骨干说："这个生产装配线是'争气线'，生产的不是汽车，是志气。作为'863 计划'的攻关课题,就交给你们了!"

赵希友带着研发人员来到金杯车间,零部件横七竖八地摆在地上,有的还没拆开包装。赵希友说:"死马当成活马医吧!预算用了一半,剩下一半全都交给你们啦。"赵经纶仔细地查看了一遍,他对赵希友说:"你放心,我们能搞出来。"在蒋新松的支持下,赵经纶立刻带领技术骨干组成课题组,像解剖麻雀似的逐一攻关,研究这种在国外刚刚用于汽车制造业的 AGV 新技术。

当时,沈阳自动化所研制的机器人的核"芯"和控制器的"脑"已经很成熟了,但是,要装配成机器人,组成生产线,还要解决实际应用中的一系列难题。

04

Chinese Robot

"小龙马" AGV 首秀

"AGV"这家伙是刚刚来到世界上的一位"新人",洋范儿十足。怎样才能把"他"请进中国?这是场智慧的博弈、意志的比拼。

沈阳自动化所组成了 AGV 攻关课题组,由白小波、卞槐石、王宏玉、周国斌、李凤君等专家和技术人员组成。白小波是课题组组长,赵经纶是这个项目的总负责人。

起初,他们连一点信息资料也找不到,一切从零做起。听说济南第二机床厂与美国 IAI 公司合作刚做了一条 AGV 生产线,赵经纶派人去参观学习。可是这个项目控制在美国人手里,美国人不让看,中国人说了不算,当不了家。赵经纶气得直骂娘。大家憋了一股子劲儿,一定要把这项技术攻下来不可。

他们就请金杯的技术人员介绍在美国看到的现场情况。金杯技术人员只是见过，具体原理说不清楚。攻关小组就根据他们的描述进行推测来设计研发路径。开始，赵经纶带着大家一块做试验。在一个实验室，几个样机，怎么也试不出来。不知道怎么回事，AGV 走着走着，就会自动停下来。对算法反复验证，一遍遍地核对，技术原理没问题，但 AGV 就是突然不走了。

课题组的几个人一连几天找不到原因，急得寝食难安。AGV 啊 AGV，你到底是哪根筋搭错啦？

张雷由西北工业大学研究生毕业，刚刚分配到沈阳自动化所，因为他学的是软件专业，比较稀罕，被安排到攻关小组，是最年轻的成员。他清晰地记得："大家几乎都绝望了。换个人可能就放弃了，可赵经纶一定要坚持。"

赵经纶鼓励大家说："别泄气，别灰心，别放弃。这是我们的孩子，怎能舍得把他抛弃了？孩子成长中，需要耐心地调教。"正在研发的移动机器人 AGV 是不是也像未成年的孩子一样受到了环境的影响？赵经纶说："不是 AGV 自身的问题，很可能是工作环境的问题，我们改变一下解决问题的路径。"

后来发现，AGV 的神经太敏感了，是受外界信号干扰造成的。问题迎刃而解。经过攻关小组的不懈努力，AGV 在实验室成功后，赵经纶带领大家进入汽车生产车间现场进行运行试验。AGV 进入车间实际运行要比实验室难度大很多。在实际生产运行中，必须经得起 24 小时生产的考验，对稳定性和可靠性要求极高。

想不到 AGV 的脾气怪，到了现场就翻脸了。AGV 对现场不适应，干起活来扭来扭去，不给力。技术难点卡在了装配线上。

从沈阳自动化所到金杯厂，骑单车一个多小时，乘公汽两个小时，大家骑的自行车老补胎。赵经纶带着大家模仿工人的动作，一遍遍地体会操作过程，改进方案。进入冬季，金杯车间很冷，他们戴着手套敲键盘，手都冻僵了。

为了找到规律，调整算法，他们用一根绳子把 AGV 系上，让它自动跑过去，再一次次地把 AGV 拉回来。像时装模特儿一遍遍地走秀，一天反复成百上千次。这样的试验却不像模特儿走秀那么新奇，而是非常乏味枯燥。

有一次，赵经纶来到现场与大家一块儿研究解决方案。看到白小波、王宏玉和张雷用一根绳子一遍遍地来回拉着 AGV，周国斌在一旁电脑上不断地修正，反复试验，就对张雷开玩笑说："嗨！你小子在那儿牵驴呢？"惹得大家一阵大笑。赵经纶的玩笑话激发了大家的灵感，都说干脆给 AGV 起个名字吧。大家七嘴八舌议论了一阵子。

最后赵经纶说：《西游记》里有匹白马，是一条小白龙。小白龙默默无闻、任劳任怨、不计得失，这种龙马精神很像咱老所长的那股子劲儿。我们叫它'小龙马'吧，将来我们一定把 AGV 做成更漂亮、更神奇的'小龙马'。"他的提议得到了大家的一致赞同，从此，移动机器人 AGV 有了"小龙马"这个响亮的昵称。

当时，国外的移动机器人 AGV 只能沿着地面轨道走直线。沈阳自动化所研制的这款"小龙马"在跟踪作业的过程中能自动导航，既能直线行走又能自动转弯，非常高级。不仅国内没有，在国际上也是最前沿的。它采用了模式识别，能对周围环境进行识别判断、自主行走。工作原理就是机电融合在一起，包括机械、电器、算法、传感等。这款机器人就是一个技术大综合。

经过两年半的艰苦努力，1993 年"小龙马"AGV 终于走出实验室培养成"人"了。这可是完全自主的、地地道道的"中国机器人"。最后正式运行的时候，蒋新松专门来到现场。他和蔼可亲地同大家握手，高兴地说："小伙子们，辛苦了，干得不错！"张雷回忆说："这是我和他第一次握手。他的手又大又热，感觉十分温暖，至今记忆犹新。"

1993 年 11 月 30 日，我国自主研发的第一条基于移动机器人——AGV 的汽车总装生产线在中科院沈阳自动化所诞生了，并在金杯公司投入使用。此后不久，正式投入现场运行并通过专家验收。金杯客车很快实现大批量生产，并在全国轻型货车、旅行车大赛中夺魁。

公司老总亲自率队登门致谢。他由衷地称赞："这批机器人把我国汽车工业生产技术推向了一个新水平……"

美国原来与金杯合作的厂家，听说金杯汽车装配线用上了中国自己研制的AGV，又给金杯公司发来电传说，美国政府同意向中国出口了。

美国人先卡脖子，后抛橄榄枝，还是那套把戏，太没新意了。"谢谢你们的好意，我们有了自己的 AGV。"金杯老总回敬道。

外国企业一看中国也搞出了 AGV，立刻把价格由 150 万元一台降到了 100 万元以下。这时，曲道奎发现，市场这只"无形的手"真神奇。老外把技术攥在手里，很牛，别说你买他的，就是你同他谈谈价格他都不愿理你。一旦你也有了这种技术，进入了市场，他们就乖乖地低下头来。市场这玩意儿确实奇妙。

后来，他又悟出另一个道理：真正神奇的不是市场，是市场的主人——拥有自主创新、撬动市场的科技产品。曲道奎说："通过这件事，一方面证明我们技术的先进性、领先性；另一方面证明了我们中国人有能力站到世界高科技前沿，没必要迷信外国技术。"

患难之时的合作给人更多的温暖，也坚定了双方的信任，正是这种信任，金杯公司于 1996 年引进了中科院沈阳自动化所的第二条 AGV 汽车总装生产线。在沈阳自动化所的档案室，至今还可以看到这样一份客户出具的应用证明：

以往需操作工人 28 人，现用 6 至 8 人即可；班产原为每班 800 件，现可达到每班 1600 件。一年内，新增产值 23 亿元，新增利税（纯收入）2.3 亿元。

结论：该线建成后，不仅大大减轻了工人的劳动强度，缓解了人员不足的困扰，而且有效地保证了产品质量。该生产线的价格仅为国外同类产品的 1/3。企业成本降低，经济效益大幅度提高。

中国工程院院士王天然回忆说："20 世纪 90 年代，沈阳金杯汽车 AGV 装配生产线研制成功，并在艰难中推向市场实现产业化，说起来，得感谢美国人。正是美国在高技术领域对中国实行封锁和禁运，中国才有了 AGV。"

有一次，王天然到北京参加一个科技会议。交流中，沈阳机床厂的老总感叹，这么多年了，数控机床核心部件总是掌握不了，受制于人，他请教王天然有什么高招。王天然幽默了一把："最好的办法，你把美国政府请来与他谈判，让他对中国实行禁运。不出三年，美国数控系统想进也进不了中国市场啦，因为你已经研究出来了。"大家都乐了。

"你们不要笑，毛主席他老人家早就说过这么一句话，很提气。"王天然一脸认真地大声朗诵道，"封锁吧！封锁它十年八年，中国的一切问题都解决了。"一阵笑声过后，有人朝王天然一伸大拇指："妙！这是真理！"

这个话题引起科学家们的一阵热议与深思。是谁说的来着？我们要感谢对手，因为是他们成就了我们。

05
Chinese Robot

巧手"灵灵"亮相

20 世纪 90 年代中期，中国机器人发展有两项重大成果可圈可点。一是水下机器人，二是工业机器人。工业机器人的研发又有两个标志性的产品，一个是焊接机器人，另一个是移动机器人（AGV）。

回想当年，王天然说："我们把焊接机器人放在第一位。当时，使用机器人的汽车工业尚未兴起。焊接机器人主要使用在工程机械行业，工程机械需要大量的焊接，包括点焊和弧焊机器人技术，都是高难度的，也是机器人里面最难的。工程机械的板材又厚又大，一次焊接需要很长时间，温度、弧光对人体有很大的危害。保证焊接质量很关键。一个大的工程器件焊接质量稍有瑕疵，就报废了。靠人工焊接保证质量非常难。不是机器人焊接的产品，外商一般不要，认为质量没保证。我们判断，焊接机器人具有可观的市场空间。"

1994 年，曲道奎从德国留学回来带回了他的研究成果：机器人仿真环境下神经元网络在机器人控制中的应用。在实际应用中，他加进一些有效的神经元网络算法，使中国机器人的控制技术实现了关键性突破，跃上世界尖端水平。

王越超从美国圣路易斯华盛顿大学谈自忠教授实验室做完专题研究也回到国内，负责的芯脑集成项目也已完成。沈阳自动化所在控制系统方面已经掌握了国际上最先进的技术。

但是，与沈阳自动化所配套协作的科研单位研发的机器人本体不过关，没有通过验收。就像一个人有大脑、有心脏，没有胳膊、腿等肢体一样，"脑"和"芯"无处可用。花费那么大人力、财力研制出的控制器却无用武之地，所长王天然很着急。机器人本体没有解决，机器人走不出实验室，更无法走向市场。

王天然说："20 世纪 90 年代中期，汽车制造业迅速兴起，工业机器人需求越来越旺。外国机器人在中国横行霸道，要价很高。面对这种情况，我们一时无计可施。"

曲道奎看到水下机器人与俄罗斯合作有望成功，一旦实现目标，可以说是一步跨过了 20 年。工业机器人能不能像水下机器人一样，找个合作伙伴，借个大腿搓麻绳？

他向蒋新松和王天然建议，从国外购买本体装上自己的控制器，生产自己的工业机器人。蒋新松和王天然都觉得这个主意好，也是目前唯一可行的办法。买谁的？权衡再三，大家认为还是买日本的。日本的机器人本体价格比欧洲的便宜，质量也较过硬。可是，日本人会卖给我们吗？说曹操曹操就到，日本人主动找上门来了，要与蒋新松谈合作，希望蒋新松购买他们的机器人。真是想睡觉有人递来个枕头。

历史往往发生惊人的巧合，重演过去的一幕，演绎的角色却反过来了。大概伤害了蒋新松的日本人缺少记性，找上门来的不是别人，正是 15 年前，蒋新松第一次去日本要买机器人的这家公司。当时，蒋新松遭到拒绝。没想到蒋新松的话在 15 年之后的今天真的应验了。这家公司代表提出要来沈阳自动化所里拜访，蒋新松脸色沉下来，没有表态。

世事沧桑，变幻莫测。历史才是一位真正的魔术大师。它在行走的路上，把人的命运当作一个玩偶随意安排，翻手为云，覆手为雨，让你捉摸不定，猜想不透；有时开个玩笑，让你自己在前面挖个坑，再让你掉进去。

王天然和曲道奎揣摩，老所长没有忘记 15 年前的屈辱，对方伤了老所长的心，老所长咽不下这口气啊！大家都没想到，第二天，蒋新松把日本这家公司的专家请到所里，安排了午宴，热情地接待了他们。在双方交流中，日本专家想起了 15 年前，蒋新松到他们公司访问时受到的冷遇，内心深感愧疚。蒋新松宽容地笑笑向对方举起酒杯说："希望我们双方以邻为善，友好相处，真诚地合作。"但不知什么原因，这家公司的专家还是借故默默地离去了。

当大家对失去这个机会不免有些遗憾时，蒋新松胸有成竹地对大家说："你们不用担心，日本人还会找上门来的。"果然不出所料，没过多久，日本安川机电株式会社的宇津崎先生来到沈阳自动化所拜访蒋新松，希望双方在机器人领域能够合作。没过几天，日本日星国际公司的新田一清先生也来到沈阳自动化所。沈阳自动化所出现了门庭若市的景象。

有人感叹，老蒋神了！能掐会算。其实不是蒋新松神机妙算，是蒋新松的战略眼界洞悉时局。

日本经济在经历了 20 世纪 80 年代的高速增长之后，由于投资过大、产能过剩和房地产市场泡沫的爆裂，进入 90 年代经济迅速下滑，江河日下，曾经的辉煌落花如尘，一去不返。日本许多企业日渐式微，生存艰难，不得不开始对外出口技术，寻找求生之路。面对逐渐兴起的中国大市场，日本企业哪能无动于衷、视而不见？

对蒋新松来说，这家不来那家来，跳不出他的手心。他对王天然说，你们沉住气，可以好好地同对方谈，主动权在我们这边。然后，就率领一个访问团去韩国了。当时，由于中韩两国领导人互访，签署了一系列科技交流协定，双方交流频繁。沈阳自动化所刚刚研制的新型 AGV 自动引导车成功试用，引起韩国三星航空公司的兴趣。蒋新松率团赴韩洽谈技术转让事宜。

工业焊接机器人是靠自身动力和控制能力来实现各种功能的一种机器手臂，是由控制器和本体两大部分组成的。没有"芯"和"脑"，机器人只能是一具僵尸。曲道奎主张用自己先进的机器人控制系统，配合日本性价比较高的机器人本体，可以走出一条独特的机器人产业发展之路。

当时大家担心，一台本体几十万元，买回来配上我们的控制器万一不能用怎么办？但曲道奎很自信，他认为，我们的控制系统对各种本体具有很强的适应性，没问题。也有人提议，是不是先购买一台试试，避免造成重大损失。

王天然和曲道奎都认为，这样成本高，也会把时间拉长。蒋新松支持说："要买就买它一批，要干就干他个惊天动地。"就这样，1994年，沈阳自动化所做了一个非常大胆的动作：投资1500万元，从日本安川公司一次购买了19台机器人本体，配上自己的控制器，生产了一批工业焊接机器人，投放市场。

"当时，这一举动冒着很大的风险。因为我们根本没有固定的客户，如果这19台机器人卖不掉，收不回成本，自动化所就危险了，有可能栽倒在我手上。那么大一笔钱在那个年代是个天文数字。"回忆起当时，王天然心情难以平静，"蒋新松当时冒风险，所里自己做了主。我们之所以敢做，源于对自己控制器性能的自信。生产这批点焊、弧焊机器人系统和周边装备并推向市场的任务交给了刚从德国回来的曲道奎。"

曲道奎作为项目负责人承担了这一科研重任，带领十几人的队伍，很快攻克了技术难点，在从日本买来的本体上安装使用自己的控制系统，生产出第一批高性能的焊接机器人。这批机器人虽说是日本的本体，但是没有控制系统的本体不过是一堆零部件。装上了中国的控制器就等于赋予了它中国灵魂，把它定义为中国机器人，打上中国标签，这是无可厚非的，也是公认的。

最初生产的三台焊接机器人在生产线上飞针走线，把产品做得天衣无缝。"成功了！"现场的科技人员和工人们一片欢腾。他们给机器人起了个名字，叫巧手"灵灵"。"小龙马"AGV与巧手"灵灵"好似一男一女，天生的一对儿。

1995年底，机器人全部卖了出去，1500万元的成本也顺利收回，王天然心里的石头才落了地。一炮打响，首战告捷，给沈阳自动化所的科技人员增添了自信与勇气，也成为自动化所发展史上一次重大转折。事实上，这时的巧手"灵灵"还是个"混血儿"，外国"本体"加中国"控制"，算不上纯粹的中国机器人。只有生产出自己的本体，装上自己的控制器，才是正宗的中国机器人。

研发机器人本体已经成为中国机器人必须跨过的一道坎。

1996年，在蒋新松的建议下，他与国家科委和哈工大的两位专家组团到美国进行了20天的访问，考察了12所大学。机器人"友好走廊"不断扩大新的空间。回来后，蒋新松发表了赴美考察报告《未来机器人技术发展方向的探讨》，对工业机器人21世纪面临的形势进行了展望：

21世纪来临，毫无疑问，技术的发展及世界市场的竞争，将沿着21世纪90年代展开的道路前进。危机与机遇并存。面对机器人领域的发展趋势和中国汽车工业迅速发展的巨大市场，我国应当积极迎接工业机器人时代的到来……

蒋新松作为机器人领域的科技帅才，组织协调走在前沿的科研院所分工协作，联合攻关，全力向工业机器人领域进军，力争21世纪来临之际，在工业机器人技术上与发达国家跑齐，并描绘了一幅中国机器人走向产业化的路线图。

不久，传来一个好消息，让巧手"灵灵"挺起了中国脊梁。哈工大机器人实验室研制出了机器人本体，它的关键部件已完全实现了国产化。巧手"灵灵"终于成为正宗的中国机器人了。

从此，真正的中国"人"巧手"灵灵"走出了实验室。她和"小龙马"AGV、水下机器人一起，冲破了国外技术"封锁链"，行走在海疆大地上。

06

Chinese Robot

"抢饭碗"风波

巧手"灵灵"一下海，就遭遇了"呛水"。这是科学家们没有料到的。

在沈阳自动化所的科技人员为巧手"灵灵"的成功应用沉浸在兴奋之中时，坐落在沈阳铁西区的一家工厂却传来了令人沮丧的消息。开始，工人们看到机器人高效工作的场面兴奋不已。高兴了一阵子之后，突然发现自己的岗位没有了，被机器人巧手"灵灵"代替了。

像他们这种焊工专业，厂子里一时没有岗位安排。工人们不干了，机器人把我们的饭碗抢啦！工人们闹到了厂里。厂里也无奈，一个萝卜一个坑，何况，机器人比人干得还好！回家歇着吧。厂里劝这些工人回家待岗，工人们坚决不干，集体上访。他们要工作，要生活，闹得企业不得安宁。本来，一些汽车生产厂家对这家企业使用机器人很感兴趣，都在跃跃欲试。结果，机器人抢了工人的饭碗，工人闹起来，越闹越大，一直闹到市政府，给机器人的推广应用迎头浇了一盆冷水。

这件事也波及了沈阳自动化所。原来工人们看到自动化所的工程技术人员像菩萨，客气得不得了。后来见了他们像遇到瘟神似的躲着走。有一次，一位工人指着曲道奎气愤地说："你们整这玩意儿干啥！饭碗都给老子整没了。找你们养着？"都是机器人惹的祸。

机器人遭到很多人的反对。包括一些政府部门的官员，也认为中国劳动力富余，不像发达国家，没有那么大的市场需求。机器人替代了人，造成工人失业，又会出现一系列社会问题等连锁反应，机器人走向市场的热情一下子冷了下来。

进入20世纪90年代，随着对外开放的力度加大，中国传统企业受到国外先进技术更加猛烈的冲击，很快出现了工厂倒闭、工人下岗的问题。这是中国企业走向市场化的剧痛期。

尤其是东北老工业基地沈阳，市场竞争日益加剧，铁西工业区面临着前所未有的发展压力，冗员、债务和企业办社会成为压在国有企业头上的"三座大山"，大量传统体制下的厂矿企业在市场浪潮的冲击下，效益下滑，有的倒闭，工人下岗问题十分突出。特别是单一的所有制结构和失衡的产业结构，使铁西逐步陷入举步维艰的发展境地，成为"东北现象"的典型代表。

这天，蒋新松带着曲道奎到铁西参加一个厂长经理座谈会。曲道奎心中感慨万千。十年前，对自己搞机器人充满了信心，幻想着这里是机器人的"天堂"。想不到十年之后的今天，这里工厂门前冷落鞍马稀，一片萧条。想不到，他们的第一台机器人一上岗就要下岗了。

座谈会上，他们和企业家们坦诚交流、对话，共同探讨厂矿企业技术改造升级的新路子，寻找集成制造和机器人技术应用的切入点。

蒋新松发现，不少国企的老总们，不仅担心技改升级需要大量的资金投入，周期长，更担心工人需要重新培训上岗，安排不好会给企业带来麻烦，甚至影响社会稳定。蒋新松理解的企业家应该是有冒险精神和具有个性化的。凡事求稳，不出事就行，这样的老总怎么搞改革、搞创新？甚至有个老总私下说，自己做国企老总，根本没有企业家的感觉。总感到自己就像个官员，任期感很强，过渡感很强，根本不敢搞什么改革，也没有这个动力和压力。企业的命运与管理者的命运无关，谁愿意去冒这个风险？

在这样的体制机制下，中国的制造业怎么能提档升级，追赶世界先进水平？蒋新松眉宇间的褶皱拧成了疙瘩。

沈阳铁西老工业区经过多年的艰难跋涉、不懈探索，并没有真正从困境中解脱出来。体制、机制、观念等原因是多方面的。曾经的"工业巨人"变得步履蹒跚，无力回天。往日的"长子"辉煌也已渐行渐远……历史，留给铁西、留给沈阳、留给中国老工业基地一个世纪性难题。

座谈会上，经过激烈的讨论和碰撞，并没有任何效果。最后，蒋新松失望地离开了铁西。

天空阴云密布，汽车穿过一条条街道和铁路，颠簸着行驶。曲道奎看到老师面色凝重，望着车窗外沉思不语，陷入深深的忧虑中。

曲道奎回想起十年前考上蒋新松的研究生时，第一次到铁西看到的情景。整个铁西工厂林立，钢花飞溅，一派车水马龙、热火朝天的景象。一个个颇具名气的工厂密集地排列在马路两侧。下班的时候，随着潮水般涌动的自行车流，那蓝色工作帽下的张张笑脸，像大海里飞起欢乐的浪花，着实让人羡慕不已。

此刻，一座座烟雾蔽日、轰鸣如雷的工厂半产半停。偶尔看到三五成群的工人无精打采地游荡在街头，还有那不紧不慢的火车，有气无力地驶过。眼前掠过的景物看似依旧，变化却在溃疡般扩散开去。原本整齐的厂房，越来越多变为空城。曲道奎心头掠过一阵悲凉。他梦想中的机器人"天堂"会这样终结吗？

市场不相信眼泪。无疑，市场改革大潮给传统工业带来巨大冲击。从表面来看，给机器人走出实验室蒙上了一层阴影。事实上，机器人产业化迎来了一场机遇。这是机器人推动中国装备制造业换代升级的阵痛，也是凤凰涅槃的必由之路。

在蒋新松看来，医治东北工业衰落的病灶，别无良方，只有走高科技发展之路，脱胎换骨，通过转型升级，实现提质增效。他站在国际技术前沿，以未来发展趋势的独特视角，并结合中国的实际进行分析，发表了《21世纪企业的主要模式——敏捷制造企业》的重要文章，指出了我国企业改革发展的方向，引起业界的广泛重视。

多年之后的今天，当人们回望这段历史时，不得不感叹，蒋新松对症下药，为东北工业起死回生开具了一副精准的良方。为了能将这剂苦口的良药吃下去，蒋新松日夜操劳，呕心沥血。人们看到他不停地奔波于厂矿企业，与工人当面对话；到政府机关、部门作报告，办讲座，苦口婆心作宣传。他从产业发展的现状和未来展望，宣讲机器人的地位、价值和作用，为东北工业经济如何走出低谷、摆脱困境，实现产业升级建言献策。

在一次讲座中，蒋新松耐心地解疑释惑。他对大家讲，不要担心，机器人不是抢了人的饭碗，而是通过机器人的应用提高了劳动生产率，把工人从紧张繁重的体力劳动中解放出来。

历史上很多事件往往会惊人地重现，重温一下历史，对认识今天发生的事件会有帮助。

当第一次工业革命到来时，英国人发明了走锭纺纱机，一台机器最多可以替代三百多个劳动力，纺纱质量远远超过人。当时，从学者到手工业作坊的工人，很多人都在"机器"这个怪物面前目瞪口呆，争论不休。手工业作坊的工人害怕机器会替代自己，集结起来捣毁机器。

发生第一、二次工业革命后，工人的工作负荷越来越大，节奏越来越快；反倒为机器服务，沦为机器的奴隶。捷克作家卡雷尔·卡佩克就是在这一时期把他笔下的"Robote"呈献给大家的。

机器人技术的发展，就是要把人从繁重的生产中解放出来，机器人是很好的突破口。虽然机器人的灵巧性与人无法比拟，但人的工作效率、质量无法与机器人相比。同时，还提高了劳动者的素质，能够产生新的产业和行业。机器人肯定是未来的发展方向。

事实上，1954年，第一台工业机器人由美国诞生以来，机器人和人的关系问题，在国际上一直是一个争论不休的问题。不少社会经济学家担心机器人替代了人，会带来失业或造成更大的就业压力。实际上，并不存在这一问题。

蒋新松用一组有趣的数字给大家算了一笔账。号称"机器人王国"的日本有一亿多人口，有两万多台机器人；英国有四千万人口，机器人不足一千台。日本有机器人最多，失业率最低；而英国机器人在西方发达国家中是较少的，失业率却最高。日本的经验已雄辩地证明了机器人不会带来失业。

蒋新松呼吁：今天，站在推动历史发展高度来看，我们应该遵循经济技术的客观发展规律，从可能获得的最大社会效益出发，而不是凭概念出发。要采用一切可能的手段，最大限度地去提高全社会的劳动生产率，使社会物质财富丰富起来。

如今，计算机、自动化及机器人三者构成了提高劳动生产率的强大手段，必将推动新的技术革命的到来。

他苦口婆心地对大家解释：我国人口多，劳动力丰富，但并不是所有的行业都是这样。采矿行业现在劳动力缺乏问题就已经很突出，因为采矿工作条件恶劣，伤亡率高。随着人民生活水平的提高，特别是独生子女进入劳动力市场以后，这个问题将变得更尖锐。要想从根本上解决上述问题，就要结合中国的国情开发特殊环境下工作的机器人技术，逐步实现机器人换人。

他深入浅出、非常生动地讲解了人与机器的关系、机器人的前景，使人们对机器人的发展有了新的认识，逐渐打消了各种顾虑，以积极的心态迎接机器人时代的到来。

蒋新松多次来到铁西区这家企业做解释说服工作，并协调厂里安排好下岗工人的工作和生活，平息了这场风波。

机器人风波让蒋新松看到机器人走向市场的艰难，也看到了未来的希望所在。他以战略科学家的思维与智慧，组建机器人研发部向企业过渡，目的就是要成立公司，从机器人的纯理论研究开始向工程研究过渡，向市场转化。他还别出心裁，成立了市场开发部，不断推广所里的机器人产品，加大与市场对接的力度，开拓市场，很快有了起色。

蒋新松从"抢饭碗"风波中看到，国内制造业改造升级的风口虽已来临，但是，要在国内企业大量推广机器人仍然有一段漫长的路要走。

成立机器人公司，成为中国机器人走向市场的唯一选择。

07

Chinese Robot

出国淘金

1994 年 9 月，蒋新松在韩国访问期间，向韩国三星航空公司介绍了中国研制的"小龙马"AGV 的优越功能。

那时，中韩关系友好，交往密切。国家领导人在互访中积极推动双边的经贸、文化和技术合作。韩国三星航空公司的专家来到沈阳自动化所看到"小龙马"AGV 很惊奇，他们想不到中国会有这么高级的移动机器人。

汽车厂装配用的外国 AGV 都是在轨道上运行，中国的"小龙马"AGV 不需要轨道，是完全自主运行的，太高级了，已经超越了当时国际装备制造业同类产品发展的技术水平，成为这个领域里的翘楚。三星航空公司的高管很感兴趣，当场决定与中国合作。并于 1994 年 10 月 30 日，韩国三星与沈阳自动化所签订了 AGV 自动导引车技术转让合同。

国务委员、国家科委主任宋健得知沈阳自动化所研制的巧手"灵灵"焊接机器人在长春一汽生产线上大显身手；"小龙马"AGV 自动导引车在沈阳金杯汽车厂正式上岗，并要出口韩国，很想一睹其风采。1996 年 9 月 30 日，宋健来到中科院沈阳自动化所，专程考察国家"863 计划"工程重点项目完成情况。

一位身着灰色条纹海魂衫的年轻人负责在现场汇报情况，那张很有棱角的方脸膛上浓眉亮眸，闪烁着风华正茂的青春神采。蒋新松向宋健介绍说："这是'863 计划'课题组组长曲道奎，机器人事业工程开发部部长，我的第一个机器人学研究生。今天，由他向领导汇报。"宋健握着曲道奎的手说："好啊。你是蒋所长的第一个研究生，也应该是我们国家的第一个机器人学研究生。"

曲道奎侃侃而谈，将巧手"灵灵"焊接机器人和"小龙马"AGV 自动导引车的原理结构、性能特点和厂家的应用情况如数家珍地——作了介绍。宋健不时地点头赞赏。当曲道奎讲到目前正准备批量生产，通过开发市场向产业化方向发展时，宋健高兴地说："科技成果产业化，转化成科技生产力，为国家经济建设服务，这是科研的根本目的和方向。国务院正在研究制定科技体制改革方面的政策和措施。你们可以大胆地先行一步，闯出一条路子，探索经验嘛！"

考察结束时，宋健欣然题词："深化科技体制改革，加速机器人产业化。"而此时的曲道奎已然成为蒋新松筹划机器人公司的扛鼎人物。

1996 年 10 月 30 日，中国移动机器人技术出口韩国。这天，沈阳自动化所的科技人员像嫁女儿一样，特地为"小龙马"AGV 披锦挂彩，打扮得靓丽照人，为中国机器人首次出口国外举行了简短的欢送仪式。

"小龙马"AGV 出国了！这次技术出口，就那么一张小小的磁盘装在两米见方的本体上，卖了 35 万美金，在当时的科技界已经是一笔大单了。中国科技人员第一次感受到科技的无穷魅力。一旦你创造了一项新技术，你就牢牢掌握了市场话语权和市场主导权，就会在市场上获取巨大的经济效益。中国机器人声名鹊起。沈阳自动化所的科技人员备受鼓舞，士气大增。

韩国是当时很叫得响的亚洲"四小龙"之一，连韩国三星都从中国买技术，"小龙马"AGV 威震"四小龙"。中国的 AGV 技术水平达到了一定高度，成为行业的一枝独秀，在外国机器人垄断的市场上产生了冲击波，引来了外国企业的围观。

曲道奎对前来考察的外国客商介绍说，他们研发的 AGV 技术已经卖给了韩国。可笑的是，老外们认为自己听错了，以为是曲道奎从韩国三星买的技术。

特别是美国人、欧洲人根本不相信，反复向曲道奎求证。曲道奎说，不是我们从他们那里买的技术，是我们卖给他们技术。他们还是不太相信，他们总觉得韩国三星技术肯定比中国的先进。后来，向韩国打听证实了这件事。这对他们刺激很大。不久，外国机器人在中国市场上的价格下降了三分之一。

至此，中国机器人开始走向市场，"小龙马"走出了中国科学家的自豪与自信，走出了中国高端制造业的辉煌与灿烂。中国机器人有资格、有能力接受市场大潮的考验了。

正当中国机器人昂首阔步，以"集团化"的阵容进军市场的时候，精心哺育了他的"中国机器人之父"却永远地倒下了。

08

Chinese Robot

父之绝唱

1997年春节过后，曲道奎像往年一样，从山东老家回来，先到蒋新松家里坐坐，给老师拜个年。师生之间开怀畅谈，倾心交流，聊聊往年的工作，谈谈新年的打算。如同父子，温馨融融。

"老师虽然从岗位上退下来，但他最大的心愿是把机器人产业化，他依然发挥着他的热度和能量。"曲道奎清楚地记得老师对他说："我虽然还能干些事，毕竟年纪大了。生命的规律，总是要衰老的。我最大的心愿，就是有生之年，能看到我们中国的机器人在世界上做大做强。接力棒就交给你们这一代了，任何时候都不要放弃。好多事情就是这样，成功的道理很简单：别人干，你也干；别人放弃了，你还在坚持；别人没有成功，你就成功了。看准的事一定要有定力，有长心。滴水穿石，贵在坚持。我这辈子就认'持之以恒'这个理儿。"

蒋新松对曲道奎讲这番话，是因为前不久，他曾在一篇回忆文章里这样写道：

四十年前的今天，我从童年时代起怀有的美好和梦幻般的愿望终于实现了，我被分配到科学的殿堂——中国科学院工作。我清楚地记得，当我接到分配通知的一刹那的情景，掩饰不住的喜悦，一阵阵发自内心的、天真而纯朴的欢笑不时洋溢在我的脸上。同学们说：看！蒋新松高兴得变傻了。

我赶快拿起笔把这欢乐的消息告诉日夜关怀我成长的妈妈。记得还是我第一次上学回来，妈妈告诉我：读书、做事最重要的是"持之以恒"，就是要有长心。今天我能以优异的成绩读完大学，即将进入中国科学院工作，有哪一件不是妈妈这四个字教诲的结果呢！

我要北上了，妈妈到上海来为我送行。临行的前夜，妈妈非常赞赏我的志愿，又用"持之以恒"四个字作为临别赠言。四十年来，不管在什么条件下，是逆境抑或是顺境，"持之以恒"成为我行动的准则……

曲道奎回忆说，他还专门提到成立机器人公司的事。他说，要成立公司做市场。不走向市场，机器人是不会得到真正发展的。这条路子要赶快走，走慢了就落到国外后头了，就被动了。他还交代曲道奎，最好搞一个成立公司的可行性报告出来。向上级申报要有科学的论证、充分的依据。

他们还讨论了公司的形态和结构。蒋新松对曲道奎说，世界处于持续的发展中，新思想、新概念、新知识转化为技术的周期越来越短。企业的结构模式要做成服务型的，把传统的多级垂直型管理改变成二级平面型管理，所有开发过程尽可能并行进行，以便适应市场的变化，快捷地作出决策，快速响应。机遇决定成败。抓住市场机遇快速响应，才能赢得市场的主动权。

曲道奎说："我们现在的新松公司就是按照他设想的这种模式来做的。想不到，两个月后，老师突然走了。"这对中国机器人事业的发展是一个重大的损失！人们无法接受这样一个突如其来的现实："中国机器人之父"蒋新松在他开创的事业走向辉煌的时候，他的生命戛然定格在北国的春天里。

春天是一个多么美丽的季节！和煦的春风抚摸着万物的脸庞，杨柳枝头摇曳出一抹新绿，百花含笑吐露着沁人的芬芳，大地即将绽放出无限的生机。而蒋新松却在许许多多的牵挂与遗憾中，匆匆地告别了这个即将到来的季节。

蒋新松从 1980 年任中科院沈阳自动化所所长，一直到 1994 年。在这 14 年里，沈阳自动化研究所成果累累。

他参与了国家"863 计划"的制订并连任四届"863 计划"自动化领域首席科学家，为我国 CIMS 和智能机器人研究发展做出了巨大贡献。由于他对中国自动化技术跻身世界行列做出了重大成就和杰出贡献，获得了国家有突出贡献的优秀科学家称号、全国"五一"劳动奖章、中国工程院首批颁发的"中国工程科技奖"等奖项，1994 年当选中国工程院院士。

1994 年，63 岁的蒋新松，因糖尿病、心脏病缠身，主动从研究所领导岗位上退下来。他对新任所长王天然说："你不要有什么顾虑，放开手脚地干。我给你当个'咨政'。"

蒋新松被称为"科学界的狂人"。本该颐养天年的他却比以前更忙了。当时，国企脱困成为 20 世纪 90 年代后期的全国性难题。蒋新松是辽宁省聘请的咨询专家。他倾心尽力，为东北工业摆脱困境积极提供解决方案和路径。

一次，省领导专门请来蒋新松，动情地对他说："蒋院士，辽宁的情况，你最清楚。如果让老工业基地就此衰落下去，就无从体现社会主义制度的优越性，也愧对一方百姓。我们寝食难安啊！你是德高望重的科学家，还要请你多费心。"

蒋新松经过大量调研分析，借鉴世界工业革命的发展趋势和国外的成功经验，结合国内改革发展现状，撰写了《东北制造业面临的内外形势及对策研究》一文。他针对辽宁工业体制性、结构性矛盾和东北老工业基地企业设备和技术老化、竞争力下降的症结，提出了通过结构调整和技术改造，实现工业转型升级的一系列措施。

为了推进辽宁传统工业改造升级，实现精准发力，加快振兴发展，蒋新松深入到政府机关和厂矿企业，一边开展大量的调研工作，一边积极进行体制、机制改革和技术改造的宣传推动工作。为破解东北工业之困，他在忧国忧民的操劳中，不停地思考着，奔波着，苦苦探寻医治良方。

当时，针对东北老工业基地的转型和升级改造，蒋新松提出推广计算机集成制造系统（CIMS）和机器人技术应用。为此，他早出晚归，甚至忍受着病痛的折磨四处奔波，为推动东北工业企业走出一条科技之路、摆脱困境日夜操劳。几十年为祖国的科研事业呕心沥血，殚精竭虑，使蒋新松在取得辉煌成就的同时，也透支了自己的健康。

1997 年 3 月 30 日，蒋新松终因心力衰竭，不幸逝世。

"老所长的去世对所里的同志们刺激很大，从感情上难以接受。大家都说他是累死的。"回忆起蒋新松，王天然沉重地说。

生命的意义是什么？每个人的心中都有自己的解释。蒋新松说："生命的意义就是为祖国和科学献身。生命总是有限的，但让有限的生命发出更大的光和热，这是我的夙愿。如果一个人对社会什么贡献也没有，就是长寿有什么用？"

在蒋新松病逝前一年多的时间里，他撰写论文 20 多万字，还举办了许多高技术讲座。他为所里确定的核心价值观就是：献身、求实、协作、创新。他坚持把"献身"放在第一位。

66 岁的蒋新松溘然长逝，成为中国科学界扼腕叹息后的依依不舍。在他生命最后的时光里，留下这样一串记载：

1997 年 3 月 25 日早晨，蒋新松从家里赶到研究所，参加总工程师们邀集的 6000 米水下机器人会议。下午，来到机器人实验室。

27 日和 28 日白天，参加国家科委于沈阳召开的征求超级"863 计划"意见座谈会。晚上在家修改《关于我国制造业的问题和对策》报告，直到凌晨 2 点。

29 日凌晨 4 点起床，连续打电脑 3 个小时。早饭后，应邀去鞍钢讲技术改造，却突发心绞痛昏迷，直到晚上 10 点才苏醒。

30 日凌晨，他起床修改国有企业科技讲座提纲。上午，他坚持与相关同志谈"863 计划"，被护士劝阻。下午 2 点，心肌严重衰竭，再也没有醒来。

"那天是个周日，中午我正在实验室里加班，听到隔壁办公室里的电话连续响了几次，开始我没在意。电话老是响个不停，我觉得不对劲。跑过去接电话，是王天然所长的夫人打来的，她说你老师不行了，快到医院。我不相信自己的耳朵，连问了几句。她告诉我正在医院抢救。我匆匆赶到医院，看到大夫用人工电击的方式抢救他，后来抢救也不行了。"曲道奎回忆起当时的情景，伤感地说，"我心里很难受。他夫人极度悲伤，我就陪着她，在另外一个屋里安慰她。最后抢救了一个多小时也没有抢救过来。我和所里几个同事含着眼泪把老师一直推到太平间里。当时我无法接受这个现实，太突然了，总认为是一种幻觉。他怎么能走了呢？我不敢想象，一个人怎么说没就没了呢？他平时看上去状态特别好。他是一个那么霸气、有战略局面的人，又是一个才能非常全面的人。他表达能力强，善于与政府沟通，既能写又能讲，又是那么勤奋，是个非常难得的人。一个平时有那么强大气场的人，让人感觉到他生命力的强大。当时，我把老师送到太平间，突然感到人生太脆弱了。我们只能说，天妒英才呀！"

国家科委、中科院对蒋新松作出这样的评语：

在"863计划"两主题 CIMS 及机器人的组织管理和所有重大技术问题上，他都表现出了一位高水平科学家的雄才大略。两主题的选择并获国家立项，在国内都是开创性的，产生了极其深刻重大的影响。尤其是由他直接领导的水深 6000 米无缆水下机器人项目，使我国机器人在这一领域的研制水平提高到了国际先进水平。不论是在学术水平上，还是组织管理重大工程的能力方面都堪称是不可多得的帅才。

在"863计划"实施以来，他带领自动化领域这支队伍使 CIMS 从一无所有发展到今天迈入国际 CIMS 的俱乐部，智能机器人从默无声息发展到今天令人瞩目的水平。作为两主题的首创者，整体计划的组织、实施与指导者，蒋新松功在第一，言不为过，他是名副其实的首席科学家。

1997 年 3 月 30 日，"中国机器人之父"蒋新松的生命定格在这一刻。他把自己的生命交给了中国机器人。

在蒋新松的追悼会上，王天然含着眼泪痛心地说："老蒋啊！你把生命交给了机器人。交得太快了，太早了。"而今，蒋新松所开创的事业，正以前所未有的速度蓬勃发展着。

1998 年，为纪念这位为中国科学事业做出杰出贡献的科学家，沈阳市人民政府在铁西区劳动公园里为蒋新松塑造了一尊铜像。他高大的身躯掩映在一片红枝绿叶的山荆子树丛中。那微皱的额头依然昂起，深邃的双眼凝望着远方。那是一副战略科学家的目光，永远超视未来的目光。他右手拿着一本书，左手叉于腰间，正迈步向前走去，仿佛永远走在科学兴国的漫漫征途上。

09
Chinese Robot

新松基因

中国机器人的成长史是一部中国高科技的发展史、中国科学家的奋斗史，更是一部中国科学精神的辉煌史。

1998 年 3 月，在蒋新松逝世一周年之际，中共中央组织部、中共中央宣传部、中共国家科委党组、中共中国科学院党组、中共中国工程院党组联合发文作出《关于号召全国科技工作者向蒋新松同志学习的决定》，这是对一位为国家做出巨大贡献的科学家的崇高赞誉和缅怀。

为什么蒋新松会有如此强烈的家国情怀？像蒋新松这样的老一辈科学家，虽然吃了那么多苦，在"文革"中遭受了那么多的委屈甚至精神和肉体上的摧残，为什么他们对党对国家对科学事业依然那么无限地忠诚和热爱？

现在呢，有些人享受着国家改革开放的成果和红利，在优越的环境中成长生活，却有那么多抱怨，甚至对现实怀有种种不满的情绪。这是为什么？面对这个话题，王天然神情凝重，半天没有回答。也许这个话题过于沉重，让他心潮起伏，需要思考的太多太多；也许这不是用几句话就能简单回答的问题。

在一阵沉默之后，他说："其实，我觉得，爱国是一个民族应有的最基本情感。我到美国留学那几年，最大的感受是美国人也非常有爱国心。有个例子很能说明问题。纽约街上发生白人和黑人打架斗殴演变成暴力事件，连电视台都播报了。我和美国朋友闲聊起这件事。美国人说，没有啊？哪有这事？坚决不承认。后来我才知道，在外国人面前，美国人很维护自己国家的面子。"

在美期间，还有一件事给他印象很深。1984年7月，在美国洛杉矶举行第二十三届夏季奥林匹克运动会。因为政治原因，苏联抵制，没派团参加，美国拿的金牌数位居第一。有记者采访美国人，说：这届奥运会美国金牌第一。如果苏联参加，有可能就不会是这结果了。受访者回应：不能这么说！来比赛了才能说这个事。现在就是美国金牌第一。口气很硬。美国人其实很维护国家的荣誉，别看他们有时把总统和当权者骂得狗血喷头，那是两码事。

王天然说："蒋新松始终有一种浓浓的爱国情怀。我们共事多年，他有过那么多坎坷经历，但从来没有看到他对现实、对社会有过任何埋怨和责备，为国家、为科学事业拼搏到生命的最后一刻。现在有些人却相反，这些人的灵魂失去了根，没有了一种精神，缺少了一根肋骨。"

对这个话题，曲道奎作了这样的解读："今天新松公司企业文化所倡导的企业精神是'追求卓越，创造完美，诚信敬业，报效祖国'。如果说'产业报国'成为新松人的精神情怀，并把中国机器人事业的发展推向巅峰，那么，新松精神来自于'新松基因'。而'新松基因'正是蒋新松老师那些老一辈科学家的科学精神和家国情怀。"

曲道奎从德国回来不久，蒋新松在一次会上发表感慨，让他至今记忆犹新："蒋院士很能讲，也很会讲，善于用真情打动人。我记得，当时他讲话慷慨激昂。"

蒋新松对大家讲："有人说，20 世纪 90 年代中国进入了精英时代。什么是精英？精英就是'人尖子'。但是，'人尖子'不是你的地位有多高，而是你的贡献有多大。对国家有贡献、对社会有价值的人，像钱学森、华罗庚那样的人才是精英。现在社会上精英泛滥。有些所谓的精英，在某些领域确实取得了一些专业上的成功。但是，我认为，不管你多么成功，只关注个人的利益，不关心国家利益，没有民族观念，没有报国之心，这种所谓的精英都不能叫作精英。"

他这样说道："在中国社会，真正的精英应该是既能够自我成长，同时又能够帮助这个社会进步、对社会有卓越价值的人。真正的精英是必须要有家国情怀的人，包括对于中国科技体制变革的探索，对科技进步和产业化的推动，这是我们一代人的使命。"他满怀激情地说："什么叫家国情怀？清末民初时期的那一代知识分子、志士仁人，如康有为、谭嗣同，包括孙中山、李大钊，还有我们非常熟悉的鲁迅。他们从辛亥革命推翻清政府，到五四运动打翻旧的社会体制，再到抗日战争这个时期，这些知识分子每天探索中国应该往什么方向走，走什么道路，包括为了真理不惜牺牲自己的生命和家庭。这样的人物才是真正的精英人物。精英人物必须有民族担当和大义责任，然后再跟自己的发展相结合。有了这种家国情怀，才能算是真正的精英……"

蒋新松讲这些话时，全场鸦雀无声，但在每个人的心里产生了很大震动。曲道奎说："我虽然是他的学生，但他平时也很少对我说这些话。他对我或者对周围人的影响，是耳濡目染、潜移默化的。他是一个极具感染力的人。无论是说话还是干事，你跟他在一起，不知不觉中就受到他的吸引和影响。"

蒋新松是一位战略科学家。自动化所出了不少人才和成果，与他这种家国情怀的影响有直接关系。这是一种大格局、大思维。曲道奎说，现在新松公司选人用人，首先看你有没有大格局，小家子气肯定不行。有大格局的人想的是国家、事业、未来，这样的人才有大胸怀、大思路、大手笔，才能干大事。即使是搞专业技术的，也有干事业的格局，也会技高一筹，干得漂亮。

席宁教授是一位旅居海外几十年的中国科学家，谈到家国情怀，他是这样认为的："你生活在中国体会不到，所以很多人总说外国好。其实生活在中国，往往对好的一面不在意，对坏的东西不满意，心理感受不一样。在国内当然也会听到外国的负面东西，但都是听到，没有真正体会到。当你真正生活在国外时，你的感受是不一样的。比如，小时候天天跟母亲在一起，母亲给你添点衣服，你还挺烦，天天管着你。你一旦离开家，天一冷，忘了加衣服，哆嗦着身子，你才会发现在母亲身边的温暖，母亲多么重要。"

的确，我们每个人都有过这样的经历和感受。也许我们埋怨过母亲唠叨太多，管得太多、太严，甚至在我们年轻的时候产生过叛逆并以此为荣。当我们随着年龄的增长经历了一段磕磕绊绊的人生旅途时，我们才发现是母亲给了一个"我们"，才使我们有了"我们"的一切。只有母亲是最爱我们和值得我们最爱的人。

席宁教授说："几年前，我父母相继去世。我想起了好多以前的事，很有感触。对家庭、父母的感情，与对国家的感情好多时候是相近的。现在，电视里总演'富二代'。我一个朋友的儿子才七八岁，就跟他爸说：我这辈子算完了，当不成'富二代'了。小孩子老觉得人家的家庭好，看人家父母给孩子买新手机，自己父母不给买，就总觉得自家不如人家好。就跟中国人生活在中国老觉得外国好一样，但是人家再好那不是你的。一旦你离开了这个家，你就会感到还是自己的家好，自己的父母好。"

席宁说："我上小学时就写过一首诗，后来被谱成歌了。'我坐在小小课桌旁，抬头看见了主席的像，举起右手行队礼，心中升起红太阳。好好学习立壮志，长大为祖国献力量……'那年我才9岁。我们这一代就是这样的理想和信仰。一个人没有信仰或盲目信仰都是很可怕的。"

作为一位由台湾留学美国的美籍华人科学家谈自忠教授，他对这个问题会给出怎样的答案？他说："我们在国外最担心中国走苏联的路子。当时，苏联与中国搞水下机器人合作，是因为国家解体不行了，没钱，机器人实验室生存不下去了，他们被逼得没办法，这才把机器人研究成果拿出来卖钱。我们这些在国外的人那个时候就怕中国解体。如果国家完了，在国际上就没地位没力量，那就糟糕透了！谁还会研究机器人？你们生活在国内，可能体会不到这些的。

"每个人都有自己的感觉，我觉得我永远是一个中国人，只要对中国有帮助的事我就要做，有点成果就要千方百计反哺故乡。可是，现在也有一些青年人生长在这个优越的社会，享受了很多优越的东西，但总喜欢对现实发表种种不满，甚至怀有敌视态度。你知道为什么吗？就是政府对他们太好了。现在，有些年轻人认为很多东西你就是应该给他的。他不认为要对国家有回报，不认为要为国家做贡献，不懂得感恩。我认为，从小的教育就没弄好。人格的东西，一旦长大了是很难改变的。要从幼儿园、小学教育，甚至家庭教育开始就应该有这些东西。现在很多父母只知道娇惯，溺爱孩子，不会教育小孩子。

"我小时候父母就灌输了这种教育，学校也有，要爱国家、爱家乡。我的父亲在盐务局工作。我上小学时，正值抗战，我父亲的工作一直在流动。所以，我上小学时常常跟着他到处跑。那时候虽然小，但是，也知道不抗战就家破国亡了。国家在心里的位置很重。"

一位在美国生活了多年的朋友曾经这样感慨，当你在国外一待就是几十年，当你的耳朵习惯了汉语拼音以外的字母语言，眼睛也习惯了街头行走的人只有极少数人才有黑头发，大脑也习惯了所有的文字全部由字母组成的现实的时候，突然某一天，从什么地方传来《义勇军进行曲》的声音，你抬眼一看，看到五颜六色的外国国旗里横空飘来一面五星红旗，这时的你突然意识到自己是中国人——不是好像，而是实实在在的中国人。就在那一刹那，你的鼻子发酸了，嗓子也开始哽咽，眼眶不知不觉就湿了。

这位朋友感慨道："说实话，我在国外见证了无数的炎黄子孙在国歌声里默默地流下了眼泪。在美国有500多万美籍华人。如果有难，我相信，他们会在瞬间感到自己首先是中国人。在美国听美国国歌时，我再怎么努力，都无法把手捂在胸口上，总觉得哪儿不对。毕竟自己的故乡只有一个，总觉得应该把这唯一的心脏献给唯一的故乡——我的母国。"

在沈阳自动化所档案室里，保存着蒋新松1996年8月8日写的一篇文章《祖国和科学，我心中的依恋和追求》。细细读来令人感慨万千，或许从中可以感知"新松基因"之所在：

1937年正当我怀着美好的憧憬，准备上学去时，七七事变发生了……跟着妈妈在被驱赶的人群中，我多次看到了日本兵惨无人道的杀人场面，在我幼小的心灵中，深深埋下了仇恨的种子。本该欢乐的童年，我却饱经了亡国的痛苦，我开始懂得了祖国的含义。

我经历了我们这一代知识分子最严酷的政治风暴的洗礼，在无情的打击面前，年轻的我一度惘然了……孟子说：天将降大任于斯人也，必先苦其心志，劳其筋骨……我意识到，历史是无情的，又是最公正的。今后不管条件如何，我仍应坚持我的选择。我只能用自己谱写的历史来证明我无愧于我们伟大的祖国，我们伟大的时代，不使我亲爱的妈妈失望……种种心灵上的创伤是巨大的，但这一切锻炼了我的意志，使我学会了从历史的高度看待一切，我从不怨天尤人，为祖国和科学持之以恒，孜孜以求地探索，在广阔无边的科学海洋中，找回我的欢乐与幸福。毛主席说：坏事也能变好事，只要我们善于掌握转化的条件。应该说，二十多年艰苦的岁月，对我来说是有益的，使我长期在科研的第一线，经受无与伦比的锻炼，使我在十年动乱中有充裕的时间，为今天打下了坚实的基础。

当然这一切都是在一个崇高信念下，才能坚持的。弹指一挥间，四十年过去了。今天我的地位变了，党和人民给了我很多荣誉。今天对我来说，要求更高了，压力更大了。

四十年的经验我深深地体会到，科学事业是一种永恒探索的事业，它既没有起点，也没有终点。成功的欢乐，永远是一刹那。无穷的探索、无穷的苦恼，正是她本身的魅力所在……

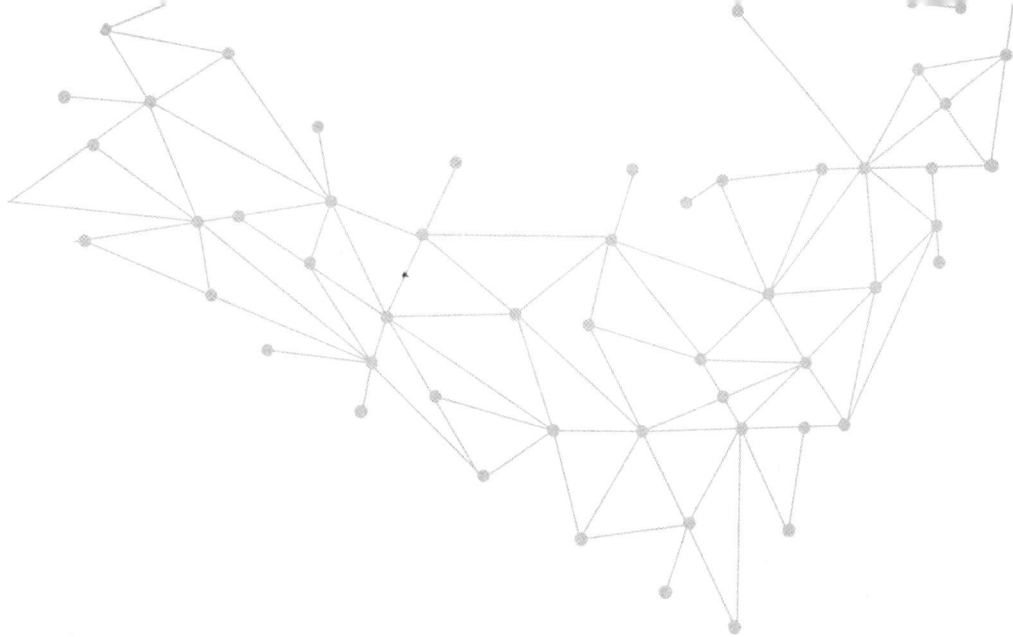

CHINESE
ROBOT

第六章

国字头的"准生证"

开启市场模式：切入市场的风口已来临，中国机器人该出手了。

向市场宣战，"蓝顶"商人会演绎出怎样的故事？

01
Chinese Robot

"一所两制"

　　蒋新松去世之后，曲道奎心里空落落的。老师生前对他的嘱托和期望却压在他心头沉甸甸的，让他放不下："要成立公司做市场。不走向市场，机器人是不会得到真正发展的。这条路子要赶快走，走慢了就落到外国后面了，就被动了……

　　成立机器人公司的愿望在曲道奎心中不断地膨胀。不做这件事，他总觉得像欠了恩师一笔债，坐卧不安。再说了，当初自己从德国匆匆回来就是要实现机器人产业化，走向市场。这一步迈不出去，回国的意义何在？

　　此时，中国的汽车制造业呈现井喷之势，而国内制造业随之进入新一轮的改造升级，外国机器人争先恐后地开始抢占中国市场。

　　密切关注市场动态的曲道奎敏感地意识到中国机器人切入市场的风口已来临。中国机器人该出手了。

　　曲道奎一腔热血激情，不想再等了。尤其是他看到，中科院出台措施，鼓励科技人员带着科研成果创办企业、推动科技成果产业化。沈阳分院所属的沈阳金属所成立了金昌普公司，经过两年的运营，业绩骄人，发展速度很快；沈阳分院所属的大连化物所跃跃欲试，也在筹备成立以生产农用化学品为主要产品的凯飞公司。沈阳自动化所与它们都是兄弟单位，不能无动于衷。曲道奎坐不住了。

　　这天，他找到所长王天然，提出要成立机器人公司。

王天然说："道奎呀，这件事我也考虑过。老所长走得突然，所里的工作千头万绪，能不能再等等？"

蒋新松去世后，大家心里若有所失。显然，在推动各项工作的进展中，王天然少了一位"咨政"的支持。成立公司不是一件小事，涉及单位和个人的利益调整，牵一发而动全身，王天然想把这事缓一缓。想不到，曲道奎找上门来了。

"老领导，等等，等等，等到什么时候？沈阳金属所成立了金昌普公司，都干了两年了，红红火火，据说今年的销售额都过亿了。我们还在等什么？"曲道奎迫不及待了。

成立公司是老所长多年的心愿。1988 年，哈工大等几个研究所联合辽宁几家部门、公司成立了一个机器人集团，推举老所长为董事长。集团是松散型的结构，一些实质性的问题没解决，再加上不具备市场条件，一直没有搞起来。前不久，王天然正和几家单位商量，准备注销。成立公司不是一件简单的事。

事实上，蒋新松生前，王天然也与他多次商量过这件事，成立公司毕竟涉及上级政策、公司结构、资金投入、工程技术人员的调整配置，等等。王天然也把成立公司的设想向中科院作过汇报，并与辽宁有关部门进行了沟通。

"成立公司，有大量的前期工作要做，需要有一个过程，没你想象的那么简单。"王天然又说，"你耐心等等，这件事需要与各方面协商，预先做些铺垫工作。"

科学家们严谨科学的思维方式，决定了他们讲政策、讲程序、讲规矩的办事原则和风格。

曲道奎闷闷不乐地走了。

1997 年下半年，中国正在兴起的汽车行业受到东南亚金融风暴的冲击，刚刚登陆中国市场的外国机器人企业又开始收缩，市场一时暗淡无光。想不到，这个时候曲道奎又来找王天然了，又一次提出成立公司。

王天然紧蹙了一下眉头，又耐心地对曲道奎说："今年的大气候不太好，东南亚金融危机对国内的经济和市场压力很大。前几天去北京开会，见到柳传志，他说企业的日子都不好过，包括外企、合资企业都在收紧。这个时候搞公司恐怕不是时候。再说了，鼓励科技人员下海，到底怎么操作，具体政策还没下来，所里研究了几次，决定还是缓一缓。这是从大局考虑，也是为大家着想。"

曲道奎却坚持说："危机也是机遇。别看现在不景气，老外虽说压减了产能，但他们并没有撤走。我们国家的汽车发展是一个大趋势，汽车制造业会有一个大市场。现在进入市场是个机会。老这么干下去还有什么希望？不成立公司，我们机器人事业部也要分灶吃饭，独立运作。不然，我就不干了，走人！"

"你小子翅膀硬啦！想分家单过？"王天然一听，瞪大了眼睛。

"是的。翅膀不硬怎么能飞起来？老是趴在窝里不行。还要反哺呢！"曲道奎脑子一转，"不分家也行，咱能不能搞个'一所两制'？让大家干起来有成就感，有奔头。"

王天然沉思不语。当时，中科院提出搞"知识创新工程"促进科技成果向市场转化。他觉得"一所两制"这是个好办法，可以折中一下，通过这种方式逐渐向公司过渡，为正式成立公司探索路子。

看着曲道奎期待的眼神，王天然说："好吧，我和所里研究一下，你拿一个具体方案。"曲道奎像个天真的孩子咧着嘴笑了："好嘞。谢谢你老人家的支持。"

1997年10月开始，沈阳自动化所实行了"一所两制"，在中科院系统成为推动科技成果向市场转化的一道独特景观。曲道奎带领机器人事业部在所里自主经营，单独核算，按照公司的模式运作。他们一方面搞技术研发，一方面开拓市场。

新手上路。一群年轻的科技人，带着他们的机器人，怀揣着热望与梦想下海试水了。

02

Chinese Robot

"蓝顶"商人

那时候，人们把国企的经营者称为"红顶"商人，把搞科研出身的企业经营者称为"蓝顶"商人。只是"蓝顶"商人比较稀有罢了。

"蓝顶"商人一身科技范儿，他们是怎样经营商业活动的呢？曲道奎的团队既然下海试水，他们每个人都是经营者。不得已，赶着鸭子下海了。他们基本上都是"旱鸭子"。

一次，工程师李庆杰跟着一位老同志搞 S78080 项目，为一家企业设计安装一台焊接机器人巧手"灵灵"。当时的设计价格是 40 万元。在和对方谈判时，这位老同志很实在，就按设计价格报价，没把利润和税率算上，也没给项目的成本投入留一点儿余地。双方讨论价格时，对方从中间一砍，说顶多给 20 万元。老同志竟没还价，无奈地说 20 万元就 20 万元吧。对方就这么一句话给拦腰砍了一半。

"蓝顶"商人不像商人，更不是"红顶"商人的对手。

李庆杰仔细一算，这个项目做下来，不光无利可赚，还赔了。老同志为难地说，跟人家讲价钱，不好意思，张不开口。

李庆杰看不过去了。这么干下去，赔了夫人又折兵，机器人怎么发展壮大？他向老同志提了建议，报价要留出余地，成本之外要把利润和税率加进来。老同志一听是这么回事。对李庆杰说："你说得有道理，你来做吧。"后来的项目，就交给李庆杰去谈合同。

李庆杰说："在科技圈里，这点很好，无论职务高低、年龄大小，大家都尊重科学、尊重真理。谁说得对，有道理，就按谁的办。不讲什么面子不面子，也不论资排辈。"

李庆杰不仅在技术上过硬，在整个项目运作中也表现出了精明的商业头脑。曲道奎发现了李庆杰的营销"天才"。

工程师李庆杰，1962年出生于鞍山。1984年毕业于大连理工大学，1993年由一家国企调到沈阳自动化所，开始搞机器人焊接技术。在一些关键项目上，曲道奎就让李庆杰出面谈质论价，签订合同。

有一次，一个项目久攻不下，曲道奎让李庆杰出面。他组织了整个规划的设计、核算和谈判以及项目的安装运行。项目做得很成功，不仅效益可观，客户也非常满意。后来，李庆杰与客户常来常往混熟了，对方说："前两次沟通，因为对你们的技术不了解，对你们这些搞技术的人也不甚了解，所以我们心里不踏实，都把你们排除了。后来发现你们太书呆子气了，搞技术的太实在，都不好意思杀价了。"

科技工作者就是这样，优点是实在，缺点是太实在；但实在一旦被认可就成为信赖，就是资源和优势。

科学家不是商人，科技场与市场各有不同的文化理念和规则。本来一个很完整的解决方案，由于缺乏沟通技巧，在推介时往往给对方提供的是碎片化的信息和方案。在商业谈判中，科研人员不善于讨价还价，在与客户打交道时，经常做赔本的生意。

曲道奎决定成立营销部，消除这种差异。1999年初，曲道奎和副部长胡炳德一块儿找李庆杰谈话，告诉他，下一步准备成立公司，设立营销部，决定由李庆杰任总经理。李庆杰一听直摇头，连声说："不行不行，我做技术的，怎么能搞营销？"曲道奎拉李庆杰搞营销，是要用其所长。

成立公司，必须组建市场营销部。曲道奎和胡炳德考虑来考虑去，这些整天闷头搞科研的人员没有几个人表现出营销的天分，只有李庆杰最合适，可李庆杰却不喜欢做营销。当初他跳槽到沈阳自动化所是奔着机器人专业技术来的。搞科研的去做推销员，从心理上他接受不了这个角色。曲道奎和胡炳德找李庆杰谈了两次都没谈通。曲道奎第三次找李庆杰说：“我是‘三顾茅庐’来拜你这个‘诸葛亮’了。”

李庆杰一听曲道奎说这话，不好意思了。

“我们一块儿出来做市场，准备成立机器人公司。产品再好，不是销不出去就是做赔本的买卖，怎能打开市场？营销是打前锋的，事关大局。你不干，你看谁行？我看就你行，干吧。天降大任于斯人也。”曲道奎的话充满了信任。

李庆杰理解了曲道奎的良苦用心，他也懂得大伙儿上了一条船，哪个角色都不能少，每个人都要服从大局。虽不情愿，李庆杰最终还是点头服从了，组成了营销团队。

这些“蓝顶”商人能成为优秀的市场推销员吗？

03

Chinese Robot

夹缝求生

20世纪90年代后期，汽车制造领域的机器人技术被外国几家大公司垄断，刚刚走出实验室的中国机器人挤不进去。金融风暴过后，一度冷落的机器人技术又在汽车制造业领域里迅速活跃起来。

中国机器人如何成为市场角色？

曲道奎发现，他们最早研发的“小龙马”AGV技术与国外的发展相对同步，国外公司移动机器人刚开始推向市场。他们的“小龙马”AGV在金杯公司总装车间投入生产后的几年里，一直没有新客户。因为汽车厂装配用的还是轨道车，"小龙马"AGV 不需要轨道。相比之下，要比外国的技术先进一步。

曲道奎经过对市场进行调查分析，认为他们的"小龙马"AGV 既有技术优势，又有服务便捷的优越，只是"养在深闺人未知"，宣传力度不够，客户不了解，他们完全可以在这个领域同国外企业展开竞争。曲道奎下决心，要让中国机器人站起来，走出去。

1997 年年底，曲道奎听说柳州微型汽车公司要跟美国合作一款新车，就带着工程技术人员上门推介"小龙马"AGV。对方一听，他们正需要这种产品，便来到沈阳自动化所现场考察。

外国专家们看到"小龙马"AGV 连轨道都不需要，在车间里自动跑来跑去，很感兴趣，遂与曲道奎签订了 9 台"小龙马"AGV 购买合同。"小龙马"AGV 很快在国内汽车行业小有名气。随后不久，又在长安汽车招标中一举中标。国内市场上开始有了中国机器人的身影。

曲道奎曾是德国军事家克劳塞维茨的信奉者，在德国留学时读过克劳塞维茨的《战争论》，克氏以阵地战理论而著称。曲道奎发现，阵地战在这里派不上用场，那是双方势均力敌的战场态势，他的团队眼下还不够格，阵地战理论不合时宜。

曲道奎更加崇拜毛泽东军事思想，还是游击战管用，更符合中国国情。这些科技男们像当年红军长征一样，避开主战场，运用游击战术，在市场夹缝中征战，到对手不注意的边角上开辟立足之地。在主流市场上拿不到大订单，就设法在市场缝隙里争取小订单。他们采取迂回的战术，先从外国企业切入，逐渐打开了突破口。中国机器人开始跃上市场舞台。

1998 年，上海外资企业美国田纳克（华克）汽车零部件公司生产帕萨特汽车排气系统，急需弧焊机器人。美国田纳克（华克）公司的专家得知沈阳自动化所是专门研发机器人的，便来到沈阳自动化所考察。

他们对曲道奎团队研制的巧手"灵灵"很感兴趣。通过双方交流沟通，他们提出让巧手"灵灵"到他们厂里去试用，时间 4 个月。

当时沈阳自动化所生产出来的机器人全部投入了使用，4 个月的时间来不及提供新产品，但这条"鱼"跑了实在可惜。

曲道奎急中生智，想起前不久他们为上海交大实验室提供了一台焊接机器人巧手"灵灵"用作教学实验。上海交大是蒋新松老师的母校，多年来一直密切合作，相互支持。他立刻与上海交大联系借用这台巧手"灵灵"到美国田纳克（华克）公司一试身手，随后负责上海方面业务的工程师朱进满带着这台巧手"灵灵"来到美国田纳克（华克）公司试用。田纳克（华克）公司有德国的股份，德国人不放心，就派了一个叫桑普的工程师在现场监督。

朱进满通过控制器发出指令。控制器是个示教盒，也就是机器人本体与控制柜（机器人大脑）的一个接口。巧手"灵灵"立即按照指令，拿起焊枪准确无误地操作起来，绚丽的焊花兴奋得四处飞舞。桑普一看很惊奇，伸出了大拇指，一个劲儿地说"OK"，称赞朱进满是内行。

巧手"灵灵"面试成功。美国田纳克公司（华克）一次就与沈阳自动化所签了 10 台机器人的正式购买合同。继"小龙马"AGV 之后，巧手"灵灵"也不甘示弱，进入市场，渐渐有了名气。

曲道奎团队扬长避短，在市场上主打自主研发的"小龙马"AGV。"小龙马"AGV 不但价格比国外机器人低，维护费用也低，一台设备使用十几年，维护费用算下来节约的数字很大。对中国市场来说，使用"小龙马"AGV 是一个经济的选择。如果出现问题，维修服务反应也很快。曲道奎对客户的承诺是，两小时内一定赶到现场。

曲道奎组织团队积极营销，力推"小龙马"AGV，不久，又拿到了几家汽车制造厂商合作订单，为对方提供一批定制的"小龙马"AGV。就这样，中国机器人挺进了汽车制造业市场。

"几乎就像毛泽东当年率领部队采用游击战术抗日一样，我们经历过一个艰难的夹缝生存期和发展期之后，终于站稳了脚跟。"曲道奎说。

通过这样的办法，他们从赢得小项目、小订单开始，慢慢积累技术实力和产品信誉，逐步得到大项目、大订单，进而完成了原始积累，并开始用越来越大的成功打破了中国人不能做机器人的魔咒。

虽说，中国机器人勇敢地站起来了，但是，在夹缝中求生存的中国机器人极易被扼杀在摇篮里。面对国际巨头，曲道奎感叹道："如同一个刚刚出生的婴儿和一个健硕的成年人在比拼，其难度可想而知。而这样的竞争将会愈演愈烈，残酷的市场竞争不会给你留下慢慢成长的时间，只有坚持技术创新，勇于开拓市场，让中国机器人强壮起来，才能立于不败之地。"

在敌强我弱的对垒下，中国机器人要打入市场，必须冲破封锁，把战线推到最前沿。既要打游击战，又要建立根据地。

04
Chinese Robot

智胜"老法师"

当时，上海的汽车制造业像大海涨潮似的开始涌动。中国机器人要在国际舞台上有一席之地，必须立足上海这个国际大都市。曲道奎和工程师李正刚闯进上海滩，他们期望中国机器人能在这里开辟一块"根据地"。

恰在这时，上海大众装配生产线正准备升级换代装配一批焊接机器人。曲道奎得到这个消息，立即来到上海大众公司向客户介绍他们的焊接机器人巧手"灵灵"，并向其展示巧手"灵灵"在田纳克（华克）汽车零部件公司的工作照。对方感到很新奇。

那时，国外的设备与沈阳自动化所的机器人产品相比已经很落后了，他们的生产线还没有配备焊接机器人。经过艰难的产品推介，曲道奎和李正刚终于说动了中外合资的上海大众汽车公司的专家。上海大众的专家心里不踏实，让他们先做一台焊接机器人试试，然后再谈批量合同订单。

想不到，李正刚这期间与一位"老法师"较上劲了，双方斗得不可开交，演绎了一场智胜"老法师"的桥段。

对方客户有一位资深的老技师，在上海人称"老法师"。"老法师"比李正刚大10多岁，也许自认为资历深，是"技术大拿"，经验丰富，难免有些傲慢之气，没把李正刚放在眼里。

开始，"老法师"说他原来装机是这样做的，要李正刚按照他原来的样子做。李正刚要优化一下，变一变。他说，他就接受这个，认可这个，不让李正刚动他原来的东西。李正刚按照自己的设计方案做出来后，他不服气，千方百计挑毛病。李正刚也不服气，心里说："有什么了不起？不也是中国人吗？不就是给老外打工吗？"

"老法师"说李正刚做的工件不合理，非要翻过来。李正刚也是个倔脾气，就是不动。"老法师"趁李正刚离开现场时，就指挥两个徒弟卸下工件调转了个方向。结果把李正刚的设计规范全打乱了。

李正刚一看火了，这怎么能行！按照"老法师"的技术路线，虽然满足了一方面需要，却牺牲了其他功能。运行起来不协调，容易出问题。

李正刚又不好当场驳"老法师"的面子，他是难得的客户，不能跟客户太较劲。但是，若将来出了问题怎么办？还是我们的问题，人家会说我们的技术不过硬，砸了自动化所的牌子。李正刚必须给他纠正过来。为客户负责也是对自己负责，这是他们坚守的职业精神。做科研的工程技术人员都有这样的理念：你可以不尊重我，但我必须赢得你对我职业的尊重；你可以看不上我这个人，但我不能让你看不起我们的团队和技术。

李正刚耐心地对"老法师"说："老师傅，你给我半个小时，我考虑一下，一定满足你的要求。"其实，李正刚想把"老法师"的那一套再改过来。他们俩心里都憋着一股劲儿，都在斗。你这么说，我偏这么做。既然要斗，这个东西就要绝对叫得响、过得硬，才能斗得赢。

半个小时后，李正刚想了一个招儿。原来的东西一点儿都没浪费，加个板条，改变了一下机器人的位置，就达到了目的。机器人干起活来漂亮极了。"大家斗技术是件好事。"李正刚说，"'老法师'很要面子，我得尊重他。"

不久，李正刚又给他们做后期项目。这是上海大众公司启动的新项目。那位"老法师"对李正刚说："这回是全新的了，我帮不了你了，全看你的了。"

李正刚很高兴，他完全可以按照自己的思路来做了。结果一组点焊机器人做出来后，干起活来那是相当漂亮。"老法师"不由得竖起大拇指，感叹道："后生可畏。"

李正刚说："不打不成交，我们成了忘年交，相互欣赏。大家都尊重科学，尊重技术。后来，新松公司成立后，我到上海分公司任总经理，我们俩成为了朋友，关系一直特别好。他退休后，其他的地方聘他当顾问、专家。他遇有项目疑难问题或技术难点也经常来找我，还给我们介绍了不少客户，帮我们开拓上海市场。我们慢慢在上海站住了脚。"

1998 年底，曲道奎顺势而为，在他的主导下，自动化所在上海金桥与当地政府合作注册了一家机器人公司。他们在上海红枫路 51 号租用了绿化带里一个百十平方米的样板房，挂起了牌子。虽说这幢房子在上海不起眼，中国机器人毕竟在市场前沿有了立足之地。

至此，曲道奎和他的团队已把中国机器人推向市场了。

05

Chinese Robot

敢问风暴

1999 年春节刚过，曲道奎来到所长王天然的办公室。

"最近的情况怎么样？"没等曲道奎开口，王天然关切地问，"有困难，你就说。中国大陆力挺香港，度过一场金融浩劫。我这个所长也要力挺你曲道奎，让中国机器人顶住。""谢谢您老人家的关心。既然是这样，那就赶快成立公司吧。"

一个东北人，一个山东人。两人讲话，开门见山，口气一个比一个直率、豪爽。

"成立公司？"王天然哈哈一笑，"怎么？你想'吃小灶'，就让你'一所两制'。这才几天，你又不满足，非要'分家'？"

"'一所两制'不是长久之计。要干就像模像样地干。这样小打小闹地干，还是不如成立公司。"曲道奎一副不由分说的派头。

"金融风暴还这么疯狂着，你也跟着发疯了？扯淡！你也不看看这是啥时候。我可不愿意看着你跳到海里去呛水！"王天然的语气立刻变了，但他的话自有道理。

亚洲经济仍然没有走出金融风暴的阴影，中国正在兴起的汽车行业还处在萧条中。曲道奎带领机器人事业部开拓市场明显受到影响。尤其在汽车制造业，他们与客户合作的项目有的还一时搁浅。一些人员对市场前景缺乏信心，也有人想打退堂鼓，要求回所里上班，人心惶惶，甚至有人埋怨起曲道奎来。在这种形势下，王天然不能不考虑自动化所面临的处境。

但曲道奎却从另一个角度看问题。在亚洲金融风暴中，中国承受了巨大的压力，坚持人民币不贬值，为地区和世界经济的稳定发挥了重要作用，树立了一个负责任大国的良好形象，博得了国际社会的高度评价。曲道奎从人民币不贬值中看到了中国的自信、实力，也看到了机器人产业发展的希望与未来。他坚信，在中国特有的体制下，只要是国家支持的事情，没有办不成的。这坚定了他创办机器人公司的决心。

王天然看到曲道奎态度如此坚决，想想他的观点也不无道理。老所长蒋新松带领大家搞了 20 年的机器人，始终没有放弃，就是看到了机器人的未来。这已经成为大家的共识。

虽说金融风暴过后会呈现经济复苏，但眼下金融风暴阴云不散，在世界各地横行肆虐，丝毫看不到复苏的曙光。中国的制造业还没缓过劲来，前景是一个未知数。

在这种情况下，你曲道奎去搞公司，不是头脑发疯吗？王天然绷着脸沉思着，半晌没有说话。

"老领导，你想想看，我国的汽车产业正在兴起，国内的企业虽然不景气，但国外的企业进来了，合资企业兴起。中国机器人市场初见端倪。金融风暴之后，就是复苏期。外国企业就会立即给我们杀个回马枪，到那时候我们再出来招架，肯定没戏了。机不可失，时不再来。我们现在就必须干起来。再说了，现在虽然按市场模式运作，但研究所体制的封闭性与市场的开放性很难有机融合。我们参与投标、签合同、资金结算，程序框框多，处处受到制约。反应速度慢，怎么能与对手竞争？"曲道奎又耐心地向王天然解释。

见王天然不表态，曲道奎一转话锋："所长，你不成立公司，我可就走了，我只能当'产业汉奸'去了。""你敢！别拿这话来激我。你小子试试！"王天然也知道曲道奎这是赌气。

曲道奎当初从德国留学回来时，就有外企找到曲道奎作代理商，开价年薪10 万美元。曲道奎的倔脾气上来了，回敬说："凭什么给你们干？这不是让我当'产业汉奸'吗？我回国就想自己做事。不去！"

对此，王天然已有所闻。最近又有外国公司猎头来找曲道奎，据说，开的价码又不低。有人说，这回曲道奎动心了。王天然摇摇头，心里说，这小子嘴上说得硬，绝不会这么干。他了解曲道奎的为人。

现在，曲道奎要成立公司，王天然考虑到这件事关系所里的发展与未来，作为所长他必须从全局把握，不能不慎重。

曲道奎回想这段经历时，是这样说的："平心而论，真要我离开自动化所，那是非常痛苦的，我想我做不出来，那是对老师的背叛，违背我的初心。对王天然所长说要走人，也就是一句赌气的话。老师经常告诫我的一句话，我铭记在心里：认准了的，就一定要坚持。那时，中国机器人市场还很小，但由于金融风暴的冲击，国外机器人企业虽然进来了，还不在意中国市场。加入 WTO 对机器人这块儿没影响，我们可以打个时间差，在技术与市场上做好准备，采用弯道超车的攻略拦截这一趋势。在开拓市场中，我一直在反复考虑论证成立机器人公司这件事，并作了大量的市场分析，不是一时的心血来潮。"

对重大趋势的把握要有良好的悟性，方能成为赢家，这是许多企业家成功的原因。

为了拿出充分的依据说服所里领导，曲道奎作了一个《抓住历史机遇，发展机器人产业》的调研报告，送到王天然面前。他对成立机器人公司进行了全面论证，认为成立机器人生产公司是可行的。国外发达国家已经走过了这条路。

王天然看了曲道奎的报告，也认为可行。他了解曲道奎，山东人的脾气，认准的事十头牛都拉不回来。有时他老师拿他都没有办法，就像个长不大的孩子，有了想法就任性，想干的事谁也挡不住。他也深知曲道奎的能力。国家 "八五" 攻关，所里承担了机器人的两个研究课题，他和曲道奎各负责一个课题，相互配合支持，很默契。

曲道奎赴德国留学，蒋新松让他提前回来，就是为了成立公司，把机器人推向市场产业化。只有这样才能提高我国制造业水平，追赶世界先进水平。他认为，如果不成立公司的话，就这么下去，肯定没希望，干得没意义。他后来从科研逐渐往企业经营这方面转，与蒋新松对他的培养和期待有直接关系，也有他的性格原因。曲道奎天生不安分，骨子里喜欢挑战。每次干事情喜欢走一条新路，追求不断变化。

曲道奎说："我在德国留学时有个心结，外国人瞧不起我们。不把机器人产业做起来为中国人争口气，我不甘心。一个国家没有过硬的科技走向市场，走向世界，作为一个科技工作者，很窝气。我一直就是这样认为，中国人比外国人差什么？什么也不差，无非是外国企业起步早，在市场上处于垄断地位。他们那些买卖比中国企业高明不到哪里去。对成立公司，我是充满了信心的，只是别人一时不能理解。"

当时，曲道奎在所里获得了好几个国家级的奖项，他本人先后被中科院和辽宁省评为"优秀青年技术人才"和"科技拔尖人才"。凭他的能力和优秀条件，完全可以走一条研究员——院士——领导岗位这条路子，他为什么非要创办机器人公司，走企业经营这条路呢？如果说他想挣钱，他在德国不回来或回来到外资企业，早把钱挣到手了。显然，他又不是为了钱。许多人确实对曲道奎不能理解。

王天然理解曲道奎。他知道曲道奎始终有个心结，要实现蒋新松生前未了的一个心愿——成立机器人公司，把中国机器人做大做强，做出产业化。

王天然对曲道奎成立公司是支持的。但是，机器人事业部这一块儿是沈阳自动化所的压舱石，全凭机器人给所里撑门面呢。"道奎啊，这件事不能急。欲速则不达。谁都清楚机器人这一块儿在所里的分量，成立公司就要把所里这一块儿拿出去，其他部门和同志们是啥想法？弄不好就会出乱子。我必须事先把工作做好，给大家有个交代。"曲道奎心里说，姜还是老的辣。王天然比他考虑得更全面、更深刻。

在曲道奎的坚持和王天然的积极推动下，所里还是下决心同意成立机器人股份公司，由曲道奎提出一个成立公司的可行性方案。

曲道奎很快提交了一个方案，提出机器人事业部整体脱钩，成立机器人公司。

所里几位领导舍不得，有人看了直摇头，认为不能草率决策，建议这事提交职工大会表决。

当时，曲道奎是基于这样一种考虑："我强调团队的作用，觉得比较可行的是把自动化所机器人研发的整个团队拉出来，避免部分人员另起炉灶，相互竞争。我们基本上还是具有科学院的文化，没有社会上那种团团伙伙、蝇营狗苟的内耗、争权夺利等不良风气，能够发挥团队的整体合力。"

果然不出王天然所料，机器人事业部整体脱离出来成立公司，在职工代表大会上表决没有通过。机器人事业部掌握着所里的拳头产品和核心技术，凝聚着全所科研人员的心血，是支撑所里的半壁江山啊！而成立公司的事迫在眉睫。

面对这种情况，王天然怎样才能把这碗水端平？

06
Chinese Robot

破茧成蝶

为了推动公司尽快成立，在土天然的主持下，所里又召开了第二次职代会。王天然语重心长地对大家说："同志们哪！这些年，咱们在一起，好日子过惯了，四平八稳，旱涝保收，无忧无虑。但是，这种日子过得不精彩，也不会总这样过下去。中央一再提出要求并采取政策措施推动科技体制改革，鼓励科技人员带着成果走向市场。我们应该积极响应啊！沈阳金属所的金昌普公司运营两年，那是我们系统的标杆和榜样；大连化物所也成立了凯飞公司。科技成果向市场转化，这是大势所趋。人家都动起来了，干得红红火火，我们沈阳自动化所不能无动于衷啊！"王天然又动情地说，"我们的机器人能够成长起来，倾注了老所长一生的心血。他生前的最大心愿就是让机器人走出实验室，走向市场。这都是为了提升我国制造业的现代化水平，为国家经济建设服务，惠及民生，造福百姓，为中华民族振兴做贡献啊……"

王天然的话深深地打动了大家。这次职工代表大会顺利通过了表决。但是，在股份分配上又出现了分歧。曲道奎提出来至少要拿出35%—40%的股份给个人股东，所里认为太高了。

曲道奎则担心，如果低了，这些出来创业的科技人员就没有了积极性和驱动力。王天然所长不能不考虑所里的处境。所以，在股份的持有分配上，他一直没点头表态。那时不像现在，个人哪有股份？个人持有股份，在科技体制改革中是一个历史性的突破。

曲道奎再一次来到王天然的办公室。他说："没股份我办什么企业？谁愿意出来冒这个风险？几十名科研人员与所里脱钩，甩掉'铁饭碗'，下海谋生，承担的风险太大，应当给他们一定的股份，让他们的命运与企业的发展绑定，企业才有希望，才能做下去。如果说做企业好坏对大家无所谓，没有形成一个命运共同体，那企业肯定做不好，也做不下去。"王天然也认同这个道理。老百姓有句话：无利不起早嘛！科技人员也是人哪。要干就把弦拧紧，把力给足。

这些科研人员集体脱钩下海，会面临重重困难和风险，必须理解他们，支持他们。以什么样形式让这些最初的创业者持有股份则展现了科学家的智慧。

所里再次召开职代会。王天然这样给大家算账："大家可能觉得，机器人这块肥肉从所里拿出来了，但它是交给国内的市场了。大家想想看，就像自留地里的苗子栽到大田地里了，有了更大的生长空间，会生产更多的粮食。再说，所里是控股的，是属于国有的。机器人产业发展得越好，所里受益越大，大家也受益，国家也受益。我不是说大话，唱高调。仔细想想，我们搞科研的目的是啥？实现一种价值。技术的价值也好，个人的价值也好，好多事就是这样，局部关系到全局，眼前影响到长远，个人连着国家。这个账我们要算透，要算大账……"王天然情真意切的一番话又一次征服了大家。职工代表大会通过了新松公司成立的一系列章程。

新松公司起步基础薄弱，按一般常理，典型的国有控股，自动化所占股份48%，加上另外几个参与投资的国有股东，总计70%。其余的30%分给全体人员，让大家都成为股东。当时，这是完全符合国家政策和规定的。

曲道奎说："财散人聚，财聚人散。不能把股份集中在一家或一人身上。要按照现代企业制度架构新松公司。从体制上说，只有这种股权结构才能把国家、单位与个人的利益紧密地绑定，形成利益共同体、命运共同体。"

新松公司成立的模式是股份制，自动化所是控股方。表面上成立公司，这一块儿被拿出来了，一些专利技术作为无形资产奖励给大家，但实际上还是所里的、国有的。这样解释，就打消了大家的疑虑。

"其实，这也是一个艰难的选择，一般人是下不了这个决心的。"曲道奎感慨地说，"我们自动化所真正的核心技术是机器人。当时我们整建制30多个人，一个大的研发部出来成立公司，所里也是下了大决心的。一般来讲，顶多出一两个人去办企业，大块儿留在所里。现在，把一块大肉砍下来了，这需要有一定的胸怀、眼界和决心才行。当初，如果不把整个建制的研发部放出来，也就没有了新松。新松有今天，离不开当年王天然所长的重大决策和魄力。"

面对成立公司，也有一些人犹豫起来。在所里旱涝保收，下海，意味着要丢掉铁饭碗。一些人不愿意冒这种风险，提出要留在所里。

工程师刘长勇原是一家国企的车间主任，因为一心向往搞科研，1998年在报纸上看到沈阳自动化所的招聘广告，对研究机器人产生了兴趣，来到自动化所参加面试。曲道奎问他："你在原单位月收入是多少？"

"1200多元。"

"在这里只有700多元，没有你原来的高。你慎重考虑一下。"

刘长勇没想到科技人员的工资会这么低，这不是越混越差了吗？面试现场，大家都看着他。他还是毫不犹豫地说："我是奔着搞机器人来的。我喜欢做科研。"那次，从20多名应聘人员中录取了3人，刘长勇是其中之一。

刘长勇出生于 1965 年，1988 年从北京理工大学机械设计专业毕业，分到一家国企当过设计员、工艺员，又做了 3 年的管理。来到沈阳自动化所，虽然工资不高，是事业单位，但旱涝保收，搞科研。他觉得挺好的，也算朝高处走了一步。现在，所里成立公司，要下海做企业、搞经营。他又回到了人生的原点，从面子上他觉得过不去，心中不免犹豫起来。

思虑再三，刘长勇还是下了决心。他觉得曲道奎带着大家，总有一种挺直向上的感觉，总有探索不尽的新东西让他充满激情。他心里感觉到，只要做机器人，企业就有奔头。他毅然加入了新松团队。

所里的原则是尊重个人意愿，去留自由，决不勉强。在所里搞科研与下海创办企业，虽说工作性质和身份发生了变化，但大目标是一致的。每个人可根据自己的情况作出选择。

有些职工也担心："曲道奎这小子向来喜欢特立独行，冒风险，玩心跳。他要是干砸了，这小子有本事，拍拍屁股走人，还不把咱们给坑了，咱们怎么办？"

更多的人还是认为，曲道奎不是那种人，这么多年了，你们还不了解？他是敢干，但不蛮干；至于为人，更不用担心。山东人重感情，讲义气。这家伙仗义，不是那种不负责任的人。

07

Chinese Robot

时代"幸运儿"

1999 年，国家推出新政鼓励科技人员"下海"，允许科技人员带着科研成果出来创业，建立公司。

　　这一战略背景是：一些科研院所开发的新技术、新产品，90% 都停留在实验室，而具有创新能力的企业享受不到优质资源和新技术。作为制造业大国，为了向高端制造技术迈进，中国必须为机器人技术创造以产业为导向的发展条件，加快技术市场化和产品产业化的进程。科技成果向市场转化，需要打通 "最后一公里"。但是，这 "最后一公里" 走得并不轻松，是在风起云涌的市场浪潮中颠颠簸簸走过的。

　　新松公司就要成立了，面对各种担忧和议论，曲道奎给大家写了一封公开信，当众宣读。实际上是一个公开的承诺和表态，让职工心里踏实。其中有一段这样的话：

　　成立新松公司是我们老所长多年的夙愿，也是我们自动化所为振兴中国机器人产业奋斗的一个目标。我们应该趁着年轻，大胆地走出去，坚定地走下去，去迎接风霜雨雪的洗礼。我们科技人员不是温室里培育的花朵，应该有勇气扑向大海，做一回乘风破浪的弄潮儿。

　　大家都吃过 "茶叶蛋"，蛋壳破裂最多的，才是最入味的。同样，人生经历愈丰富，愈有味道。创业是艰苦的奋斗，但可以帮助你成长，成长的快乐会让你感受到接受挑战的魅力。

　　大家知道，鸡蛋从外面打破是食物，从里面打破是生命。人生也是如此，从外打破是压力，从内打破是成长。如果你等待别人从外面打破你，那么你注定成为别人的食物；如果能让自己从内部打破，那么你会发现自己的成长是一次重生。

　　当时，不等曲道奎读完，后来的销售经理李庆杰插了句调皮话："曲道奎，你把机器人事业部从所里弄出来成立公司，这不是老母鸡下了个蛋嘛！"引起哄堂大笑。

　　"是啊！母鸡孵小鸡，破了蛋壳就能飞。"又响起一阵笑声。会场上的气氛轻松又开心。曲道奎接着读道：

> 我们成立新松公司，就是破茧成蝶。也许我们脱开母体需要挣扎，需要开拓市场，自食其力。但是挣扎的过程正是蝴蝶需要的成长过程。如果躺在壳里，只图一时舒服，未来却没有力量去面对生命中更多的挑战。如果你希望化身成蝶，那你就要鼓起勇气，面对挑战，这样才能展翅高飞……

曲道奎的公开信，激情洋溢，发自肺腑，许多人被打动了。曲道奎又对大家说："铁饭碗，只能在一个地方吃一辈子饭；金饭锅，是一辈子到哪里都有饭吃。你是想抱着个铁饭碗呢，还是想拥有一个金饭锅一辈子吃遍天下，吃满汉全席？我曲道奎愿意与大家一辈子在一个锅里吃饭，有福共享，有难同当，同创业，共命运！我感谢大家对我的信任。"

曲道奎的真诚感动了大家。机器人事业研发部的30多名科技人员毅然决然地加入了公司团队。"好！我们跟你吃满汉全席。"李庆杰吆喝了一声，大家兴奋地报以掌声。大家一致举手通过，机器人事业研发部从所里整体脱离出来成立公司。

曲道奎后来说，他这一生几次"清零"，到德国留学，他把原来的科研成果都放下了，从头再来；回来后，他专注技术应用、市场开发，等于从头做起；这次从所里出来，带着研发部做公司，又是一次"清零"。他说，仔细想想，人生一辈子免不了"拿起来""放下""放下""拿起来"。人生就是一种多项选择的过程。集体"下海"是大家面临着命运与未来的一次选择。

其实，人生是一条有很多岔道的路，需要不停地做选择。勇敢地"拿起来"，再勇敢地"放下"，不同的选择会造就出完全不一样的人生。有时，放弃一些拥有和优势，我们会立刻拥有一次再去选择、再得到新的机会，可能得到的会更多。这就是走不同的人生路，会看到不一样的风景区。

成立机器人公司确实不像当初想象的那么简单。公司启动需要大量的真金白银，自动化所本身没有这个实力，中科院可以给政策，不可能给你注入资本。

新松公司的成立，不仅得到所里的鼎力扶持，也得到了中科院沈阳分院和辽宁当地政府的多方支持。几经商榷，新松机器人公司由中科院沈阳自动化研究所作为发起人，联合沈阳市火炬高新技术产业开发中心、辽宁科发实业公司、辽宁科技成果转化公司、中国科学院沈阳分院等四家法人单位和四名自然人共同发起成立。

也许细节是还原历史真相的最好拼图。通过了解新松公司的创立背景和初衷，你会惊奇地发现，即使在今天用最挑剔的眼光看，用最专业的咨询公司来设计，也没法超过当初新松公司的精美架构。

"当时中科院沈阳分院支持我们，沈阳市科技局、省科技厅、省计划委员会现金入股，解决了公司初期运行资金不足的问题。"王天然说，"成立之初，新松公司的定位是办成规范化的公司，并希望在不久的将来成为上市公司。因为一般的股份制公司虽然有利润，老板挣钱了，普通员工却分享不到收益，我们不能干成这样的公司。现金入股是要冒风险的，我们必须保证股东的收益。"

功夫不负有心人。曲道奎和几位同事精心设计的公司成立方案，顺利地拿到了中国科学院和财政部的批文。

"不久，中央提出了科学院新的办院目标。国务院出台62号文件。中科院搞创新工程，要求科研院所打破传统模式，不仅要做课题、出论文、出人才，更重要的是为国民经济发展做出贡献。提倡科研人员走出象牙塔，带着成果、带着技术、带着团队出来办高技术企业。就像现在李克强总理提出来的'大众创业、万众创新'一样。我们非常幸运赶上了这个机遇期，并且把个人与国家利益结合在一起。"谈起那时，曲道奎依然兴奋。

反观历史，我们会惊奇地发现，有些创举是多么伟大。新松股权是由三种成分组成的：国家、地方和个人。正是这样一种结构，恰到好处地把国家、地方和个人三者利益绑定，形成了命运共同体，新松得以在激烈的市场竞争中经受住各种搏杀。当同行的企业一个个倒下时，新松公司犹如泰山之巅的青松一样一直坚挺着，由弱小走向强大，最终成为中国制造崛起的力量。

道理很简单："花自己的钱，办自己的事，既讲节约，又讲效果；花自己的钱，办别人的事，只讲节约，不讲效果；花别人的钱，办自己的事，只讲效果，不讲节约；花别人的钱，办别人的事，既不讲效果，又不讲节约。"这是 20 世纪最伟大经济学家弗里德曼的经典理论，每一个企业的兴衰成败都可以从中找到理由。

显然，一些国企或集体企业的产权安排，属于弗里德曼说的最后一种情况：花别人的钱，办别人的事。这对资源分配机制、财富创造机制、财富分配机制无疑是一种挑战与破坏，因而它的结局早已注定。

新松公司股权结构和体制机制创新是一个有益的探索，应该作为中国企业产权改革以及体制机制改革的一个标本和样板。

手捧最后由国家财政部审批的红头文件，曲道奎几多感慨。在他三十而立之后的几年里，不断拥抱变化，这回他再一次将自己的人生"清零"。这是他命中注定，还是冥冥之中无意间的选择？

其实，拥抱变化、改变生活是一种商业的哲学，也是人生哲学。在浩荡的市场大潮中搭上宏观政策的早班车，在没有潮流的地方唤醒人们填补生活空白的激情，它是一种智慧，一种力量，是商业世界里居高临下的视野，是"会当凌绝顶，一览众山小"的人生境界，是俯视天下的一种格局和展望。

新松人坚信，他们集体下海，拥抱变化，所经历的一切，注定将在未来闪光。他们走过的每一步艰难与承受的委屈，都将沉淀为一级级向上的阶梯，都将是一道道风景。登峰顶而小天下，头顶胜利的云彩，即便是带着满身骄傲的伤口，在新的目标高度上也会笑傲江湖了……

沈阳新松机器人自动化股份有限公司于 2000 年 4 月 30 日正式注册成立。

新松公司诞生在人间最美的四月天。曲道奎和他的团队成为首批吃螃蟹的人。

当新松公司迎来张灯结彩的诞生之日时，它乘着时代的列车豪迈地跨进了 21 世纪，成为跨世纪的"婴儿"。

它是中国科技界向新世纪的献礼！

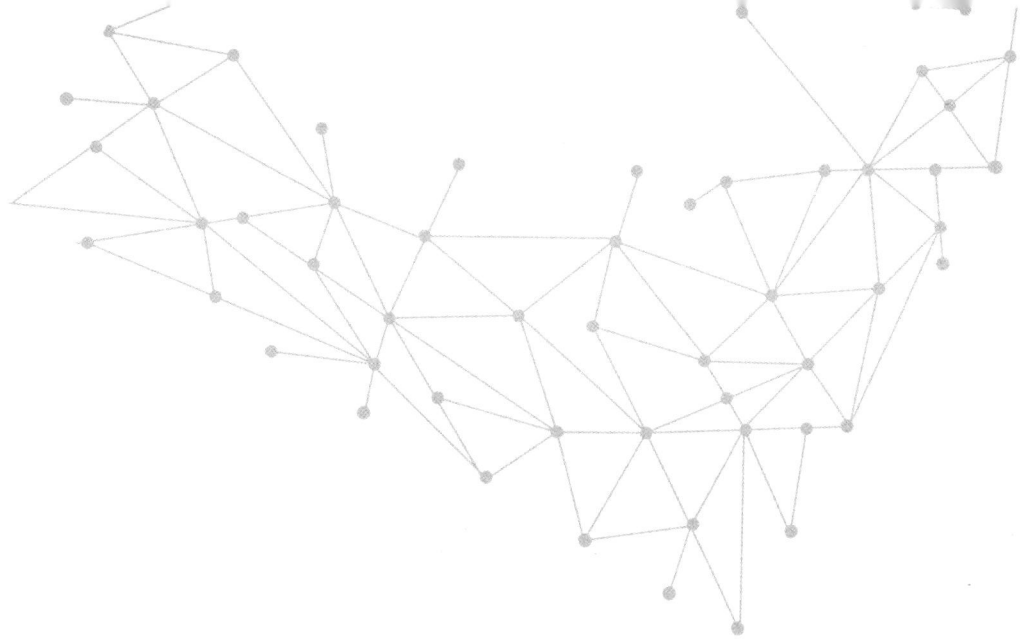

大舞台上秀肌肉

　　**市场角逐：时代"幸运儿"在市场风雨的洗礼中
成长壮大。**

　　中国机器人是怎样登上世界舞台的？

01

Chinese Robot

先让精神站起来

　　蒋新松虽然已故，但他的精神依然站立着，站立在他的梦想里，站立在他预言的一个时代里……

　　2000 年 4 月，在新松公司成立后的第一次全体会议上，所长王天然作为公司的董事长，面对 30 多名从自动化所走出来的科技人，他动情地说："20 年前，我们的老所长蒋新松有一个梦，要搞出中国的机器人，让 20 年后的中国走进机器人时代。今天，我们算是圆了老所长的一个梦。但，这个梦才刚刚开始。要圆好这个梦，我们还必须实现'两个梦'：一是要使中国机器人研制水平在世界上领先，二是要尽快形成中国自己的机器人产业。"

　　王天然解释说，在知识经济时代，最重要的是拥有自主知识产权的领先科技。别人有了，我们赶上去，那固然可喜，但只能叫"达到世界先进水平"；而本质意义上的"世界领先"，必须是我们"自己率先"，真正的"自强"必须是"自主"。他说："我希望大家把这个梦当作事业永远地做下去……"

　　机器人在中国发展起来是在 20 世纪 90 年代后期，真正兴旺起来是进入 21 世纪。曲道奎和同事们创业的脚步恰到好处地踩在时代进行曲的乐点上。

　　2000 年 5 月，科技部首批"国家高技术研究发展计划成果产业化基地""国家 863 计划智能机器人主题产业化基地"落户沈阳新松机器人自动化股份有限公司。

　　新松公司成立后，在所里租了一个车间办公。一进大门，新松人就会看到蒋新松那熟悉的身影——一幅给大家讲课的工作照。下面一行字就是曲道奎确定的新松企业文化核心价值观：追求卓越，创造完美，诚信敬业，报效祖国。这就是"新松基因"。

当时，几十个人在一个大房间里办公，大家聚精会神，各忙各的事情，整个大房间静得几乎连掉根针的声音都听得见。遇到内部需要交流、探讨问题和难题时，大家都尽量压低说话的声音。工作积极性和效率非常高，每个人都全身心地投入到工作中去，尽力做到最快、最好、最完美。设计大厅晚上10点前没关过灯，加班成为常态;绘图仪连续运转没有停歇过，大家总是排队等着出图。不少人加完班回到单身宿舍睡不着，精神处于高度兴奋状态平静不下来，得先看一会儿电视放松一下，才能入睡。那种工作节奏和状态是以前从来没有过的。

第二天早晨6点起床，接着又开始了忙碌的一天。循环往复，大家每天如此，却未感到乏味。周围都是这样积极向上、勤奋工作的氛围，没有负面因素干扰。整个团队焕发出前所未有的事业激情和活力。大家都有一种强烈的紧迫感，一心想把新松公司赶快做起来。面对日益激烈的市场竞争,奋斗的新松人无法轻松、悠闲。他们要和中国机器人一起挽起手来奔跑。

每年新松公司都要招收一批新员工，他们多是刚毕业的研究生或本科生。在第一天新员工培训开课仪式上，曲道奎总要对新员工们讲："常言说得好，男怕选错行，女怕嫁错郎。你选择了新松，新松就会成就你。你选择新松就是选择了'报效祖国'的人生，选择了传承科学精神的责任。'新松基因'就会不知不觉地融入你的肌体。"

曲道奎说："让中国机器人站起来，我们科技人员首先要挺起脊梁；人要站起来，先让精神挺起来。新松精神才是新松人无往不胜的法宝……"

新松公司成立之前，机器人研发部按照公司模式运作，并没有与自动化所完全分开，仍然按照原来所里课题管理，财务也是按课题来管理的，各部门都在一个锅里吃饭。现在，新松公司另立门户了，能不能自食其力？他们面临生存大考。

新松公司成立之初，"弧焊、点焊及移动机器人 AGV"三项产品获国家重点新产品证书；其中，"高速全方位自动导引车""双举升载人自动装配导引车"在第十三届全国发明展览会上获得金奖；国家计委正式授牌新松机器人自动化股份有限公司为"机器人国家工程研究中心"。同年，新松公司顺利通过ISO9001 质量管理体系认证。

此时，中国机器人已走出实验室，开始行走在中国的大地上。但是，要真正形成振兴中华民族的科技生产力，必须走出一条产业化的路子。中科院在新松公司注入了几个重大专项，为新松积聚了独步商海的科技能量。尽管新松公司有着中科院的"贵族"血统，手里握着一连串的国家级科研成果，但新松决不能长期依附母体的营养生存，它必须自立自强。

新松人清楚地意识到，他们必须独自走向市场迎接大考，开创新的基业。但市场并不领情。在曾经的荣誉光环下，兴致勃勃的新松人还没有跨进市场门槛，回敬他们的是一个个闭门羹。

看来，一个涉世未深的毛头小伙子闯荡江湖，不经过历练是长不了本事的。

02

Chinese Robot

谁拜上将军

正如曲道奎所料，外国企业随着金融危机后的复苏纷纷杀回中国市场。商场如同战场。在激烈竞拼的市场上，面对那些世界机器人行业里的大佬们，年幼弱小的新松公司怎么能是对手？

进入新世纪，中国制造业进入快速发展时期，制造业企业对工业机器人的需求与日俱增。但这个机会并不容易把握，长久以来，中国的工业机器人市场一直都被外国企业垄断。而在彼时的环境下，要在机器人这样的高精尖技术领域与外国企业一争高低，更多的还是一个带有理想主义的美丽梦想。

理想很丰满，现实很骨感。满怀激情的新松人很快发现一个残酷的现实。他面临的对手是瑞典 ABB、德国库卡（KUKA）、日本法那科（FANUC）和安川电气（YASKAWA）、意大利柯马（COMAU）这样的世界级企业。与之相比，新松机器人在技术积累、生产规模、品牌实力和大项目的工程经验方面都有很大的差距。用户购买时往往看重的是名气和品牌，因而依靠价格竞争无法压制对手。国内市场被外国机器人牢牢占领，而国内厂商出于对国产装备制造的偏见而对国产机器人缺乏信心。

没有痛苦的经历就无法找到真理。每一个神话都有它背后的传奇。

新松人到客户面前推送自己的技术产品，处处遭遇碰钉子的尴尬。客户一听他们是国内企业，完全是一副怀疑的神情。听到最多的疑问是："你们是机器人公司？国内还有搞机器人的？"有的甚至连听完产品介绍的兴趣都没有，摆摆手和你"拜拜"。

新松公司没有名气，毕竟是一只刚出道的"菜鸟"，谁也不把它放在眼里。新松人也一时拿不出过硬的项目来证明自己，谁敢用你？再说，机器人是高端的大设备，与外国企业合作还可以出国采购设备，可以到国外去培训，可以风光一把，得到额外的实惠。与新松公司打交道能沾什么光？新松公司自然备受冷落。这让新松人颇伤自尊。开展业务遇到了障碍，陷入困境。

一次，曲道奎带着几位工程技术人员参加一家汽车制造厂商的项目招标。对方听说是新松机器人公司挺高兴，断定这是一家日本企业。对方见到曲道奎，发现不是日本人，有所失望，进而问道："你们是与日本哪家企业合资的？"曲道奎哑然失笑，十分沮丧。怎么像当年在德国留学时碰到的情形一样？那时是外国人不相信中国人能搞机器人，现在是连中国人自己也不相信中国能做机器人。当对方得知新松是国内企业时，竟然将他们拒之门外。真是有眼不识金镶玉。

"国内一些人对外国企业和技术怀有盲目崇拜心理，我们要打入市场困难重重。因为国内企业不相信我们的技术，认为我们的水平肯定不行。当时，国内商界崇拜洋货的风气盛行。你怎么解释他都不相信，还说些伤人的话，令人心寒。"谈起这些，曲道奎一脸的无奈。

新松人"下海"初战受创，半年竟没有拿到一份像样的订单。这些并未阻挡新松人的脚步。他们放下专家、学者的架子，说服对方相信自己。好不容易争取来几个小项目，中国企业间常见的项目拖欠款现象，又常常使得每一笔合同最终变成另一场噩梦的开始。他们不得不四处要账。这种现象经常让曲道奎感到很难堪。他担心这样下去，企业会死掉的。

市场大考给出的试题已然是生存危机了。手里抱着个"金饭碗"要饭吃都要不来。有人动摇了，问曲道奎："你给我们的'金饭锅'呢？"曲道奎无言以对。他面临着市场对手的排挤和职业能力信任危机的双重压力，可他一点也不气馁，骨子里那股从不服输的倔强劲又上来了。开拓市场对他来说并不是一条陡峭的学习曲线。他带着工程技术人员默默地跑客户，不厌其烦地自我推销。他就不信，这么好的东西卖不出去。

不久，有两位员工终究顶不住商海大潮的冲击力，主动提出回头是岸。这时，自动化所里有人对曲道奎能不能胜任这个总经理提出疑问。曲道奎太年轻，又是搞科研出身的，没搞过企业，他能行吗？有人向董事长王天然建议，高薪聘请个职业经理人。那时，职业经理人颇有市场。

王天然的前额仿佛一阵风吹起的涟漪，卷起层层波浪。所里用人很慎重。公司交给曲道奎，王天然当然也是有所担心的。曲道奎是科研人员出身，没搞过企业经营管理。但是，从外面聘请一个总经理负责企业经营也不是办法。作为高技术公司，不是简单的市场营销而是启发式推销，这是技术推介经营的一种新方式。外聘一个经理不懂专业也未必行。再说了，搞科研的就不能搞企业经营吗？企业家不是天生的。联想的柳传志不也是中科院的科研人员出身吗？

今天的曲道奎与当年的柳传志所处的时代、面临的环境完全不一样了。他能否顺利实现由科学家到企业家的转身？

2001 年 6 月 30 日，中科院路甬祥院长来到新松公司调研。他鼓励曲道奎说："曲道奎呀，你不要当科学家了，你要当企业家。"曲道奎回答："我想做一个科学企业家，成为另外一个例证。"他第一次感到肩上的负载如此沉重。他心里清楚，他们面临的最大挑战是带领新松团队由科研型向企业经营型转变，尽快打开局面，度过市场适应期。

在外界看来，新松公司的科研人员都是些"四不像"。为什么这样说呢？说是企业领导者吧，他们这些人都是科技人，仍在做研究，搞技术产品研发；说是科学家吧，他们按照企业的模式经营，还要搞推销，又是做企业的。曲道奎的多重身份使他成为最早的"斜杠青年"Slash：博士／总经理／教授。那个年代，企业一般不做研究，即使大企业也是这样。而新松团队一直保持80%以上的人员搞研发，很多人不理解。不少人怀疑，科学家能做企业家吗？很多人认为研究与经营是两码事，似乎两者之间不可跨越。

当时，有的领导也准备从外面引进企业来控股、收购新松，要求做企业就必须按企业的体制来做。曲道奎很沮丧。

曲道奎能否成为一个好的企业经营管理人才？起初，王天然也心存疑虑。他不是怀疑曲道奎的能力，而是担心曲道奎能否走出一条前人没有走过的路。后来，他认为，曲道奎有他自身的优势。在蒋新松多年的培养下，他把机器人当作事业来做，这个理念始终未变。曲道奎精通技术，善于思考和创新，在推销和业务谈判中表现出色。他相信曲道奎能随着岗位的变化成功实现转型。

王天然站出来，公开为曲道奎撑腰："曲道奎胜不妄喜，败不惶馁，胸有激雷而面如平湖，可拜上将军也。老总就是曲道奎！"

那一年，年仅 39 岁的曲道奎走马上任，位居新松机器人总裁之职。这位逐渐被业内外人士所熟悉的中国机器人产业的领军人物，终于在他开始追逐机器人理想 17 年之后，得以真正拥有了一个机器人事业的大舞台，去实现他和老师"产业报国"的梦想了。

03

Chinese Robot

路子不能变

在商海苦苦挣扎的新松人迟迟拿不到订单，打不开局面。这时他们才发现，这是一场不对等的、实力相差悬殊的战争。

一方是还没有弄懂市场为何物的中国弱小企业，而另一方则是在市场经济中征战了百年的跨国公司。市场竞争不讲条件，没有约定，一切皆以成败论英雄。还没有学习就要考试，还没有学会打枪就要上战场。这就是市场化运作经验短缺的新松人面临的严峻形势。

那么，从主要从事机器人领域研究到带领一个企业在市场大潮中乘风破浪，曲道奎如何保障他所带领的新松公司实现完成国家使命与企业发展的双重目标呢？

曲道奎那阵子明显地消瘦了。有人给曲道奎出主意，学联想公司，做不成项目就干脆做商贸吧，赚了钱再搞技术研发。当年柳传志就是搞经营起家的。这些曲道奎不是没想过。新松公司起步之前，他就对新松的发展路径做过深入的分析和设计。他把联想的成功之路作为一个典型案例进行过深入研究。

联想集团是中科院 20 世纪 80 年代创办企业的一个成功范例，也是科技界的一个骄傲。曲道奎认为，新松公司与联想公司是中科院的两个不同类型的典型公司。

联想是 20 世纪 80 年代起步发展起来的，是科学院集中人、财、物办企业的一个典范。直到进入 90 年代，联想从贸易入手完成原始积累，使自己具备了走"贸—工—技"发展路线的能力。直到 2001 年,联想通过高性能计算机的研制,使产品线得以全面完善,以贸易起家的联想可以自豪地宣称开始靠技术挣钱了。联想为中国 IT 技术进步掀开了新的一页。

今天的新松与当初的联想出身不同。新松公司以技术起家,必须另辟蹊径,走一条技术为先导的新路子。新松手里的产品是技术。以市场需求为导向,技术创新为驱动,围绕客户的问题提出解决方案,回到新松本部研发设计,然后为客户安装应用,形成"两头在外、中间在内"的经营模式。

新松公司成立不久,联想公司总裁柳传志在北京见到王天然,他知道沈阳自动化所成立了新松机器人公司,经营模式与众不同。"你们这样做走得通吗?"他问王天然。

"怎么走不通? 技术为王。启动中国的机器人市场,我们不干谁干? "王天然自信满满地回答。

"你们是在启发市场。"柳传志表示肯定。

"我们不仅要启发市场,还要开发市场,主导市场。"王天然对新松的未来满怀憧憬。

眼下的新松步履维艰,难道要回到联想走过的路子? 20 世纪 80 年代,贸易比技术挣钱快,更容易成功。因为改革开放初期,物资短缺,商品供不应求,物资流通不畅,不需要更多的技术研发和创新。组织一些人,做个商贸公司,只要把不同行业的隔阂打破,疏通流通领域,满足市场需求,就能成功。那时,代理商赚钱不透明。一件商品进价 10 元卖 20 元,赚取差价 10 元,挣钱就是这么简单。

进入 21 世纪,时代不同了,市场饱和,短缺经济过时了,一切都透明了。随着人们的生活水平提高,社会需求的变化,很多产品出现高技术特点。市场也需要科技人才和科技公司。

这时,沈阳金属所创办的金昌普公司和大连化物所创办的凯飞公司正办得红红火火。中科院的不少单位纷纷来到这两家公司学习取经。曲道奎也到这两家公司进行过考察。这两家中科院所属研究所的企业，一时成为行业内学习效仿的典型。不少人动员曲道奎学习这两家公司的经验，变变路子。曲道奎不为所动。他所经历的每一次成功与挫折，早已在他灵魂深处种下了坚韧的种子。他一字一句地说："路子不能变！必须盯着市场搞研发，按照客户需要做产品。"

曲道奎早已看准了路。他要把自己的技术作为王牌产品，在商海里走出一条与众不同的路！成功，是正确的人在正确的时间干了一件正确的事。成功只需要一个理由：你做对了。失败，不需要任何理由，理由没有意义，教训才是失败的真正价值。

新松人坚信：站在市场趋势的前沿；站在技术发展的前沿；站在发展模式的前沿。让机器人的手握紧市场这只"无形的手"，一定能产生神奇的魅力和无限的生命力。

如今，曲道奎感慨道："新松是一家非常幸运的企业，因为它是市场大潮中的幸存者。最大的幸运在于，它的战略方向正确，选择了一条正确的路子。在恰到好处的时间，做了恰到好处的事情。"

什么决定成败？在通向成功的逻辑链条上，有人说，细节决定成败；有人说，战略决定成败；有人说，态度决定成败。其实，每一个环节都是决定成败的关键点。试想，战略对了，细节出现了失误，通向成功的道路就会被阻断；战略错了，偏离了成功目标的方向，细节上的努力已经毫无意义。所以，居于逻辑链条上的每一个环节都必须是正确的，成功才是大概率。

今天的新松人有资格自豪地说：我们走了一条自己的正确之路。

但在15年前，这条路却是沧海茫茫无踪影。事实上，这的确是一条艰难的路。"中国人不可能做得出好的机器人！"这种外国人不相信、中国人不自信的偏见，或者说根深蒂固的传统观念，才是让曲道奎最为心酸的。"我们面对的都是一些国内知名企业。他们听说中国人自己做出了机器人都直笑话：你们能造机器人？"曲道奎回忆说，甚至有客户放出这样的狠话："你不要谈了，就是白给我产品我也不敢用。"

04

Chinese Robot

特种兵

在新松人初闯市场的困难期，一个特殊的机遇让新松公司与国防项目结下了缘分。

2001 年的春天，成都军区后勤仓库需要建设一个自动化仓储系统，以适应新形势下的战备训练保障。这样的项目虽然外国企业靠灵敏的嗅觉早已虎视眈眈，但出于国防安全考虑，中国军方向外企亮起了红灯，设定了禁区。

国内企业谁敢横刀立马？这类高技术项目不是一般企业所能承担的，要知道这是一个现代化的无人仓库——智能仓储。军方"情报"部门发现了新松机器人，通过接触考察，很快达成共识。成都军区将自动化仓储系统交给了新松公司。

曲道奎这双中国科学家的手与中国军方一位大校的手紧紧地握在一起。这是科学家的产业报国情怀与军人的爱国情怀的水乳交融，也是一次国企与部队双方歃血为盟的合作。

智能仓储系统的核心技术是能够自动搬运货物的移动机器人 AGV，这是新松公司最早研发的独家之技"小龙马"。20 世纪 90 年代中期，昵称"小龙马"AGV 的移动机器人虽然一出世就被用于沈阳金杯汽车装配线，并受到过韩国三星公司的青睐，曾出国淘金。之后，它在国内一直默默无闻。

"小龙马"憋着一肚子气，也很争气。它懂得，服从命令听指挥是军人的天职，也是它的天职。当接到命令时，它以神奇的速度穿梭在仓库里，将一件件军需物资准确无误地放到指定位置或取出来装到运输车辆上。这个项目成为国防保障实现自动化的一个重要标志。"小龙马"参军入伍了，它光荣地成为中国军队里的一支"特种兵"。

殊不知，这支"特种兵"在入伍的过程中遭遇了一次惊险。这天，智能物流事业部总经理王家宝带着他的团队在成都规划设计智能仓库时，突然接到工程设计人员的报告，保密电脑不见了！王家宝立刻出了一身冷汗。保密电脑里面是整个智能仓库的设计模型和大量的运行数据、软件，一旦丢失，多年的数据积累和心血付之东流不说，里面好多东西属于高度机密，控制着"小龙马"的每一根神经，一旦失秘，后果不堪设想。

王家宝真的摊上大事啦！好在科学家的大脑并没有断片，而是依然按照程序有条不紊地运行。他的第一反应是立刻向军方报告，军方迅速封锁了施工现场。同时，当地警察出动了100多人紧急追踪，案件很快告破。所幸的是，电脑被现场的一位民工当作玩具拿进了工棚。警方确认电脑安全无损，有惊无险。

王家宝现在回想起来依然心有余悸："唉，那时我们没有经验，出了一次险情，这样的教训让我们终生铭记。从那以后，不管是军队还是地方或是国外的项目，安全保密成为第一根要绷紧的弦。"

现在到沈阳新松公司参观涉及军工的项目时，要对参观者"全方位"地安检。然后接受安全教育，并在专职安监员的全程陪同下方可参观。安全保密重于泰山，谨慎小心永不为过。

新松公司的高科技产品可以服务于中国的国防现代化了。从此，新松人有了一分荣耀，多了一分自豪。

成都军区后勤仓库自动化仓储系统成功运行，让新松公司的人气指数大涨。2001年秋天，沈阳黎明汽车发动机厂的老总听说新松公司能做智能仓储，将信将疑地来到新松公司。他一见曲道奎，就要求看看新松的智能仓储。

曲道奎带他来到智能物流事业部，总经理王家宝的电脑演示还没有播放完，这位老总就乐得合不拢嘴："这玩意儿我在国外见过，羡慕死了。当时就想，咱国家什么时候也能玩上智能仓库？想不到你们做得一点儿不比老外的差。咱中国要是不用自己的，那是脑子进水了。"他抓着曲道奎的胳膊就往车上拉，"走，你先到我那儿去看看。'近水楼台先得月'，你得先给我弄一套。"

这时，山东太阳纸业的老总李洪信也找到新松公司。在太阳纸业的生产线上，"小龙马"AGV 肯定是把好手。于是"小龙马"AGV 又被请进了太阳纸业的搬运车间。在太阳纸业的生产车间里，"小龙马"AGV 不知疲倦地奔忙着。原来的员工不再汗流浃背了，而是坐在控制室的电脑前，成为这一景观的欣赏者。

就这样，沈阳黎明汽车发动机厂和山东太阳纸业公司成为新松最早的客户。"我们每做一个项目都在原来技术上再提升一步。沈阳黎明汽车发动机厂和太阳纸业的项目虽说不能与现在的智能化相比，但在那时已经很先进了。更可贵的是，我们的质量比国外的可靠；家门口式服务，效率也比国外的高。"王家宝自信地说。

但是，新松公司毕竟是上路的新手。在国内市场上，新松的产品和技术得不到更多国内企业的信任，还处处遭受国外行业大佬的挤压。一些国外对手恨不得把这个"小个子"摞倒。

05

Chinese Robot

不做"产业汉奸"

日本一家企业主动找上门来了。他们知道巧手"灵灵"本事大大的，对新松公司表现出很高的热情和兴趣，并积极主动地提出要与新松公司合作。

如果新松公司能与一家世界知名企业合作发展，这对中国机器人快速成长是一条宽广大道。抱条大腿跑得快嘛！这是招商引资求之不得的好事。招商引资在中国开放的市场中成为一股旋风。

日方派专家首先来到新松公司考察，认为很有合作价值。于是，日方公司市场课的一位课长带着专家与曲道奎谈判。

想不到，日方这家公司很狂。双方坐下来，还没入正题，日方人员就对曲道奎说，他们在沿海的一个市与当地政府合作搞了一个企业。建厂时，日方投技术，当地政府投基础，各持50%的股份。由于市场越做越大，利润成倍增长，效益可观，日方要求持股60%，当地政府立刻让步，退出10%。后来，看到这个项目太挣钱了，日方又迫使当地政府全部退出，否则就撤走。

这哪是合作？简直就是要挟。当地官员无奈，摆在那儿装门面，也算个成绩吧。于是，美其名曰什么"不求所有，只求所在"。只要有GDP，不交税也行。当地政府怕他们跑了，只好全部退出，把企业全部让给了日本人。

日本人的一番狂言，让曲道奎和参与谈判的人员匪夷所思，起初的兴致立刻消失得无影无踪。对方是什么意思？是脑残了还是吃错药了？就像在一面洁白的墙上踩了个鞋印子，大煞风景。日本人的态度很强硬，必须由日方主导合作。日本人也有承诺，只要按照日方的条件合作，新松公司大大地有利可图。这不是要拉曲道奎当"产业汉奸"吗？曲道奎怎么能吃这一套！曲道奎的民族自尊心受到了重重的一击。

其实，日本的这家企业自从5年前沈阳自动化所从日本购买机器人本体时就开始关注中国机器人了，那时他们找不到机会。现在，他们敏感地嗅到新松公司正处在出生后的缺氧期，认为下手猎取的时候到了。

这不是店大欺人嘛！民族自尊心和山东人的倔脾气一块上来了。曲道奎强压住内心的火气，毫不客气地回敬道："这里是新松！新松不做这样的合作。请另谋合作者！"一句话把对方噎了回去。日本这家企业的谈判代表也许是想给新松人来一个下马威，想不到碰上了硬茬儿。新松人不吃这一套。

随着谈判摸底，日方露出了尾巴。曲道奎发现日方想利用新松公司的技术团队作廉价劳动力，然后，拿出研发车间作生产基地，他们用技术来控制和主导双方的合作。将来成功了，做大了，再逼着曲道奎退股份，独享其成，既能保证技术垄断，又能让中国人为他们世世代代打工。这是日本企业吞噬中国企业、占领中国市场的又一种手段和策略。

新松公司具有强大的研发能力，用不着日本人的技术支撑。新松公司不是他们理想的合作对象。这样的谈判肯定没有戏，因为从一开始，这就不是一个双方对等的谈判。结果可想而知。

在中国改革开放30多年的历程中，"招商引资"不仅成为一个热词，也是市场经济的主题词。而招商引资中的怪象也是五花八门，我们不能不正视，不反思。我们不是不欢迎合作，更不是拒绝合作。中国改革开放以来，正是与外国企业的不断合作，推动了与世界各国的技术融合，促进了中国的科技提升、经济发展和社会文明的进步。举世瞩目的辉煌成就谁也不能否定。但是，在合作中，面对外国企业的一时之强，我们不能丧失国格和尊严，不能放弃自己的市场主导权。外国企业正是利用了国内一些人急于合作的心态，把技术作为吸血管，大量吸走了我国的资源和血汗成本。这样的合作不是"产业汉奸"是什么？

一提这事，曲道奎就来气。他多次公开表明，投入巨大的人力、物力、财力和环境资源，让中国人出血本、外国人赚大钱的买卖，我们坚决不干！

后来，有人不服，说曲道奎这话是不是偏激了？他毫不客气地回敬："有的地方在招商引资、与外国企业的合作中，不讲民族尊严，不顾权益平等，对外国企业搞零地租、免税收。所谓'不求所有、只求所在'，全绿灯、全方位服务的政策，好处全送给老外，丝毫没有民族气节，甚至成为到处炫耀的'经验'，这难道不偏激吗？"

曲道奎说话犀利："说白了，这是出卖中国产业工人的血汗钱，换取所谓业绩；拿国家的扶持资金、资源豢养民族工业的对手。这与当年的汉奸扛着日本侵略者的三八大盖儿打中国人有什么区别？不是汉奸是什么？不是卖国是什么？"

另一种现象就是一旦项目落地又关起门来打狗，原来的承诺不认账了，没有诚信和契约精神。更有甚者，硬拉着外商签个虚假合同，就是为了发布成果，搞数字游戏。丢人现眼，让老外们瞧不起。

曲道奎决不与外国人做"丧权卖国"的"汉奸"式合作。他决心走出一条自主自强的路。

06
Chinese Robot

"洋人"水土不服

尽管外国机器人企业随着中国汽车制造业的兴起，争先恐后地加入到对中国市场的争夺中。但是，一阵风涌入的外国机器人并非都适应中国企业的生产环境，很多出现了"水土不服"的病态。

外国机器人长得太"标准"，对生产环境和加工的原件要求比较高，必须是标准化、规范化的，否则就不能正常运行。中国的生产设备和环境还不那么标准，焊件稍微有点缝隙或需要拼接，国外机器人就焊不上，甚至焊漏了，报废了。"洋人"来到中国水土不服。新松公司的巧手"灵灵"就不一样了，它是中国土生土长的机器人，对生产环境的要求不那么讲究。

外国机器人吃惯了"西餐"，发现"中餐"虽香，吃起来却没有那么简单。就像老外用惯了刀叉，突然改用筷子一样，别扭死了。"洋人"无能为力，不适用的问题渐渐凸显出来。当时，有个统计数据，几乎有一半的外国机器人进来就趴窝睡大觉，或不能正常工作。

这对巧手"灵灵"来说，确是拿手好戏。这下该轮到巧手"灵灵"大显身手了。无论"中餐""西餐"，"细粮"还是"粗粮"，巧手"灵灵"都不在乎，可以通吃，吃嘛嘛香。

巧手"灵灵"是根据中国国情量身定做的，用起来很顺手。别看这个顺手，能做到就不简单，比"洋人"适应性更强、适应范围更宽。很多"洋人"干不了的活，巧手"灵灵"一上手就摆平了。客户们都觉得还是中国机器人管用。

外国机器人问题百出，不少企业不能正常生产。而外国人到中国来检修、排故，售后服务成本很高。这是国人崇拜洋货的尴尬。外国企业希望在中国本土有合适的伙伴来保障机器人的正常运行。

"洋人"过不了中国"水土"这一关，外国企业又回过头来求中国"人"了。中国机器人虽然长得不像"洋人"那么洋气，但干起活来顶用。真是此一时彼一时。中国机器人开始出手了。一些外国企业已经嗅到了新松公司的实力。老外们希望新松能给"洋人"治病，医治"水土不服"病症。中国机器人正是利用了"洋人"水土不服的先天缺陷，昂首挺胸地走进了前来中国抢滩的外国汽车企业。

2001年年底，上海延锋江森汽车零部件公司主动找到新松上海分公司，寻求焊接机器人。

上海延锋江森汽车零部件公司是世界五百强企业，全球最大的汽车零部件供应商之一，他们对零部件的生产十分挑剔。原来他们的生产线都是进口的。尽管在中国的地盘上生产汽车，但还从来没有考虑过使用中国的制造设备。由于"洋人"水土不服，他们不得不"就地取材"。

江森的老板登门拜访，让新松人喜出望外。焊接机器人正是新松的拿手好戏。

曲道奎带着美国专家来到生产车间体验新松的产品。老外看到新松的产品，在赞赏的同时却又不踏实，因为这毕竟是实验室的机器人。对方很苛刻，合作条件是没有预付款。也就是说，项目做完后通过了验收再结算，意味着做完的工程如果不达标，后果自负，承担全部风险。

新松人一算，乖乖，一套生产线做下来至少需要50万美元。这对刚刚出道的新松公司来说是个天文数字，风险太大了。

"干！"曲道奎毫不含糊。他的魄力来自于对新松技术的自信。曲道奎向对方作出让步，不是为了争取这样一个项目，而是新松需要一次机会，打开一个中国机器人进入外企的突破口。

工程师刘长勇、邱继红带领技术人员组成了一个小分队，进驻上海延锋江森有限公司，开始规划设计。

刘长勇现在已是总裁助理、高级工程师。他回想起当时的情景说："2001年9月，我从美国刚回来。邱继红博士现在是轨道交通事业部总经理。当时，我们都是工程师，接到这个任务后，压力大得晚上睡不着觉。我们带着刚毕业的几个学生做这个项目，大概有8个人。5个月就完成了设计定型，到现场安装。我们大概投资60%—70%的预算，相当于40万美元投进去了，不成的话就全砸里面了，冒了很大的风险。我们是第一次做这种汽车工业生产线，虽然整体的自动化程度不是特别高，但是应用非常精彩。这里面的设计理念也非常先进。比如防错、防漏洞等东西做得特别多，美国专家一看很服气。"

当巧手"灵灵"把一个个精致的零部件放到老外手上时，挑剔的美国客户心悦诚服。中国机器人终于进入了外企的阵地。

2002年7月，中国科学院副院长江绵恒听说新松公司的机器人打进了美国江森汽车公司在上海的延锋江森汽车零部件公司，特地来到新松公司助阵。8月，新松的"120kg焊接机器人项目"荣获国家科技进步二等奖。

2002年夏季，北京金泰格散热片厂因招不到焊工，眼看一批合同就要违约。进入新世纪，中国的装备制造业出现了一个奇特的现象，20世纪90年代设备制造现场都是60年代的焊工，2000年以后都是"七〇后"的焊工。后来，没有人再干焊工了。一些艰苦的强体力工种已经招不到员工了。为这，金泰格散热片厂张总急得团团转。他们听说机器人能做焊接，可找了好多家公司都做不了，不得不求助"洋人"。

金泰格公司的张总在上海延锋江森汽车零部件公司看到焊接机器人工作的场面非常震撼。一问原来这是新松公司生产的巧手"灵灵"，想不到国内企业竟然还有如此高端的技术。

张总找到曲道奎，希望新松公司能尽快为他们装备一套机器人焊接生产线。

不然，这批散热片生产不出来，不仅订单要泡汤，还会影响北京一个居民区的按期交付使用。

机器人焊接装备事业部总经理顾群和工程技术人员带着巧手"灵灵"来到北京。只见巧手"灵灵"三下五除二，眨眼工夫就把一组散热片焊接得天衣无缝。焊接现场围满了北京金泰格散热片公司的员工，大家第一次见到焊接机器人，都看傻了，一个个惊奇地赞叹："这家伙好使着呢！"尽管北京的盛夏炎热，巧手"灵灵"可不管这些，照干不误！

北京金泰格散热片公司的张总乐坏了。他幽默地说："机器人不怕热，别把专家们热坏了。来，换换衣服。"为了表达感激之意，张总特地给新松的工程技术人员每人买了一件T恤衫表示感谢。北京金泰格散热片厂是家国企。这回破例，当即决定不再搞招投标，直接把1300万元的订单交给了新松公司。

让智能移动机器人事业部总经理张雷最难忘的是，2002年在华凌的一次招标会上，一汽的老专家郭锦君对华凌的老总说："新松人是儒商，你们放心地与他们合作吧。"

郭锦君说这话是有依据的。1998年，自动化所为一汽做移动机器人AGV时，张雷和同伴们与郭锦君打交道成了好朋友。自动化所的工程技术人员给一汽留下了坚守科学精神的美好印象。严谨诚实、扎实细致的工作态度和作风，让一汽的工作人员称赞不已。自动化所被誉为信得过的合作伙伴。

那次在华凌的竞标项目中，老专家郭锦君自然要为新松公司说好话。老专家的一句话不一定起决定性作用，但一个企业的好口碑却能在一个行业里树一个好品牌。新松公司良好的企业形象赢得了客户的广泛赞誉，也为新松公司赢得了市场。新松公司接连拿下了华凌、西马等公司的招标项目，不断巩固和扩大市场根据地。

新松机器人恰逢其时地找到了与市场的契合点。新松公司在中科院系统成为科技市场化的先进典型，到新松公司来取经的厂长、经理络绎不绝。

新松公司登上了市场舞台，中国机器人挺起了胸膛。

07

Chinese Robot

闯滩大上海

随着新松公司不断壮大,曲道奎的目光开始向远方延伸。

新松人向市场出发时,看准了两个方向的发展前景:一是上海市场,那里汽车制造业发展迅猛;二是广东市场,那里电子业繁荣。新松人要在市场前沿建立国际化的"根据地"。

新松公司决定依托原来在上海金桥注册的一家机器人公司继续开拓上海市场。曲道奎和李正刚凭着原来与上海大众合作的良好基础,再次拿到了上汽子公司的一个项目,设计安装8台焊接机器人,巧手"灵灵"又一次进入上海大众汽车公司。

当时上汽生产的还是桑塔纳,很多专用设备都是国外的二手货,不是机器人。只有李正刚几年前为他们做的几台巧手"灵灵"还在那儿优质高效地卖劲工作。

随着中国汽车时代的到来,上汽的设备越来越老化,面临着产能急于拉升的问题。一次,对方的工程师对李正刚说,他们的生产设备实在不行了。一辆桑塔纳汽车卖到海南,结果客户开了一天,方向盘一个零件就掉了下来,这很要命啊!原来的老设备生产质量没有基本的保证,他们不更新设备确实不行了。

上汽的这个项目,根据新车型生产的特点,需要在新松公司设计试验,成功之后再去上海为上汽安装使用。

曲道奎对李正刚说:"一定要把这个项目做好,我们才能在大上海站稳脚,扎下根。"为了赶时间,李正刚从接手项目开始就没回家吃过饭。有时错过开饭时间，他就在单位门口买个煎饼、两个咸鸭蛋，坐在车间里一边吃，一边干。自动化所里看大门的老师傅看他干吃，就天天给他倒开水。虽然很艰苦，他心里却很高兴，因为他们的技术能到市场上应用了。从早晨上班一直到晚上10点，中间一刻也不停，晚上10点回家睡个觉。他从来没觉得苦。大家都在拼命地工作，过得很充实。

设计制造第一台焊接机器人时，李正刚48小时没睡觉，连续干了两天两夜。客户要验收，产品要有验证过程的。验收时客户拿了一批德国样件做标准，很严格。几百个零件让巧手"灵灵"来焊接，24小时运转不可以停机。整个过程持续了两天一夜，巧手"灵灵"顺利地通过了验收。

那天晚上，李正刚实在太疲劳，回家倒头就睡着了。半夜里，四岁的女儿发高烧。妻子叫他半天怎么也叫不醒，知道他太累了，只好自己抱着女儿去医院。当时外面下着大雪，天气很冷。

第二天，李正刚醒来后才知道妻子半夜自己带着孩子去医院了。他觉得很惭愧，因为妻子一句抱怨的话也没说。他感慨道："新松公司成立后，蒋新松院士的那种拼搏奉献精神承传下来，大家都在拼命地干工作，对家人的照顾确实少。说心里话，我们这些搞机器人的科研人员和工程技术人员，都把机器人当成自己的孩子看待，甚至有时候机器人在我们心目中的分量比孩子还重。"

第一台巧手"灵灵"很给力，比原来的巧手"灵灵"本事长进了一大步，客户用起来直夸好，当场订了10台。上汽用上了这一批巧手"灵灵"，产能提高很大。接着，从桑塔纳2000升级到桑塔纳3000，不断扩大产能。品质提升了，上汽几乎一年就收回了设备成本，效益极其显著。

这个项目再次显示了中国机器人的威力，新松公司名气大振，后续订单源源不断。后来，上海的汽车制造业迅速发展，新松公司在上海市场的业务有了很大起色。他们又给上海汇众做工艺集成的应用，包括用于生产汽车零部件的机器人。

随着新松公司在上海市场的开拓，曲道奎发现，上海的区位优势日益凸显，一个巨大的机器人市场即将呈现。新松人要在上海发力，把新松公司的战线推到市场最前沿，实施"走出去"的国际化战略。把上海分公司建成走出国门、走向世界的桥头堡。

新松公司的目标是发展成参与国际竞争的企业集团。曲道奎的"超思维链接"跳到下一站：大上海。他果断作出决策，在上海设立沈阳新松机器人自动化股份有限公司旗下子公司，即上海新松有限公司。针对"长三角"巨大的市场空间，开辟新松的国际化根据地。

沈阳浑南高新区的新松产业园已经启动，巨大的投资已经让新松感到吃力，在上海设立分公司靠谱吗？

"当初决策在上海设立公司，曾经历过一些小的波折。集团领导层意见有分歧是可以理解的。"杨跞如今已是上海中科新松有限公司的副总经理。他说，"2002年上海市场开拓初期举步维艰，运营并不好，导致一些人不看好在上海重点布局。曲总力排众议，布局上海，认为上海影响力大，辐射带动作用强。不能局限于眼前利益，从长远看，对新松未来的国际化发展至关重要。"

2002年8月，上海新松公司总经理李正刚带着杨跞坐镇上海。当时上海新松公司只有三名职员：一个财务、一个出纳、一个销售。资产是一辆桑塔纳2000，几台计算机，现金几十万。公司租用的办公室是一家售楼处临时搭建的一间样板房，院子很小，也没有生产场地，俨然是上海滩上的一个"高脚屋"，似乎离国际化的根据地太遥远了。曲道奎鼓励他们说："不要小看这上海滩上的一个'高脚屋'，它立足前沿，面向世界。"

"高脚屋"在历史的时空中镌刻下清晰的"上海坐标"。上海红枫路51号——绿化带里的一个样板房，现在已成为一家国际牙科诊所。李正刚说："那地方太有纪念意义了，我经常到那里去看看。一直想买下来，可人家不卖。"

在上海开展业务有很多条件制约。李正刚和杨跞如果拿不到订单，打不开局面，这几十万元到年底就归零了。要把上海新松做起来，相当于二次创业。所以，刚开始什么事都是自己干。院子里的荒草，他们在周末自己清理；院子的铁栏杆锈了,自己刷漆。设备从沈阳运到上海之后,怕放在外面时间长了受损,又舍不得花钱请搬运工,他们几个人肩扛手抬,把设备搬到室内。几个书生累得好几天腰酸腿痛。

刚开始,李正刚和杨跞争取到一些几十万元的小项目。慢慢地,几百万元的项目就来了。大的项目就拿到沈阳新松总部去做。随着上海新松不断发展壮大,上海新松工程技术体系逐渐建立起来,一般的项目都可以做了。后来在上海开辟了很多外资企业客户。直到今天,上海新松基本上都是外资企业的客户,利用这个地域优势近距离对接国际市场。

第一次上门推介,客户不了解新松,到底行不行,人家也是不踏实。那时,他们的规模实力确实太小了,要什么没什么,跟皮包公司似的。办公室小,地方寒酸,都不敢让客户上门洽谈业务,怕人家怀疑公司的实力。好不容易,李正刚找到汽车联合电子公司,争取到一个小订单。这家公司是中德合资,德方主导。客户看到从市场营销到设计、生产,李正刚全部亲力亲为,疑惑地说,这么一个小订单,你总经理怎么亲自来干?

李正刚脸红了,心想,别让人家认为公司太小,看不起;你可以看不起我,不能看不起新松公司。就硬着头皮回答说:"大老板在后面,我是技术员。"李正刚不敢说自己是总经理。直到李正刚把这个项目完成了,客户才摸清他的底细。客户感慨道:"想不到,你们几个人能干这样的高技术项目。厉害!"李正刚笑答:"没有金刚钻,不揽瓷器活嘛!"

上海新松公司开拓市场就是这样起步的:接到订单,第一步先做方案。客户需求不同,完全是个性化的设计,创新内容多,可借鉴的东西少,人手也少。但新松人有新松精神,他们踏踏实实、一步一个脚印地往前走。

杨跞回忆说:"随着订单增多,经常加班赶进度。开始,客户对我们的能力将信将疑,用小项目试试我们行不行。靠我们过硬的产品和技术,赢得了客户的信任,客户才把大项目、大订单给我们,随后接踵而来。技术和经验积累得越多,底蕴越深厚,能够进行技术的集成和优化,大的工程项目也能做起来了。

就是靠这种模式，从无到有，先小后大，聚沙成塔，积少成多，一步步拓宽市场。反过来，市场的需求又促进我们科技创新和技术水平不断提高，企业的综合实力越来越强大了。"

上海新松公司 2003 年开始盈利。2004 年是汽车行业快速发展期，上海新松公司逐渐打出一片新天地，不久成为华东区最大的机器人供货商。

国内企业一看外企采用新松技术，也对新松公司刮目相看，不再小觑。许多国内企业纷纷向新松公司伸出合作之手，表示要联手打造中国先进制造业的品牌。

这个"小个子"在不经意间长大了。上海滩上的"高脚屋"变幻出国际化的"根据地"，中国机器人登上了国际大舞台，可以和那些世界机器人行业里的大佬"秀秀肌肉"了。

08

Chinese Robot

春风暖雪夜

2004 年的收官之际，新松团队的高管们正在谋划着新一年打算。全年公司订单超过 4 亿元；2005 年，预期可以实现 5 个亿以上。新松人脸上绽放着笑容。新松公司虽然处在幼年成长期，但一直呈现出台阶型平稳增长，预示着美好的前景与未来。

高管会上大家讨论得很热烈，会议一直开到晚上 11 点。当曲道奎走出办公楼时，夜空飘起了雪花，气温骤降。他看到几个事业部和车间里的灯光依然亮着。新松的员工们正在加班加点赶工期，各项工程要在年底前画个圆满的句号。

柔色的灯光在曲道奎心里涌起一股暖流，让他感动。望着漫天飞舞的雪花，他突然觉得有好多话要对员工说。他返回办公室，打开电脑。

新松公司的成长是新松人用心血浇灌的。新松人艰苦奋斗的一幕幕画面呈现在他的眼前。他情不自禁地在屏幕上打出一行行温暖的字：

从优秀到卓越
——致新松全体员工的一封信

尊敬的新松员工，你们好，你们辛苦啦！

当漫天飞雪又一次在东北广袤的原野上飘舞之时，它昭示着新松又送走了奋斗的一年，新的一年已快步向我们走来。

回顾难忘的2004，年轻的新松走过了四年的发展历程，创造了一个中国高科技企业快速发展的成功典范，成为一个优秀的高科技公司。这一切都源于你们——可敬、可爱的新松员工。是你们用杰出的工作和卓越的业绩，推动了新松发展的车轮高速旋转；是你们用辛勤的汗水浇灌着高科技新松茁壮成长。新松公司的光荣簿上必将留下你们的名字，中国民族工业的发展史上也将留下新松辉煌的一页。

想想新松人在市场上的艰难跋涉，像打游击战一样在市场夹缝中求生存、图发展，忍辱负重，承受了许许多多的委屈和压力。新松人终于摆脱了困境，迎来了发展壮大的曙光。曲道奎心中感慨万千，接着写道：

从弱到强、从优秀到卓越，这是国际残酷竞争环境下新松发展的必由之路。我们这一代虽然没有经历过杀戮、流血的战争年代，但我们正在经历着一场规模更大、没有疆界和永远没有终结的新的战争，它就是导致财富不断转移的更残酷的经济战争，两者同样残酷，同样惊心动魄，同样关系到民族的兴衰和国家的强盛。

作为新松人，我们应该高举民族产业的大旗，为打造中国卓越的民族企业做出我们的贡献。在这场新的经济战争中，无论是强势企业还是弱势企业，也不管是大企业还是中小企业，都将毫无选择地被卷入其中。没有任何退路，没有其他选择，我们必须参与竞争。中国的企业和企业家要么在竞争中快速成长起来，实现由成功到卓越的跨越；要么在竞争中失败、夭折、被淘汰出局。我们必须在这场规模宏大、永无止境、残酷无比的新经济战争中坚强起来。战争不相信眼泪，只相信实力。

是啊！国家把发展机器人产业的使命交给了新松公司，也把信任和责任交给了新松人。在国际市场的激烈竞争中，没有谁会成为你的幻想。世上没有救世主，只有自己救自己。曲道奎继续写道：

这是一场不对等的竞争、实力相差悬殊的竞争。新松面对的是在市场经济中征战了百年的跨国公司。竞争没有规则，一切皆以成败论英雄。这就是今天新松面对的客观环境。没有人理会所谓的竞争公平与否，所有的眼泪、哀叹都将被竞争的咆哮声淹没；所有的退缩、胆怯、逃避都将被无情竞争的车轮碾得粉碎；所有寄希望于竞争对手发慈悲和拉兄弟一把的想法都是幻想。若想成功，我们只能比对手做得更好、更快。就像羚羊与狮子赛跑，要么比狮子跑得更快，要么被狮子吃掉。我们只有努力地奔跑。我们唯一的选择就是加油！

为了新松的快速发展，为了中国机器人的成长，常年在外奔波的新松人与家人离多聚少。

几年前，新松推出了"欢乐家庭"计划。员工出差3个月以上的可以休假1个月；员工确实不能休假的，可以让老婆孩子去探亲，往返交通和食宿费用由公司全部负责。让常年奋战在外地的工程技术人员同样享受家庭团聚之欢乐，解除分居之苦。

"欢乐家庭"计划体现了公司的亲情优先的人文关怀，赢得了员工的点赞。但是，又有多少家庭能到外地团圆？每一个新松人，每一个新松人背后的家庭都在默默地奉献着。有两名年轻的技术骨干忍受不了家庭的分居，忍痛割爱离开了新松。想到这里，曲道奎心中涌起一阵酸楚：

亲爱的新松员工，看到你们经常加班加点，常年出差在外；看到多少人为了新松的事业一再推迟个人婚事或新婚久别；多少人与家人聚少离多；多少人在为新松的事业日复一日地辛勤工作，无怨无悔！作为新松公司总裁，我为有这样优秀的员工而自豪，同时我也深深感谢你们和你们的家人。

为了我们子孙后代的未来，我们这代人注定要奋斗、拼争，这是时代赋予我们这代人的使命。就像我们的先辈为了新中国的诞生血洒疆场一样，别无选择。

但是，作为新松总裁，我有责任和义务去努力改变这一切，去提升你们的工作环境和生活质量，请相信我，但这一切都需要时间和你们的共同努力。

科技是第一生产力。人是第一生产力的创造者。人，是最根本的生产力。科技人是最宝贵的财富。新松公司最宝贵的不是产品，不是专利，不是业绩，不是效益，是新松团队的员工们，是新松精神。这是新松最大的财富。曲道奎继续写道：

亲爱的新松员工，我感谢你们，我无时无刻不在感受着和一群自己喜欢的人做自己想做的事而带来的快乐。你们年轻富有朝气，思想敏锐而勇于开拓，为人坦率正直，工作敬业认真。虽然时有困惑，却渴望积极向上；虽然偶有彷徨，却勇往直前。望着你们，我深感责任重大，我深怕辜负你们的期望，深怕因为丝毫的失误而影响你们的未来。为此，我不敢让自己有丝毫的懈怠，更不敢停滞和放弃。无论遇到多大的挫折和困难，望着你们，我对未来充满信心，充满希望。

作为总裁，我将为新松员工创造更好的工作环境和条件，为你们提供更广阔的成长发展空间。新松必将成为一个卓越的公司，在新松工作的经历将会使你终生受益。当然你必须勤奋努力，必须保持一颗正直进取之心。

我们有一个好的平台，更重要的是，我们有一个令人向往的团队。我希望你们快速成长起来，去承担更重大的责任，去把守更重要的岗位，新松的发展壮大是以你们的成长为前提的。

在刚才召开的高管会议上，大家对新一年的发展进行了规划，对未来充满信心。展望未来，豪情满怀。他要把这份信心与豪情分享给大家：

明年我们将进入新松发展规划的第二阶段，我们已得到了东北振兴二期国债项目的支持。新松产业园一期建设已通过国家发改委组织的验收并投入使用，产业园二期建设即将开始，国内外合作和合资已进行多次的交流和洽谈。北京新松和上海新松也已进入快速成长期。并且，新松已准备好向资本平台跃升。这一切都标志着新松已进入一个新的发展阶段。

明年是沈阳的工业年，也是新松第二发展阶段的第一年。天时、地利、人和，长风破浪会有时。既然历史选择了我们，既然我们选择了新松，那么就让我们携起手来，和衷共济，从优秀到卓越，共创新松美好明天。

祝大家节日快乐，阖家幸福！

2004 年 12 月 21 日于沈阳

曲道奎的这封信在寒风飞雪的冬夜里，带着浓浓深情发送到每个职工的信箱，也把融融暖意送到了每个新松人的心坎上。

从此以后，新松员工每年这个时候都会收到一封慰问信。它像一个温暖的大礼包，成为新松人辞旧迎新的一道风景。

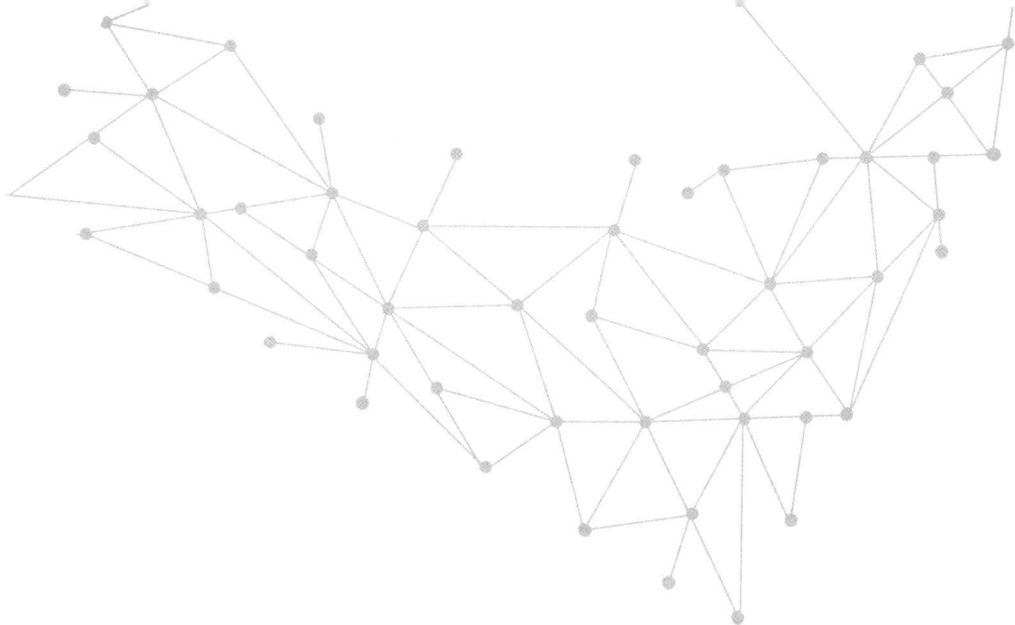

神奇的"魔变"

新松家族：新松公司像孙大圣一样，只要从自己身上拔一根毛，就能变出一个个小"新松"，变幻出机器人"王国"。

中国机器人也会变。变！大力士摇身变成了"金刚神"。

01

Chinese Robot

雏鹰离巢

苦难与辉煌几乎是所有成功者的标配。今天的"机器人王国",当年却经历了一番"雏鹰离巢"的艰难起飞。

新松公司经过两年开拓市场的艰苦跋涉,终于迎来了收获的季节。2002 年底,新松公司全年实现合同订单 2 亿元。在收获了市场份额的同时,也收获了丰厚的真金白银。从数值上看,这点小钱实在算不得什么,但对初涉商海学钓的新松人来说,这个业绩是值得骄傲的,人均创造产值达到了 100 多万元。

曲道奎崇尚的德国军事理论家克劳塞维茨在他的《战争论》中有一段富有人情味的论述,让冰冷的战场给人温暖。克氏说:"当将军看到他的士兵背负着沉重的作战行囊在泥泞的风雨中前进,甚至冒着枪林弹雨勇猛向前冲锋时,不要忘了一旦取得战争胜利、赢得和平,要用胜利的成果奖赏那些付出了代价的士兵。"按照克氏的这一理论,新松的效益应该让付出心血的新松人有所分享。曲道奎决定给中层干部每人配一台车,让科技人员的工作和生活更有尊严、更有获得感。

这也是新松公司成立时,曲道奎向大家作出的一个承诺。不过,这件事立刻在自动化所大院里引起了一场风波。

"你看人家新松公司,开的那车,比所长的还好哪!"自动化所里议论纷纷。一些人心理失衡了。

中科院沈阳分院有位副院长跟曲道奎关系不错,私下对他说:"你配车就配车，还配这么好，整得这些科研院所都受不了了。"曲道奎说："公司与所里是两回事，我们这是工作需要。"

公司成立之初，30多人集体"下海"，背水一战。曲道奎鼓励大家放下"铁饭碗"，抱个"金饭锅"，吃遍天下，吃满汉全席。他给大家描绘了一幅未来图景，也是从精神上给大家鼓劲。他曾对大家说："我们这些人将来就是历史的开拓者，白手起家，什么都没有。发展起来，不能亏待大家。争取在四年内让你们开上车、住上房。七八年之内，让你们的生活无后顾之忧。"

买车的第一个承诺实现了，却也惹来麻烦。公司给曲道奎配的是一台克莱斯勒，60多万元。这天，他把车停在大院里5号楼下。下班开车时，发现有人在车前盖上狠狠地划了"牛X"两个字，后边跟了三个感叹号。曲道奎乐了乐，又摇摇头。

王天然把曲道奎叫到办公室："道奎啊！你要注意点儿影响了。"

"什么影响？"曲道奎不以为然。

"你们整了这么多车，比所里还好。所里才两三辆车。有人受不了，说风凉话给我听哪。"

"听蝲蝲蛄叫，就不种庄稼了？别听他们瞎嚷嚷，我们是工作需要。配几辆车也是为咱所里争光，让科学技术有点尊严。"

"你小子总有理。"王天然笑着说。

当时，社会上流传着"搞导弹的不如卖茶叶蛋的，拿手术刀的不如拿剃头刀的"，整得科技人员伤自尊，觉得自身的价值得不到体现。曲道奎买了几台车，也让科技人员扬眉吐气一把，这有什么不好？

王天然又用激将法，说："你小子别给我显摆。有本事，你让所里科技人员都富起来。"

"老领导放心，这都不成问题。公司能有今天，离不开所里的支持。我们搞机器人虽说不是为了赚钱，可大事干成了，大钱自然会来。"曲道奎说话底气十足。

此时，沈阳正在酝酿浑南高新技术开发区的规划。而李正刚和杨跞带领技术人员在上海接连完成了几个外企项目。曲道奎敏锐地意识到，沈阳具有天时、地利、人和的发展优势；上海市场具有广阔的开拓前景。无论是在沈阳还是在上海，对新松公司都将迎来一次发展的大机遇。

曲道奎和他的新松团队开始酝酿一次新的起飞。不久，曲道奎又来找王天然了。这次，他提出另立门户，从所里搬走，把新松公司搬到沈阳浑南开发区。

王天然一听："就你花样多！现在，日子过得好好的，你又要另立门户，把公司从所里搬走，你这不是穷折腾吗？"他转而又像哄小孩子似的劝说曲道奎，"你们在所里房租还便宜，水电费给你掏着，吃喝拉撒有人伺候着，你还不满足？你就给我老老实实地在所里待着吧。"

"鸟大了要单飞，孩子大了要成家立业。新松要发展，需要有更大的平台。不然，怎么能让所里的科技人员都富起来？当初成立公司时，可是你老人家给新松公司定位，说是'引领现代产业文明，以卓越的技术和产品屹立于世界先进装备制造业之巅，让国家为有新松而骄傲！'这可不是忽悠。我们要是在这个院里一直这么待下去，能有什么出息？再说，你老人家过几年退休了，舒舒服服地享清福去了，我们这帮年轻人还早着呢。"

"你小子少说风凉话。是我把你们宠坏了。"

"不是宠坏了，是宠好了。你说，哪一次支持我们不是都对了？"

"你少拍马屁忽悠我。"王天然哈哈一笑说。

"老领导，该放手了，让我们自己去闯吧！不然，新松永远也长不大。"

王天然低头沉思了一会儿，说："好吧！你说得在理，我不拦你，你们要搞多大地儿？"

"两块加起来236亩。"

"你整那么多地，养马啊？"

"要建就建个像样的工业园，小了不行。"曲道奎口气很大。新松需要一个"花果山"大舞台，实现孙悟空那样的"魔变"。

"2000年正式成立公司，一直在所里办公。分家了没有单过，没有真正独立。"

曲道奎说，"就像一个人一样，虽然结婚了，还住在家里，依靠父母，这不是办法。真正要成家立业，必须搬出去，自立门户。油盐酱醋茶要自己买，日子自己过，家业要自己创。想吃饺子就包饺子，想吃馒头就蒸馒头，这才是成家的概念。如果在家里几代人一块儿过日子，结婚与没结婚有啥区别？就像新松公司刚成立那会儿，实际上那一整套模式与所里一直分不开。那套研究所的文化也像一根脐带，很难剪断。新松公司伸不开腿，打不成拳，规模别想做大。"

当时，国家正在酝酿振兴东北老工业基地战略。沈阳决定跨过浑河开发南部，建设沈阳浑南高新技术产业开发区。沈阳市的领导找到王天然和曲道奎，一派豪气地鼓动他们说，你们是高科技公司，影响力大，希望你们为浑南开发区启动打个头阵。给你们1000亩的土地指标，不要钱，随便挑。

沈阳给你们搭好了一个大舞台，有本事可大展身手。王天然觉得这是个好机会，南塔街114号这个地方越来越小了，施展不开手脚。过了这个村就没这个店了，这是难得的历史机遇。既然当地政府这么大力支持，干脆自动化所和新松都到浑南去，开创一个机器人事业发展的新平台、大舞台。

就这样，沈阳AMT（先进制造技术）产业园暨沈阳新松机器人自动化股份有限公司在沈阳浑南高新技术产业开发区举行了隆重的奠基仪式。

当新松人在一片茫茫的荒地上挖下第一锹土的时候，他们坚信，在这片用"新松基因"奠基的热土上，能够生长出"巨人"的希望。这里是中国机器人成长的一片沃土。

不久，东北打响了新世纪的"辽沈战役"——振兴东北老工业基地。人们形象地将这一战略称为中国区域经济协调发展的"第三步棋"。一场新的"辽沈战役"吹响了集结号。新松公司作为东北高科技企业的一面旗帜，一马当先，冲在前头。

新松公司拥有了一个腾飞的大平台，一任施展十八般武艺。

曲道奎说："新松的快速扩张战略，从'脱离母体'那个时候开始了，在全国实现新一轮的发展战略布局中，新松公司借助国家实施振兴东北老工业基地的劲风，顺势而为，乘势而上，恰逢其时。"

新松公司的脚步恰到好处地踏着时代前进的乐点，一路高歌猛进。

02

Chinese Robot

对手临门

这天，曲道奎走进会议室，对大家说："告诉大家一个好消息，我们被人打榜了。"美国的《福布斯》中文版 2004 年发布的 "中国潜力 100 榜"，新松公司排在第 48 位。听到这个消息，会场上立刻出现一阵欣悦的议论声。

新松公司的骄人成绩已经引起国内外诸多主流媒体的关注。美国的《福布斯》不是一般的媒体，它是美国一家商界极具权威的知名杂志，福布斯集团是媒体行业中的巨头。它的旗舰出版物《福布斯》（Forbes）是美国历史最悠久的商业杂志之一，全球版的发行量高达 100 万份，在全球拥有近 500 万高层次的商界读者。

2003 年，福布斯集团首次发布了《福布斯》中文版，其中，推选的排行榜已成为经济潮流的风向标。能被《福布斯》看上并打榜的企业，肯定不是一般的企业。

新松成立才 5 年就在《福布斯》上赫然有名，自然不是空穴来风。新松，经历过最初的艰难起步后，年均复合增长率超过 40%，一直呈现平稳的阶梯型增长。以销售收入计，2004 年超过 3 亿元。如今，对世界机器人行业里的产品线几乎实现全覆盖，在机器人领域风生水起。

这个国际巨头一心想 "放倒" 的小个子，像雨后拔节的竹子，噌噌地往上蹿，怎不叫对手刷眼球！眼下，新松正在紧锣密鼓地建设机器人产业化基地二期工程。随着这个基地的建成和投入使用，新松机器人的未来经营目标将彻底颠覆以前的纪录。5年之内，年产值有望达到数十亿元的规模。

在《福布斯》的眼里，自然不会忽略对新松公司的关注。《福布斯》凭借自身独到的视角和强大的影响力，发布最具权威的商业信息和深度观察。全世界的企业无不把能登上《福布斯》杂志当作一种殊荣。新松登上《福布斯》应该是一件可喜可贺或至少令人得意的事，标志着新松以强者姿态迅速在中国充满潜力的机器人领域确立了自身的地位。

"值得高兴吗？"曲道奎看着大家问。大家面面相觑，不知道他的意思，没有人回应他。他又说："我们老家有句谚语，叫'小时候胖不算胖'。48位算什么？距第一位还差得远哪。"大家笑了。曲道奎表情凝重地说："再告诉大家一个坏消息，我们可能被人盯上了。"大家愣了，看着曲道奎。"不信，你们就等着瞧吧。"曲道奎不像是在卖关子，像是一位洞悉未来的预言家。不久，来自大洋彼岸的一份情报印证了曲道奎的"坏消息"。

新松摊上"事"了。

2005年4月，正是新松公司成立5周年之际，曲道奎意外地收到"山姆大叔"的一份"礼物"。

美国的"中国经济与安全事务委员会"的一份长达158页关于中国科技发展状况的报告透露出来，题目是"中国科技竞争力的进展：需要重新评估"。这篇报告收集了大量中国2003—2005年的科技新进展，重点列出了17项他们认为值得关注的中国科技成就与计划。沈阳新松机器人自动化股份有限公司赫然居首。要比《福布斯》的打榜分量重得多。"小荷才露尖尖角"，已有目光盯上头。曲道奎在脑屏里跳出一连串的问号：这是美国人的赞美吗？我们需要美国人的表彰吗？企业是需要鼓励的，美国人为何会鼓励中国企业？

事实上，新松公司没什么秘密。"中国机器人之父"蒋新松在20世纪80年代创建机器人开放实验室，就是想把中国机器人的发展进程展示给世界，让世界了解中国，让中国连接世界。

20 世纪 90 年代，蒋新松主导研究的"海人一号"水下机器人，可以自主下潜 6000 米，居国际领先水平，自始至终是"浮"在水面上的，根本就没有"潜伏"的意思。那个时候，西方国家没有把中国放在眼里，中国的实力在那儿摆着。尽管蒋新松没想低调。

今非昔比，西方国家对中国的崛起格外敏感。中国的崛起必定是科技的崛起。西方国家不会忽略中国在机器人领域的发展成就，当然会对新松如此高看。此时的新松想低调都不行。对待赞美，曲道奎有着自己的冷静和视角。他的脑海里呈现出"狐狸与乌鸦"的古老寓言故事。

这份报告与《福布斯》的打榜不同，是给美国官方提供的一份科技情报。其中认为，中国的科技竞争力有了新的发展，需要重新评估，并探讨中国成为全球科技大国的可能性。报告提示：值得警惕的是，中国一旦在极富挑战性的科技领域崛起，成为全球科技大国指日可待。这个国家可能成为美国面临的最强大对手。

是谁炮制了这样一份报告？

显然，这种喝彩带有明显的政治渲染色彩和在国际上煽动对抗的用意。曲道奎摇摇头，新松公司不会买账。这是醉翁之意掩盖下的司马昭之心，其用意是在给美国官方拉警报。后来，曲道奎捕捉到那份报告的始作俑者，并证实了他的分析和预判。

炮制这份报告的专家，曾任美国国防部东亚事务特别助理，主持制定过美国长期防务规划。他就是迈克尔·皮尔斯伯里（Michael Pillsbury），现为哈德逊研究所（Hudson Institute）的资深研究员，也是美国国防部的一名顾问。

皮尔斯伯里是位"中国通"，能说一口流利的普通话，并给自己起了个中国名字"白邦瑞"。虽然白邦瑞的公开身份是美国国防大学和大西洋理事会高级研究员，但国防部长办公室政策研究室高级顾问的身份注定让他不会只是一位简单的学者，而是政治家背后的谋士。

白邦瑞的一双蓝眼睛始终盯着中国，但他的眼神却发出子弹一样的冷光。从 20 世纪七八十年代中美合作的大力倡导者，到如今"中国威胁论"的旗手，这位"变脸学者"的 180 度大转弯令外界匪夷所思。

作为"中国威胁论"的核心人物，白邦瑞除了对中国战略给出惊悚解读、热捧大国对抗的冷战思维外，如今已然成为五角大楼里的一只好斗的"鹰"。新松确实被"鹰"盯上了。同时被"鹰"盯上的还有新松公司的领军人物曲道奎，以至于曲道奎每次赴美签证都要通过层层关卡，要几个月的时间才会批复下来。

在一次内部的高管会议上，曲道奎提醒大家，要保持清醒的头脑。他引用了一句家乡的俗语说："不要把'黄鼠狼给鸡拜年'当荣誉。"不过，此时的新松公司的确令对手不可小觑了。按照年龄来算，5 岁的新松机器人不过是个"大班"的娃娃。这个机器人大佬们眼里的"小娃娃"，如今已是身强力壮的"小伙子"。他的茁壮成长已是正在崛起的"中国力量"。

如果说新松公司被人"盯"上了，曲道奎已有所料，那么，对手来到家门口，着实令曲道奎意外，他没想到这一天会来得这么快。

这天，曲道奎和往常一样出差回来，由机场直奔公司总部。沿着金辉大道，曲道奎无意中发现新松总部两侧不远处的两座大厦，分别竖起两家外国机器人公司巨大的广告牌，是号称世界机器人"四大家族"中的两家企业标志 logo，格外醒目。他指着大牌子，对几位公司高管说："瞧！对手来到家门口了，我们怎么办？"

金融风暴过后，中国迎来机器人市场的爆发式增长，国际巨头纷纷抢滩。信息显示，几十家外国公司纷纷在中国安营扎寨，包括"四大家族"在内的世界著名机器人公司几乎都在中国设厂。外国机器人企业群狼式的残酷竞争，将更加激烈。深圳机器人市场迅猛增长。库卡、发那科、安川电机和 ABB 四大顶级国外机器人企业占据深圳市场八成以上份额，本土品牌机器人市场占有率在 10%—15%。美国和欧盟等发达国家和地区，也把发展智能机器人当成国家战略，加剧了竞争的激烈程度。

国际巨头来到身边，眼睛天天盯着新松机器人。新松早晚与机器人领域的巨头们会有一场你死我活的博弈，这是躲不过去的。中国机器人企业面对着巨大的挑战和竞争激烈的市场环境。

新松公司刚刚出世，就处于群狼包围之中。新松该如何招架？这肯定是一场你死我活的技术对垒和商业之战。曲道奎坦然以对。他心里十分清楚，生死牌不在对方手里，而是攥在自己手里。中国机器人应向世界展示出足够的决心与力量。

不久，瑞典沃尔沃公司在家门口搭起了擂台。一批世界级的机器人大佬蜂拥而至。新松公司是否出战？有人露怯。咱新松与人家毕竟不是一个重量级。曲道奎说："怕什么？这样的擂台打赢了，白赚；打不赢也不丢人，我们可以长长见识。"

对手来到家门口，新松公司必须冲出去。在市场竞争中，新松公司倡导的是"儒狼文化"。曲道奎办公桌后面的墙上挂着一幅字："大道行天"，显示出了主人的气场。曲道奎作出这样的解读：企业领导者首先要"儒"。儒家讲据德守道。在商场上，既要讲商德，又要守商道。小胜靠力，中胜靠智，大胜靠德，全胜靠道。

"大道"乃集德、智、力之大成。"大道"体现在商业行为中，就是在公正、公平、公开的游戏规则下，利用正当的手段去竞争。这是"大道"，也是市场竞争中的"儒"。但是，遇到了要和你掰手腕、向你挑战的对手，你要像狼一样迎接挑战，勇敢地捍卫领地，保卫族群，绝不服软。有了如此"狼性"，"大道"方能"行走天下"。

曲道奎说："我一直强调新松要像狼一样，得敢于出击，敢于与别人碰撞，不能躲在家里做事。作为一个真正的武士，死，也要死在与对手PK的时候，不能吓死在家里。另外，绝对不能做那种内耗，做那种低水平的重复竞争，那不是新松应该做的事。"

他说，新松一定要扛起国家和民族的大旗，站在国家层面上思考、决策、行动。一方面，从国家层面怎么占领技术和产业高地；另一方面，尽量给国内企业留有更多的生存空间。自己跟自己争，互相挤压，即使把别人挤没了也没什么意思。

新松的创新产品都是瞄准国际一流的高端水平。新松的核心技术、团队、资本能力都向国际前沿聚集。新松就要做高端，绝对不能做低端。做高端就要敢于迎战高手。

那次竞标，新松勇敢地冲出国门，走向欧洲，亮剑国际擂台，与高手一决雌雄。四月的和风将新松的气息带到了春寒料峭的北欧。折取一枝入城去，使人知道已春深。果不出所料，一阵激烈的比拼下来，瑞典沃尔沃公司给出的结果，竟然连有一半瑞典"血统"的机器人行业老大ABB公司也没有想到，瑞典沃尔沃公司选中了沈阳新松公司提供的移动机器人解决方案。"小龙马"AGV不负众望，再次夺魁。这是一场"虎口夺食"的博弈，标志着中国机器人已经可以"班门弄斧"了。

新松人扬眉吐气，信心大振。曲道奎说，这是阔步走出去的新松，对国际机器人巨头的上门挑战给予的一次回敬。一批大佬们发现，此时的新松已经完全可以与世界机器人巨头同台竞技，一决高下了。

新松在欧洲战场上打赢了一局，也震动了亚洲战场。事隔不久，日本一家拥有360多年历史的企业由老板带着资深的专家，屈尊下驾，来到新松拜访。曲道奎带着客人走进智慧工业园区。

日本同行几乎瞪爆了眼球，惊讶坏了。疑惑地问："这是你们自己做的吗？""当然。这是必须的。"曲道奎昂着头回答。最终，日本人还是在事实面前沉默了。

新松人没有得意忘形。曲道奎深知，市场风云诡谲莫测，仅一两招险胜不足以成为强者，必须壮大自己，增强实力。曲道奎的目标不仅仅是为了在国内争市场，尽管中国的市场开始走高，且未来的前景巨大而广阔。要是这样理解曲道奎的战略意图，那就低估了他的眼界，小看了新松人。

新松人的目标是要在国际擂台上与那些巨头们掰手腕，剑指巅峰，参与全球对抗。曲道奎坦言："在国内我们是老大，但在国际市场还是小个子。我们的肌肉还不发达，肩膀头还不硬。新松不仅要长胖长大，还要长壮长强。"

新松如何强壮起来？

03

Chinese Robot

裂变

孙悟空迎战对手时，在寡不敌众情急之下，从自己身上拔下一撮毛，一吹就能变出一个个小悟空，将对手打得落花流水，无力招架。

新松公司有了浑南新松工业园和上海国际化的"根据地"，就像孙悟空有了花果山一样，有了施展魔变之法的道场。只要从自己身上拔下一撮毛，就能变幻出一个个小"新松"。中国机器人要站在世界舞台上与那些百年大佬们抗衡，不仅要丰满肌肉，还要不断扩大自己的体量。

新松公司的"魔变"之法就是"裂变"术。新松公司是在新技术的转化中，不断实现自我裂变、迅速成长壮大的。

2006年，新松公司的发展踏上了快车道。新松公司提出尊重市场的同时，做足转化文章，集中优秀人才到市场第一线，创造了一个新的销售模式：全员营销，融合开拓。新松人对公司的组织结构进行了一次大调整，被称为"流程再造"。

新松人身上贴了好几个标签：科研人员、工程技术人员、市场营销员。他们每个人都要学会到市场上推送自己的技术产品。让科技研发人员直接面对客户，让产品直接对接市场。实现技术产品解决方案一体化动作，实现市场"最后一公里"跨越。这就是所谓的"融合开拓"。

公司各部门根据市场需要和职能进行重新调整,按照"两头在外、中间在内"的经营模式,原来独立设置的营销部又要撤销了。

孙悟空要拔下一根毛。

副总经理胡炳德找营销部经理李庆杰谈话,李庆杰一听蒙了,怎么说撤就撤?他想发火又发不出来,心里拔凉拔凉的。李庆杰一时想不通。

当初成立营销部时,让李庆杰担任经理,李庆杰不情愿。曲道奎做了不少工作,李庆杰才放下了专业,搞起了营销。面对开拓市场的艰难,李庆杰不负众望,带领营销人员拿到了不少订单,还根据科技人员的不同岗位特点,制定了一套完善的绩效考评管理体系,搞了许多营销考评创新,为新松公司的市场开发立下了汗马功劳。干得好好的,现在要撤销营销部,他一下子接受不了。

虽说变幻的过程很绚丽,孙悟空拔毛的滋味却不好受。

那天李庆杰很伤心,晚上下班也没回家。几个同事看他的脸色不对,问他怎么啦?他说,我们营销部要散伙了。大家一听炸了锅:好好的为什么要撤我们?难道我们干得不好?是不是炒我们的鱿鱼?几个小伙子愤愤不平,嚷嚷着要找老总评理去。

李庆杰和大家朝夕相处了六七年,营销部的小伙子们为新松公司开拓市场打天下风里来雨里去,付出了他们的青春和汗水,无怨无悔。

有一次为了赶时间,营销人员王玉鹏乘夜间长途客车到山东威海出差,半夜司机停车让乘客下车方便。王玉鹏还没上车,车就开走了,把他落在了荒郊野外。深秋的胶东山区,寒风袭人,四周漆黑一片,他摸索着走了十几里才看见山坡上有一户人家亮着灯。敲开门,跟人家解释了半天,老乡留他住了一宿。第二天他赶到威海,才把行李找了回来。为了推介产品,他们吃了不少闭门羹,坐了不少冷板凳;为了争取一个项目,他们求人,说好话,感受了"市"态炎凉,尝遍了酸甜苦辣。但是,他们没有发过牢骚,也没有人埋怨。他们怀着一个共同梦想,对新松公司的发展前景抱有坚定的信念和美好希望。正是在患难与共的奋斗中,他们结下了兄弟般的感情,凝聚了一支特别能战斗的团队力量。

让他们现在散伙，他们怎么能接受得了？

曲道奎见了李庆杰说："伙计，当年成立新松时，你在会上说过，咱们事业部从所里出来搞公司，这不是'母鸡下蛋抱窝'吗？让你说准了，这次新松公司再抱一窝，以后要不断地'抱窝'。新松要走'老母鸡抱窝'的路子。"

"我明白。"李庆杰咧着大嘴苦苦一笑，又拍了拍胸口："就是这里犯堵，你让我想想。"痛，也要拔毛。不然，怎能变幻出一个个神通广大的小悟空？

这是新松发展中的第一次"裂变"，专业定位，市场细分。公司根据业务发展的需要和市场需求，决定撤销营销部，组建轨道交流事业部和自动化仓储事业部。营销人员分流到各事业部。"孙猴子"们各显其能，各司其职。

第二天，李庆杰在酒店摆了几桌，把营销部的弟兄们叫到一起。大家都以为这是一顿散伙饭，一个个耷拉着脑袋像霜打的茄子，情绪低沉，气氛压抑。

"怎么回事？新松人可不是这个熊样儿！来，都给我倒满酒。"李庆杰格外兴奋，昨日的消沉一扫而光，一副东北大汉的豪爽气派。只见他举起酒杯，大声说道："告诉大家，今天不是散伙酒，是壮行宴！我们营销部要服从新松公司的发展大局。营销部不在了，营销部的人还在，新松精神还在。营销部的人不能当孬种。我们都是搞技术的，没有盘子还有碗嘛！从今天开始，我们带着自己的技术和产品走市场，要走出一条自己的路来。那句话怎么说来着？爱拼才会赢。愿意的，明天继续跟我一起干！有想法的，可以另谋高就。来，我敬大家一杯！"李庆杰一饮而尽。全场一片叫好。毕竟都是热血青年，每个人脸上又绽放出笑容。

这次公司调整是新松人进行的一次"流程再造"，也是一次体制机制创新。工程技术人员和公司产品与客户实现直接对接，这样，新松人和新松技术才能更好地服务客户、融入市场，让科技成果转化成这只"孙猴子"再摇身一变，成为市场产品，彻底打通"最后一公里"。新松公司通过"裂变"实现了一次体量膨胀。

04

Chinese Robot

大国卫士"金刚神"

营销部的一部分人员按照专业对口分到其他各个事业部。李庆杰带着五个人成立了一个新的事业部，但要干什么不知道，心里一片茫然。徒手空拳的几位壮士能否再打出一片新天地？有人说，这是一个最好的时代；也有人说，这是一个最坏的时代。关键是你用什么心态对待这个时代。

因为，这个时代每天都在不停地刷新与重塑，无穷的变化让你应接不暇，时代大潮风起云涌、潮起潮落，一如人生的跌宕起伏。一旦入行，便注定要在梦痛之间义无反顾。

新松人随遇而变，相机而动。他们重新审视经验形成的桎梏，打破模式形成的僵局，解除传统凝固的惯性思维，重塑新的理念。检视诊治企业成长的腐肉，将其割去清理，萌发出新的生命，在不断调整中开始修炼内功，跃上新的高度。而高度决定格局，格局改变未来。

新松公司在"母鸡抱窝"式的裂变中成长，这就是新松人的智慧与灵性。李庆杰带着小伙伴们分析市场寻找出路，要发挥自己的技术优势，避开新松已有的业务范围，另辟蹊径走出一条新路子。虽然没有明确的产品目标，但几年的营销，李庆杰熟悉了市场情况，了解不少信息。他们开始针对市场做了各种小产品的尝试。

后来，李庆杰发现，他们掌握的液压机器人技术在石油行业是个空白。于是，他们开发了一种特种机器人，叫重载液压驱动抓管机器人。石油工人要移动数十吨重的钢管是个大力气活，几十名工人要费九牛二虎之力。如果是在冰天雪地的冬季施工，石油工人要克服难以想象的困难，付出更大的艰辛。而这些对于抓管机器人来说，小菜一碟，轻轻一抓就起来，不仅节省了大量人力，还大大提高了施工效率。石油工人们不亦乐乎，给它取了名字叫"大力士"。

"大力士"很受客户欢迎。辽河油田与新松公司一次签了300多万元的合同。"大力士"一炮打响，也打开了市场。

就这样，李庆杰带领他的小团队成立了能源装备事业部。他们连续开发了拆管、转载、排列、二层台等十几个机器人产品。不久，又研制出重载液压驱动机器人，形成系列产品。

重载液压机器人属于特种机器人系列，具有6个自由度，负重3吨，重复定位精度达到0.08—0.5毫米，在国内外都具有一定的前沿性。

在我国开发南海石油资源中，新松公司承担了南海981钻井平台的大负载拆管机器人的研发任务，研制负载20吨以上转载液压机器人。

当他们进行应用试验时，"大力士"搬运重型物件一使劲，胳膊突然发出咔叭咔叭的断裂声，把大家吓了一跳，立刻停下来。反复检查，"大力士"完好无损，怎么也找不出原因，大家心情焦急万分。李庆杰嘴上起了一圈燎泡。

那段时间，李庆杰晚上常在梦中被"大力士"胳膊发出的咔叭声惊醒；有时睡觉胳膊疼醒了。有人泄气了，认为超过了"大力士"的负载极限，不可能举起来。

新松精神就是永不放弃，永不言败。新松公司中央研究院副院长董存贤和几位老专家也一块儿加入到攻关阵营里。后来发现，是工艺控制不到位，导致"大力士"关节润滑出了问题。

2012年春节前夕，李庆杰带领他的团队经过四个月的日夜奋战，终于研制出低速重载液压机器人，负载达到了40吨。

2013年，"大力士"光荣地应征入伍了，将要成为国防战线上的钢铁战士，与"护国神器"联袂保家卫国。虽然它力大无比，要成为"护国神器"的好帮手，还要经过高原高寒极限条件下的历练。李庆杰和总工程师谢兵带着九名工程技术人员陪着"大力士"前往青藏高原，进行极端环境下的高原高寒试验。这个还未正式上岗的"新兵"享受了一次特殊待遇，在由警车和军车组成车队的护送下，浩浩荡荡，沿着青藏公路向高原进发。

艳阳雪雨交替上演，来去无常。他们一路戈壁风沙扬尘，历尽了一天有四季的气象变换，登上了高耸入云的唐古拉山。李庆杰和他的团队与"大力士"一起经受了一次挑战生理极限的考验。回到沈阳时，每个人脸上都挂着"高原红"。"大力士"也不负众望，表现出色，一次考核过关。"大力士"摇身变成了军营"金刚神"，成为一名刚强优秀的国防卫士。

2014年，重载液压机器人"金刚神"进入批量生产，在国际上属于领先水平。李庆杰的团队也在不断地发展壮大。

2015年，纪念中国抗战胜利70周年"9·3"大阅兵之后，一位将军来到新松公司考察。他看了"金刚神"与"护国神器"联手协作、默契配合的精彩表演后，欣慰地说："机器人将会改变国土防御作战方式。新松公司是我们的合作伙伴，也是国防建设的一支重要力量。"

如今，"金刚神"成为坚强的国防卫士，它和"护国神器"携手并肩，在捍卫国防安全的战略岗位上，日夜站岗值班。

在新松公司一年一度的总结表彰大会上，李庆杰获得了"杰出成就奖"。表彰大会上给他的颁奖词："因为信念，因为坚持，他带领新松能源装备团队，以扎实的技术功底，良好的职业素养，钢铁般的意志，弘扬新松精神，一举攻克了液压驱动重载机器人的技术难题，开发了用于油田、用于海洋、用于特种环境的系列机器人产品。在梦想变成现实的进程中，取得了不俗的战绩。"

李庆杰上台领奖时心情显得格外激动，眼角湿润。这个东北汉子直言快语发表了感言："老树发新芽，要讲三句话：一是信念。对机器人事业的热爱和对民族科技产业发展的渴望，让我不管多苦多难都要前行。这些已经形成了我的信念。二是坚持。坚持自己的信念和梦想。持之以恒，水滴石穿。三是感谢。

感谢总裁们的信任与支持,并给了我机会!感谢能源装备团队,那些跟我一起苦过,一起笑过,跟我一起为追求梦想而奋斗的同事们、兄弟们!祝大家春节快乐!"

05
Chinese Robot

同台角力

2006 年的一天,移动机器人事业部的张雷发现自己的 E-mail 有一封从未见过的邮件。打开一看,是美国通用汽车公司所属的威森特公司的一位技术负责人发来的。对方称,前不久威森特的专家到中国考察,看到了贵公司与柳州合作的汽车制造厂应用的新松机器人生产线,十分赞赏,希望能有合作的机会。

说起柳州汽车制造厂为什么应用了新松公司机器人,而且替代了美国和德国的机器人产品,其实这是典型的"洋人"水土不服。柳州汽车制造厂先是使用美国的机器人,想不到,"洋人"太娇气,没几天就趴窝了。不得已,厂家又更换了德国机器人,德国机器人对工作环境要求太高,没用几下子也不灵了。柳州汽车制造厂只好求助新松公司。

新松机器人"小龙马"AGV 干起活来踏踏实实,从不"偷懒耍滑",让"洋人"自愧弗如。通用汽车全球设备采购部门的专家意外地发现,新松 AGV 平均可靠运行的时间大大超出了国外同类产品,他们生产和交货周期平均只有 4 个月,也比国外缩短了一半,而且价格相当。这正是他们渴望医治"洋人"水土不服的"中医药方"。于是,他们的一位专家找到新松公司张雷的 E-mail,发来邮件,希望了解新松公司。

他们之间通过电子邮件开始交流。当时,张雷正忙着另一个项目,时间很紧。但他每天下班回来利用晚上与对方交流,认真、礼貌地回答对方提出的各种询问。刚开始老外只是说对新松的产品感兴趣,后来提出一系列问题,希望张雷提供解决方案,他们要评估方案是否可行。尽管没抱多大希望,但出于对科学技术的尊重和更多地了解客户的需要,虽然与对方并不熟悉,张雷仍然一丝不苟地耐心去做好方案,满足对方的要求。

张雷的父母都是大学教师。家庭的成长环境让这位年轻的科技人儒雅稳重,工作起来又充满激情。他那双闪动着灵性的大眼睛透露出做事的坚韧与执着。张雷利用晚间与对方沟通,消除了大洋两岸的时间差,也拉近了双方之间的距离。双方越谈越具体,越谈越有戏。

双方用邮件来回地谈了半年多。后来,对方向张雷要参考报价。嘿,这事有门儿了。张雷高兴地告诉了总经理王宏玉。王宏玉一听很惊奇,老外主动找上门来让新松公司解决技术难题还是头一回,竟然是通用汽车公司。

但是,报价多少?他们很纠结。因为他们对国际上的行情不摸底。按理说,这是跨国公司的项目,应比国内的报价高。高多少才合适?报多了,怕没价格竞争力,失去机会;报少了,又怕吃亏太多。关键是,你价格低了老外不认,他说你品质不行。一时拿不定主意。最后,他们在市场参考的最高价和最低价之间选了个中间值报给了通用公司。这样通过电子邮件双方反复交流,终于有了眉目。

2007年5月,通用汽车公司技术专家组采购人员专程来到新松公司考察。经过双方谈判,新松机器人进入了美国通用汽车在中国上海的工厂。此时的新松已经令业界刮目相看了。能够拿下通用公司威森特的一个大订单固然重要,更重要的是,中国的机器人理直气壮地打入了外企,这足以让新松人扬眉吐气了。

后来,他们还是发现这个报价虽然比国内的高,但比国外的还是低了好多。他们再做国外的项目,价格不断往上提,利润率越来越高。

2007年10月,具有百年历史的通用汽车公司向全球发出标书,公开采购

AGV移动机器人。这是一个与老外同台竞技的项目，这次的老外不同以往，都是机器人行业里的国际巨头。新松人精心设计制作标书。中国机器人以独特的技能和超高的品质优势，走上了国际擂台，迎战对手。

同台角力强者胜。几个回合下来，新松公司将一个个对手斩落马下，战胜了世界巨头。新松公司赢得70余台、总价值7000多万元人民币的采购订单。随后，对方敲定，把新松公司作为通用公司的全球合作供货商。

"小龙马"AGV经过几年的技术积累，技术和市场份额冲到了行业前列，同行们羡慕不已。无论是机器人的精度、重量、速度都达到国际先进水平。新松公司又相继赢得了墨西哥、印度、俄罗斯、加拿大、乌兹别克斯坦等国家的项目。

"小龙马"AGV独占鳌头，开始横扫天下。

06
Chinese Robot

"人"在美囧

中国"人"很得意。

"小龙马"AGV不仅被美国通用公司请进了印度、韩国以及欧洲的制造工厂，还被通用公司请进了坐落于美国底特律的核心工厂。这标志着中国"人"在国际市场上不仅占据了一席之地，而且举足轻重，成为"嘉宾"。在国际领先的工业机器人江湖上掀起了一阵大波浪。中国机器人能否在外国"生活"下去，在国际舞台上站稳脚跟呢？要知道"洋人"来到中国还出现了水土不服哪！中国机器人走到大洋彼岸是否吃得惯"西餐"？

　　没想到，"小龙马"AGV一到美国先给美国人来了个"下马威"，经历了一次严峻的考验。

　　2008年圣诞节来临，平安夜里的张雷却无法平安，他收到了工程技术员崔仓龙、邵明发自大洋彼岸美国底特律的一份特急邮件："小龙马"AGV烦躁不安，出现了异常，急需专家到现场解决问题。

　　张雷收到这份急件十分着急。不巧，负责这个项目的高级工程师患病住院，一时派不出人去。即使能派人去美国，也要办理护照、签证，还要等很长时间。可是，对方催得很急。对方能不急嘛！像美国的底特律汽车制造工厂，每46秒钟生产一台车，系统不能出现一点儿差错，否则就会造成很大的损失。

　　张雷心里十分清楚，"小龙马"AGV一旦趴窝，那是要付出巨大代价的。平安夜的美国汽车之城底特律，早已张灯结彩，到处洋溢着欢乐、浪漫的气氛。

　　在通用汽车总装车间里，老外们无心猜测晚上的圣诞老人会给孩子们送来什么样的圣诞礼物。他们围着中国的"小龙马"AGV抓耳挠腮，看着"小龙马"AGV反常的动作，无奈地你看看我，我看看你，耸耸肩，一副绝望的神情。

　　几个从国外回来的朋友邀张雷一块儿去过圣诞节，他苦笑着说："我的'孩子'病了，哪有心思过圣诞节？"他把"小龙马"AGV看作自己的孩子，朋友信以为真。

　　曲道奎得知这一情况后，立即召集新松公司中央研究院的专家与张雷一起根据对方发来的信息制订了一个解决方案。

　　这个解决方案怎么传到大洋彼岸？关键时候曲道奎的"思维超链接"发力了。他让张雷通过网络传过去，让现场技术员崔仓龙、邵明进行操作调试"小龙马"AGV的工作状态，再把反馈信息发过来。互联网思维下的网络技术把美国的汽车城与中国的"机器人王国"链接起来，实现了跨越太平洋的遥控实时对接。在底特律通用汽车总装车间，新松公司工程技术员崔仓龙、邵明在电脑前按照张雷发来的软件指令紧张地调教着"小龙马"AGV。一群老外围在现场等待着结果。

　　新松公司的产品出了问题，必须由新松自己来解决，做到万无一失。这是新松人给客户的基本承诺。这种情况，新松人第一次遇到。问题特殊，时间特殊，地点特殊。外国专家都在现场看着。他们高度紧张，压力山大。张雷在曲道奎和几位专家的帮助下，通过网络链接，在大洋两岸来回往返了几次。经过十几个小时对软件程序反复调整，终于把问题解决了。

"小龙马"AGV欢快地跑起来。当崔仓龙在电脑键盘上敲出的一个"OK"从大洋彼岸蹦过来，跳到张雷面前的屏幕上时，大家终于松了一口气。而高度紧张了两天的张雷像从水底下挣扎出来似的，长吁了一口气，无力地靠在椅子上，快起不来了。

OK！可以去圣诞节狂欢了。在大洋彼岸的通用汽车总装现场，美国专家们的掌声响起来。这是圣诞之夜，西方人向东方智慧的致敬！

07

Chinese Robot

"松松"萌翻天

"叫她朝东她不朝西，叫她做饭她不洗衣；上得厅堂入得厨房，漂亮听话没脾气；不要车子不要房，永远年轻不改嫁——我想要这样的老婆！"这是一位宅男发在网上的呼吁："我的机器人老婆。"是的，这样的老婆，只有机器人可以胜任。这样的"机器人老婆"已经来了，她的名字叫"新新"。

"新新"是女士，被称为"礼仪小姐"，也可以做老婆；还有一位男士叫"松松"，被称为"礼仪先生"。他们是新松公司第四代服务机器人。

2016年5月15日，在央视《开讲啦》栏目里，新松机器人"松松"成为央视主持人。那天，央视节目开讲的主题是"机器人的时代到来了"。主讲人曲道奎和主持人撒贝宁还没上场,"松松"走上讲台抢镜,引爆了全场。只见它一身"宇宙蓝"的卡通装,完全是一副未来人的造型和打扮,让人遐想空间无限。

主持人撒贝宁一上场,"松松"就和他调侃起来。这位"礼仪先生"不讲礼了,说要把撒贝宁给"剔"了,替他做新郎,把撒贝宁侃蒙了。小撒自愧弗如,"松松"的智商令节目拍摄现场的观众惊叹不已。

看到今天聪明的"新新""松松",我们不能不从他们的老前辈"悦悦""亮亮"说起。

2006年4月28日,新松机器人家族又添新丁,迎来两位新成员:"悦悦""亮亮"。这是一对"龙凤胎"小兄妹,他们一出世就受到媒体的追捧,上镜率很高。在电视节目里频频亮相,萌得可爱。不过,他们的名字被不少记者搞错了,把"悦悦"搞成了"月月"。

为什么叫"悦悦"不叫"月月",这里面有故事。

新松公司中央研究院有两位工程师,一个叫贾凯,另一个叫杜振军。两人按照公司新的发展布局,开发研制了一款家用服务机器人。高约0.8米,银灰色,看上去胖乎乎的,像个小企鹅。他摆动着胳膊,随着音乐在地上旋转,能唱歌、预报天气,还可以给主人发信息,具有教育、娱乐、安全和个人助理四大功能。

这对小家伙总得有个名字吧。相比于工业机器人,小家伙看起来不仅赏心"悦"目,更是乖巧可爱,将来一定会响"亮"世界。当时大家一致赞同给他们分别起个名字,就叫"悦悦"和"亮亮"吧,他们不仅是新成员,还代表着一个新族群。"悦悦"和"亮亮"在公司和各种大型展示活动中做着各种表演,引起了轰动,记者们闻讯蜂拥而至,他俩一时成了公众追捧的明星。

由于服务机器人具有巨大的开发市场,新松公司中央研究院又"裂变"出服务机器人事业部。一群年轻的科技人在这个领域里纵横驰骋,不断更新换代,刷新智能技术,将自己的智慧导入服务机器人的大脑。让服务机器人走进千家万户,让普通老百姓享受到机器人这一高科技营造的美好生活。

当越来越多的家庭体会到机器人给生活带来的优越性时,其需求量自然会上升。曲道奎说："机器人产业前景广阔，将是'中国智造'下一个掘金点。"

真正让新松人对服务机器人感兴趣的是服务机器人能够成为养老助残的好帮手，而且有巨大市场潜力。曲道奎说："许多人不了解中国机器人，是因为我们目前开发应用的多是工业机器人，在工厂里从事生产制造。下一步我们要大量开发智能服务类等各种消费机器人，让这一高科技走进千家万户，成为惠及老百姓的科技产品，让百姓分享高新技术发展成果。"

当年，蒋新松力排众议，把机器人列入"863计划"时，就说过这样的话：说不定，我们老了，要请机器人来伺候。现在看来，让他说着了。中国60岁以上的老年人突破2亿人，10年以后将近4亿人。老龄社会的来临势不可当。

同时，在中国当前的3.5亿个家庭中，一种新的模式将取代原来的"三口之家"，即"421家庭"。可以预见，未来中国的"621家庭"甚至"821家庭"将不断涌现。而这种老人社会与独生子女结构，将给社会带来诸多问题。另外，还有8000多万残疾人。智能服务机器人将为中国养老助残提供解决方案。

2009年，新松建成了二期智慧工业园，实现了工业、服务、特种三大类五个品种机器人生产线，覆盖国外机器人全部产品种类。新松"三大家族"成为名副其实的机器人王国。如今，走进新松智慧园，人们会看到"迎宾先生"和"礼仪小姐"已经是"悦悦""亮亮"第Ⅲ代了。

"悦悦""亮亮"的装束酷毙了。"悦悦"穿着"中国红"颜色的短裙。"中国红"是新松机器人的标志色。"悦悦"是"礼仪小姐"，俨然一个楚楚动人的小天使。"亮亮"比"悦悦"高出半头，一身太空装，外套"宇宙蓝"颜色的马甲。"宇宙蓝"是新松公司的形象色。"亮亮"很有力感，大家称他为"迎宾先生"。他们讲起话来，萌萌的，很动听；走起路来，款款而行，飘逸感特强，很拉风。

"悦悦"见到客人时，会眨巴她那双特大的眼睛，好像思考了一下，她会亲切地同客人打招呼："你好！欢迎您来到新松参观！"她能伸手与客人握手，那动作非常大方，就是缺少温度。还好，她的热情会让客人感到了温暖。

瞧！随着《小苹果》旋律响起，8个可爱的机器人手舞足蹈，边唱边跳，舞姿优美，韵律感十足，完全一派专业水平。

你是否想拥有这样一个"智能管家"：可以打扫卫生，端茶倒水；心情不好时，可以陪你聊天；可以陪孩子玩耍，照顾老人……让这样的服务机器人走进千家万户，是服务机器人事业部副总经理董状最大的愿望。

刚过而立之年的董状是新松公司服务机器人事业部副总经理、资深工程师。虽然在新松工作刚满5年，但他已是新松公司服务机器人领域的"元老"了。在他和小伙伴们的努力下，服务机器人事业部研发出送餐机器人、迎宾机器人、银行助理机器人以及现场解说员、大堂经理等多个类型的服务机器人。

2015年11月，在北京举办的2015世界机器人大会上，董状在新松展台前忙着与各地用户签订合同。他悄声透露，这次签订的合同已经安排到2016年下半年了。

现在，新松公司第四代家政智能机器人"新新""松松"开始走进寻常百姓家，他们一个个"嫁"到了天南海北，成为新主人的"小贴心"。

新松就这样凭着独特的"魔变"术，在短短几年内，在工业机器人家族里"裂变"出"小龙马"AGV移动机器人家族、巧手"灵灵"焊接机器人家族、大力士"金刚神"军工家族、服务机器人家族、洁净机器人家族、3D打印家族等一系列家族。新松公司也由成立之初的3个机器人事业部分设为11个事业部，并且还在不停地"裂变"着。

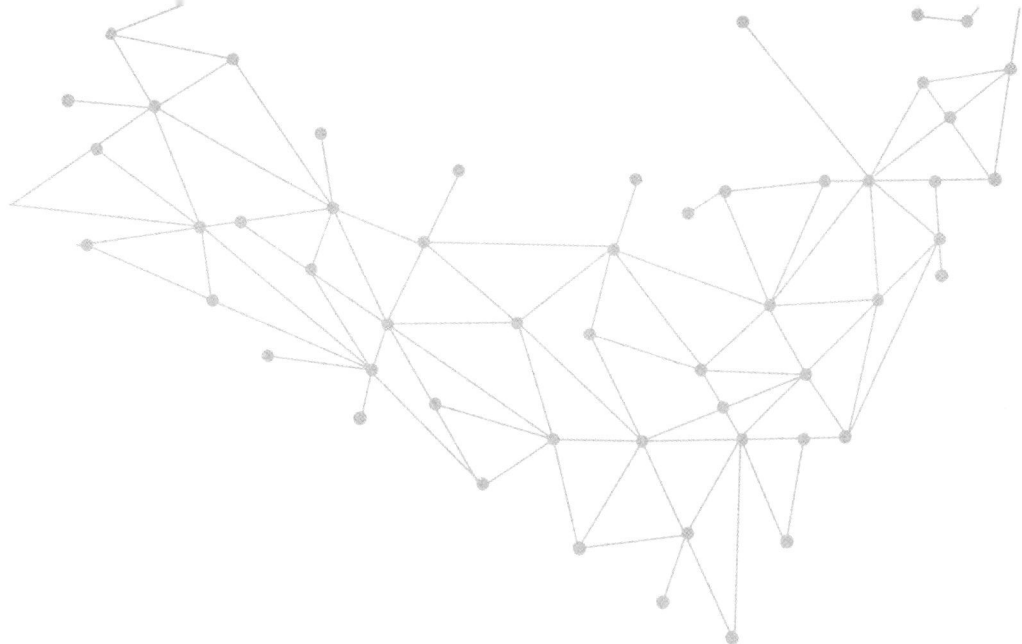

三次惊险跳

　　逆袭上市：打通资本市场。新松公司实现新跨越，自信赢得至尊。

　　外国机器人企业登陆中国市场。面对激烈竞争，中国机器人如何破局突围？

01

Chinese Robot

连续撞杆

在新松公司办公楼前的停车场上，细心人会发现老总们的车牌号很特别，都是 1545。所不同的是每个人把自己姓的第一个字母嵌入车牌号中间。

这有什么讲究？曲道奎解释说："1545 是五岳之首泰山的海拔高度。在五岳中，泰山的高度并不是最高。选择泰山，我们要的不是最高，是追求至尊。"

追求至尊，不是一个单纯的海拔，也不是一个简单的目标，而是一种境界。它需要自信，更需要自尊。在通往至尊的道路上，新松人开始了新的谋划。

2005 年一季度，新松实现了开门红。财务报表显示，比上年同期增长了50%。曲道奎意识到，这是一个强烈的信号。新松不仅开拓出中国市场，而且机器人市场开始膨胀。新松应该上市了。

新松上市必须以良好的企业形象展示给社会。新松公司决定实施"企业识别系统（CI）"品牌战略，通过同一化、整体化、全方位的理念识别（MI）、行为识别（BI）、视觉识别（VI）的运作，为企业构建完整的文化体系。为此，新松通过招标委托北京的一家企业形象策划公司对新松的企业形象进行了系统设计。这是公司在品牌创建过程中具有里程碑意义的事件，标志着新松由产品经营向品牌经营层面提升。

新松公司的标识是 SIASUN，原来并非如此。新松成立之初，在公司内向大家征集公司标识，最后选用一个图形标识：一轮升起的太阳，像一个眼睛，下面是一行字母 SIASUN。

新松人是这样解读的：SIA 是沈阳自动化研究所的英文缩写，因为新松公司是它发起的，诞生在沈阳自动化研究所。SUN 是英文太阳，寓意公司像太阳一样冉冉升起。SIASUN 的读音也恰好与"新松"形成谐音。大家对这个标识都比较认可。

曲道奎在德国留学时就留意国外的公司标识。他经过多年观察发现，一些国际大公司，如松下、索尼、IBM、联想等，其标识就是字母组合，没有图形。风格简洁明快，给人印象深刻，容易记忆。

后来，曲道奎建议公司标识去掉图形，只保留字母 SIASUN。他对 SIASUN 作了重新定义：S 代表强大，I 代表信息，A 代表自动化，SUN 代表联合体。合起来的寓意就是：新松公司是强大的信息自动化联合体。新松标识 SIASUN 就是这样演变来的。曲道奎说，将来我们也许变化这几个字母的形状和颜色，让它更加艺术化，但不会变更这几个字母。

企业标识也是企业文化的集中体现。既然新松公司是强大的信息自动化联合体，应该承担怎样的企业使命？当时，企业的使命是这样表述的：发展先进制造技术，引领现代产业文明。

2012 年，随着机器人被定义为国家战略产业，新松的发展突飞猛进，跃上了一个新台阶。新松的产品不仅包括工业机器人、服务机器人，也包括进入国防建设领域的机器人。新松公司肩负的责任发生了质的变化。新松公司的血脉里是"新松基因"，新松的文化核心是"新松精神"。在新松公司这年的年终总结大会上，曲道奎说："根据新松的发展和国家需要，新松的使命提升到一个全新的高度：推动产业进步，保障国防安全，提升生活品质。目标是发展具有国际竞争力的高端装备产业集团。"

以崇高的事业和历史使命感凝聚人、鼓舞人、升华人，是新松公司强调的文化意识。曲道奎认为，这种超越个人利益的人生价值追求，才是新松人应有的大格局、大境界，才能从优秀到卓越，才是"新松精神"的真正所在。心怀国家民族的使命感，为国家、为社会做贡献，赢得社会的尊重和精神上的富有，才是新松人实现自我诉求的最大价值，也是从自尊走向至尊的根本体现。

新松人始终肩负着民族企业的责任与担当，把"产业报国"作为新松精神的内涵。在把企业使命定位在国家层面的高境界的同时，曲道奎提出了新松的"三个自豪"：让员工为在新松公司工作而自豪；让用户、投资者和合作伙伴因牵手新松公司而自豪；让国家为有新松公司而自豪。

新松公司在上市之际，系统地确定了自己的形象表达、责任定位和精神展示。

新松公司在创立之初就制定了"技术创业、产业扩张、资本与国际运营"战略三部曲，将资本市场运作纳入到发展规划中，并严格按照上市公司的要求来规范公司运营和管理，为进入资本市场奠定了基础。

按照新松人的设想，要在5年左右上市。这是新松人在艰难的创业初期憧憬的第一幅美景蓝图。

新松公司已经开发出三大产品线：机器人焊接生产线、自动化装配检测生产线和AGV物流生产线。并且已有40多项专利在手，80%以上的产品属于自主创新。新松公司成为"机器人国家工程研究中心""国家认定企业技术中心""国家'863计划'机器人产业化基地""国家高技术研究发展计划成果产业化基地"、全国首批91家创新型企业、国家博士后培养基地。业绩表现如此上佳的企业，投资者没有理由不对它青睐。新松上市，恰逢其时。

产业高度决定新松速度。新松承载着国家历史使命，面对广阔市场空间，新松必须打通资本市场，才能实现技术突破和规模扩张，再跃一个新台阶，进一步缩小与那些国际巨头的差距，让中国制造进入世界行列。

时机到了！一切看上去是万事俱备只欠东风了。曲道奎果断地作出一项战略抉择：推动新松上市。

新松上市首先要经过董事会研究同意。这天，曲道奎来到董事长王越超的办公室。他要先和王越超商量。

曲道奎与王越超是师兄弟，王越超比曲道奎大一岁。他们俩私下互不服气的时候，常常这样开玩笑摆平：曲道奎说，我是大师兄；王越超说，你是我老弟。

现在不同了，他们又多了一层上下级关系。

曲道奎和王越超都是科学家身份，一个成为企业家，一个走上科研领导岗位。是蒋新松的有意培养使然呢，还是由于他俩不同的追求和个性指向，才选择了不同的人生？

有一点可以肯定，蒋新松将自己身上的不同特质赋予了两个最得意的弟子，使他们有了不同于一般的"近亲血缘"的亲情关系。现在，王越超接替王天然任所长并兼新松公司董事长，成了曲道奎的顶头上司。所以，他们师兄弟之间私下里情同手足，工作上配合默契。随意惯了的曲道奎也要按照董事会的办事程序公事公办。新松上市的事，师兄弟俩一拍即合。这在情理之中。

王越超说："新松是自动化所控股企业，所长兼任公司董事长是一种制度性安排。关于公司上市的计划，其实在企业成立之初就已经有这个打算，准备上深圳中小企业板。不过，那时候的想法很单纯，就想别人上，为什么我们不上？现在，作为一个有着市场经历的公司，选择在这个时间上市，就应该有很明确的目的。所以，新松上市的问题董事会是一致通过的，因为新松已经具备了上市的充分条件。"

曲道奎的建议立刻形成董事会的共识。新松公司积极运作上市事宜。这对新松公司来说，无疑是一次快速发展中的起跳，跃上资本市场。

新松公司上市，让新松人几乎一夜之间成为中国的高科技团队首富。提起这件事，曲道奎没有那种兴奋感。他摇摇头，说："唉！新松上市差点把人活活折腾死。人们看到的是我的笑脸，看不到的是我的背影。其中的酸甜苦辣也许只有赵立国最清楚。因为他是董事会秘书，自始至终参与了公司上市的全过程。"

曲道奎的背影里究竟隐藏着什么？他是怎样带领他的团队通过"十八盘"的？当初，曲道奎满怀信心，认为上市只是一个伸手采摘的过程，顺理成章。他大意了！大意失荆州！想不到，连连失手。意外总是在没有悬念中发生。新松公司自2000年成立伊始就确定了跃上资本平台发展的路径。新松人凭借深厚的技术积累和管理层的苦心经营，仅仅用了3年时间，就达到了申报IPO的各项标准和条件。

2003年7月，新松公司第一次向中国证券监督管理委员会（以下简称"中国证监会"）申报了在深圳证券交易所中小板上市的申请。曲道奎和专门负责新松上市的董事会秘书赵立国带领工作小组，从编制文件、申报材料到回复反馈问题，经过紧张高效的准备，上市工作有条不紊地顺利推进。

出乎意料的是，中国证监会在审核新松公司IPO材料期间，接到一封匿名举报信。不知是商业对手还是哪路神仙所为。这无端飘来的横祸打乱了新松公司跃上资本平台的步伐。

新松人不服气。董事会上有人提议要彻底追查。董事长王越超定下调子："这事要冷处理，不能放大。只要我们加强自身管理，进一步完善企业的各项规章制度，以后有的是机会。"

当时中国证券发行实行的是通道制。要澄清举报信的真相，需要一个漫长的调查核实的过程。上市的事就被卡在这儿了。曲道奎虽说咽不下这口气，最后也是一笑了之。

负责新松公司上市发行的保荐机构考虑到自身付出的成本和商业利益等因素，顾虑重重。后来，新松公司内部经过多番研究和权衡，最终决定主动撤回IPO申报材料。新松公司第一次上市就这样半途而废了。

2007年之后，新松公司决定重启上市。

新松公司有了上次上市失败的教训，这次上市专门成立了工作小组，工作做得格外扎实。董事会秘书赵立国带领工作组的同志们夜以继日，通宵达旦，全身心地投入到了上市工作当中。在短短两个月的时间，准备了几千页的文件，每一份文件都经过了反复的讨论修改，做到精益求精。每个人心中都有一个共同的梦，每个人都深信不疑：这次一定能成功上市！

12月的一天，曲道奎和赵立国在北京证券交易所会议室外等待着新松上市审批的最后一关：证券交易所组织专家召开会议，对新松公司能否上市进行投票。

会议议程并不复杂，中信证券公司作为新松公司上市的推荐方，向专家汇报新松公司的有关情况并接受专家的质询，专家对新松公司的材料进行会审，最后专家投票就可以宣布结果了。

似乎一切都在曲道奎的预料之中，稳操胜券，只等最后的好消息了。时间一分一秒地过去了，三个小时了！曲道奎和赵立国却迟迟等不到结果，一种不祥之感油然而生。难道又出什么岔子了？最终，证监会的一位工作人员宣布审核结果：沈阳新松机器人自动化股份有限公司上市审核未通过。

新松第二次上市又失败了。曲道奎心中叫苦不迭，愤然将手机摔得粉碎。赵立国痛心不已，扼腕长叹。事后得知未通过的原因是公司的子公司北京新松佳和公司在中关村新三板挂牌。在新松这次上报的材料里没有披露这件事，出现了所谓"重大信息遗漏"的问题。曲道奎回忆当时的情景，不无遗憾地说："就这么点儿事，又失败了。"

当时，金融危机已经显露，新松公司想利用融资跃上资本平台，通过并购扩张实现跨越式发展，缩小与世界机器人"巨头"的差距。因为在金融危机到来的经济萧条中，通过并购实现企业扩张的成本最低。结果，由于上市再次落空失去了这次机会。

曲道奎很窝火，回去怎么向董事会交代？来的时候，王越超还问他："这次怎么样？"他毫不含糊地说："放心，没问题。"

曲道奎是个极要脸面的人，爱惜声誉胜过生命，也从来没遇到过这种窝囊事。两次上市都没成功，一世英名全给毁了。抛开个人荣辱不算，新松公司呢？新松公司的名誉不能栽到我曲道奎手里，那是多少人的心血付出才有了今天的新松！

02
Chinese Robot

父子冲突

那天晚上，曲道奎回到家里，看到儿子晨耕抱着个吉他边弹边唱自得其乐。晨耕和爸爸打招呼，曲道奎没吭声。他突然想起儿子该高考了，随口问道："你不抓紧复习备考，怎么还玩这个？"

看着爸爸严肃的神情，晨耕怯声说："学习太紧张了，我们小乐队想搞一台party，放松一下。"曲道奎本来憋一肚子火正没地方撒，一听儿子这话，气不打一处来。顿时火顶脑门子："什么？！临近高考，别人都在抓紧复习，拼命冲刺，你还有心思捣鼓 party！你这样能考上清华？"说着，不由分说，上去一把夺下儿子的吉他，甩到一边。

晨耕惊呆了！他不知道爸爸会发这么大的火。他捡起吉他，又委屈不服气地冲着爸爸嚷起来："你怎么知道我没有复习啊？你什么时候问过我的事？这时候你急了。凭什么摔我吉他？"

曲道奎指着儿子吼道："你知不知道？！清华不是你想上就能上的！分数低了你考不上，将来你还想不想搞机器人？"

"我才不搞你那个破机器人！你搞机器人关我什么事？"

"你说什么？！你再说一遍！……你个浑小子！"

正在厨房做饭的陈丽萍听到争吵声连忙从厨房赶出来，看到父子俩像两只斗架的公鸡，怒目相对。身材高挑的晨耕站起来几乎要比父亲高一头。

曲道奎恼怒得说不出话来，抬脚朝晨耕踹过去。

"你们爷儿俩这是怎么啦？有话好好说嘛！晨耕，你怎么和你爸爸讲话？！"

陈丽萍站在中间挡住曲道奎，急忙把儿子往屋里推："去！去！快回你房间复习功课。别惹你爸生气了！"晨耕愤愤地走进自己的房间，"嘭"的一声关上了门……

儿子的一句话在曲道奎心里重重地一击。他对儿子未来的所有寄托与希望像一座大厦突然遭遇了强震，轰然倒下。曲道奎无力地靠在沙发上，闭上了眼睛。

他平时确实很少管儿子的事，全靠妻子。他认为儿子聪明，平时学习成绩优秀，考重点大学未来搞机器人是顺理成章的事。想不到儿子竟然不学"破机器人"！无论如何都让他无法接受。

看看儿子紧闭的房门，又看看沙发上一脸疲惫的丈夫，陈丽萍不知道先去安慰哪一个。在外人看来，这是两个大男人，实际上，在家里就是两个大男孩。正处于青春叛逆期的儿子，做事和想法经常不按常理出牌，这让她处处担心，有时又无计可施，不知道该如何安抚儿子那颗躁动不安的心。

面临高考，儿子精神压力大，有时情绪焦虑。曾抱怨一天到晚见不着爸爸人影，也不关心他的事。都说父亲是儿子的天，这个时候，儿子最需要爸爸。曲道奎为了公司上市的事忙得不可开交，陈丽萍不愿让丈夫为孩子的事再分心，几次话到嘴边又咽了回去。这么多年，自己一个人扛惯了。她只好变着法儿鼓励晨耕，树立迎接高考的信心。这下可好，曲道奎从北京回来，进门就给了儿子两脚，父子俩闹翻了。

在陈丽萍眼里，这爷儿俩太像了！一个秉性：认死理、倔！在外面，曲道奎是个风风火火的大男人，可一回到家在她面前，时不时也像个大孩子。有时一任性，脾气上来，也要哄着，比儿子晨耕好不到哪里去。工作累了或不顺心了，回到家也不说话，要么闷坐着，要么倒头就睡。她理解丈夫，知道他事情多，压力大，总是体贴他，家里的事不想让他再分忧。

现在，看着沙发上情绪低落的丈夫，她轻声地问："道奎，你今天这是怎么了，跟儿子发这么大的火？小孩子说话口无遮拦，跟自己孩子较什么劲呀？别生气了！出什么事了吗？"

结婚多年，陈丽萍平时很少过问曲道奎的工作，因为她相信丈夫的智慧能应对所有的问题，她只是站在他背后默默地支持他、照顾他。

抬头看着妻子关切的眼神，曲道奎突然觉得很内疚。这么多年妻子最不容易，儿子几乎是她一个人带大的。为了支持自己的工作和照顾家庭，陈丽萍的付出和牺牲太多太多。自己一向不过问家事，家里一切全是妻子在打理。她也有自己的工作啊！

"丽萍，对不起！是我有点儿过分了！"说完这话，他心里很难过。工作的情绪不该带到家里来，更不该对着孩子。他指指儿子的房间："你去哄哄儿子吧！我今天心情不好，公司上市又失败了！真是窝囊！"

"上市不成功，不好冲别人发火，拿自己儿子当出气筒了？"

"可这孩子说话也太让我伤心了！"

"好了，好了，别伤心了！儿子呢，是你养的，像你。你们爷儿俩一对倔驴。"陈丽萍安慰道，"别再想公司的事了。好事多磨！先放下。不过，儿子要高考了。你要对儿子好点儿，多鼓励儿子。"做完贤妻，接着做良母。陈丽萍又敲开晨耕的房间去安慰儿子。

躺在床上冷静下来，曲道奎还在想：为什么儿子这么排斥机器人？确实，这两年他一直忙于公司的事，顾不上与儿子沟通、交流，总觉得儿子是个聪明听话的孩子，只要好好学习、成绩不赖就行。如今，儿子公开叛逆。怎么会是这种结局？疏于对儿子的关心，自己是不是也有责任？伤感，困惑，内疚，曲道奎心里无法平静。

前不久，曲道奎接到蒋新松的女儿从美国打来的电话，蒋新松刚入学的小外孙一心要学机器人。

蒋新松去世整十年了，她女儿打算带着孩子回国一趟祭奠父亲，也让儿子到新松公司感受一下机器人。还表示，将来要让儿子拜曲道奎为师。曲道奎总是说，蒋新松血液里流的都是机器人，现在他的血液又流到了外孙身上。他当年开创的中国机器人事业能够代代相传，后继有人，这是一段多么美好的佳话。曲道奎非常高兴。

由于近两年机器人产业的兴起，一些科研院所邀请曲道奎讲课；一些机构开始组织这方面的研讨、论坛活动，也邀请他作为嘉宾出席。为中国机器人的发展宣传鼓劲，培养人才，他乐此不疲，在所不辞。因为，中国机器人发展面临的现状就是缺少人才！

眼下，推动新松积极上市，除了打通资本市场，其中一个重要的用意就是让更多的人知道中国有了机器人，让更多的人了解新松公司，了解机器人；不仅吸引更多的资本投入到机器人产业，也能吸引更多的知识青年投身机器人事业。

现在，连自己的儿子都不学机器人，他怎么鼓励别人学习机器人？还有什么说服力？当别人问起你儿子一定是搞机器人的吧？他怎么回答？这注定成为曲道奎在世人面前的虚弱和无语。他把机器人当成自己的孩子，可自己的孩子却拒绝了机器人。问题究竟出在哪里？

那年，曲晨耕高考失利了。几乎是重演了曲道奎当年高考的一幕，虽然考了高分，但第一志愿一脚踏空，从期望中的中国一流大学最后考到了大连理工大学，攻读生物专业。

曲晨耕入学那几天，曲道奎对儿子什么也没说，只是默默地精心为儿子准备入学的一切。他把时间都给了机器人。这样的机会不多了，他要多给儿子一点。

儿子晨耕也是沉默不语。只是每到吃饭的时候，先给爸爸盛饭，端碗。送别时，曲道奎深情地望着比自己高出一头的儿子，才突然发现儿子长大了。

每一代人都有自己的想法，这里面有天然的代沟，也有时代的差异，更多的缺失是没有陪着孩子一起成长。孩子是需要理解和尊重的，应该允许孩子有不同的想法和自己的选择。望着儿子离去的背影，他觉得鼻子一阵发酸。

几年之后，曲晨耕从美国留学回来。父子相见，兴高采烈，一直有说不完的话题。曲道奎欣慰地看到孩子成熟了。

陈丽萍坐在一旁插不上嘴,幸福地望着父子俩开心地聊。曲晨耕突然说:"爸,我改专业了,研究机器人。"说完,把头埋在胸前。

曲道奎先是一怔,沉吟了片刻,轻声地问:"为什么?是因为爸爸打了你?对不起,孩子。"

"不,是我错了!对不起,爸爸。"

曲道奎只觉两眼一热,腰杆一挺,使劲地往沙发上一靠,把脸仰起来。接着,他又开心地乐了。

那天晚上,陈丽萍做了一桌好菜。晨耕给父亲频频斟酒。从不贪杯的曲道奎开怀畅饮,酒量出奇的大。

03

Chinese Robot

逆袭上市

"我还会回来的!"看过美国科幻大片《终结者》的观众都知道,这是片中主角的饰演者阿诺德·施瓦辛格嘴边的招牌语,也是片中的经典台词,是影片中机器人 T-850"回忆"未来时,发誓将在未来的复仇中结束对手约翰的生命时留下的一句话。

如果把这句台词送给金融危机是再合适不过了。自 1997 年爆发金融危机之后,时隔 10 年,它又回来了。这次金融风暴是由美国的次贷危机惹的祸,它这次回来是要结束谁的生命呢?它究竟是谁的"终结者"?

经过半年的精心筹备,新松准备再次上市。就在新松公司第三次起跳的时候,恰逢 2008 金融风暴来袭。新松能否在雷鸣电闪的暴风雨中稳住前进的脚步,跃上资本平台？资本一直在惹祸。

2008年下半年，新松公司的业务量骤然下降，销售收入减少了500多万元。这是新松公司业绩多年来的第一次波动。

这次由美国"次贷危机"引发的世界金融危机，迅速波及整个制造业，导致行业内的企业和新松公司的客户业务量大幅度下滑。新松的大客户在国内外的工程项目几乎全部停下来。外国一家公司在苏州的一个项目已经办理了征地手续，马上要施工，也与新松有了合作意向。但因金融风暴来袭，对方宁愿赔偿违约金，也要坚决停建，最后撤出了。由于损失巨大，那家公司总经理、副总经理均被解职。当时，机器人领域的企业多数采取收缩战线和裁员的方式应对金融危机。

2008年冬天，金融风暴裹挟着少有的寒潮席卷上海。李正刚和杨跞带领员工们在上海新松公司艰难支撑。坐落在红枫路51号的上海新松公司只有一间80多平方米的办公室。办公室朝外的一面是落地大玻璃。副总经理杨跞身上裹着羽绒服仍然哆嗦着。他把两只手缩在袖筒里，伏在桌子上，隔着玻璃看着外面的雪越下越大。

这些日子，公司不仅没有拿到订单，还出现了几家厂商退单的事。杨跞心中不免涌出一阵悲凉。他回想起当年报考中科院沈阳自动化所的情景，心里发出感叹：难道机器人的未来不温暖？

10年前，沈阳自动化所招聘人才，杨跞报名应聘。面试过程饶有兴味。那也是个寒冷的冬季，东北刚刚下过一场大雪，一眼望去，马路上白雪皑皑。杨跞骑着自行车去沈阳自动化所参加面试。雪大路滑，一路上摔了好几个跟头。

他毫不在意，在冰天雪地中奔向他向往的科技殿堂。杨跞好不容易到了沈阳自动化所，找到人事部门说明来意，才知道走错地方啦。面试的地点不在自动化所。他向所里一位50多岁的女同志打听地址。这位女同志得知他不熟悉路，就在一张纸上给他绘制了路线图，还亲自送他到楼下，耐心指点他怎么走。杨跞心里感到热乎乎的……

走着走着，杨跞看到外面的雪越下越大。雪，覆盖了眼前所有的一切，朦胧的视野里掀起一排排雪浪。雪浪从玻璃那面涌进来，涌满了整个房间，把他挤压成一团，他感到阴森森的寒冷。雪浪漫过他的脚下，淹没了他的胸部。他哆嗦着身子极力地向上挣扎。他的一切努力都无济于事，雪浪将他紧紧地包裹着，厚重地覆盖着，他无力地沉下去，沉下去……恍惚间，雪浪幻化成海浪，使他从浪底漂浮起来。他的身子轻得像一张纸片，在波峰上起伏。隐隐约约看到，在遥远的天际线上，高大的建筑很快又被排山倒海般的汹涌波涛所吞没。一个巨浪打来，将他推向岸边。

哎呀！那不是"悦悦"和"亮亮"吗？在那起伏的海浪中，T-850突然钻出来站在高高的浪尖上，一手抓着"悦悦"，一手抓着"亮亮"。T-850狞笑着，声嘶力竭地咆哮着："我是'帝国黑客'。小龙马！灵灵！你们来吧！这就是你们的下场！哈哈哈……"

"悦悦""亮亮"挣扎着，呼喊着："救命啊——救命啊——"

洁白的海浪再一次涌来，寂寥空旷的大地不断地抖动，四周一片迷茫。"帝国黑客"把"悦悦"和"亮亮"带走了，渐渐消失在茫茫的海浪中。

杨跞不顾一切地向"悦悦"和"亮亮"奔去，却怎么也迈不动腿。杨跞大喊一声："悦悦——亮亮——"

……

"杨跞，醒醒。"李正刚拍了拍杨跞的肩膀，"杨跞，曲总过来了。"

"杨跞累了，让他睡会儿吧。"曲道奎说。

杨跞出了一身冷汗。他睁开惺忪的眼睛，看到曲道奎站在面前，努力从梦境里挣脱出来，不好意思地和曲道奎打招呼。

"大雪天，曲总怎么来了？"

"做梦了？"曲道奎望着杨跞微笑着问。

"是的。这个梦不好，我们新松机器人与'帝国黑客'打起来了。"杨跞回想着梦境。

"结果呢？"

"战局对我们不利。"

曲道奎说："我们老家有个说法：梦是反的。意思是，现实中发生的事情往往与梦境相反。我们新松机器人肯定赢了。"三个人都乐了。

这次，曲道奎过来和上海新松的员工进行了一次座谈，走访了一些客户，全面了解了上海公司的业务状况和市场情况。他必须做到心中有数，谋划新松的未来全局。

在2008年的金融风暴发生之前，上海新松公司发展得很快。2007年年底盘点，大家很兴奋，进账8000多万元。大家对2008年的目标充满信心。在年终总结大会上，李正刚对大家说："2008年，我们产值突破一个亿，我请你们到马尔代夫开会。"

当时，上海新松公司规模虽小，发展速度却很快。大家都很敬业，也都比较心急，一心想把上海新松公司做大做强，充满激情。公司的业务越做越多，大家的精神也越绷越紧。尤其是人力资源方面，项目接得很多，总在不断地招人，公司进入一个快速成长阶段。

"那时项目特别多，我们自己的生产能力其实已经过度饱和了。各行各业都在畸形膨胀，现在来看，这是金融危机来临的一个不祥之兆。"李正刚回忆说。

世事难料。2008年底，李正刚召集全体员工开会，产值不仅没有突破一个亿，还比往年下降了。当然他们没有去马尔代夫开会，而是在公司里讨论怎么应对危机，怎么应对经济下行的压力。李正刚坚定的理念是要做自己专长的东西，以专长为核心拓展外延。他们恰好利用2008年金融危机降一下温，把原来研发的技术理顺一下，消化一下。纵向上把机器人产业链拉长，把基础打得更扎实了。

临走时，曲道奎对李正刚和杨跞说："这里就是新松在上海滩的'高脚屋'，是连接世界市场的桥头堡。这块阵地不能丢，你们只要能坚守住就是胜利。"

在新松公司召开的中层以上干部会议上，消极悲观的气氛笼罩着会场。大家议论纷纷，发表各自的看法。有人主张以降本增效、压缩产业园、节约开支等措施渡过难关，尤其主张以裁员增效方式应对危机的呼声很大。

曲道奎认为，机器人产业是新兴产业，工业转型升级会给机器人行业带来机会，市场仍会保持需求增长的态势，暂时的行业萧条既是挑战也是机遇。

"人员不能裁，产业园不能压。什么叫同甘共苦、风雨同舟？我们对员工负责，也要对社会负责，不能在困难的时候把员工推向社会，这是我们新松公司应有的社会担当和应负的道德责任。"曲道奎上来就给大家吃了颗定心丸，"产业园不仅不压，而且要谋划更大的布局。经济危机的时候，我们不能只考虑眼前的困难，我们还要看到危机之后的光明。危机首先是一次机遇，在我们业务收益最低的时候，也是我们发展产业园、实施扩张战略成本最低的时候。"

新松既没有裁员，也没有停止产业园的规划建设。公司收益下滑，钱少了；人员不减，工资不降。那么，曲道奎靠什么保持公司的正常运转？资金从哪里来？这是摆在新松面前的一道坎儿。

公司董事会秘书赵立国回忆说："金融危机之前，相对来讲过于浮躁、激进，人财物等各种资源绷得太紧。金融危机期间，公司采取稳定战线、压缩开支的应对措施。利用这个时间段，把原来的项目清理结算。把以前的项目尽早收尾，打理好。这样虽然新单少了，项目却做得更扎实了。所以利用这个机会反倒是一个调整，公司运转基本没受影响。"

2008 年 12 月 13 日下午，中共中央总书记、国家主席胡锦涛在中科院党组副书记、常务副院长白春礼院士等领导的陪同下，莅临新松公司视察调研。在偌大的车间里，胡锦涛总书记详细了解了每个产品的情况，亲自体验、观察了公司最新研制的机器人激光焊接光束发射系统，并对产品的创新性给予高度评价。当时，正值全球金融危机。听了曲道奎的汇报，胡锦涛总书记说："西方不亮东方亮。中国未来发展需要科学技术支撑。希望你们开拓创新，争创一流。"

这是中央释放的一个强烈信号，在金融危机对中国经济造成困难之际。中国领导核心关注和力挺高科技产业，并对中国机器人摆脱危机、迅速走出阴影、在振兴中国经济中彰显科技动力寄予厚望。总书记的鼓励，让新松人受到极大鼓舞。

2009年，经济开始复苏，机器人市场需要急剧增长，产品供不应求。在工业制造行业里又掀起机器人投资热。新松却能够从容面对，满足客户需求。年初，国家设立创业板，这是国家为应对金融危机、刺激企业复苏的一项举措。

无论是两次上市失利还是金融危机的冲击，都没有挫伤新松人对机器人产业发展的期待与热望。新松公司启动了第三次上市计划。

鉴于前两次IPO失败的教训，曲道奎和赵立国带领工作小组对所有事项和材料反复自查自审，更加谨慎。经过精心准备，新松公司第三次向中国证监会提交了在中小板上市的申报材料。

中信证券公司的老总给曲道奎打电话，希望新松从中小板转创业板。这是新松升级的一次机会。因为上次上市，中信证券公司做流产了，老总总觉得对不住曲道奎，想为新松出把力，把局面挽回来。但是，创业板到底是行还是不行，谁也说不好，要冒风险。因为中国股市刚开设创业板，万一不活跃，企业可能就死了。新松公司陷入两难之境。

两次不成，这次会是什么结果？当时金融风暴开始呈现退潮迹象，但会不会像上次1998年亚洲金融危机一样一波接着一波？为什么美国一打喷嚏全世界都感冒？联想到1998年金融危机，这回，全世界人民才忽然明白，都是美元惹的祸！原来，美元是美国操纵世界经济的中枢神经。一张绿纸玩转世界。尽管中国政府在这次金融风暴中采取了积极的应对措施，中国的制造业仍然遭受重创。

曲道奎也很纠结。2003年、2007年两次上市都失败了，他心有余悸，好在后来新松的发展蒸蒸日上，两次遇挫都挺了过来。这次不一样了，由于金融风暴的影响，新松的业绩首次出现下滑。如果再不成功，他真的无颜再见江东父老了！

为了慎重起见，他让中信投行公司的总经理从北京赶到沈阳，直接向董事会当面汇报情况。王越超主持董事会，听取中信公司老总说明情况和意见。但公司上市毕竟风险太大，变数太多，结局难料。董事会上，大家各持己见，一时难以拍板。

王越超与曲道奎两位师兄弟一直相互支持，配合默契。可眼前出现了这种局面，王越超也难敲定。在各种意见相持不下的情况下，王越超决定把决策权交给曲道奎。他对董事们说："既然大家意见不一致，新松上市的问题交给公司高管层直接决策吧。"

董事们没有异议，一起把眼光投向了曲道奎。王越超让曲道奎直接决策，难题落在了曲道奎头上。王越超是董事长，曲道奎必须服从，尽管他是大师兄。

再仔细想想，王越超也只能这样处理董事们的不同意见。事已至此，谁再有道理，也不如曲道奎心中有数。何况，这是 CEO 的职责。危机可以考核 CEO 的能力，包括责任担当、胸怀和抗击打能力。王越超对曲道奎充满了信任和期待。

前两次上市连连失误，曲道奎为此作了检讨。这次如果再出现失误，他只能提出辞职了。创业板在全球只有美国纳斯达克是成功的，像新加坡、德国、英国等都不太成功，所谓的不成功就是不死不活。中国的创业板刚开设，能否像主板大盘一样活跃？谁也没有把握。

如果没有前两次的失败，以曲道奎的性格早就拍板了！这次不同以往。曲道奎考虑了整整两天。这两天他考虑了什么？

04

Chinese Robot

步步惊心

曲道奎焦虑不安。

沈阳金属所的金昌普公司曾经建厂扩张，辉煌一时。2008 年本想通过上市筹资，结果上市失败，资金链断裂，企业一蹶不振，最后倒下了，令人唏嘘不已。

与新松同时起步创业的大连化物所的凯飞公司，本来发展势头不错，由于主打产品没有适应市场需求变化，很快走了下坡路。2005 年，启动上市，希望能借机起死回生。结果，事与愿违，上市失败，重生的火苗被一瓢冷水浇灭了。科技人员不得不回到所里。

在企业的管理方面，曲道奎认为，成功的道路千万条，你无法复制。因为成功有很多要素，很多东西是没法学的。你遇到了一个好人，助你一臂之力；你碰到一次好机会，顺势而为；你得到一个好点子，一蹴而就，都可以成功。这些不是你能学来的。而很多企业失败都有其特定的规律和特点，只要把这些失败的原因学习好了，能够避免失败，就等于在前行的路上标上了警戒线，自然就能走好了。

联想集团上市，一时做成中国老大，成为中科院企业的典范；华为公司就不上市，照样把对手一个个甩到身后，王者天下。你只能学到他们的精神，从中体悟规律；你不可能复制他们的方法，沿着他们的脚印走。他们蹚过的时代之河，河流已经变了，你不可能在同一条河流里走过。

新松该走哪条路？成功不可复制，失败却会重演。股市上有句话：股市有风险，投资须谨慎；其实呢，上市有风险，准备须充分。只有相同的结局，没有相同的路径。一个企业一条路，曲道奎只能走自己的路。

经过两天的反复思考论证，他决心已定，可心中难免还是忐忑。他决定向运气讨个说法。他顺手从兜里摸出一枚硬币，心里念叨着：是国徽，就上！随手抛向空中，硬币应声落地。曲道奎定睛一看，心中大喜：正是国徽！

"天意！国家意志！政府想办的事，没有不成。创业板是政府专门为中小企业量身打造的融资平台，赶上首批，肯定错不了。这次上市肯定成功！"曲道奎兴奋地自语道。

站在命运的十字路口，曲道奎不再犹豫不决。"当时我判断，在中国没有办不成的事，因为我们的体制与外国不一样，国家要做的事还能不成？"曲道奎充满信心，"何况，新松公司是更能体现高技术的企业。当时的创业板，首批上市的都是高新技术产业，新模式、新业态，这几个'新'决定了上市成功是个大概率。我就想赌一把，确定转板到创业板上市。"

2009年7月决定上创业板，9月上市。曲道奎说："改材料、路演、招股说明书等工作，用了3个月，赶上了第一批。当时我们判断，要上就赶第一批，要不就没意思了。中国无论什么事有影响力的都是第一批，第一批是28家，就这样启动了上市程序。"

重启上市的决定令不少人感到意外，有人私下议论，两次上市都挂了，老板还不死心，在这个时候玩惊险，太悬！

在重大决策问题上，曲道奎看起来轻松，其实，他是有门道的，是有讲究的。曲道奎对工业机器人的国际市场情况进行了深度调研、分析思考，并作了预判。

据世界自动化与机器人联合会2008年发布的数据，预计未来几年我国工业机器人仍将保持稳定的增长势头。这样的趋势和前景，给新松公司提供了难得的发展机遇，新松必须打通资本通道，实现惊人的一跳。此时不上，更待何时？

"上市将会为我们带来很多看得见的转变：首先，在品牌、管理、财务方面能够获得事业平台的新空间；其次，企业社会化，有利于公众的监督，提升管理水平；再次，拓宽资金来源。贷款解决短期流动资金的问题，但不适用于短贷长投。上市能够很好地解决这个问题。"曲道奎说。

有了资金，新松公司将在提升国家机器人水平的基础上，突破单一领域发展的限制，向机器人更广阔的领域里包括电子元器件、IC装备等产业进军。曲道奎沉浸在对上市后的畅想中。他坚信，对拥有核心技术的高科技企业来说，金融危机会带来更多机遇。手中技术新，脚下道路宽。国际金融危机对于新松，与其说是危机，不如说是机遇。市场秩序的加快调整会促使新松的新业务更快地开花结果，而且开的花会更漂亮、结的果会更大。

现实能否按照预设的路线走向未来？在上市程序的操作中，新松必须经过

"路演"大考。如何在公众面前展示自己的风采，关系到能否赢得股民的信赖，当然也会直接影响到新松上市的成败。

曲道奎走上考场，接受一场洗礼。

05

Chinese Robot

路演风采

2009 年 9 月 29 日，当中国证监会代表宣布新松公司上市顺利通过时，会场上传来一阵阵掌声、欢呼声。这对新松公司上市团队成员来说更是一份迟来的欣慰。

接下来的任务仍是十分艰巨。由于创业板上市路演时间紧迫，公司选择在北京、上海两地进行路演。为了吸引更多的投资人，公司路演材料也是经过反复论证。上市路演就是总裁曲道奎带领上市团队，将公司的业务特色、运营模式、发展前景及行业未来发展趋势向每一个到场的投资者进行讲解和展示。

参加路演的主角当然是公司总裁曲道奎，还有公司董事会秘书赵立国、公司财务负责人金庆丰、证券事务代表王刚以及来自保荐机构——中信证券股份有限公司的两位高级副总裁刘景泉、丛龙辉。

路演，事实上是新松公司核心团队现场接受一场股民、网民的面试，或者说是一场考问。这场面试的成绩就是股民、网民对新松的满意度，直接决定着上市的成功与否。

他们尽管做了充分准备应对这次大考，但在路演过程中，投资者、网民还是提出了不少挑战性的问题，"考"得他们热汗涔涔。

为了方便投资者了解和参与本次路演，提高新松上市的影响力，主办方利用旗下的全景路演网页、报刊、网络、电视、声讯、短信等跨媒体资源，对新松公司上市路演进行全方位、多角度的跟踪报道。几乎调动了包括传统媒体和新媒体在内的各类媒体，采取全媒体融合发布，实现公众参与的广泛性。

进入"网上交流"环节，投资者可以在现场向在座嘉宾提出自己所关心的问题，现场嘉宾予以认真详实的回答。通过互联网虚拟空间"面对面"交流，投资者对机器人将会有一个更加全面的了解。多一分沟通，多一分理解，上市成功就多一分希望。

这个环节，投资者和网友不仅关心最基本的问题，而且还会提出刁钻的问题，让你措手不及。这不是网民和你过不去，而是对你的心态素养进行的检验和考量，看你是不是一个成熟的企业家。稍不留神就有可能倒在路演的门槛上，饮恨沙场。老到的股民，不是看股市上的牛市熊市、潮起潮落，而是看企业领导者和团队的素质高低、智能强弱。一个智慧的领导者带领一个高素质的团队，无论做什么行业，大都会向上攀升。

表面上看起来，路演企业是领导者、股民与网民的一场唇枪舌剑的交锋，但绝不是靠嘴皮子上的功夫就能忽悠的，而是内心的真诚与实力的真实展现，来不得半点儿虚假。否则，你会在股民的追问中露出马脚，败下阵来。

不少人目睹过这样的路演场景。公司的老总们被股民问得瞠目结舌，脸上的肌肉紧张得开始变形，结果可想而知。

真诚是道德基石，也是人格力量。一旦失去了真诚，股民对你的信任心理支撑就会垮塌。这时，一位投资者上来就要曲道奎介绍一下新松的单元产品在机器人领域的竞争格局，包括新松公司在机器人行业的技术水平。一看就是一位业内人士，这个问题看似平常，却很内行。

什么是单元产品？就是指机器人关键的零部件，如减速器、伺服电机等。这是中国机器人行业里的软肋。

曲道奎回答：美国、日本以及欧洲公司在单元产品市场占据主导地位。我国各类单元产品供应商虽然取得了一定的进步，但还存在较大差距。近年来，我国部分单元产品已打破国外垄断，而新松的自主产品已经进入重要生产环节。

随着我国机器人技术及产业发展的不断壮大，该竞争格局将产生较大变化，本土企业产品的市场份额将会不断扩大。对此，我们充满信心。

曲道奎的话音未落，一位提问者抛出了另一个问题：作为成功的企业家，您在多年的企业管理中最大的心得是什么？

曲道奎：要有强烈的责任感，培养良好的经营决策能力，把握机遇，规避风险。要带好团队，培养好人才。带领一帮合适的人，在合适的时间做正确的事。

投资者：您如何评价公司的员工？

曲道奎：员工是公司最宝贵的财富，公司发展到今天，并创造如此的辉煌，与员工的努力是分不开的，他们都非常敬业，热爱公司。我为公司拥有这样的员工而感到骄傲与自豪。

投资者：请问总裁，股东、客户、员工三者的利益谁更重要？你又是如何对待的？

曲道奎：作为总经理我对董事会负责，抓好生产经营、创造最佳效益，实现股东财富最大化是我的工作目标。我认为这三者利益都重要，而且是一致的，相辅相成的，我们将通过自己的努力实现公司、股东、客户和员工利益的共同增长。谢谢！

一位投资者突然问：你的工资是多少？

曲道奎一愣，他虽然对各种问题作了种种设想，有预先准备，但这个问题还是猝不及防。企业高管的收入是很敏感的问题，大家也比较避讳。在这种公开场合下，能公开个人收入吗？他如实相告：我的年薪在20万元至30万元之间，这要看当年公司的业绩。我们管理层的工资是与年度业绩挂钩的。

问题又来了：今天的创业板一推出，意味着在未来的一年里中国将增加3000个亿万富翁，如果你作为其中之一，会怎样对待？有何感想？

网民似乎在对曲道奎步步紧逼，把他逼到了墙角。内心的强大来自真诚与坦荡。曲道奎始终泰然自若。他回答说："有些企业上市之后，确实一夜之间暴富。在我看来，上市公司的钱都是大家的。我一直认为：财散人聚，财聚人散；钱多是好事也是坏事，就看你怎么对待。对我来讲，钱不过是个符号。所有的钱都给我又能怎么样？和我现在有什么区别？还是这样工作、生活。无非是个数字，要看淡它。对钱没概念，做企业也从来没追求怎么挣钱。上市筹资是为企业发展获得更多的资本，企业要承担更大的社会责任。新松上市绝不是为了圈钱，更不是为了个人发财。"

投资者：上市公司董事会秘书是非常重要和敏感的角色，对内要对董事会负责，对外要对社会、对投资者负责。请问董秘，在这二者间发生矛盾时，你会如何处理？

赵立国：会积极协调，按法律规定处理两者的冲突。

投资者：请问财务负责人，金融危机对公司 2009 年经营的影响有多大？

金庆丰：2008 年第四季度公司新签订单大幅减少，但在 2009 年上半年有所改观。截至 2009 年 9 月中旬，公司新签销售合同金额为 3.39 亿元，金融危机对公司经营的影响正在减弱。谢谢！

投资者：你们新松公司上市，股票为什么取个名字叫"机器人"？是不是有炒作的意图？

曲道奎：我的老师蒋新松院士自 20 世纪 70 年代就带领中科院沈阳自动化所的科技人员致力于机器人研究，始终瞄准世界前沿技术。新松公司成立以来，心无旁骛，研发机器人与自动化设备，机器人是公司的主导产品，发展到三大类型五个产品线。目前国内还没有第二家，取名为"机器人"，名副其实。

两个小时的路演，曲道奎与网民、投资者进行了坦诚交流。曲道奎从容应对，一口气回答了几十个问题。当他从路演大厅出来时，一摸后背竟是热汗涔涔，衣衫已经湿透。

由于投资者的热情不断高涨，原定在北京安排的 2 场路演增加到 3 场；在上海由 3 场增加到 5 场。那几天时间紧迫，曲道奎和赵立国带着团队马不停蹄，常常一天在北京和上海两地乘坐航班往返飞行，以满足路演现场的投资客户对新松深度和全面了解的需求。

在北京和上海连续不断的精彩路演，奠定了新松公司首发上市超额认购122倍的坚实基础。最终确定以投研报告的价格上限，即39.80元/股作为发行价。

转板面临的最大问题就是和时间赛跑，确定时间安排表，重新制作文件、提交IPO材料。曲道奎亲自带领上市小组和中介机构团队没日没夜地编制文件，遇到问题立即讨论解决，对需提交的每一份文件细致探讨、研究和检查，落实到了每一个细节。功夫不负有心人，最后新松公司在既定的时间内完成并顺利提交了上市申报材料。

十年磨一剑。2009年10月30日，新松公司（300024）作为创业板首批28家上市公司之一，正式在深圳证券交易所挂牌上市，成为中国"机器人"第一股，标志着公司以资本为杠杆的国际化运营序幕正式开启。

与不少企业家在成功上市后的欢歌笑语或豪情万丈相比，曲道奎的心平静如水。有媒体记者问他上市后的感受，他只说了简单的八个字："无喜无悲，水到渠成。"

06
Chinese Robot

不忘初心

股票是企业的未来支票，市值的高低标志着市场认可度的大小。成功上市是新松公司在资本市场发展的起点。

当新松人和那些投资者为"机器人"股票的利好消息欢呼的时候，也有人对"机器人"股票名称不满。这天，曲道奎接到一位企业老总打来的电话："你们新松太霸道了！"只听对方用责怪的口气说，"你们的股票叫'机器人'，把这条道全给堵上了，别人上市怎么办？"不容曲道奎解释，对方就挂了电话。

曲道奎让对方呛了一把。没办法，由于股票简称囿于常规，不能超过四个字，所以这只股票简称为"机器人"。他说，如果使用"新松机器人"就更好了，能让更多的人认识和了解"中国机器人之父"蒋新松。不得不说，这是一种遗憾。

新松成功上市无疑给新松人注入了兴奋剂。新松公司将6个亿的资本一下收入囊中。新松公司的股东们几乎一夜之间成为中国科技界的富翁。手握大把钞票，新松公司下一步要干什么呢？绑上黄金的雄鹰还能在天空翱翔吗？

不少人猜测，曲道奎坐拥大量资本，肯定要搞房地产了。当时有钱的大企业搞房地产，一时成风。有些企业确实大赚了一把，令人眼馋。有的大企业通过房地产不断实施扩张，迅速崛起，一跃成为跨界行业的巨头。

李正刚记得很清楚。他回忆说："不瞒你说，当时研究资金怎么用，能不能做房地产，我们都特别怕曲总冲动做这件事。我熟悉的几个企业家都干这个，最后干得稀里哗啦的。"

也有企业的老总纷纷来找曲道奎，上门谈合作，动员他投资房地产。公司召开高层会议的时候，也有人议论搞房地产，现在房地产太赚钱了。凭新松的影响力和背景，找块黄金地段搞房地产开发，大赚一笔不成问题。这个提议，有人支持也有人反对。

曲道奎说："我们别忘了蒋新松院士的话，新松的社会责任和核心价值观是'追求卓越、报效祖国'，把机器人当事业做下去，不是为了赚钱而上市。"

王天然回忆说："公司员工大部分属于技术型，工人占比很低，技术人员的思维特别，就是把机器人作为事业来做，家国情怀浓厚。房地产热的时候，许多公司投入挣了大钱，我们从来没动过心。"

"华为搞房地产了吗？肯定没搞。按说任正非这样的人到全国各地随便招摇一下，不用撞骗，房地产肯定做得比主业还要大。不少大企业房地产做得比主业还好。"曲道奎说，"所以，我比较欣赏任正非。自己有真正的目标、价值观，知道企业要做什么。一个企业要为社会、为人类的发展长河注入源泉。这是一个企业的真价值。我觉得华为确实是中国企业应该学习的。通过技术的突破、创新，为人类社会的进步作推手。比如做手机，它不像有的企业完全是一种投机做法，通过市场或各种方式来做。华为是从芯片开始，设计自己的品牌，一下子做起来了。中国缺的就是这样的企业。中国要是没有华为，整个这块业务就砍掉了。华为是不可替代的。有的企业东一榔头西一棒槌，一会儿做医药，一会儿做电器。我认为，真正的企业要有自己的行业定位和市场坚守。"

事实上，曲道奎决心已定。尽管有人拉他一块儿搞房地产，诱惑很大，但他婉言谢绝，不为所动。"追着钱没有意义，钱是追人的。人要是追钱，一点儿出息都没有。"曲道奎说，"其实我们搞房地产是非常有优势的。新松做房地产干吗？房地产无非就是挣钱，挣钱不是新松的目的。我们的使命就是要在机器人领域实现突破，就是要做一个在国内和国际上卓越优秀的高科技公司。确实有一些公司上市圈了钱，再圈地；圈了地，再圈钱。拿着国家的不可再生资源搞投机，能对国家有什么创造性的价值贡献？我们管不着别人，但新松绝对不做这种事。"

新松的目标不是要做富人。中国现在不缺富人，缺乏的是具有科技含量的富人。包括香港、台湾在内的中国人，大富豪不少。但是，有几个是靠科技发明致富的？多是靠房地产开发、挖煤挖矿或者外来产品的制造商。这种富人越多，人民的生活成本就越高，幸福指数则越低。

曲道奎说："好多事就是这样，你越想要的东西往往越不来，你不想的东西恰恰就来了。用老百姓的话说：是你的不用忙，不是你的跑断肠。虽然这话带有宿命论的色彩，但其实事物就是这样，你越是过分地追求，你背的包袱就越重。你背那么重的东西怎么能追得上人家？这里面包含哲理。"

经营一份事业，不单是为了要赚多少钱，更是为了让自己的人生变得独立精彩。有人追求物质财富，也有人追求自我成长。走过一段路后，才发现，当人的内心强大、修养足够时，赚钱只是副产品，成功也是优秀的附属物！人的成长比赚钱更重要！人的成熟比成功更重要！做一个值钱的人比做一个有钱的人更重要。一群人、一件事、一辈子。

新松人公开声称：新松的路子不能变，圈地赚钱的事不能干。不忘初心，方得始终。我们只想扎扎实实地把机器人事业做下去。

不久，人们却看到新松公司在浑南技术开发区圈了一块地皮。又过了不久，新松又在上海、杭州、青岛、广州等地圈了 N 块地皮。这家伙，言行不一呀！嘴上说不圈不圈，难道曲道奎真的顶不住诱惑？

07

Chinese Robot

"2+N+M" 战略布局

2008 年金融风暴过后，中国迎来机器人产业爆发式增长，科技博弈场上异彩纷呈。在机器人领域，国际巨头纷纷抢滩，在中国安营扎寨。中国机器人打响了阵地保卫战。

2009 年，新松公司成功上市后，迎来金融危机后的经济回暖。半年之内，新松的"机器人"股票再次翻番。曲道奎认为，世界处于持续的发展中，新思想、新概念、新知识转化为技术的周期越来越短。机遇决定成败。抓住市场机遇快速响应，才能赢得市场的主动权。

于是，一个打破市场对手围困的"2+N+M"战略布局在曲道奎脑海里开始推演："2"是新松公司建立两个总部，一个是在沈阳建立国内总部，一个是在上海建立国际总部；"N"就是在总部下面的杭州、青岛、重庆、广州等城市建立多个区域总部，即机器人工业园区，形成"N"个布局；"M"就是在每个"N"工业园区布局下，建立不同的工程应用、服务子公司，设立"M"个公司业务支撑点。通过实施"2+N+M"战略发展布局,打造新松公司集团大版图。让"新松体系"形成覆盖全国的网络化大格局。这是新松公司全新战略升级版。

新松公司开始在北京、上海、广州、杭州、青岛等地圈地施工。不了解内情者都认为这回曲道奎真搞房地产了。事实上，曲道奎正在为实施"2+N+M"战略布局突围发力，围绕工业、国防、消费和教育四大业务板块为新松公司谋划新的蓝图。

中国已经成为世界上增长最快的工业机器人市场。IFR 统计显示，中国在2013 年成为全球最大的机器人市场。此后这几年，中国仍以超过30% 的速度增长。令人瞩目的高速增长，使得中国市场成为全球主要机器人厂家的必争之地。

有关方面透露出的数据显示，占有全球机器人市场 85% 以上份额的国际机器人本体厂商都已在中国开设分公司，并且已经在国内拥有工厂或计划开设工厂。中国市场形势咄咄逼人。

新松要想实现战略上的全面突围，必须在更大的空间上布局，在更大的平台上出手，实现新松公司的全面腾飞。基于这样一种思考，新松人的目光瞄准了上海。

上海作为国内最早开展机器人研究和最主要的机器人产业集聚区，同时也是汽车、食品、医药等重要领域的机器人应用地。发展机器人产业必定大有作为。新松战略合作与重大项目部部长杜振军博士，是新松团队的"八〇后"骨干力量，参与了新松公司发展的总体布局和重大项目的规划。他解释说，决定在上海设立的新松国际总部，主要由三部分组成：一是机器人创新研究院；二是智能装备的产业基地；三是国际化的平台。在上海金桥临港综合区内设立产、学、研基地；依托上海国际化港口平台，拓展出口业务规模，拓宽海外市场覆盖面；借助上海国际化金融平台的优势，加强资产经营管理和资本运作能力，为公司创造新的利润增长点。

新松的新布局得到了上海各方面的力挺。上自上海市政府，下至区政府、开发区管委会及各级部门，一路绿灯。新松公司将上海浦东作为切入点，合理布局，期待更大发展空间。上海新松公司不负众望，2013年合同额达到3亿元。2014年，新松"国家高技术产业化示范工程"机器人项目首先落户浦东金桥，产品广泛应用于工业、交通、能源、民生等行业。

目前，上海新松被5家国际知名企业指定为自动化设备供应商，列入全球采购供应商名录。

未来10年，新松公司将走向何方？

新松公司将把上海的公司打造成集团的国际化总部，扮演公司未来发展的重要角色。新松推出一系列新的举措：成立集团营销中心、资本运营中心、新产品新技术研发中心、集团管控中心等。让更多的智能化技术和产品通过上海总部这个平台走向国内外市场，吸收更加先进的理念，融入公司发展中，加快国际化步伐，实现新松的国际化目标。

然而，在机器人产业竞争中，无论在规模上还是技术实力上，中国均处于弱势，面对"群狼"白热化的竞争，在沈阳大地成长起来的新松肩负起民族机器人产业发展的使命，为沈阳经济稳增长发挥了先锋作用。沈阳是中国机器人的摇篮，是新松公司创业的根据地，也是新松发展壮大的大本营。

曲道奎在上海国际总部发力的同时，丝毫没有忽略沈阳国内总部的发展，而是以不同凡响的大手笔巩固大后方。围绕"建设大浑南、支撑大沈阳"的发展布局，把沈阳总部做大做强。新松人同样出手不凡，而且招招都是大手笔。

2013年，新松公司三期工程——机器人浑南智慧园开始正式运行。在这个园区将形成年制造5000台机器人的能力，并诞生中国第一个机器人数字化生产车间。

辽宁省及沈阳市都出台了发展机器人产业规划，把机器人作为产业转型升级的突破口。新松公司如何作为？曲道奎胸有成竹地说："服务辽宁、沈阳，是新松公司发展战略的重中之重。目前，在沈阳地铁一号线及延伸线工程项目中，新松公司已承担了3亿元人民币的合同工程量，成为中国轨道交通自动化装备产业的新锐。"曲道奎计划在三年内，将公司发展成为东北新能源装备龙头企业，以及具有影响力的绩优型可再生能源专业供应商。

新松沈阳国内总部在浑南区已经规划了面积为2平方公里的机器人产业园。在这里建设旗舰企业区、零部件配套区、研发支撑区、国家级机器人检测中心，围绕新松智慧产业园建设，还将建设机器人博览中心、东北区域超算（云计算）中心、机器人产业孵化和人才培养基地等，形成沈阳市机器人产业发展支撑体系。新松将牢牢把守东北市场。

不久，曲道奎发现，在金辉大道上悬挂的两家外国机器人公司的巨大广告牌不见了。看来，曲道奎的突围战略，令那些外国机器人行业的大佬们退避三舍了。

2015年9月23日，《沈阳市机器人产业发展实施方案》审议通过，提出将以机器人产业技术创新战略联盟为载体，加强科研单位的协同创新能力，把沈阳建设成为中国机器人研发制造基地和中心，支持沈阳新松公司成为机器人行业世界级领军企业。

10月25日，辽宁省政府与中科院在北京签署共建区域性创新平台协议书，决定依托中科院在机器人研发和产业化方面的优势，共建机器人与智能制造创新研究院，打造具有国际竞争力的机器人旗舰企业。实现新一轮东北老工业基地振兴，保持沈阳经济稳定增长，需要一批具有核心竞争力的企业来支撑。

曲道奎说，对新松公司而言，要增强工业机器人、移动机器人等传统智能制造产业，并发展数字化工厂技术，为客户提供总体解决方案。同时，发展3D打印等新兴技术，实现企业进一步升级。借助中科院和辽宁省、沈阳市政府提供的支持，发展机器人产业联盟，建立融合最先进智能技术、探索"科研 + 人才 + 产业 + 金融"创新合作模式平台，吸引社会优质资源，不断拓展新的市场空间，引领产业发展潮流。

2015年12月29日晚，沈阳市首届表彰功勋企业家暨迎新春联谊会在盛京大剧院隆重举行，曲道奎成为首届受表彰的功勋企业家。

沈阳首届功勋企业家评选活动，旨在通过表彰在纳税、改革开放、创新创业、产业拉动、转型升级示范、保障就业等方面对沈阳经济和社会发展做出突出贡献的企业负责人，营造重商、亲商、爱商、安商的良好氛围，激励广大企业家在推动沈阳老工业基地新一轮振兴发展中做出新的贡献。

自中央实施新一轮东北振兴战略以来，沈阳的经济社会发展取得了一系列丰硕成果，城市地位显著提升，城市活力全面迸发。这些成绩的取得离不开企业所做出的贡献。

在全球经济面临不断下行的压力下，新松机器人能够破浪前行，不断取得骄傲战绩，带领中国机器人产业快速发展，为东北企业转型升级提供强有力的技术支撑，为沈阳新一轮振兴发展发挥出更大的不可替代的作用。

在这次表彰大会上，给曲道奎的颁奖词是：

作为中国机器人领域学科带头人，他用 108 项令人瞩目的创新成果在国际舞台上发声；作为中国机器人产业领军者，他用新松的品牌与国际机器人巨头们逐鹿争雄；他正在用中国"智造"缔造"沈阳制造 2025"的辉煌。他以大沈阳的名义证明：抢占战略新兴产业市场的制高点，摘取制造业皇冠顶端的明珠，沈阳一定能，中国一定能！曲道奎，手中技术新，脚下道路宽。

曲道奎豪情满怀地表示，新松公司已经确定了未来三年内进军世界一流机器人企业的目标。2016 年要实现 50% 以上增长速度。在中国高科技领域，打造一支英勇善战的"东北军"。在东北振兴的战役中争当先锋，做沈阳经济增长的中流砥柱。

08

Chinese Robot

拥抱"人间天堂"

杭州被誉为"人间天堂",也是中国机器人向往的"胜地"。

新松公司拥抱"人间天堂"是"2+N+M"战略布局中的一场关键战役。战役的第一阶段,李正刚首战失利,险些被打败。他说,他差点当了逃兵。

2010年12月3日,一个注定将被新松公司载入史册的日子!这一天,新松公司杭州研究创新中心及产业化基地建设举行了签约仪式。为了体现双方的高度重视,新松公司董事长王越超与中共杭州市委领导代表双方签约。新松公司曲道奎总裁主持了签约仪式。

这个动作,标志着新松公司"2+N+M"的战略布局又开启了新篇章!新松在杭州规划建设产业园,作为新松集团的南方总部。这一工程建设能否如期完成,关系到新松的"2+N+M"战略布局能否如期推进。

2011年,成立杭州新松公司,这是南方总部建设的第一步。李正刚调至杭州任总经理,负责杭州萧山临江工业园区的建设启动。9月16日,在萧山临江开发区举行了隆重的奠基仪式。仪式结束,曲道奎对李正刚甩下一句话:"老伙计,剩下的事就看你的了。新松对客户从来都是做的'交钥匙'工程。这次,你也要给新松做一个'交钥匙'工程。明年这个时候,我来收'钥匙'。"

李正刚望着钱塘江边这片荒地,茫然不知所措。这位搞工程技术出身的专家,要他搞基建,这不是赶着鸭子上架吗?隔行如隔山。这事还真难为了李正刚。可曲道奎把李正刚从上海调到杭州是有理由的。

李正刚，山东泰安人，爷爷闯关东到东北。他是 1966 年在沈阳出生的，回到泰安老家上的小学。1987 年毕业于浙江大学精密机器专业，分配到沈阳第三机床厂。1992 年到沈阳自动化所读研，1995 年毕业后从事科研工作，后来进入新松公司。因为李正刚是浙大毕业的，对杭州熟悉，拥有杭州的人脉资源，所以曲道奎觉得让李正刚坐镇杭州自有得天独厚的优势。

南方总部的功能定位是致力于重点研发和生产批量标准化产品，包括品牌机器人、伺服产品、设计制造系统集成项目。新松机器人产业园坐落在杭州萧山临江工业园区，包括研发大厦、产品实现中心、学术交流及实验中心、展示及会务中心、企业孵化楼宇群、物流中心区、综合管理中心等。产业园一期规划建设体量达到 8 万平方米。

新松南方总部将以先进的设备和高精尖的技术迎接新的发展机遇，实现新松的"雁南飞"战略规划，2011 年下半年，李正刚由上海来到杭州，一边组织人马拉起一支专业队伍，在杭州市里租赁写字楼办公，开展业务；一边在萧山临江工业园启动机器人园区建设，两边同步进行。

"在发展过程当中最难忘的，或者创业最艰苦的，是建设杭州机器人园区。基础设施建设对于我们来说是一个很大的挑战。"李正刚说，"我是搞专业技术的，没做过基建。另一点，建筑行业又烂又乱，这件事一说大家也都知道。"

新松的基建招标被浙江省长城建设公司摘走。浙江省长城建设公司名头很大，一年好几百亿元产值。不知怎么搞的，承接工程的老板是外地人，协调起来很不顺利。李正刚大伤脑筋。新松这边的资金已经到位，工程进展却十分缓慢。李正刚心急如焚。

新松作为业主根据工程进度分批打款，施工方应预先垫付一部分。结果，施工方没有能力垫付。新松是上市公司，又不能违规乱来。工期拖延，还拖欠了农民工工资。结果，农民工反而找李正刚闹事。李正刚实在受不了了，带着一肚子火气给曲道奎打电话："这活儿我干不了，我不干了。我还是回上海吧。"

"开玩笑！新松人哪有说这话的？"曲道奎在电话那边说。

"破事太多，太难整了。"

"不难能让你去吗？可不是让你去赏西湖美景的。杭州也算你半个老窝了。有什么摆不平的？你给我老老实实地干吧。你可不能学许仙给我演一出'断桥'戏。"曲道奎毫不含糊地打消了李正刚的念头。

当时，李正刚真想打退堂鼓。这件事做不好，跟施工单位肯定是没好脸子的。他说，他这个人活到现在，头一回经历这么大的失败。工作这么长时间，就没有过这么大的波折。

李正刚承受的压力来自方方面面，工程压力，集团的压力。即使领导不说，他心里也有数。工期上不去，地方政府也给压力，杭州方面对新松的期望值很高。另外，新松作为上市公司，还有来自股民的压力。你新松搞这么大的投入，要尽快有产出。时间就是金钱。老是拖着，没个结果，怎么向股民交代？李正刚承受的压力是巨大的。

这天，李正刚突然接到曲道奎的电话："你怎么搞的！怎么还欠农民工的钱？"原来，曲道奎接到施工方的一个电话，管曲道奎要钱，说是欠了农民工的钱，农民工闹事，不干了，把状告到曲道奎那里。曲道奎一听很恼火，不由分说，拿起电话劈头盖脸就训李正刚："你这不是丢新松的人、砸新松的牌子吗？新松什么时候缺过钱？你怎么能干这事？！"

李正刚本来被施工人员缠得焦头烂额，窝了一肚子火，一听曲道奎这么训他，火气一下子冲上脑门，举起电话就要摔，简直崩溃了。可转念一想，肯定是什么人告黑状了，曲道奎不了解实情。李正刚冲着电话叫起来："你听谁说的？款我都是按规定打的，一分不少！"

"状都告到我这儿了。到底是怎么回事？"

两个人对着电话吼了起来，一个比一个嗓门大。

"你别听他们瞎咧咧。你不想想，我能整这事吗？！"

……

是啊，李正刚这家伙历来办事认真，为人厚道。曲道奎立刻反应过来，知道李正刚受了委屈。马上换了口气："我说嘛，你老李不会干这事嘛！好了好了，你消消气，伙计。你在杭州那么熟，看看怎么摆平这件事。"

2014年春节前的几天，萧山临江开发区管委会的同志找来了，问李正刚："过年了，你们业主怎么还欠人家农民工的钱？"原来，农民工到管委会去闹了。

李正刚一听头大，连忙解释："我们这种企业怎么可能欠他们钱？你不想想，这是不可能的。"管委会的同志也认为新松公司不可能欠款，李正刚趁机向大家说明了情况。十几个警察把农民工劝走了。

2014年6月，杭州新松工业园区正式启用。研发、设计、行政办公等部门全部进驻园区，各项工作平稳运行。杭州新松很快打开了市场。经过一年的运作，在宁波、武汉、重庆分别建立了机器人服务中心。

李正刚说："我个人感觉，现在的心态还比较好，困难也克服了。基建尽管拖了一点儿时间，其他工作一直同步在做。目前，我们的科技队伍接近400人，我觉得，这方面的收获还是很大的。这段时间，临江工业园管委会先后带着40多个企业到我们这里来参观、考察、交流、座谈，与我们探讨合作。地方政府大力帮助，也很给力。杭州有一个大的物联网公司，我与老板聊得也挺好的，准备合作。因为新松在大江东产业聚集区属于明星企业，比较引人注目。前段时间，浙江省成立机器人联盟，我们新松被推荐为副理事长单位。一个发展的好平台展示出来了。"

杭州新松与当地高等院校开展了产、学、研一体化的全面合作。浙江有一个特点，好的高校都集中在杭州，在产、学、研方面与地方结合力比较强，融合得比较深。浙大与新松在课题合作中，派到新松8个硕士、博士生，加入了新松的科研团队，进行人才的合作。在项目合作中，向浙江省科技局联合申报了"工业机动化与机器人共兴关键技术开发与运用"课题，主要解决机器人关键技术。

在机器人产业发展方面，杭州新松牵头，由浙大、杭州自动化研究院、杭州士兰微电子和通灵电机公司四家单位组成一个科研团队，共同承接杭州市科技局支持的项目。这个项目的力度是空前的,浙江省和杭州市领导专门来到新松,一次性给予了1000万元的资金支持,并授权建立省重点企业研究院,列为重点项目进行扶持。杭州新松迎来发展的新机遇。

2014年,中国刮起了机器人旋风,有12个城市成立了机器人产业园。从政策补贴到产业园的建设,工业机器人在中国大地上迎来了空前的热度。制造大省浙江正在如火如荼地实施"机器人换人"工程。浙江雄心勃勃,计划未来5年每年实施5000个机器人换人项目,实现总投资5000亿元。新松公司实施的"2+N+M"战略布局,恰好与浙江的发展战略节奏相吻合。此时的中国机器人可以踏实地拥抱"人间天堂"了。

与此同时,中国市场上似乎奏出了机器人产业风起云涌的强音符:伴随着互联网等信息化技术发展,伴随着劳动力红利消失、老龄化社会的到来,机器人技术突破及机器人成本不断下降,一个机器人时代即将到来。

权威部门资料显示,到2017年世界机器人市场将新增容量达1600亿元。而未来随着服务机器人走进家庭,一个数万亿美元的超级大市场,正在世界形成。政策与市场预示着,中国机器人发展千载难逢的机遇已到来。

欲将轻骑逐,大雪满弓刀。新松公司已完成在沈阳建立国内总部,在上海建立国际总部,在杭州、广州、深圳等市建立机器人区域公司的布局。

2015年初,新松公司投巨资在杭州建立南方基地,第一期工程全面启用。由此,新松形成南北并举的"两翼"格局。在"两翼"之下,通过成立北京、济南、上海、广州、成都、重庆、西安等子公司来"丰满羽翼",辐射全国。新松人正在积极进行战略调整:由过去单一的内涵式发展转变为"内涵 + 外延"两条腿走路。在全国设立区域中心,快速做大做强。

大市场孕育大企业。坐拥千载难逢大好机遇的新松人,以大格局规划新松公司的大未来,引领新松开启飞跃发展的大时代。

新松公司沿着五大产品线构成的产业链,与当地政府合作,紧锣密鼓地推进实施"2 + N + M"战略大布局。新松人频频出手,以闪击战术,攻城拔寨,

使 "2 + N + M" 战略大布局成为新松的大版图。

曲道奎下一步该走哪步棋？"机器人大发展的时代到来了，新松公司要全力抓住机遇迎接挑战。"曲道奎有一种时不我待的紧迫感。

机器人产业集中了当代最先进的技术，代表着一个国家的产业核心竞争力，引领着世界产业发展未来。曲道奎坦言：谁拥有机器人产业，谁就会占领制造业制高点，谁就会拥有制造业的未来。

"面对强大的对手，新松公司无论在规模上、品牌上、市场上、综合实力上都处于弱势，面临着生存危机。"曲道奎对此非常清醒。

使命在肩，责任重大。新松公司提出了加快发展战略：实施国内国际两轮驱动，通过整合世界资源，利用资本杠杆，实行兼并重组，提升企业发展速度与品质，到 2020 年迈进国际机器人企业综合实力前三强。

打破外国企业围追堵截、称霸中国市场的格局，新松不能孤军奋战、单打独斗，必须组成集团军。曲道奎可以按照克劳塞维茨的《战争论》组织阵地战了。

2014 年 8 月 30 日，科技部机器人产业技术创新战略联盟年度大会在辽宁沈阳隆重召开。这次大会由科技部机器人产业技术创新战略联盟主办，沈阳新松机器人自动化股份有限公司、机器人技术与系统国家重点实验室、机器人学国家重点实验室、沈阳国家大学科技城管理委员会联合举行。机器人产业技术创新战略联盟揭牌的消息引起了机器人界和其他各界的广泛关注。

科技部机器人产业联盟主要是从产业技术角度来促进机器人企业形成合力，共同发展，加速中国产业技术创新的步伐。通过创新联盟，旨在实现抱团发展，突破各自为战的壁垒，解决科技、经济两张皮。

新松公司被选为机器人产业技术创新战略联盟理事长单位。曲道奎说："联盟，首先是联心。只有联心才能协作创新。创而不协，是散兵游勇；协而不创，是乌合之众；有协有创，才是战斗堡垒。"

随着机器人产业技术创新战略联盟协同创新中心在体制机制上的不断完善，企业和高校之间从"人才引进"升级到"交叉兼职"，从"技术合作"升级到"资本合作"。这种水乳交融的合作，能够聚合成集团军，实现集团化作战。新松公司作为联盟理事长单位，责无旁贷地成为中国机器人产业发展的旗手。

曲道奎说："这个联盟做得好。这是中国机器人产业发展的一场'百团大战'。中国机器人该唱国歌了。"

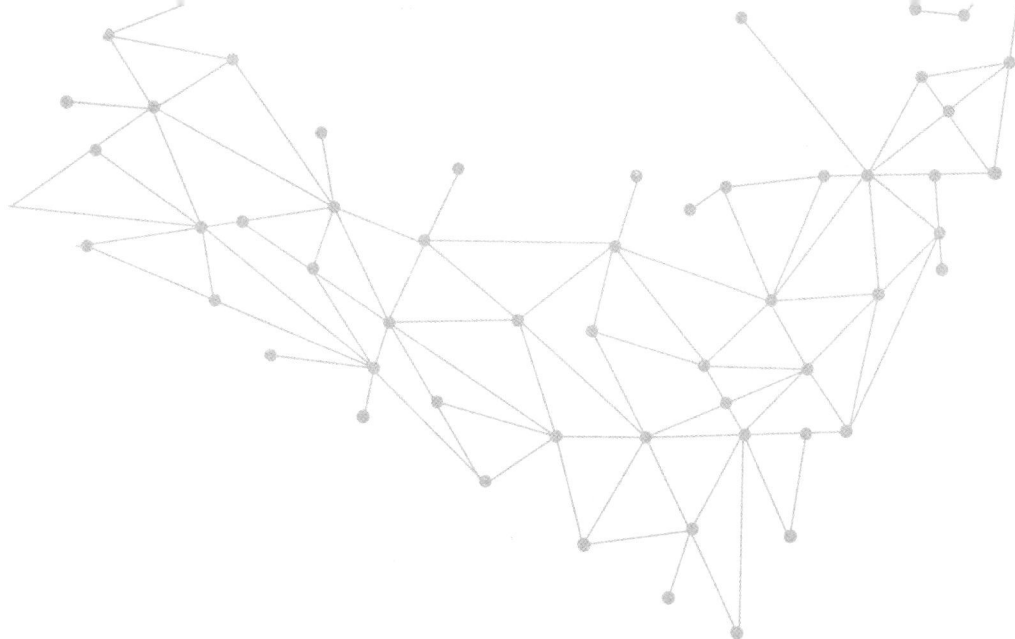

走进 RT "心" 时代

RT 强"心"：小小真空机器人成为制约中国 IC
产业发展的"卡脖子"工程。新松人精心打造中国
RT 之"心"，再次向国外技术封锁发起挑战。

有一种智慧叫创新。中国机器人迎来 RT 新时代。

01

Chinese Robot

我塑我"心"

"十五"期间,科技部组织研发超大规模集成电路工艺及装备,简称 IC 装备。IC 装备,是电子设备中最重要的部分,承担着运算和存储的功能,是计算机业、数字家电业、通信等行业的绝对"心脏"。

经过科技机构联合攻关,将 IC 制造装备主体部分研制出来了。但是,生产 IC 装备最关键的真空(洁净)机器人需要从美国进口。当今世界,所有制造业强国都握有一张王牌——芯片,附带着生产芯片所用的真空(洁净)机器人都被其牢牢掌控。凡出口中国均设立严格的许可证制度和飞行检查条款。真空(洁净)机器人成了严重制约我国半导体设备制造的"卡脖子"项目。我国要在大规模集成电路方面取得重大突破,就必须打破半导体装备关键部件真空(洁净)机器人依赖进口的局面。

单个的真空(洁净)机械手美国厂家是不售卖的,要卖就是成套出售。别看这玩意儿不起眼,科技含量却很高,价格更是天价。这就是垄断之后的高利润。这还不算,按照美国的出口程序,一般从开始申请到拿到手续,最短需要 9 个月,而货到中国的时间就更没准儿了。按照这些条款,中国的 IC 装备怎么干?没办法,窝气也得干。否则,中国的 IC 产业装备就发展不起来。这一谈判成为名副其实的"马拉松"。从"十五"一直谈到了"十一五",历时五年仍没结果。技术至上历来是商业界的霸王条款。没有技术在手,你连平等说话的资格都没有。中国在科技落后的状况下,受制于人的事件屡见不鲜。

在真空（洁净）机器人项目上，美国厂商和中国企业玩起了"太极"。他们要把中国的这一产业拖垮。显然毫无诚意，没有真心。说起来，洁净机器人也不神秘。电脑和手机中的芯片要在真空条件下生产装配，人工不能操作。真空机器手就是洁净机器人，也叫真空（洁净）机器人，是专门干这活儿的。

几经折腾，很闹"心"。本来通过谈判双方说好了的，美方突然变卦，来了个抱死刹车。厂商说，美国又有新规定，买方必须接受美国国务院、FBI（联邦调查局）、商务部等 4 部门的审查，并且规定了非常严格的飞行检查条件。每半年要到中国进行查看，不允许将设备搬离现场。理由是，禁止中国用于军事项目。这一招够绝，对中国实行技术封锁总能找到理由。

中国方面无法接受这一毫无诚"心"的条件。这不是花钱买设备，是花钱买罪受，卖尊严。你可以保护自己的技术，对外封锁技术那是你的权利，但你不能要人、坑人啊！简直太屈辱了！

这是美国独家垄断的核心技术，用不用由你。

中国再不能上演 20 世纪 90 年代中石油租用美国高性能计算机被 24 小时看管的屈辱一幕了。真空（洁净）机器人是高科技的核"心"。不拿下，中国 IC 装备业就要受到严重制约。这项核心技术简直变成了"卡脖子"工程。

中国 IC 需要一颗中国"心"。

国家科技部的专家找到了新松公司："你们是机器人国家工程研究中心，又是国家'863 计划'机器人产业化基地，能不能搞出真空（洁净）机器人？"

"没有什么能不能的。这是国家使命，只要交给新松，新松义不容辞。"曲道奎了解到这一项目的背景，用毋庸置疑的口吻接下了任务，一如当年蒋新松为救金杯研发"小龙马"AGV 一样。

曲道奎把这个任务交给了新松公司中央研究院。院长徐方带领李学威、邹凤山、谭学科、董吉顺、王金涛等一群"七〇后""八〇后"科技男组成攻关团队。这又是一个从零开始的故事。

曲道奎想起了伟人当年说过的那句最提气的话："封锁吧，封锁十年八年，中国的一切问题都解决了。"他又幽默地对大家说:"七八年太长。伟人还说过,要只争朝夕。力争三年搞定。"

"真空洁净技术完全是一项新技术、一个新领域。开始我们一点儿也摸不着头脑,只有几张图片可供参考。"新松公司中央研究院院长徐方回忆说,"接到这个任务后,我们就先去国外做调研。美国人肯定不让我们看。我们去新加坡,人家不让靠近,只能远远地看看形状,更别说了解技术原理了。没有相关的产品和技术可以借鉴,完全是白手起家。"

不怕!新松人始终怀着一颗坚定的中国"心"。

1984 年,徐方在大连工学院(现大连理工大学)研究生毕业后留校任教。他的导师是一位从日本留学回国的机器人专家。优越的职业平台没有安分住他的梦想,他一心想到一家科研机构做研发,希望能把自己的机器人技术应用到实践中,转化成服务公众的有实用价值的产品。

1995 年,徐方如愿以偿地调到沈阳自动化所,进入曲道奎刚组建的机器人技术工程开发部。2000 年成立新松公司时,有人劝他,别去玩惊险,还是所里旱涝保收。这位已近不惑之年的白面书生很刚性,毅然"下海",加入了新松团队。有着深厚理论功底的徐方,现担任新松中央研究院院长,还带了几位研究生。在新松机器人走向市场的过程中,徐方带领的研发团队攻下不少技术难点,为客户提供了成功的解决方案,也为新松拿到了一批专利技术。

这次攻关真空(洁净)机器人一切从零开始,风险太大。别看这个东西小,最难的部分最具可靠性。IC 生产线一分钟都不允许停,否则损失很大。必须保证一千万次平均无故障循环工作。再说,中国的空气质量不大好,比不上美国,要求的洁度和精度指标也要比美国高。

新松公司把洁净机器人作为国家"十一五"重大攻关项目,使出了洪荒之力。徐方带着他的团队做了大量实验,一次次反复攻关。前期干了一年多,砸进去几千万元不见效果。徐方有点沉不住气了。他找到总裁曲道奎,心有余悸地说:"这个项目花多少钱,我心里也没底了……"

"钱的事你不用担心，用多少给多少。"没等他说完就被曲道奎打断了，"你别背那么多包袱。你只管带领大家踏踏实实地干活、攻关，剩下的事都交给我。这是国家工程，就是砸锅卖铁，脱了裤子当出去，新松人也要拿下来，给国家交出合格的产品，何况新松从不差钱。"

新松公司做的不仅是一款机器人产品，同时肩负的是国家使命、民族尊严。这是花多少钱也买不来的东西，新松公司必须啃下这块"硬骨头"，用"新松精神"铸造一颗中国"心"。

不久，被称为"洁洁净净"的中国真空（洁净）机器人在抗打压中坚定地走来。经过两年多的不懈努力，新松人终于成功研制出我国高水准的真空（洁净）机器人。真空（洁净）机器人很魔性，它们钻进那一尘不染的真空特殊包厢里，飞快地舞动着，令人眼花缭乱。真空（洁净）机器人是有洁癖的——一个极度爱干净的小精灵。

2006年6月21日，新松公司研发的真空（洁净）机器人项目通过了科技部门的鉴定。这一核心技术不仅填补了我国在这一领域的空白，而且各项性能指标都优于外国产品。原来打算从美国进口真空（洁净）机器人的北方微电子公司决定立刻中止与美方的马拉松式谈判，改用新松的国产真空（洁净）机器人。

煮熟的鸭子眼看着又飞了，美国厂商不死心，来到北方微电子公司黏住不放。北方微电子当然牛气啦，他们回敬对方已经有了新松公司的中国"心"，实在sorry，婉言拒绝了。美国厂商乞求说："还是用我们的吧，只要价格不比新松的低就行。"也不谈任何附加条件了。

北方微电子代表摇摇头：No。

美国厂商觉得面子上下不来，但又不死心，立刻把原来的价格下降了40%还多，甚至比新松还低，在高科技行业算是白菜价了。显然，美国厂家出血大甩卖了。这是美国厂商的"无底线"策略，就是要用低于成本价来把对手挤出市场。他们想利用价格战把刚进入市场的新松真空（洁净）机器人打垮。这是西方"丛林法则"下的商战配方。

这种玩法，中国企业早已领教过了，没人买账。中国企业家也变得聪明起来。今天的中国企业军团已经唱响了国歌，勠力同心，抱团发展，向制造强国进发。新松公司乘胜出击，相继开发出真空洁净镀膜机械手、真空洁净搬运机械手、真空洁净物流自动输送设备等产品，为国家拿出了全套"交钥匙"工程。

真空（洁净）机器人在进军 IC 行业中一展身手，成为新松机器人的一支新军。2006 年，新松公司投资近 3 亿元为生产洁净机器人规划建设的浑南机器人产业园二期工程破土动工，并于两年后正式启用。真空（洁净）机器人包括大气机械手、真空机械手、洁净轨道传输机器等系列产品的开发，并在 IC 设备的自动化系统中得到应用。作为真空（洁净）机器人领域国内唯一的供应商，新松为国内半导体、LED、光伏、核电、医药、金融等行业首次提供了具有中国话语权的解决方案。

新松不仅打破了欧美的技术垄断和封锁，还大大提升了我国自动化技术研究开发水平和创新能力，提高了与国外同类产品抗衡的能力，促进了我国信息产业的迅速发展，突破了高技术制约瓶颈。

2010 年 10 月 30 日，台湾兆远科技公司采购由新松公司制造的真空（洁净）机器人，运作正常，主要指标达到了国际一流水准。台湾是全球最重要的半导体产业市场。能够成功登陆台湾，表明新松公司真空（洁净）机器人迈向了世界先进行列。中国真空机器人进入了世界 IT 制造业最重要的国际市场。新松人用骄人的业绩，让"中国智造"旗帜飘扬在世界制造业之巅。

2010 年 11 月，日本 IHI 公司（石川岛播磨重工业株式会社）星野先生一行到访新松公司。这是 IHI 公司第五次来新松公司访问了。

在这次会谈中，日方希望有机会同新松合作，共同开拓中国洁净物流市场。这表明，日本这个经济大国已经开始重视中国的技术。正如徐方所说："手中有原创技术，在国际机器人市场我们就显得底气足。外国公司与我们打交道就非常尊重我们。"

曲道奎坦然以对，亮出底线：没有新松主导和公平的合作，免谈！曲道奎对那种不讲民族尊严、不顾权益平等、不计资源成本的合作极为反感。他公开声称:"决不能让中国机器人重蹈覆辙,再走中国汽车工业的路子。"

如果说新松公司的"2+N+M"战略是在横向上扩张体量,那么,新松公司的"双核"战略则是在纵向上向机器人高端技术跃升。

机器人的"三器一系统",即控制器、减速器、传感器和伺服系统,被称为核心技术和核心零部件。目前,日、德、美垄断控制器;减速器日本占七成以上;传感器我国大部分依赖进口;在伺服系统方面,日系、欧美系、韩系等占主导地位。中国自主品牌只占15%。截至2014年,中国已连续两年成为世界第一大机器人市场,但产业大而不强。

我国机器人企业多为加工组装,缺乏关键核心技术。关键核心部件依赖进口,直接推高了机器人产品的生产成本,降低了市场竞争力,产业空心化风险渐显。这已成为中国机器人产业发展的"心"病。这一问题如不得到解决,将阻碍国产机器人整体质量、性能的提高,影响产品市场竞争力,使产业难以可持续健康发展。

如果对手一旦在产品链上游"拉闸限电",中国机器人将束手无策,一点儿脾气都没有。爱与恨都由别人操纵。

核心技术以及核心零部件是中国机器人的短腿。这一"双核"瓶颈也是新松人的"心"病。在竞争日益激烈的机器人领域,核心技术和核心零部件属于上游产品。新松虽有强大的系统集成能力,至今却没有占领"核心"阵地。核心技术和核心零部件一直是软肋。对手一旦把新松的上游产品掐断,巧妇难为无米之炊,新松照样会输得很惨。

新松公司作为一家以先进制造技术为核心、拥有自主知识产权和核心技术的高科技企业,必须向"核心"地带进军,抢占机器人技术高地。曲道奎决定要在"腰眼儿"上发功,不能让对手点住"死穴",掐着新松的"命脉"。

新松人立志塑造中国机器人的"双核"之"心",实施攻"心"战略。"历史给我们的发展窗口期只有8—10年。机会稍纵即逝,我们不能犹豫。"曲道奎坚定地说。

机器人是典型的"三高"产业，即技术密集度高，人才密集度高，资金密集度高。特别是性能可靠的精密减速器、高精度传感器等，国内能够提供规模化生产的企业还不多。虽然一些企业已经实现了部分关键部件的国产化，但在批量生产时的性能稳定性、质量可靠性还有待提升。

2015 年 10 月，新松公司与沈阳创业投资管理集团有限公司、沈阳浑南高新技术产业创业投资有限公司、沈阳创业投资基金有限公司共同出资 9000 万元，成立沈阳新松智能驱动股份有限公司。

新松公司实施"双核"战略，针对国内"核心技术"和"核心部件"依赖进口的"短腿"，投入研发重兵，五指握拳，抱团发展，让"短腿"变长，形成中国力量。这标志着新松人将目光瞄准了机器人核心零部件领域，筹划机器人全产业链发展的布局。

规划建设中的新松智能驱动股份有限公司落户于新松第三期工业园——智慧园，其主要产品涵盖控制器、交直流伺服电机、伺服驱动器、减速机等。这些核心零部件不仅可以配套应用于工业机器人、服务机器人、特种机器人，而且能够在机床、电动汽车、纺织等众多行业领域进行拓展。人们可喜地看到，新松移动机器人产品已经用上了自主生产的伺服电机，并且得到了良好的市场认可。

目前，新松公司以机器人核心技术构筑了四大业务板块，将战车轰隆隆地开往各个主要产业战场，并以自有核心技术和领先产品占据主动，向"核心"地带进军。新松人决心通过自主创新实现技术上的"弯道超车"，彻底打破外国垄断。

02

Chinese Robot

以"心"唤"心"

新松人以创新精神练就独家之技，彻底打破外国技术封锁，勇敢地独步"核心"地带。那些"卡脖子"的对手们一个个沉默了。

不仅对手们沉默了，连"洋人"也沉默了。不少"洋人"患上了"心"病，来到中国就在那里睡大觉。这下急坏了老外们。于是，上演了一场中国机器人为"洋人"起搏"心"脏、以"心"唤"心"唤醒"睡洋人"的精彩故事。

宁波拓扑集团股份有限公司从德国知名供应商那里进口了一批装皮套的洋机器人。德国这家公司号称是世界高端供应商，宁波拓扑也是花了大价钱的。结果，这些"洋人"一直趴在窝里睡大觉，它的主人也叫不醒，整个项目做失败了。老外们束手无策，宁波拓扑集团的老总们急得团团转。

听说新松公司的巧手"灵灵"很厉害，宁波拓扑集团股份有限公司的专家主动找到杭州新松公司向李正刚求助，希望新松把趴窝睡觉的"洋人"唤醒。李正刚把这块硬骨头交给了"少帅"杨永帅。说他是"少帅"，因为他是最年轻的项目经理。

杨永帅是河北邯郸人。2011年研究生毕业，专业就是机电一体化。新松正好在浙江工业大学举办招聘人才现场会，杨永帅投了简历，成为新松的一员。在沈阳新松总部培训了几个月，杨永帅就走上了科研工程一线。

2012年5月，杨永帅来到杭州新松任项目部经理，上任还不满一年，就遇到宁波拓扑集团进口的"洋人"趴窝睡大觉的奇观。杨永帅来到宁波拓扑车间一看，确实比较麻烦。前面的一些功能都在用。工序到了"洋人"那里，"洋人"趴在那里不动。工人们摆了一张桌子与前面的自动装置接上，然后手忙脚乱地装皮套，替"洋人"干活。整个生产流水线卡在这儿了。全自动化设备搞成半人工了，增加了生产成本不说，还大大降低了生产效率和产品质量。

宁波拓扑的工程师见到杨永帅，不好意思地说："我们不了解行情，盲目认为外国的机器人好，谁知现在遇到了麻烦。"杨永帅说："不是'洋人'不适应我们的生产环境，实际上，是我们的机器人在技术水平和能力方面超过了外国。中国机器人的'心'力比'洋人'强大。"

杨永帅虽然资历不深，考虑问题却十分老到。为了攻克这个难关，他带着技术部和总工一次次开会，优化解决方案。他遇到的第一个困难是，给"洋人"做"心"脏修复还是安一个"起搏器"进行按摩？或是用中国机器人的"心"更换洋"心"唤醒"睡洋人"？他们面临着多个方案。但是，选哪个方案才能走得通，这是个未知数。如果选对了方案，就能够顺利完成项目，保证按时交付客户。如果选不对，走不通，拖延了时间，就会给客户造成重大损失。这种责任是承担不起的。

为了保证客户要求的时间节点，客户要做PBAP，就是到了一定时间点，必须给客户"交钥匙"。拓扑摆臂这种项目难点比较多，包括旋铆工艺、装皮套的功能等。这个过程会遇到各种想象不到的困难甚至失败。杨永帅说："这个项目是为宁波拓扑集团股份有限公司做的机器人摆臂，设计安装一组巧手'灵灵'，让它自动装皮套。我们也为吉利、沃尔沃、上海通用、北汽设计安装过巧手'灵灵'。目前正做的项目是北汽的摆臂。这些公司对供货的时间节点要求很严格。他们的整个生产流程是按照最后的产品出厂一层层倒推过来的，时间卡得很死。"到了这个时间节点必须要做到这个程度，如果做不到这个程度，零件就配合不了组机厂生产。一个零件不成熟、不到位或晚发布了，对客户的损失是巨大的。

李正刚说："在上海时，上海通用的一条整车装配线如果停产15分钟，上海市委书记都要过问的。通俗来讲，新车型一发布，开始肯定卖得比较好。就算一辆车赚 2 万块钱，一天多少辆车下线啊！像吉利的博锐，几个月的订单已经下去了，现在如果去订博锐车的话要排很久的队。拖一天，对组机厂来讲是上百万的损失。所以谁都耽误不起，根本就不能耽误。"

一般项目谈完之后都有一个产品提供的最后时间点，每个点都是定死了的。然后，项目经理再细分几个单元工程，每一个环节都有负责人。为了保证按时完成项目，杨永帅带领攻关团队在车间里加班加点搞了几个月。他们采取的方案是让巧手"灵灵"用中国"心"唤醒睡大觉的"洋人"。一旦"洋人"睡死了，巧手"灵灵"可以顶上去，兜底保险。为什么不直接用巧手"灵灵"替换"洋人"？新松人总是为客户着想。从经济上考虑，"洋人"的胳膊腿还都是好的，本体可以继续发挥作用，只是"心"坏了。尽量用巧手"灵灵"把"洋人"唤醒，不要报废了。

要实现一系列功能，必须掌握核"心"控制技术，使整体大于部分之和，保证把它们整合起来，满足客户的需求。杨永帅和大家一块儿反复琢磨，针对各种不确定性，把技术风险点很清楚地全列出来。他说："刚开始我们就定了几个方案，每个方案都有一定的风险。你不敢保证哪条路能走通。所以，我们一般肯定有三个以上的备选方案并行在走。这个不行，还有那个。"

那段时间，为了攻克难关，守住客户的时间节点，杨永帅带领大家经过三个月的奋战，终于不负众望，用巧手"灵灵"的中国"心"通过脑神经打通了酣睡的洋"心"，把一批趴窝的"洋人"给唤醒了，圆满地把"钥匙"交给了宁波拓扑集团。这对宁波拓扑集团的生产制造来说是一次突破性的升级。他们的工程技术人员高兴地说，想不到巧手"灵灵"这么棒！看来"洋人"比不上"国人"了。

德国公司没有攻克的难题被新松公司拿下了，宁波拓扑集团非常满意。正是由于这一次双方成功的合作，带来了后续的订单。宁波拓扑集团接着又做了三条生产线，每条投入 400 多万元，全部交给了杭州新松公司。

新松公司在长三角很快打开了局面，业务范围不断向外辐射。中国机器人在最具活力的沿海市场雄"心"大振，在老外面前也"心"高气盛了。

03
Chinese Robot

星智汇

星智汇——"星力量，汇创新"。中国机器人走进"心"时代。

中国第一个机器人创客平台，成为青春畅想和挡不住的热望。年轻的朋友，来吧！这里将点亮你的智慧之灯，燃烧你的创造激情。这是新松着意打造的一个智慧平台，你可以看到中国的创客们如何设计未来的智慧生活。

一群来自全国各地的机器人创客汇聚上海。

上海的夜晚灯光闪烁，浩瀚无垠，一片星的海洋；仰望夜空，繁星点点，深邃无限，一片星的苍穹。倏忽间，地平线消失了，星的大地和星的夜空融为一体，你恍若飘浮其间，置身于茫茫星际，慢慢拥抱星的世界，成为《星际穿越》中的 Tars。天地的反转，幻觉疑迷，是谁造就了这么多星星？没有终极的星空便是宇宙的魔性。

上海，你的丰富，你的厚重，你的开放，你的时尚。因为你的包容博大，你是星的海洋，也是智慧的海洋。星的灵感突然跳进脑海。中国上海，这个星光璀璨无比的国际大都市不正是创客之星们智慧汇聚的银河吗？

今夜，星光格外灿烂……

明天，中国的创客们将会在这里上演一场别开生面的激烈角逐和最终的比拼。谁能走到最后，走上"星智汇"的红地毯？

2015 年 8 月 3 日上午，星创师决赛将在科技殿堂——上海科技馆举行。星创师大赛将进入白热化阶段，引来不少科技爱好者前来观战，一睹创客们的风采。位于四楼多媒体厅的赛场门外围着许多年轻人。

今天的大赛是以"星力量，汇创新"为主题的"2015 国际智能星创师大赛"决赛。共有 6 个项目进入决赛，它们将在决赛中展开终极对决。谁能坐上"星创师"的头把交椅？

"2015 国际智能星创师大赛"于 5 月 15 日璀璨上演。"2015 国际智能星创师大赛"是新松上海国际总部打造的一个创新平台。作为国内首个机器人创新创业大赛，以选手和导师的专业性，对大众的可观赏性，赢得了越来越多的关注，也将真正帮助高科技创客们实现创业梦想，为机器人行业注入新的力量。举办这次大赛，同时也要挖掘机器人行业最具潜力的创业团队，培育和孵化国内自主品牌机器人和智能产品，提升我国机器人产业自主创新能力，打造健康可持续的产业生态圈。当天，新松公司在上海浦东金桥专门举行了新闻发布会，并在全国启动了创意项目招募。显然，这次大赛要将中国的创客一网打尽，将优秀作品尽收囊中。

"星创师"的灵感来源于我们身边的一群对未来生活充满无限梦想并勇于创新的人。他们如同无限宇宙中的"星"，闪耀着属于自己的光芒。

上海中科新松有限公司战略规划部部长许楠博士是"星智汇"的总策划。2015 年，她从中科院上海分院跳到新松，就是为了打造新松的智慧平台。

火热了整个夏天的星创师大赛终于在万众瞩目中迎来了决赛！

赛场的灯光骤然亮起，与高昂的乐曲交织出澎湃的激情和迷幻的光色。决赛即将上演了。且慢，现场的音乐戛然而止，大屏幕上呈现出一组老照片，那是"中国机器人之父"蒋新松的身影。全场一片肃穆寂静。这天——8 月 3 日，是蒋新松院士诞辰的日子。

是啊！我们不能忘记这位中国机器人事业的开拓者和产业发展的奠基人。特地选择这个日子进行"2015 国际智能星创师大赛"的决赛，就是想以此纪念蒋新松院士，打造我国的机器人产业新业态。

当灯光和音乐再次迸发出最美的节奏和光彩时，6 个项目的创客主讲人站上舞台中心，首先来了个集体亮相，再绚丽的舞台也只能算是陪衬。不得不说，创客发烧友的激情与执着、创新的无极限在星创师大赛上被诠释得淋漓尽致！

04

Chinese Robot

"大师"对决

第一个登上舞台挑战的，是来自沈阳自动化所的专业电子工程设计师郭宪，他的"Msnake"是一种蛇形特种机器人，可以依靠柔性的躯体在极其复杂的环境下完成高难度作业，技术含量高端前沿；他的展示令人大开眼界。哇！现场一片赞叹声。

这时，专业评委团首席评委、中科院沈阳自动化研究所封锡盛院士提问："请你谈谈'Msnake'采用了哪些独到的技术设计。"郭宪的回答思路清晰。封院士频频点头，予以认可。

"我是'九〇后'独生女，小时候爸妈忙于工作，没有人陪伴我，孤独的我常常透过阳台上的护栏呆望着鸟儿在天上飞翔；夜晚盯着星星遐想我的童话故事。我渴望陪伴，渴望自由，于是我有了一个梦，有那么一天背起行囊行走天下的梦，可是谁能成为与我相伴的'驴友'？"创客郑伊敏是一位在校的美女大学生，她提着一个透明的旅行箱走上舞台时，人们猜不透其中的秘密。她动情的表述打动了现场的每一位听众，"在大学校园里，我结识了机器人。哇！我终于找到了一位好朋友。就在那一刻，我突然有了这个创意，开始研制我的'游言'，她是我温暖的'小闺蜜''小贴心'，可以陪伴我行走在山川大地……"

她的"游言"就是她手中那只可以和主人对话交流的旅行箱，你想象不到吧？你只要告诉她你去哪儿，她就会成为你的导游。孤独了，她会同你聊天；郁闷了，她会逗你开心。这个创意来自她童年的一个梦想。现场观众啧啧赞叹！

专业评委团的意大利设计专家对"游言"的创意表现出极大的兴趣。他说，他也曾有过这样的想法，竟给"游言"打了个满分星。

"Xdog"上场时，它的主人王兴兴十分兴奋，小伙子大吼一声："星智汇，我来了！"那气势没有什么阻挡着未来，似乎星创师的大奖非他莫属。他的"Xdog"蹦蹦跳跳，堪称一绝，还能够"汪汪汪"地吠叫，带回去肯定是看家护院的一把好手。封锡盛院士提问："你采用的是什么动力？续航时间是多少？"王兴兴从容回答："自备电池，续航 4 小时。"

创客们正在激烈地交锋，大赛场上却发生了一个小插曲。大屏幕被大狗"Xdog""咬"坏了一角，出现大片的马赛克，导致正在播放的影像残缺不全。现场总指挥许楠一下子紧张起来。为了今天的决赛，许楠带着她的团队转战南北，台前幕后奋战了几个月精心准备，想不到，还是出现了意外。这时，技术总监满头是汗地跑过来，说是温度太高了，机器工作不稳定。

连日来，上海气候异常炎热，室外气温最高达 41℃，室内达到了 50℃，加上连日工作的劳累，昨天装台时晕倒了 4 个人。许楠也晕倒了，郭珊珊出现了中暑。今天虽然开着冷气，但由于机器的满负荷运行加之场内人多，室温居高不下。看来机器虽然不是人，但也像人一样，气温高了也受不了，我们必须把机器当人对待。好在机器很快调好了，有惊无险。许楠和郭珊珊悬着的心终于放下来。

台上的激烈角逐依然在进行。颜值最高的要数刘春蕾的"婴幼儿智能看护宝"了，她绝对是一个称职的保姆，能实时监护婴儿的吃喝拉撒睡，婴儿的看护不再会让年轻父母牵肠挂肚。

6 位创客与他们的小伙伴们在决赛擂台上的展演与阐述，令人眼花缭乱、大开眼界，展示了中国创客们的智慧与实力，博得了众人的阵阵喝彩。

封锡盛院士评价说："从这次大赛的作品来看，基本上反映了我国机器人创客独到的创意思维和较好的科技设计水平，有些作品的科技含量和产业推广价值也比较高，来自生活、服务生活的创新理念值得肯定。中国的创新之路刚刚开始。"

星智汇的创客作品源自生活的需要。这种从现实需要或者说从最大多数人的需要而出发的创新需求，比仅仅出于利润动机而进行的创新更人道、更公平，也更有效率。这是中国创客们为公众创造更加美好的新生活而作出的努力。

对于创客们的参赛作品，专家们也有不同的看法。中科新松有限公司研发部副部长田劲松博士，历经了整个赛程的专业评判和创客辅导。作为导师评委团的主评委，他期待与众不同、另类思维的创意。另外，创客多是大专院校学生和科研机构技术人员，民间创客太少了，说明个性化和大众化的创新还有很长的路要走。

有人认为，中国人什么都不缺，智慧、毅力、勤勉、奋发，这些东西都有，缺少的就是一种对人生的浪漫主义态度，而这种浪漫主义态度体现于特立独行。特立独行的浪漫主义人生态度才是创造之母。其实，中国人不缺少特立独行，也并不缺少"另类思维"。每一个民族的文化中总有一些超越性价值的因子，只是我们没有去发掘。紧张而激烈的"星创师大赛"于下午 4 点落下帷幕。

其实，对这些"大师"们来说，"师"并不重要，实现自己的梦想最重要。决赛的舞台落下了帷幕，"星创师"赛事并没有结束。曲道奎总裁与现场嘉宾一起启动了"2016 国际智能星创师大赛"的招募。

谈起这次大赛的最初创意，许楠博士告诉我："组织策划这次大赛，源于2014 年集团领导对创新宣传模式的总体要求。我们集思广益，确定搭建这个创新平台，然后考虑创客大赛方式、内容、架构、模式，预计达到的目的和效果，筹办时间长达半年。对于我们来说，第一次承办这样大型的比赛，是一种新模式的探索。"

许楠博士感慨道："好在我们的辛勤付出赢得了丰硕的回报。这次比赛为机器人行业注入了新的力量,锻炼了团队,传递了信息,营造了氛围。这是好的开头,以后还会继续办下去,汇聚新松公司发展的潜在实力。"

杨跞拿出一份创研中心大厦的效果图介绍说："上海新松国际中心正在规划建设中的星智汇机器人创客空间,首期面积 1300 平方米,落户于浦东金桥开发区,包括机器人开放实验室、机器人智能咖啡厅、儿童机器人创意乐园、路演大厅、创客学院、创客苗圃等几大核心区域,构成了以机器人为主题的完整的创新创业服务生态体系。"

新松公司将通过这个服务体系,定期为会员和大众提供机器人专业讲座、机器人动手课程,组织机器人相关主题活动;为机器人创客提供机器人创作所需设备、工具、材料等,开设财务法务等创业课程,提供技术、商业和设计全方位的专业导师辅导,免费提供创业办公场地、组织专业路演。同时,为小微企业提供产品展示、商业模式咨询、资本对接等服务。以星智汇作为每年机器人行业创新创业大赛——"国际智能星创师大赛"的线下基地,对机器人创业项目进行指导、遴选和孵化。

11 月 5 日,星智汇机器人创客空间孵化的项目参加了在中国杭州举办的 2015ADM 生活创新展,受到观众的热捧。星创师大赛有了可喜的收获。"游言"的主人公郑伊敏在 ADM 展馆进行了项目路演活动,为参观者近距离展示了这款智能旅行箱的神奇魅力,吸引了不少参观者驻足赞赏,啧啧称奇。"婴幼儿智能看护宝"是星创师大赛最高级"星创师"得主,这款智能产品可实时监测到婴儿的各种身体健康数据,是贴心的婴儿贴身管家。有了她,妈妈再也不用担心宝宝踢被子、尿湿、睡醒哭闹等状况了。

这次参展,是新松公司呈现给公众的智慧生活。通过创客现身说法,详细为现场观众展示了产品创新设计、创新技术驱动的实现过程,让大家更加深入地了解了该智能产品的真谛。而且这些机器人产品被许多商家看好,市场前景已经彰显。

创新改变生活！科技从未像今天这样离我们如此贴近，不管是智能科技产品，还是时尚家居设计，每一款展品都是创新理念对未来生活的诠释。

05
Chinese Robot

新松之新

新松人有句名言："别人已经在做的事情，那就让他做去吧。不要吃别人嚼过的馍，走别人走过的路。我们要研究新领域、研制新产品、创造新价值。"

基于生活的创新只是新松创新的一个侧影。新松还有一个秘密团队——上海中科新松有限公司的"创新团队"。这里是一个机器人的"心"世界，他们的目标始终是"新"。

2016 年 5 月的一天，下班时分。杨跞走过创研中心的会议室时，听到里面传来激烈的争吵声。透过开放式大厅的玻璃，杨跞看到里面一群年轻人围坐在一起，其中一位科技男与一位科技女吵得不可开交。科技女好一个巾帼不让须眉，直把科技男逼到了一角。

对于这种场面，杨跞已经司空见惯了，有时也参与进来。杨跞轻轻地推开玻璃门调侃道："喂！你们可以吵，千万别打架。"一句话把大家逗乐了。年轻人从狂想的梦中回到了现实。大家坐下来继续讨论。这是中科新松有限公司的一个由 100 多人组成的创研团队，被称为"群星创新"。

2016 年 4 月，"群星创新"进驻上海金桥刚刚落成的创研中心。他们多是"八〇后""九〇后"的年轻人。有的从外国巨头企业辞去高薪加入新松，有的从国外学成回国来到新松。他们怀着同一个梦想：打造出东方智慧的中国机器人。

上面那一幕，是工程师陈宏伟和范亮亮围绕着双臂协作机器人的技术控制路径发生了碰撞，两个人各不相让，大吵了起来。普通人很难理解他们这是在干什么。他们是"群星创新"的狂想者，他们正在狂想——无限定、不设边界地创想。狂想至于这样吗？是的。正是在激烈的狂想碰撞中，创新的火花在瞬间生成。谁能料到他们明天又会狂想出什么来？这是他们演奏的创新"狂想曲"。

双臂协作机器人是世界上最高端的工业机器人技术，每个臂有七个轴，即七个关节，双臂协作机器人完全实现了人的两只胳膊的功能。目前，只有 ABB 研发的 YuMi 成为全球首款人机协作双臂工业机器人，曾在一些展览会上展示。不过，它的负载太低，只能表演折叠纸飞机。

中科新松公司创研团队的目标是，让双臂协作机器人完全具有成年人手臂的力度。这还不算，他们还要给这个双臂协作机器人装上眼睛，能够根据它自己观察到的环境自主决定自己的动作。这一高端机器人不仅国内绝无仅有，在国际上也是首屈一指。这款双臂协作机器人绝对是一个前景广阔的智能机器人。

陈宏伟自信地说："我们打算今年在上海举办的工业博览会上呈现给公众。"杨跞说："陈宏伟团队这种创新属于技术驱动型创新。这种创新目标是追超世界最前沿的新技术。新松还有另一种创新——市场驱动型创新，是根据市场的需求创造新产品。'智能爬壁喷涂机器人'就是在这条创新之路上成长起来的特种机器人。"

2014 年，上海外高桥造船有限公司遇到一个难题，向中科新松公司求助。船体喷漆和清洗工作艰苦，空中操作既复杂又危险，这一工种招工越来越难了，能不能搞个机器人来干？

上海外高桥造船厂作为国内船舶制造行业的领头羊，造船工人一心想缩小与国外同行的差距并赶超世界先进造船水平。但是，现有的生产方式已不可能，尤其人工涂装面临难题。随着生活水平的提高，人们越来越不愿意从事喷漆这种脏、累、重而又危害身体健康的工作，再加上船舶的喷涂作业属于高空作业，危险性大，很难招到喷漆工人。造船企业都面临着如何用机器人代替人，实现喷涂自动化这一亟待解决的难题。

上海外高桥造船有限公司的需求和造船工人的渴望成为中科新松公司研发团队的动力，他们对国内外造船业进行了调研分析，并对世界上这一产品进行检索发现，几年前只有日本人提出过这种设想，并没有形成产品或样品，至今仍没有成熟的喷涂用爬壁机器人产品在市场上出现。他们认为，研发"智能爬壁喷涂机器人"用于船体包括大型油罐的喷涂、清洗具有巨大的市场空间。

他们立即将这个想法作为一个研发项目申请立项，得到新松高管层的支持。这个项目交给了研发部经理刘保军。刘保军带领十几个年轻人组成的攻关团队来到上海外高桥造船厂，与工人师傅反复交流研究，确定了研发路径。经过一年多的攻关，刘保军带着"智能爬壁喷涂机器人"样机来到现场试用。这个被工人师傅称为"爬壁虎"的家伙，很不好调教，不是在大风中突然荡秋千，就是在烈日下被船体的高温烫得乱爬。

刘保军和他的团队陪伴着"爬壁虎"经过了两个寒暑 2015 年夏季，因厄尔尼诺效应形成上海历史上罕见的高温天气。7、8 月份气温高达 40℃以上。据说，不少上海人跑到三亚去避暑。外高桥造船厂在烈日的暴晒下气温接近 50℃，不时有中暑的工人被抬走。刘保军和他的伙伴们头戴安全帽、身着工装，一直坚守在试验现场。因为他们要仰头盯着船体上的"爬壁虎"不断地调试控制系统，不能戴太阳帽，也不能用遮阳伞。汗水浸得眼睛痛，不一会儿就头晕眼花，他们轮流操作试验。从刘保军和伙伴们那一张张黑黝黝的瘦削脸庞上，你就能看出他们付出了多少艰辛。

经过两年的奋战拼搏，终于把"爬壁虎"驯化成有"心眼"的"人"了。这家伙像个蓝色的大海龟，游刃自如地爬在 90 度甚至 100 多度的船体斜面上，用不着拴缆绳、挂保险带，照样手持几把喷枪同步、精准地给船体上漆。无论在多么恶劣的环境下，它都能一丝不苟地把活儿干得很漂亮。一个"智能爬壁喷涂机器人"可代替四五个工人，还可以 24 小时连续工作。这一切只需要一个人在下面遥控操作。

上海外高桥造船厂已经下班了，还有许多工人围在下面看不够。不少人啧啧赞叹："哦哟！侬晓得吧？不得了哎！不得了哎！好神奇的哟！"

造船工人的梦想，在新松手里变成了现实，不仅填补了国内外的市场空白，也填补了我国在大型船舶喷涂机器人领域的空白。我国造船业又向自动化、智能化迈出了可喜的一步。

目前，"智能爬壁喷涂机器人"已形成 S 系列，集成网络化控制技术、自动导航技术、自动路径规划技术，以及作业区域智能识别等关键技术。主要用于船舶喷涂，也可以用于船舶表面二次清理。它可以在垂直壁面及曲面上灵活移动，实现了在高污染、高强度的环境下，在船体上代替人工作业。同时大大节省了涂料，提高了作业效率。它还是多功能的，可用于核工业和石油化工等其他行业的大面积涂装作业。"爬壁虎"信心百倍地开始走向市场了。

细读新松公司"成长日记"，可以看到，15 年来，新松公司一直走在创新的路上。新松人从研发焊接、移动机器人到攻克真空机器人，相继推出服务机器人、特种及国防军工机器人，直到今天"数字化工厂"问世，实现了机器人造"人"，他们强大的创新能力，增强了新松公司的核心竞争力，也不断改写着中国机器人的历史。新松人就是这样一路潇洒地"新"过来的。

创新是从无到有。创新是梦想未来的一种力量、一种自信。新松公司一路创新为王；新松人永远有一颗求新的心。

2014 年的最后一个夜晚，中央电视台以一场独特的视觉盛宴把一年一度的辞旧迎新推向高潮。在一号演播大厅里，由中国科学院、中央电视台共同发起，联合科学技术部、教育部、中国工程院等单位共同举办的"年度科技创新人物颁奖典礼"隆重举行。这是科技领域里的巅峰盛会。

中国科学院林惠民院士揭晓了第一位科技创新人物："他带领的团队创造了中国机器人发展史上的 108 项第一，研发的机器人遍布全球 15 个国家。2014 年，他首创了 40 吨'重载双移动'机器人系统，又以 20 千克大负载真空机器人领先全球。他和他的团队用满满的创新自信，书写着中国机器人发展的新篇章。他就是：沈阳新松机器人公司总裁——曲道奎教授。"

只见曲道奎和新松公司最新开发的第三代服务机器人"小智"一起款款走上舞台。他们"二人"在台上交流互动，一唱一和，还即兴表演了一段中国风十足的扇子舞，引起全场一片欢呼。曲道奎从专业角度为现场嘉宾解读了"小智"自如舞蹈的高端技术。他充满信心地说，在人类的生产、生活转型升级的大背景下，智能时代已经向我们走来，机器人必将发挥巨大作用。颁奖嘉宾、中国工程院院士王天然微笑着走上舞台向曲道奎颁奖。当两双手紧紧地握在一起时，谁能想到，这一刻的辉煌却经历了两代科研工作者几十年的精神传承和接力奋斗。

主持人风趣地问王天然院士："作为研究机器人的两代科学家，您和曲道奎教授研究的目标和追求的理想有什么不同？"王天然神情怡然地说："目标和理想一样，但我们工作有很大差别。我们这一代当时做的是应用实验研究，曲道奎将中国机器人推向了市场并发展壮大，这是很大的进步，是创造了新的时代。"

正是两代科学家用东方智慧打开机遇之门，怀着一颗火热的产业报国之心，励精图治，开拓创新，以核心技术抢占市场先机，实现了中国机器人产业的一次次新的跨越和"心"的跃升，让中国机器人这面旗帜高高飘扬在世界高科技之巅，为中国这片古老的土地增添了一道绚丽的东方彩虹。

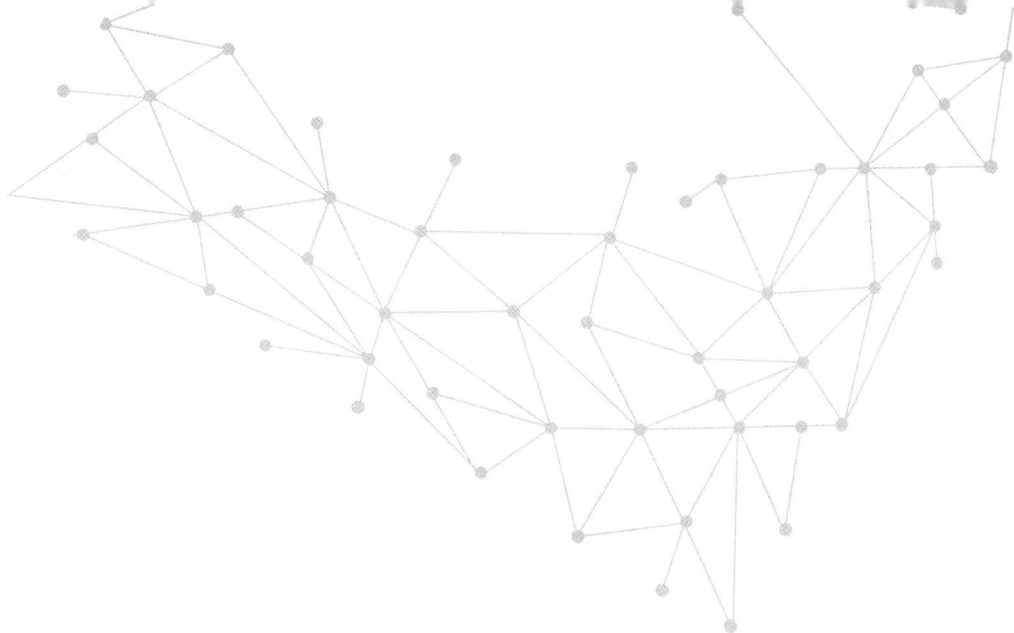

剑指 2025

　　行动纲领：中国人口资源红利逐渐耗尽，劳动力成本不断上升。

　　中国如何保持强劲的发展动力，由制造大国向制造强国迈进?

01
Chinese Robot

2014：机器人元年

2014 年，似乎各行各业都在寻找自己的归宿。它像一个夏天的午后，充满了无序的逻辑和暧昧的方向，零乱而又意味深长。许多产业和领域，像一个个川剧变脸的"面具"，变幻莫测。有逆境重生的豪气，有轰然倒地的悲情；有落袋为安的笑脸，有举步维艰的茫然；有柳暗花明的惊喜，有再战江湖的期盼。

这一年，不少领域都标称是自己的元年。无论怎样，这一年都是一次完整的经历，它鲜活地走过春夏秋冬，结结实实在每个人的心里烙下一个永恒的印记。事实上，真正留下永恒印记的是机器人的珠峰颜值。似乎从来没有一个产业像它如此的豪迈，如同泰山之巅看到的日出，在云海与天空的交会处，喷薄而出，腾空跃起。只是，并不像普通人感受日出那样能感受到机器人的风靡，而对中国的科学界，就像一曲有质感的生命回响，振聋发聩，催人奋进。

国际机器人联盟（IFR）发布数据，2013 年中国购买了全球五分之一的机器人，首度超过日本，成为全球最大的工业机器人买家。2014 年，中国市场共销售工业机器人 5.6 万台，约占全球市场总销量的四分之一。

中国连续两年成为全球第一大工业机器人市场。继而，中国机器人产业联盟发布最新数据：中国工业机器人的保有量达到 80 万台。2009 年至 2014 年，中国工业机器人市场销量以年均 58.9% 的速度增长。这一年，注定成为机器人工业制造业发展历史上浓墨重彩的一年。

在全球范围内，机器人在各领域的应用更为广泛深入，正以锐不可当之势推动劳动力密集型产业快速转型升级。在中国，机器人产业已经成为大数据时代下毋庸置疑的朝阳产业和一片深蓝海。

2014 年此消彼长。股市大盘上几十家机器人概念股像黑马方阵一片蹿红。无数在逆境中坐以待毙的传统企业无可奈何，却让那些拥抱机器人的企业又一次斩获无数利润。

新松公司的"机器人"更是一道奇观。连续 21 个交易日涨停板，峰值达到每股 128 元，市值达到 800 多亿元。专家评说，这一现象史无前例。

与此同时，国外机器人企业大举登陆中国市场。机器人行业巨头瑞典 ABB、德国库卡、安川电气和日本法那科纷纷在中国攻城略地，扩张地盘。这些企业占据了中国 60% 左右的市场份额。相比之下，国产机器人所占的份额仍很小，在 2014 年的 5.6 万台销量中，中国本土供应商的销量仅为 1.6 万台，占比不到 30%。关键技术和关键零部件 70% 依赖进口，被国外企业垄断。数百家体量有限的中国机器人企业显得势单力薄。这已是个不可忽视的问题。在这种背景下，中国科技精英齐聚北京共商国是，探讨应对这场扑面而来的"机器人革命"浪潮。

2014 年 6 月 9 日，中国科学院第十七次院士大会、中国工程院第十二次院士大会在北京隆重召开。中国领导核心发声，中共中央总书记习近平作了重要讲话。

沈阳自动化所的两位工程院院士王天然和封锡盛出席了大会，现场聆听了总书记的讲话。王天然说："我们知道总书记要在大会上讲话，但没想到总书记会专门讲机器人，讲得那么多、那么透，可谓讲到家了。我们现场听了很激动，很提气，也很自豪。"

总书记的讲话全文共有 8000 多字，关于当前高科技发展面临的任务和方向有 1100 多字，而讲机器人就占了 400 多个字的篇幅，这在国家最高领导人的讲话中是绝无仅有的。

人们多是从媒体报道上了解到习近平总书记重要讲话的要点，并没有读到这段讲话的全部。这段重要讲话不仅对科学界重要，对中国公众同样很重要。

故原录如下：

　　前几天，我看了一份材料，说"机器人革命"有望成为"第三次工业革命"的一个切入点和重要增长点，将影响全球制造业格局，而且我国将成为全球最大的机器人市场。国际机器人联合会预测，"机器人革命"将创造数万亿美元的市场。由于大数据、云计算、移动互联网等新一代信息技术同机器人技术相互融合步伐加快，3D打印、人工智能迅猛发展，制造机器人的软硬件技术日趋成熟，成本不断降低，性能不断提升，军用无人机、自动驾驶汽车、家政服务机器人已经成为现实，有的人工智能机器人已具有相当程度的自主思维和学习能力。国际上有舆论认为，机器人是"制造业皇冠顶端的明珠"，其研发、制造、应用是衡量一个国家科技创新和高端制造业水平的重要标志。机器人主要制造商和国家纷纷加紧布局，抢占技术和市场制高点。看到这里，我就在想，我国将成为机器人的最大市场，但我们的技术和制造能力能不能应对这场竞争？我们不仅要把我国机器人水平提高上去，而且要尽可能多地占领市场。这样的新技术新领域还很多，我们要审时度势、全盘考虑、抓紧谋划、扎实推进。

　　总书记的讲话把机器人产业提升到一个前所未有的高度——国家战略新兴产业。这意味着以机器人为突破口的制造业升级越来越具有战略意义。工信部随后明确表态：组织制定我国机器人技术路线图及机器人产业"十三五"规划。这是一场关乎未来的争夺，国家意志、地方利益与企业诉求高度统一。

　　中国老龄化社会来临。中国老龄工作委员会的官员称，2015年中国60岁以上的老年人突破2亿，到2040年，将达到4亿。老龄化社会的来临势不可当。同时，在中国当前的3.5亿个家庭中，一种新的模式将取代原来的"三口之家"，即"421家庭"。可以预见，未来中国的"621家庭"甚至"821家庭"将不断涌现。而这种老龄化社会与独生子女结构，将给社会带来诸多问题。另外，还有8000

多万残疾人。

如何解决养老助残和公共服务？中国人口红利消耗殆尽，中国劳动力开始减少，如何保持中国制造的强劲动力，并向制造强国迈进？这些问题已然影响到中国经济发展和社会稳定的基础。以机器人为"明珠"的中国"智能制造"将成为破解这种困局的利器。

中国制造业面临"前有堵截，后有追兵"的困局，要想保住"世界工厂"的竞争地位并赢得未来国家发展的主动权，中国机器人必须挺身而出，勇敢担当。

2014 年，"皇冠顶端的明珠"照亮了中国制造业的发展之路，也为中国科技强国送来了亮光。

中南海吹响了迎接"机器人革命"的进军号！

02
Chinese Robot

2025：十年路线图

如今，中国制造业在全球占比已接近 25%，稳居全球第一制造业大国的位置。在产量占优势的情况下，中国人突然觉得少了点儿什么。有一份资料透露，一部苹果手机在中国制造，人工费用占手机最终销售价格不到 5%。也就是说，如果一部苹果在中国售价按 6000 元计算，中国只能得到 30 元的人工费。这让中国人心酸。

中国一年生产 2300 多万辆汽车，五分之四为国外品牌。国内品牌的发展虽然迅速，可是售价远不如国外品牌。卖三辆国产汽车不如卖一辆国外品牌汽车赚钱。中国工业产品不仅利润薄，而且一些大宗产品，都是高耗能、高污染产品。

2012 年,中国钢材产量突破 10 亿吨,可是,每吨钢的利润只能买几根冰棍儿。全国 660 多家大中型钢铁企业,220 多万职工所实现的利润,只有世界三大矿业巨头利润总和的 15%,而这三家矿业的职工加起来还不到 25 万人。中国重工业产值占工业总产值的比重超过 70%。最污染的 7 个类别工业产值占重工业产值的 37%。可是,它们的能耗却占工业能耗的 70% 以上,一度导致中国北方的空气 PM2.5 值居高不下,百姓苦不堪言,难以持续发展。由于重度污染、要素成本上升、国外竞争加剧,迫使中国在 2013 年以后进入"中高速"增长轨道。中国政府和企业不得不重新思考今后工业的发展模式。

李克强总理在 2015 年《政府工作报告》中首次提出"中国制造 2025"这一雄心勃勃的计划,将大力推动信息化与工业化深度融合作为未来 10 年"中国制造"主攻方向。中国还处于工业化进程中,制造业仍是国民经济的重要支柱和基础,丝毫不能忽视。"中国制造 2025"的战略思想,不是否定中国制造业过去所取得的成就,而是要认真对待,谋划在新常态下如何从一个制造大国向一个制造强国转变。

2015 年 5 月 8 日,经历了近 3 年时间制定完成的《中国制造 2025》由国务院正式发布。这是官方智库中国科学院制定的战略性规划纲要,被视为"用三个 10 年完成中国从制造业大国向制造业强国转变"的第一个 10 年路线图。

"中国制造 2025"和"工业 4.0"主攻方向均为智能制造,但"中国制造 2025"内容更加广泛,包含十大领域:新一代信息技术、高档数控机床和机器人、航空航天装备、海洋工程装备及高技术船舶、先进轨道交通装备、节能与新能源汽车、电力装备、新材料、生物医药及高性能医疗器械、农业机械装备。有评论称,从"中国制造"迈向"中国智造",需要一座桥梁。这座桥梁就是"中国制造 2025"。

因此,在走向"中国制造 2025"的进程中,我国必须围绕"智能工厂"和"智能生产"两大主题,重点研究智能化生产系统及过程,以及网络化分布式生产设施的实现;促进整个企业的生产物流管理、人机互动以及 3D 技术在工业生产过程中的应用等。

"中国制造 2025"作为中国制造强国建设三个十年"三步走"战略的第一个十年行动纲领，强调工业化和信息化的深度融合，实现工业大国向工业强国的转变。

2025 年是"中国成为制造业强国"的时间节点。工信部制定的《机器人技术路线图及机器人产业"十三五"规划》中，工业机器人作为技术突破的前沿，被寄予厚望。事实上，大企业战略也是国家正在制定的《机器人"十三五"规划》确定的主要战略。曲道奎说，机器人大发展的时代到来了，新松公司要全力抓住机遇迎接挑战，摘取"皇冠之珠"，成长为"东方巨人"。

在工业 4.0 追逐中，美国和欧洲等许多发达国家，都把发展机器人作为国家战略，加剧了竞争的烈度。外国机器人企业群狼式的残酷竞争将更加激烈。"面对强敌，新松公司无论在规模上、品牌上、市场上、综合实力上都有差距，还面临着生存危机。"曲道奎对此非常清醒。

曲道奎像他的老师蒋新松当年一样，长年奔波在推动中国机器人产业发展的第一线。在过去一年里，曲道奎在全国做了将近 30 场专题报告。他几乎是一字一顿地说道："此机器人，非彼机器人。"德国工业 4.0，美国再工业化，中国制造 2025，这一系列的战略动作表明，以智能制造为核心竞争的时代已经来临。眼下，伴随大数据、互联网和人工智能等科技发展，机器人只有不断升级并具备更多"人"的智能，才能带动制造模式变革。

如何赶上快速更新的市场节拍，满足多种多样的个性化需求？紧迫感和忧患意识始终伴随着新松的发展。如火如荼的电商后台有新松的身影，新松投放的智能移动机器人以最优路径快速准确传送货物；高精尖的航空航天领域，新松机器人高质量完成复杂而高难的动作。

哪里有需要，哪里就有新松人提供的解决方案。新松的追求：为装备制造企业解决人力成本日渐高涨的压力、为传统产业升级添一把火、为中国制造重塑竞争优势。新松奋力前行没有终点。

新松建成的工业 4.0 时代的数字化智能工厂，被业内誉为"中国机器人自动化成套技术装备研发与应用的权威机构"。下一步，新松将把这种生产线拷贝到全国各地。新松机器人公司作为中国的民族品牌、国内机器人行业的领头羊，将充分运用自身的创新技术、科研平台，真正助力"中国制造 2025"，作为中国力量走出国门，走向世界。

03

Chinese Robot

"超人"炫技

在制定"中国制造"十年路线图的同时，国家科技部门在应用方面也开始探索了。

2012 年，为了提高汽车制造业的国产化水平，工信部确定把一汽汽车焊接装配生产线国产化的研发与应用项目，作为中国"智慧工厂"的标本予以立项。这是我国首次将国产机器人大批量应用于轿车焊装生产线的一个项目。也就是说，关键技术是那颗"制造业皇冠上的明珠"——机器人。

在不少国内厂家竞争中，王金涛代表新松公司把这个项目拿到手中。他作为这个重大项目负责人，带领攻关团队承接了这项任务。一位专家组长望着眼前这位淳朴敦厚的年轻人，不无担忧地说："金涛呀，你胆子真大呀，项目要求这么高，你们也敢做？这要是干砸了，砸的不仅是新松的品牌呀，汽车厂可就再也不敢用国产机器人了。"

汽车行业是机器人应用的高端行业，几乎被国外公司垄断。一汽的国产焊接装配生产线项目要求必须是 6 轴机器人，这是巧手"灵灵"的超级版——"超人"。业内人都知道，目前，在国内生产这种高级机器人的厂家还是空白，能够具备应用于生产线的工艺更是绝无仅有。新松人能不能做出合格的 6 轴高级机器人、建造中国的"智慧工厂"？专家们自然有所担心。

"请专家放心，我们一定能圆满地交钥匙。"这位新松公司"八〇后"的总经理王金涛儒雅稳重，言谈举止颇有大将风度。

10 年前，王金涛进入新松公司进行硕士和博士连读，做机器人课题研究。这位来自山东沂蒙山革命老区的小伙子，当年参加高考时，是县里的高考状元。本来报考的是中国人民大学会计学专业。不知怎么搞的，后来把他调剂到沈阳大学电子工程专业。他说，也许命中注定与机器人有缘，阴差阳错，来到了沈阳。外表文质彬彬的王金涛虽然年轻，却锐气十足。取得博士学位后，进入新松的研发团队，现为新松机器人事业部总经理。他不仅在研发新型机器人的攻关项目中表现突出，而且敢于向世界权威挑战。

王金涛是新松研发团队的主力之一。在工业机器人的研发过程中，有一款新型打磨抛光机器人，需要按照曲面算法教科书的定义建模确定算法，但这一算法总是出现偏差，却找不到原因。难道曲面算法教科书的定义出了问题？不少人认为，这不可能！这个定义是当代世界级的法国数学家德波尔给出的。

王金涛在实践中一遍遍验证，最后确认教科书定义存在缺陷。他把纠正这个数学定义的缺陷作为自己的毕业论文研究的课题时，得到导师曲道奎的赞赏和支持。"创新需要颠覆。颠覆前人，颠覆过去，科学才会有突破、有发展。"曲道奎鼓励王金涛。王金涛将曲面算法教科书的定义修正后，将新的结论发给了法国数学家德波尔。两周后，王金涛收到德波尔热情洋溢的感谢信，确认他的曲面算法定义存在瑕疵，原定义不够严谨，并表示将在新的教科书中加以补正。

正是王金涛的勇于探索、挑战和创新，在新松公司研发真空（洁净）机器人过程中，使一个久攻不下的技术难点迎刃而解。后来，他成为研发工业机器人的技术新锐之一，并担任了机器人事业部的总经理。

在一汽轿车焊装线的研发与应用项目中，需要首先攻克 6 轴工业机器人，在我国这是一款技术含量高、投入高、品质高的工业机器人。王金涛面临着巨大压力：一是整个生产线运行不了，项目失败；二是机器人不满足要求，必须拆掉换成国外机器人。如果是这两种结局，都意味着作为国产化项目的失败。这一机器人应用项目不仅要解决 6 轴焊接机器人的技术难点，而且要与原来的日本焊接装配线能够兼容，在技术上又增加了一层难度。新松人有没有这种包容的大胸怀和"超人"的智慧？

王金涛用"新松精神"绽放的智慧作出了回答。面对各种压力和技术难点，王金涛和副总经理陈为廉带领团队展现出了新松不服输和勇于创新的精神。

这是国产机器人项目第一次与外国设备混线生产。由于日本安川机器人先入为主，国产机器人跟进配套，不管你的设计多么优越，都要优先适应国外机器人的标准。在大批量应用国产机器人的同时，要能够在兼容的状态下保证高节拍生产的节奏。这相当于中国机器人与日本安川机器人在一条焊装生产线上同台竞技。

在设计安装调试中，王金涛团队经常会遇到各种运行逻辑和通信错误。为了保证生产线正常运行，他们只有白天陪产，晚上客户休息时再进一步优化中国机器人的"大脑"控制系统，让超级巧手"灵灵"变得比日本"人"更加智能。

半年之后，他们终于攻克一道道难关，如期完成了这一工程。专家们来到现场验收，在与外国机器人同台比试的国产化的汽车焊接生产线前，专家们看到超级版的巧手"灵灵"正在灵活自如地"穿针引线"，焊接质量丝毫不比外国生产线逊色，开心地乐了。他们欣慰地赞叹："这是'中国制造'的希望。"

中国第一座"智慧工厂"在这里诞生了，这一中国化的汽车焊接装配生产线运行良好，大获成功，实现了国产机器人在汽车领域的一项重大突破，并在华晨、东风汽车生产线上大量应用。后来，中国的超级巧手"灵灵"又被请进了通用、宝马和大众等国际汽车生产工厂，升级换代，替代了"洋人"。

2014 年，山东临沂工程机械厂进口的挖掘机大臂焊机机器人系统出现故障，需要维修,然而外国原厂家的维修报价太高。由于这种焊接机器人焊接的工件大、板材厚,需要进行多层多次焊接,热变形等都易导致机器人焊接出问题,质量难以保证。

长期以来,中厚板焊接一直是机器人焊接领域的高端应用,也只有少数几家国外机器人公司掌握这种技术。所以,老外们要价高。临沂工程机械厂的经理们舍不得给外企掏这笔钱,但如果不维修,挖掘机大臂焊机机器人就趴窝动不了,一时犯了难。

王金涛得知这个消息,来到山东临沂工程机械厂一看,是这个"洋人"的"脑"残了。他向机械厂承诺,新松公司可以用中国机器人的"脑"解决"洋人"的"脑"问题。中国机器人能治"洋人"的病? 在客户的半信半疑中,他们双方签订了一个先给"洋人"治病后付"医疗费"的合同。

又是经过了半年多的刻苦攻关,王金涛带领团队终于用中国机器人的控制系统完全替代了国外机器人的控制系统。客户用中国机器人大脑控制的"洋人"进行大型工件焊接,然后对每一个工件都进行了探伤检测,发现完美无缺,非常满意。山东临沂工程机械厂的老总一高兴:"以后,跟老外拜拜吧,就用咱中国机器人。"当即与新松公司签订了十多套挖掘机大臂焊机机器人系统购买合同。

中国机器人就这样向高端迈进,正成为中国制造的主力军。

04
Chinese Robot

"亮亮"做客中南海

2015 年 8 月 20 日,机器人事业部总经理王金涛突然接到曲道奎的一个电话,要他立即准备，连夜陪护着新松公司的机器人产品赶到北京。原来中南海向新松机器人发出了邀请函。

新松公司的智能服务机器人"悦悦""亮亮"经常出现在一些隆重的场合，分别担当"礼仪小姐"和"迎宾先生"角色，嗲声嗲气地迎来送往。"亮亮"自然很靓，而"悦悦"富有力量感的体型更酷。这对绝配搭档常常成为大型活动的现场明星，吸引了不少宾客的眼球，曝光率极高。

几年前，"悦悦"和"亮亮"被沈阳市行政审批中心正式启用时，被邀请担任"礼仪小姐"和"迎宾先生"。由于他们尽心尽职，不计得失，不讲价钱，出色地完成了任务，赢得了众人的好评和喜爱。审批中心把他们留下来，并专门为他们设置了特定的岗位。从那以后，"悦悦""亮亮"闻名遐迩。

这次，"亮亮"应邀走进了中南海。很快得知：第二天下午，在中南海国务院第一会议室举办本届政府首次特殊的专题讲座。主讲者是 70 岁的顶级专家卢秉恒院士，而听众则是国务院总理、副总理、国务委员，以及各部部长，央企、金融机构的主要负责人。这样的规格和阵容尚属首次。

第一会议室平日里是召开国务院常务会议、讨论部署重大政策的地方。这天，它第一次成为一场专题讲座的课堂，且题目很"潮"：先进制造与3D打印。事实上，这场专题讲座本身安排得就颇有新颖之处。在会场外迎接"听众"的，除了往常的工作人员外，还有一个"特殊客人"——智能机器人。那不是"亮亮"吗？现场的朋友把照片和录像发到作者的手机上。彬彬有礼的"亮亮"站在会场的入口处，双手捧着一个银亮的托盘正向与会人员递送饮料。

这时，李克强总理走过来，看到闪烁着"笑脸"的"亮亮"，目光一亮，高兴地说："这不是新松机器人吗！"原来应邀"列席"这次重要活动的还有不少"亮亮"的小伙伴们，包括新松洁净（真空）机器人等。他们被安排在一个特别的区域，各自以不同的神情向与会听众展示他们独特的魅力——他们个个都是中国高科技领域的"代表人物"。

李克强总理亲自主持这次专题讲座。他开宗明义地表示，当今技术革命对经济发展、推动经济升级起着极为关键的作用，我们正在倡导大众创业、万众创新，也是用创新的手段来推动创业。总理说："今天这个专题讲座，特意请国务院各位领导、各位部长和央企、金融机构的负责人来听听讲解，以增加我们新的知识，同时也能启发我们的创新思维。"

推动中国制造由大变强，要加快实施"中国制造 2025"和"互联网＋"行动，通过创业创新助推产业和技术变革，在转变发展方式中培育中国制造竞争新优势，迈向中高端水平。现场近百名听众在学习新技术的同时，通过智能机器人的表演，感受当代智慧科技的魅力。

晚间，中央主要媒体播发了这条消息，不少朋友在圈里发表感慨。中南海不断释放强烈信号：中国制造换挡提速，剑指"2025"！

05

Chinese Robot

双马结盟

2016 年 6 月 14 日，德国总理默克尔在为期三天的访华之行中，特地来到沈阳，参观了华晨宝马铁西工厂，并为启动全新的 BMWX1 插电式混合动力车型下线剪彩捧场。

有人说：沈阳，中国最牛的工业基地；德国，世界最牛的工业国家。二者的结合，绝对是世界工业史上最牛的事儿！岂不知，这牛事儿里面还有一牛。新松"小龙马"在家门口配上了宝马，成为西方高技术的乘龙快婿。

2013 年，德国的宝马公司要在沈阳新建一个发动机厂，这可是德国宝马发动机第一次离开总部在海外建厂。德国人的制造精神一向以严谨著称。这是战略性的举措，德国人是不会轻易作出裁定的。

宝马发动机是德国的"镇宅之宝"，他们要给"镇宅之宝"在海外安一个家。德国人看好的不仅是中国市场，还有中国的沈阳。他们要依托被称为德国"鲁尔"的沈阳所具有的科技与区位优势，向整个中国包括东南亚地域辐射。这是技术性的扩张路线，也是战略性的进军选择。

不过，宝马的这个"家"不是普通的"家"，而是工业 4.0 的标准。宝马发动机项目的招标负责人是资深专家拉尔夫。经验丰富的拉尔夫对世界各国的机器人技术了如指掌。在工业制造领域，德国人对外国的产品是不会轻易看上眼的。起先他们在论证一番之后，还是准备把德国的机器人直接引进沈阳。后来不知通过什么渠道听说中国沈阳就有一家新松机器人公司，而且新松机器人已进入美国通用汽车制造公司的核心工厂。

拉尔夫虽然将信将疑，还是叩响了沈阳浑南高新技术开发区金辉街 16 号的大门——来到新松公司进行考察。

曲道奎带着拉尔夫首先参观新松的生产车间，拉尔夫瞪大了一对蓝眼睛。当曲道奎带着他进入新松公司的"人造人"生产线时，拉尔夫惊叹了一声，哇！差点"爆眼"。他想不到，新松公司还能用机器人造机器人。拉尔夫立刻改变了观念，收起了傲慢与偏见，向曲道奎伸出热情的双手。

拉尔夫回到德国总部，坚定地说："我们何必舍近求远，中国的新松机器人是我们最好的伙伴。"宝马总部随后决定，把新松作为首选的合作者。随后，宝马总部派出强大的专家阵容来到沈阳新松公司进行谈判。德国宝马公司决定，在沈阳建一座发动机厂，新松公司完全有资格参与自动化仓储系统公开招标。这是新松与国际巨头们平起平坐的一次过招。

新松具有全天候导航系统的"小龙马"AGV 一举胜出，成为"宝马"的最爱。新松跨"宝马"成为行业内的一个传说。这只是曲道奎打出的第一张牌。

2015 年 9 月，作者到沈阳宝马铁西工厂进行采访。铁西工厂位于辽宁省沈阳经济技术开发区，占地面积 2.07 平方公里，是国产宝马 X1 和 3 系的生产基地，也是宝马集团在全球的第 25 家最新的工厂。铁西工厂的总投资额高达 15 亿欧元，采取统一规划分期建设的方式进行运作。根据世界级的工厂规划，这座工厂将拥有汽车制造完整的四大工艺，即冲压、焊装、涂装和总装。在总装车间里，机器人数量达到了 300 多台，是整个铁西工厂自动化率最高的车间。

在发动机制造车间，作者看到由新松"小龙马"AGV 和巧手"灵灵"组成的"搬运工"——新松智能复合机器人，在自动仓储库里来来往往欢快地奔跑着，将一个个刚刚出炉的高温沙芯灵巧地摆放到立库的储架上。

现场的德国专家告诉作者，他们原来设想采用通常的自动充电技术，那样至少需要 10 台机器人。新松采用了独家的自动换电技术，就是智能复合机器人"搬运工"。当"搬运工"的电源动力耗尽时，自己到充电站更换电瓶，用不着排队充电。这样 6 台机器人就够了，大大降低了成本，节约了资源。德国专家伸出大拇指："新松最棒！No.1 in the world！"

正是由于中国高新技术对德国项目的不断介入，在沈阳铁西高新技术开发区才建起了中德产业园。

06
Chinese Robot

工业怎样 4.0

大家知道，习近平总书记在 2014 年 6 月 9 日两院院士大会上的重要讲话中把机器人称为"制造业皇冠顶端的明珠"。那么，"制造业皇冠"在哪里？答案是工业 4.0。

2013 年 4 月，德国政府利用汉诺威工业博览会发布了一项工业发展战略规划，产生了强烈的冲击波。这项规划就是德国推出的《工业 4.0 战略》，其目的是为了提高德国工业的竞争力，在新一轮工业革命中占领先机。

自从德国推出"工业 4.0"这个概念以来，迅速成为德国的另一个标签，也立刻成为风靡世界的一个热词，并在全球范围内引发了新一轮工业转型竞赛。随后，机器人产业成为世界各国高度关注的战略型新兴产业，并纷纷推出以此为支撑的制造业复兴规划。

美国提出工业互联网，确定了《机器人发展路线图》，法国制定了《机器人行动计划》，英国发布了《机器人和自主系统战略 2020》，日本推出了《机器人新战略》，韩国发布了《机器人未来战略 2022》。而中国推出了《服务机器人科技发展"十二五"专项规划》，称之为"两化融合"，即信息化和工业化的高层次的深度结合，也就是现在所说的"互联网＋"，并把机器人作为重要领域，出现在《中国制造 2025》规划的十大重点领域之内。

世界各国在网络化大潮下，通过国家层面的规划，发展机器人产业来谋求全球竞争力的种种战略布局，纷纷抢占制造业转型的制高点。

群雄笑傲江湖，谁将主导机器人的未来格局？

到底什么叫工业 4.0？冒出这个概念的德国人也没有明确的标准答案。要弄清来龙去脉，我们必须从工业革命的历史源头说起。既然有了"4.0"，肯定要有"1.0""2.0""3.0"。它们分别是指我们原来所说的机械化、电气化、自动化三次工业革命。德国人肯定不好意思说他们要搞第四次工业革命，就委婉地说成工业 4.0 战略，无形中把前三次工业革命定义成"数字"表达式。

工业 4.0 到底算不算一次工业革命？

人类历史的脚步迈进 21 世纪，人类生产力已经走过了三个时代。

工业 1.0 是机械化时代，以蒸汽机为标志。18 世纪，用蒸汽动力驱动机器取代人力。在这之前，人类刀耕火种，用的是原始工具，不叫工业。有了机械化，从此手工业从农业分离出来，正式进化为工业。

工业 2.0 是电气化时代。20 世纪初，以电力的广泛应用为标志，用电力驱动机器取代蒸汽动力。从此，零部件生产与产品装配实现分工，工业进入大规模生产时代。

工业 3.0 是自动化时代。20 世纪 70 年代，信息化被引进生产线，以 PLC（可编程逻辑控制器）和 PC 的应用为标志。当时，中国称之为"计算机集成制造"（CIM）。从此，机器不但接管了人的大部分体力劳动，同时也接管了一部分脑力劳动。工业生产能力也自此超越了人类的消费能力，人类进入了产能过剩时代。

每一次工业革命都是人类制造业的颠覆。今天，随着互联网的大规模应用和信息物理系统的智能化，过去的工业模式再次发生了根本变革。所以，人类正在进入工业 4.0 时代，已成为世界共识。

工业 4.0 不是德国人脑子一热想象出来的，而是走在世界前沿的话语权，是随着科学发展、时代进步应运而生的。主要具备了三个条件：一是工业自动化实现了计算机集成制造，二是机器人的广泛应用，三是互联网的加入。

业界认为，"工业 4.0"主要有三大主题：一是智能工厂，生产系统及过程实现智能化；二是智能生产，企业生产中的资源管理、人机互动以及 3D 技术的应用；三是智能物流，主要通过互联网、物联网、物流网，整合物流资源，实现高效配送，用户能够快速获得服务。最终，将生产中的供应、制造、销售信息数据化、智慧化、个性化。

新松公司开发智能物流仓储系统是典型的工业 4.0 雏形。新松公司是目前国内规模最大、产量最大、设备功能最齐全的智能移动机器人系统（AGVS）产品提供商。神奇的智能仓库机器人是由多种机器人组成的一个智能识别、编码、分拣、搬运团队，满足了大型仓储厂房车间的货架调配、分拣、整合等功能需要。

新松公司为国网山东省电力公司计量中心建造的智能仓库就是一道"4.0"的景观。智能仓库的运行场景令人称奇。这座智能仓库位于济南市望岳路中部，库房长宽各 45 米，通高 24 米，建筑面积 2070 平方米。里面有 20 排货架，可存放 140 万只单相电表。在入库门里可以看到，由表厂运来的一箱箱电表打开后放到入库线上，被"小龙马"AGV 快速地送到检测位，巧手"灵灵"立刻拿起一只只电表插入检测盘上进行检测。将不合格产品分拣出来，合格产品编码后由下一位"小龙马"通过巷道运到货架旁，交给下一位"灵灵"。"灵灵"端起托盘像猴子爬杆一样"嗖"地蹿到指定位置，将电表准确无误地码到20多米高的货架上。电表出库时，"灵灵"将指定电表取下来，交给"小龙马"送到出库门装箱打包，发往各地。

看着一个个"小龙马"AGV和巧手"灵灵"在里面穿梭奔忙，就像在表演一场优美的舞蹈。现场的技术管理人员介绍说，这座智能仓库每天的出入库达到18万只的交换量，如果人工来做，需要100多人，现在只需要3个人在控制室里进行简单的操作就行了，不仅功效提高了上百倍，还节约了大量的空间资源和土地资源。"小龙马"AGV一亮相，就受到了市场主人的赞誉。智能仓储物流事业部总经理王家宝说，新松公司已在全国各地设计建造了10多座这样的"智能立库"。

如果"小龙马"AGV能长出一双像可爱的巧手"灵灵"那样神奇的手，就能获得更大的作业空间，完全实现"人"的功能。这就是新松推出的复合机器人。巧手"灵灵"和"小龙马"AGV联成一体，那可就完全不一样了，1+1就是N了。如今复合机器人又变幻出了一对眼睛，成为具有视觉能力的"智能"人。你见了准会说：这家伙，真奇妙！

与此同时，新松机器人凭借其在精密机械、自动化控制以及激光技术等方面的深厚基础与技术积累，开发了多款3D打印产品。3D打印设备已被公认为工业4.0和未来"智"造的核心设备之一。

目前，新松公司研发的3D打印设备可实现复杂形状金属零件的快速制造，其成型件力学性能好、精度高，在医疗、航空航天、产品研发等领域均有重要应用，包括医疗植入体的制造、航空发动机的特殊部件制造、带冷却通道的模具制造等，尤其在航空航天领域，高精度的3D打印制造技术可满足特殊结构的设计和轻量化设计等特殊要求。新松公司的3D打印技术将为我国大飞机制造提供精密配件。

中国机器人已成为工业 4.0 闪亮的"皇冠上的明珠"。工业 4.0 是生产、管理与流通完全一体化、智能化的动态体系。这个动态体系的运作过程叫工业 4.0 也可，叫万物互联也可。但问题又来了，所有的物要互联沟通时，说什么语言？说英语、德语，还是汉语？这就需要建立通信协议。

通信协议是什么，这个很关键。你可能会问，为什么不用现在互联网的通信方式，也就是 TCP/IP 协议？这里面是有讲究的。简单地说，互联网的通信方式，速度还是太慢，精准度不够，安全性也不高。而工业生产中，对于速度、精度和安全性的要求，要远远高于互联网的通信要求。所以万物互联，必须要有一个专门的通信协议。这也是德国的工业 4.0、美国的工业互联网，以及中国的"两化融合"即《中国制造 2025》，这些时髦的名词背后隐藏的核心问题，大家都在争这个通信标准。

美国互联网世界第一，所以美国人希望从信息化层降到自动化层；而德国的机械制造业最强，所以它更希望从自动化层升格到信息化层；中国嘛，制造业第一大国，互联网第二强国，所以自己搞个"互联网+"，走自己的路。这个"+"好就好在谁来我都可以"+"。大家都想拿到行业话语权、市场的主导权。生产的过程智能化了，那么作为成品的工业产品，也同样可以智能化。我们通常看到的像智能手环、智能自行车、智能跑鞋等智能硬件都是这个思路。

这里需要一个小东西，叫做 RFID，射频识别技术。这玩意儿就相当于一个二维码，却比二维码厉害，可以自带一些信息，还可以无线通信。就是把产品作为一个数据采集端，不断地采集用户的数据并上传到云端去，随时向厂家报告，方便生产厂家对产品进行跟踪管理，对用户进行随时服务。什么时候该维护了，什么时候该换件了，什么时候该更新了，等等。客户用起来心里踏踏实实、清清楚楚，物尽其用，也不浪费资源。不像现在，汽车跑 5000 公里就要保养，5 万公里就要进 4S 店，都是必须的。再拿新松公司为国家电力部门建造的"智能物流仓储系统"来说，如果生产厂家为电表安装了 RFID 射频识别技术，这枚电表通过智能立体仓库扫码后，在厂家控制中心注册，则无论这枚电表"花"

落谁家，都会将电表的运行状态和数据等信息通过互联网实时传入控制中心，一目了然。这便是完美的工业 4.0 过程。

德国工业 4.0 与美国工业互联网的核心分歧之一，就是先干智能工厂，还是先搞智能产品。德国希望前者，美国希望后者。至于中国，我们就搞 +，还是 + 这个东西好，正 + 反 + 都行，我的青春我做主。当工厂的自动化和信息化两化融合，结了婚进一步过日子的时候，另一种新的商业模式就要孕育而生了，这就是云工厂。

工厂里的设备现在也是智能的——智能机器人，他们也在不断地采集自己的数据上传到工业互联网上。这时候，云计算、大数据开始发威了。我们就可以看到，哪些工厂的哪些生产线正在满负荷运转，哪些是有空闲的。那么这些存在空闲的工厂，就可以出卖自己的生产能力，为其他需要的人去进行生产。在整个工业制造生产的体系中，"明珠"智能机器人在工厂里的制造是智能的，实现了智能工厂；制造的产品是智能的；信息通信全部打通，智能物流也形成了。此时，"制造业皇冠"就完美了，工业也就"4.0"了。

互联网行业为什么发展得这么快？就是因为创业者只需要专注于产品和模式创新，不需要自己去买一个服务器，而是直接租用云端的服务就行了。

目前，需要进行工业生产制造的创业者们，还是不断地纠结于找原设备制造商（OEM）代工还是自建工厂，这一点极大地限制了工业领域的创新。当云工厂实现的时候，可以预见，中国的工业领域将出现一个比互联网大百倍以上的创新和创业浪潮，那个时候这个社会的一切都将被深刻地改变。

07

Chinese Robot

互联网怎么"＋"

问题又来了。我们重点发展"皇冠上的明珠"机器人，我们的"制造业皇冠"又在哪里？在工业 4.0 的演变过程中，我们中国处在一个什么位置？把我国的制造业往"4.0"的坐标里一放，就很清楚了。

谈起这个问题，曲道奎不免扼腕感叹："中国起步并不晚，只是没跟上，被国外甩掉了。"20 世纪 80 年代中期，我国开始实施"863 计划"。里面有蒋新松争取的两个主题，一个是"CIMS"，一个是机器人。机器人出来了，CIMS 弄哪儿去了？这确实是一个谜。曲道奎作为蒋新松的大弟子，经历了那个时代，他心里非常清楚。所以一提起这个事，他很遗憾。

现在回头来看，20 世纪 80 年代中期，蒋新松费了那么大的劲儿把 CIMS 和机器人弄进"863 计划"作为两个主题，确实了不起。他作为"863 计划"的首席科学家，围绕这两个主题的实施，呕心沥血，调动了几十家科研机构和高等院校的研究所，进行分工协作，开展联合攻关。

"计算机集成制造系统（CIMS）"虽然是工业现代化发展方向，技术开发也逐渐成熟，但是，推广应用"计算机集成制造"是一项配套的系统工程。CIMS是企业管理运作的一种手段，是一种战略思想的应用。其初期投资大，涉及面广，资金回笼周期长，短期内很难见到效益。

我国生产制造业的自动化程度太低，工人的技术培训、计算机应用都跟不上，包括我国传统的工业体制也与先进的制造业难以对接。我国工业制造业改造升级步履维艰、困难重重，包括机器人的研发应用，后来不少单位都放弃了。80年代后期热了一阵子就销声匿迹了，在娘肚子里没生出来，先辈成为先烈。

进入20世纪90年代，我国在全球制造业总产值中占比还不到3%；工业制造水平总体处在"2.0"上。说不好听点，相当一部分还在"1.0"的水平上，个别好的至多在"2.0"以上。

中国制造处在转型升级的关口，狼来了，而且是一大批狼，来得很猛。由于汽车制造业的爆炸式增长，外国制造技术一下子把我们覆盖了。残酷的现实封死了转型升级窗口期，没给我们留下一点儿余地。为什么共和国的"工业长子"沈阳铁西出现了坍塌式的倒闭？这是原因之一。我们还没站到"2.0"上，"3.0"的风头就来了。别说蒋新松无能为力，就是神仙也无力回天。

所以，我们不能乐观。目前，"中国制造"不像我们想象的那么强大，西方工业也没有衰退到依赖中国的地步。我们的制造业还没有升级，制造业者已开始撤离。在向服务业转型的口号声中，工业和信息化部部长苗圩按捺不住，出来说了真话。

苗圩部长以学者型、务实派作风而著称。在全国政协十二届常委会第十三次会议上对《中国制造2025》进行全面解读时，他讲出的话全是"干货"。苗圩把全球制造业分为四级梯队，中国处于第三梯队，而且这种格局在短时间内难有根本性改变。作为主管制造业的中央大员，苗圩的观点基本上代表了国家认知。

他认为，全球制造业发展格局已基本形成四级梯队：

第一梯队是以美国为主导的全球科技创新中心。

第二梯队是高端制造领域，包括欧盟、日本。

第三梯队是中低端制造领域，主要是一些新兴国家，包括中国。

第四梯队主要是资源输出国，包括OPEC（石油输出国组织），非洲、拉美国家等。

在中国经济下行压力不断加大的今天，许多人为服务业超越制造业成为国民经济第二大产业而欢呼，甚至认为中国可以逾越工业化发展阶段，直接进入以服务业为主导的经济结构。

对此，苗圩认为，不管是从历史经验还是现实情况来看，这都是脱离实际的一种观点。如果把工业 1.0—4.0 作为纵坐标，苗圩部长描述的四级梯队作为横坐标，中国的每一家生产企业都可以把自己放在这个坐标里找找位置，就知道自己的座次了。不过，也不必悲观。制造强国不是看制造工厂有多少、制造规模有多大，而在于制造技术高端、制造能力强大。

现在，我们怎么办？

不能错过"制造业皇冠上的明珠"，而且要有充分的思想准备和技术积累、沉淀以及扎扎实实的基础研发。中国要成为制造强国至少要再努力 30 年。

20 世纪末期，我国"计算机集成制造系统"（CIMS）被国外先进技术吞噬后，好在我们的机器人反应快，蒋新松力推走出实验室。他让曲道奎从德国提前回来，成立机器人研究工程开发部，开始进入汽车制造应用，直到后来成立新松公司，走向产业化、市场化。

这一点，我们很庆幸。不管怎么说，我们在冲向"4.0"的时候有了新松，有了中国机器人，有了一批正在快速成长的中国机器人企业。不然，我们在自己家里，也会成为任人宰割的羔羊。在曲道奎看来，如果 20 世纪 80 年代我们的制造业能跟上"3.0"，哪怕站在"2.0"与"3.0"之间，今天的工业 4.0 也很可能就属于中国了。

我们终于等到了赶超世界先进制造业的这个风口。我们必须换挡提速，猛跑猛追了。我们必须接受 20 世纪 80 年代的教训，解决好互联网怎么"+"的问题。从我国的具体情况来看，随着两化融合的推进，信息基础设施建设以及信息产品供给行业发展迅速，已为我国借鉴"工业 4.0"实现工业生产网络化、智能化、服务化等创造了有利条件，沿着"互联网+"走出中国制造业的一片新天地。

习近平总书记在两院院士大会上的重要讲话，极大地鼓舞了新松人。曲道奎说："我们再不能错失良机了。"此后，中国官方的一系列举措，给机器人产业的发展注入了强大的动力。作为世界第一制造业大国，中国正向制造强国的目标进发。"中国制造2025"等政策利好促使机器人产业迎来巨大的发展空间，劳动力成本不断上涨加速"机器换人"进程。作为新兴的高科技产业，机器人产业的发展不仅可以为传统制造业的转型升级注入新的动力，同时也是我国实现供给侧结构性改革的关键步骤之一。

2015年9月，新松推出数字化智能工厂，诞生了中国第一个机器人制造机器人的数字化生产车间，标志着新松真正意义上将机器人、智能设备和信息技术三者实现了融合。这是真正意义上将三者在制造业的完美融合，涵盖了制造生产、质量、物流等环节，主要解决工厂、车间和生产线以及从产品的设计到制造实现的转化过程，是智能制造的典型代表。采用数字化智能工厂可以减少产品上市时间30%、减少设计修改65%、减少生产工艺规划时间40%、降低生产费用13%，大大提高了产品质量。

这是工业4.0的雏形标本，也是中国的唯一，不是之一。新松完全能够实现为企业量身定制，开发个性化数字化智能工厂整体解决方案，实现制造过程的数字化、智能化、无人化，有效提升企业竞争力。时隔两个月，新松就实现了数字化智能工厂的"市场拷贝"，成功进入压力容器、真空执行器市场。在山东、江苏等地，新松为客户打造的数字化智能工厂涵盖了生产物流管理、物料管理、智能仓储管理、智能控制系统、监控调度系统等方方面面。

在位于沈阳浑南高新技术开发区的新松智慧园，可以欣赏到世界工厂由"制造"向"智造"跃升的典型一幕。在这里，真正的主角不是人，是机器人。人，享受辅助性的监管角色。这里有各种各样的机器人。那些马腿蜂腰、体形健壮、每个部位由关节相连的清一色"中国红"机器人，就像科幻故事里伸着脖子四处觅食的猛禽，构成一个"智造"的迷幻世界，令人眼花缭乱，看上去让你立刻想起电影《终结者》里面的场景。这里是一个被驯化的机器人王国。

在机器人王国里，"智能"服务机器人是重要的一"族"，创造了许多之最。最壮观的要数2016年1月20日，在新松三期智慧园C4生产车间内，新松机器人为六名新松员工举办的一场集体婚礼。这是新松公司典型的一次"互联网+"的展示。数九寒天的沈阳,外面一片冰天雪地,新松公司智慧园里却是春意融融,显得格外热闹而又隆重,一场机器人主题婚礼正在进行。只见一排排打扮时尚的工业机器人自动地排列成一个心形,向新人和嘉宾祝福卖萌,而各种型号的智能服务型机器人你来我往,端茶倒水上喜糖,忙个不停。这是新松公司推出的第五代人形智能服务机器人。她能说会道,能用标准的普通话流畅地与人交流。她们的大脑与云技术相连接,直接"+"在互联网上,可以从互联网上搜索答案,回答人们提出的任何问题。她被人们称为"小可爱"。

一个由"小可爱"机器人组成的小乐队边歌边舞,这无论是在世界婚庆史或是机器人史上,都是一次绝无仅有的创意。上午 10 时,在新松人力资源部部长苏晓东慷慨激昂的开场白后,新松公司集体婚礼正式开始。只见六名新松员工挽着他们的新娘踏上红地毯,在婚礼进行曲的音乐里,款款步入婚礼殿堂。在舞台对面,六对新人乘坐新松公司最新研发的搬运型智能移动机器人进入会场。在全场一片欢呼和祝福下,新人步入主舞台。

曲道奎总裁在致辞中的祝福和期望,让新人们倍感鼓舞而又深感肩上的责任重大。随后,物品运送机器人为新人送上了婚戒;送餐机器人呈上了交杯酒;新娘代表将象征幸运的手捧花交给新松 7 轴柔性多关节机器人并抛给现场观众。

一对对新人和现场的嘉宾争相与"小可爱"合影留念。一个机器人与人和谐共融的欢乐场面,让现场的人们激动万分。新松公司特地为员工举办的这场机器人主题婚礼,成为新郎新娘人生中最幸福也是最美好的记忆。

新松公司用"互联网+"的概念倾情演绎智能机器人领域的全新发展。以智能家政服务机器人、智能化物流装备技术、数字化智能工厂以及 3D 打印等世界一流智能技术,为推进"互联网+"提供更多灵活性、多样化的解决方案,加速向智能化、数字化迈进。

2016 年 4 月,工信部、发改委、财政部联合印发《机器人产业规划(2016—2020 年)》。《规划》提出,五年内形成我国自己较为完善的机器人产业体系,并列出了针对性的主要任务。中国机器人行业处于产业转型升级需求释放、国家政策红利凸显、资本市场助推的机遇叠加期，机器人产业上游零部件、中游本体制造及系统集成、下游应用领域的投资潜力都很巨大。

"在工业 4.0 时代，就是将信息技术作为平台，智能机器人技术作支撑。制造业已经不再是以往的制造业，工业也不再是以往的工业。"曲道奎自信地说，"我们要采用与以往完全不同的心态，运用全新的生产和运营模式，打造行业新业态，从'制造'到'智造'，为我国迈向制造强国当好先锋。"

新松公司将沿着《中国制造 2025》确定的路线图，剑指"2025"，换挡提速。

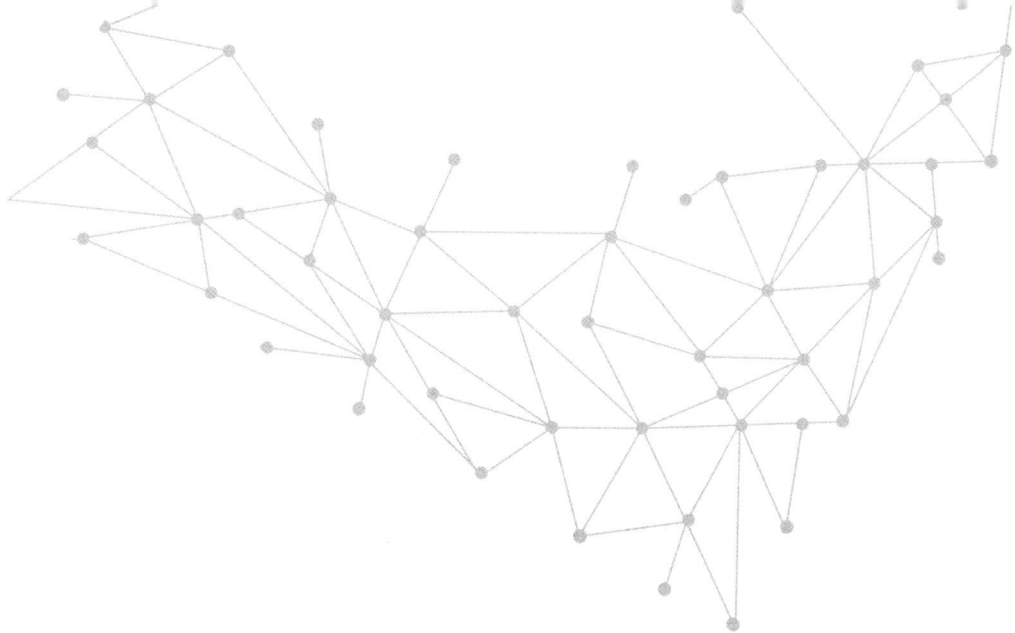

巨人永远在路上

群英荟萃:谁能提前拿到走向未来的"入场券"?

中国机器人第一方阵出发进行时。

01

Chinese Robot

A001 号：新松专属区

"2015 世界机器人大会" 11 月 23 日在北京国家会议中心隆重开幕！世界各地的技术权威、专家学者"华山论剑"，世界各型机器人"大咖"群英荟萃。

梦想在前，现实随行。这是一场全方位展示机器人学术成果、产业智能的科技盛宴！这是一场机器人大联欢，这是一次世界级的"大智汇"。

正如"2015 世界机器人大会"主题所倡导的：协同融合共赢，引领智能社会！在机器人领域，中国将与世界一流的研发团队和机构共建国际合作协同发展的创新平台。

几天前，一场大雪覆盖了北京。不知为什么，被气象专家称为历史上厄尔尼诺现象最强的一年，11 月下旬，长江以北普降了一场大雪。雪后初晴，银装素裹，寒风袭人。在世界机器人大会期间，北京的气温骤然降到历史同期的最低温度。尽管如此，上午 9 点，热情的观众仍将国家会议中心的入口处围得水泄不通。机器人在中国大地上引发的火爆已把几天的寒冷迅速融化，这是机器人给中国大地带来的新气象。

这次大会由中国科学技术协会、工业和信息化部、北京市人民政府主办，100 多家国内外企业参加机器人博览会，集中展示领先的机器人产品。

全国政协委员、中国电子学会秘书长兼本届大会秘书长徐晓兰介绍说："我们一直说创新驱动促进产业发展，但创新驱动的着力点在哪儿？尤其是我们电子信息领域下一个创新的热点在哪儿？随着互联网的发展，从 IT 时代跨入到

DT 时代，也就是所谓的大数据时代，我们认为机器人时代来了。下一个时代我们认为是 RT 时代，也就是机器人时代。在机器人时代，我们到底有什么、没有什么？未来的走向是什么？如果不了解这个，创新驱动促进产业发展就变成了空话。我们创新的点在哪儿？我们创新的能力在哪儿？我们能不能在下一个战略关口抓住这个先机？如果我们不知己知彼的话，根本看不到我们的先机在哪儿，短板在哪儿。我们在研究的过程中，对机器人产业发展前景有信心，但更多的还是对现状有焦虑。

"在一些行业和领域被'卡脖子'的技术比比皆是。我们产业链的断裂化、碎片化、同质化，低水平的重复也是显而易见的。我们在某些核心技术的研发方面没有形成协同作用，都是孤岛。我们很担心在 RT 时代来临之际，又失去了先机。这是第一个大背景。

"第二个大背景，正好是在 2015 年的 6 月 9 日，习近平总书记在两院院士大会上提到了机器人是制造业'皇冠顶端的明珠'。它的技术和应用衡量着一个国家的制造业水平。我们认为总书记的这句话给我们带来了一个很强烈的信号，也就是说，如果我们在下一个机器人时代没有充分认识到它的作用以及重要性，比如它会改变我们的生产方式、生活方式，包括未来引领智能社会的走向，我们还会失去先机。这次先机失去了，可能损失是巨大的。

"第三个大背景，前几年我们科技工业一直在提'走出去'战略。怎么能走出去？到哪儿去？去偏远的非洲，没有大的市场需求。去美国，我们遭到了围追堵截。美国设置了各种贸易壁垒，比如对我们的电子信息产业，像华为、联想，首先他们制定了贸易规则，需要我们国内企业报整个生产的全生命周期的碳排放量，很多国内企业都不具备这样的基础，也不具备这样的数据。比如，他们认为中国是制造大国，要承担起控制碳排放量的大国责任。另外，他们还要求企业不能有政府投资。他们设计了一系列这种看上去所谓冠冕堂皇的规则，其实是用种种贸易壁垒来阻止我们国内的企业走出去，这是在 IT 行业。

"所以，我们认为下一步能走出去的就是机器人。我们不能简单地认为发展机器人产业就为了替代国内劳动力，那是比较褊狭的。机器人的产业发展，包括支撑国家战略，一定是下一个'走出去'的产能。如果我们自己没有核心技术，我们的'走出去'实际上只能成为又一个代工，又一个集成。技术创新一定是我们的强壮产业。同时占领国际市场，抓住国际、国内两大市场的先手。"

最后，徐晓兰说："这就是为什么组织策划'世界机器人大会'的三个大背景。"

在主办方的精心设计下，这次大会由"2015世界机器人论坛""2015世界机器人博览会"以及"2015世界青少年机器人邀请赛"三大部分组成，集研讨、展示、竞技于一堂，各路"神仙"扎堆亮相，一展雄姿。大会立刻成为世人关注的热点，引发公众刷屏。这是"智造未来"的全景路演，这是走向"智慧生活"的提前入场。

谁能提前拿到走向未来的"入场券"？

进入展厅，一行大字映入眼帘："智造未来、智慧生活"——这是新松参加本届大会博览会的主题词。正对着会展大厅入口处的A001号展台是新松专属区。参观的人群一下子围上来。

"你好！欢迎你到新松参观。"只见"悦悦"和"亮亮"撒着欢儿、打着圈儿，眨着一双微笑的眼睛，不停地向观众热情地打招呼。今天的"悦悦"很酷，"亮亮"很靓。他俩都换了一身崭新的装束："悦悦"胸前别了一朵胸花，"亮亮"脖子上围了一条粉红丝巾，亮丽，温馨，喜庆。

几位好奇的观众走上展台，握握"悦悦""亮亮"的手，问："你叫什么名字？能和我们玩吗？""悦悦"和"亮亮"与观众对话、互动。不知谁提议要与"悦悦""亮亮"跳舞。他俩请上一位姑娘，在音乐的伴奏下，扭动着身姿，翩翩舞动起来。士别三日当刮目相看啊！

真正令人刮目相看的是新松。如果你是会看门道的观众，你会发现，新松的工业机器人、移动机器人、洁净机器大、服务机器人、特种机器人五大产品线的精品全部呈现给了观众。

尤其那3台白中带蓝的单臂7轴机器人打破了人们印象中机械手的生硬外

观，给人以轻盈飘逸之感。正当单臂 7 轴机器人表演的时候，音乐响起，一位身着白衣的太极拳习武者登上台，与机器人同练太极拳，配合完美。

A001 号展台，新松机器人炫酷全场！中国机器人亮相世界！

新松公司带给观众的惊喜，是那台"复合机器人"和单臂 7 轴机器人，他们是这次博览会上最高智能级的机器人，也是我国首次推出的两款智能机器人。

高智能在这次展会上有各种各样的表现，让人一饱眼福。每一个参观者都不会放过任何精彩，尽情浏览。不过，须暂时放下博览会上令人眼花缭乱、各显神通的机器人，主会场的开幕式和主论坛的活动更值得一看。

02

Chinese Robot

中国力挺 Robot

进入主会场，两台 1 米多高的白色类人机器人正向台下观众挥手致意，让 2300 名一身风寒的与会者立刻感到温馨和暖意。这是两台小 i 礼仪机器人，它们能与人交流对话，进行互动。

别样的开幕式拉开了"2015 世界机器人大会"的隆重序曲。

国家副主席李源潮出席开幕式，并宣读了习近平主席致大会的贺信和李克强总理的批示。

国家主席习近平致信希望各国科学家和企业家携起手来，共同推进机器人科技创新发展。

国务院总理李克强作出批示。中国正在实施创新驱动发展战略，大力推动大众创业、万众创新和"互联网＋""中国制造 2025"。举办这样的大会，将有力促进机器人新兴产业的成长，创造世界上最大的机器人市场。

这些精神立刻给大会营造了一种强烈的共识感：中国力挺 Robot！

大会秘书长徐晓兰说，这次大会筹备工作是从 2015 年的 9 月份启动的。尚勇书记到中国科协后非常希望科协能更好地与产业结合起来，与产业界合作。尚勇书记与工信部部长苗圩一拍即合，都认为非常有必要促进技术与产业更加有机地结合，抓住未来机器人发展的先机。在广泛征求了专家的意见后，确定召开这样的大会来促进学术界与产业界的合作。后来，工信部部长苗圩希望再增加一个博览会，既能让更多的产业界听听专家学者关于未来走向方面的意见，也让中国的产业界与科技界有机地结合起来。

2015 年 3 月，国家有关部门马不停蹄地积极筹备，做了调研和部署。中国科协国际部也安排了很多团组去国外观摩、考察，与机器人国际机构进行沟通，并直接邀请了一些国际企业。经过各方的通力合作，邀请了 70 多位国际顶尖的一流专家。国际统计排名前 10 家来了 7 家，国际一流产品几乎悉数到场，主论坛人数 3000 多人，12 个分论坛 3400 多人，突破了所有国内大会的规模。

徐晓兰说："因为当时的门票太紧张，我们开通了 3 个直播平台，3 个直播平台在线观看现场直播大概是 5.6 万多人，所有加起来大概 7 万人左右。作为一个报告会这在国内是罕见的。"

在世界机器人大会上，电气与电子工程师协会、IEEE 机器人与自动化学会主席查提拉（Raja Chatila）在开幕式致辞时表示，机器人正与人类产生良好的互动，让我们工作更灵活，更自动化。他说："机器人不仅改变着我们的知识，而且改变着我们的行动，已然成为人类的好帮手。"

"机器人是'正在征服世界'的机器人。"在接下来的主论坛上，作为第一位演讲嘉宾，国际机器人联盟（IFR）主席阿尔图罗·巴隆切里（Arturo Baroncelli）演讲时，语出惊人，以西方人的幽默特地加了这个看起来颇似噱头的定语，并把它放在自己的演讲题目里，给人以强烈的思维冲击。这位和机器人打了 30 多年交道的业界权威今天格外兴奋，他坚定地认为，无论对于中国还是全球其他国家,都将不可避免地迎来一个崭新的机器人时代,也许在未来不久,那些科幻电影里"遥不可及"的机器人就会走进现实。

此时,在200多万平方米的机器人博览会大厅里,炫酷的高科技机器人风格各异,各显神通,成为最抢眼的主角。那些挥动大臂"秀肌肉"的工业机器人,灵动乖巧的服务机器人,能上天入地的特种机器人,八仙过海的各色"人等",似乎也在佐证着他的说法。

当观众进入展览大厅,"小"字辈里的"小胖"向观众走来。

"大家好,我是机器人小胖。这么多人来看我,我内心还有些小激动呢,要是说错话了,还请大家原谅,毕竟我才1岁。"这个萌萌的声音,来自家用机器人"小胖"。他的外形酷似大白,圆咕隆咚的小脸有玻璃面罩,里面装着平板电脑,屁股上有不少蜂巢一样的小孔,那是内置的空气净化器。

"小胖"能为普通家庭做些啥?听他自己说:"我会做的事儿可多了,唱歌、跳舞、看电影、陪你聊天、学习、讲故事、控制家电、净化空气。"这款机器人人见人爱。"小胖"是北京进化者机器人科技有限公司和北京航空航天大学共同研发的。工程师刘平向观众介绍,目前"小胖"已经完成小规模量化生产,价格在1万元以下,走进寻常百姓家已不成为障碍。

"嘟——"哨声一响,"开球!"在机器人足球表演区,一场机器人足球赛鸣哨开战。红、蓝队各5名可爱的小Nao(一款用于竞技表演的人工智能机器人)眼睛一亮,冲向橙红色的小足球。其实他们跑得没多快,看着有点让人着急。但他们可是世界最强阵容哦,是两支"国足",蓝队是澳大利亚新南威尔士大学机器人足球队,曾获世界杯冠军;红队是中国科学技术大学机器人足球联队。

"哎呀,摔倒了,他自己能爬起来吗?"红队的一位小Nao摔倒了,观众一阵唏嘘,直为小Nao着急。只见小Nao起身坐地,双腿一曲,一个鲤鱼打挺,重新站立起来,颇有男子汉气息。"站起来了,站起来了!"观众们欢呼。此时,一位红色小Nao中场一记远射,直逼球门。蓝队门将向左主动倒地,把球挡在球门之外,颇有大将风度。攻得漂亮,防得精彩。观众对顽强的小Nao报以热烈的掌声……

世界机器人大会开幕后，新松公司的展台前始终人头攒动，熙熙攘攘，全场爆满。

23日上午10点多，新松企业品牌公关部部长哈恩晶女士正向观众介绍新松产品，对着大门的人群一下子热闹起来。哈恩晶回头一看，那不是刘延东副总理吗？观众一下子围上来，哈恩晶引导刘延东副总理走上新松展台，笑着说："副总理，新松公司是咱们国家最大的机器人企业，请您看看我们的产品吧。"

这时，曲道奎走上前向刘延东副总理介绍情况。当他介绍到刚刚推出的最新款复合机器人时，刘延东关切地问："产业化了吗？"

曲道奎说："这款机器人就是针对市场需求研制的，已经量产，并进入了应用阶段。"刘延东副总理点头称赞。

第二天上午，国家副主席李源潮来到展览会现场，一进门就向新松展台走过来。这时，迎宾机器人"亮亮"用托盘端着一瓶矿泉水迎上来，李源潮便伸手上前接托盘，结果没拿下来。托盘与"亮亮"的手臂是固定在一起的。哈恩晶机智地作解释："副主席，因为参观的人太多，我们临时固定在一起了。"

李源潮问："机器人与人怎么实现交互？"

哈恩晶一听，立刻意识到，领导很内行。她告诉李源潮："他胸前和背后有个触摸屏，可以实现与人交互。在安静的环境下，也可以实现人机对话。"

这时，李源潮看到一个小伙子与新松公司的那款单臂7轴机器人表演太极拳，构成一幅人机共舞的场景，富有创意。

李源潮走上前去。张进介绍说："这是我们推出的一款最先进的单臂7轴机器人。"

李源潮问："你们的这款机器人能模仿人的动作吗？"

首长问的问题非常专业，张进立即上前说："副主席，现在这款机器人只是点对点的，目前还做不到。"

李源潮说："这个单臂7轴机器人，还算不上智能机器人。"

张进说："我们正在攻关，下次您再看到时，肯定没问题。"

李源潮和现场的观众都笑了。

国家领导人对世界机器人大会的高度关注表明：中国政府给力。

这届展览会的参观人数第一天是 1.2 万人，第二天达到 1.5 万多人，第三天预计还会超过 1 万人。展览会异常火爆。在这次大会上，发布了"北京共识"，提出了共融、共享、共创、共赢的理念，为人类的文明进步共同努力。

这次大会的成果可以用四句话来总结：为创新者提供了学习的机会，为企业界搭建了一个合作舞台，为创业者指明了方向，鼓励了青少年的创新精神。

中国机器人迎来了一个"明珠"灿烂的新时代。

03

Chinese Robot

人机必须共融

2015 年 7 月初，西方媒体的一条机器人"杀人"的报道不胫而走，一时引起人们的恐慌。正是这条乌龙新闻让中国研究机器人的科学家们陷入深深的思考。

大会高峰论坛特邀 4 位嘉宾作战略与趋势主题演讲。机器人技术国家工程研究中心主任、中国科学院沈阳自动化所研究员、中国工程院院士王天然首先作了《机器人助力中国智能制造》的演讲，提出中国要实现智能制造离不开机器人，而下一代"人机共融"的机器人将是中国的机会，也是应当着力突破的方向。

王天然院士与机器人结下了 30 多年的缘分，如今在机器人领域，是德高望重的老专家。谈到这个话题时，在他看来，"所谓'人机共融'，就是能在同一自然空间里工作，能够紧密地协调，能够自主地提高自己的技能，能够自然地交互，同时要保证安全"。

哈尔滨工业大学机器人研究所所长、教授赵杰，是国家"十二五""863 计划"智能机器人课题组组长。他说："人与机器和谐共融确是当前人们关注的问题。能够实现人与机器人共融，人与机器人的关系就会改变。两者是一种朋友关系，可以相互理解、相互感知、相互帮助。如果给人带来危害，那就违背了初衷，走向了反面。"

正巧那几天，德国大众公司的一个生产线机器人"杀死"一名工人的消息跃上西方媒体头条，舆论一片哗然。围观者惊呼，好莱坞电影中科幻场景正在变成现实。难道机器人真的威胁人类吗？赵杰教授说："这是对机器人的误解。西方媒体夸大了事件真相。但也从另一方面给我们敲响了警钟。如何实现'人机共融'成为一个突出问题，应该引起业界的关注。"

近年来，随着科技越来越成熟，机器人所拥有的人工智能也越来越先进，于是，有专家提出了"机器人威胁论"，称小说里的场景将有可能在现实中发生。其实，对于拥有人工智能的机器人是否会做出伤害人类的事情，我们目前仍无法下定论。

不过，当时发生在德国大众汽车制造厂中的一起事故引爆舆论，让赞同"机器人威胁论"的人越发坚定自己的想法是对的。据了解，此次悲剧发生在德国大众位于卡塞尔附近的一家工厂里，一名年仅 21 岁的年轻技术人员在与同事一起安装机器人的时候，被机器人突然抓住使劲压在一块铁板上，导致这名技术人员因伤重不治身亡。曲道奎不以为然："机器人根本不可能主动攻击人，目前还没这本事。如果真有此事，肯定是操作不当导致的工伤事故。媒体炒作过分夸大了。"

两年前，媒体爆出澳大利亚机器人自焚事件。据说，自焚的机器人是一款比较高级的扫地机器人。机器人实在受够了家庭琐事，因对现实不满选择自焚，引起火灾，等消防员赶到时，已经只剩一丝灰烬。机器人的男主人坚称在出门前肯定已将这台机器人关闭，他准备起诉机器人的制造商。所以机器人的自动启动和神秘自杀事件就成了悬案。这款机器人其实就是一个比较高级的自动吸尘器，目前还达不到这种智能。这种乌龙事件经不起推敲。但是这件事说明，人们在思考：人，如何对待机器人，如何与机器人相处？

一个"人机共融"的问题摆到了人类面前。

机器人伤人风波刚趋平息，人们发现，沈阳德国宝马铁西工厂厂区大门口最显眼的地方竖起了一块巨大的安全警示牌。任何人员进入厂区，安监人员都要对其进行一番安全辅导，并戴上头盔、护镜，穿上工装和防护皮靴是不是大众发生了机器人伤人事件后采取了如此严格的防范措施？新松的工程技术人员介绍，德国人向来严谨，近来又提高了安全等级。在厂区和车间里，确实看到大量有关使用机器人和机械臂的安全警告。为了防止机械臂造成误伤，那些机器人都被关在特制的笼子里，或者外面加装护栏与人隔离。看来，一朝被蛇咬，德国人更加小心了。

德国大众公司很快对新闻界证实了消息。这名技术人员作出了违反安全规定的动作，他进入了安全笼进行机械臂安装工作，因为操作失误引发事故。

恐惧不能解决问题。解决问题的办法就是创新，让恐惧消失。与其拒绝机器人，不如拥抱机器人，让它们更好地为人类所用。我们不能总是把人工智能看成是人与机器间的零和游戏，还要发现其中的"多和"逻辑。它的功能是协助人类完成某项任务的。

看来，"人机共融"的问题也是世界科学家共同关注的问题。王天然说，在实现"人机共融"方面，新松公司已经有了可喜的探索，找到了路径并正在一步步接近。在博览会场的展厅里，新松公司首次推出的单臂7轴机器人曾与一位太极拳手过招。两者的表演水乳交融，受到观众的一阵阵喝彩。这应该是实现"人机共融"的特别呈现。

不过，尽管人们对机器人的终极目标是希望它对这个世界有像人一样的理解，但从宏观角度来说，还有很长的路要走。

04

Chinese Robot

冷思维里的热度

在 2015 世界机器人大会上，新松公司总裁曲道奎博士的主题演讲，给机器人产业发展泼了些冷水："机器人发展了半个世纪，目前保有量不到 200 万台，最近才达到一年 20 万台，这一数量基本可以忽略不计，与名气不符。"

围绕"产业与应用"主题论坛，曲道奎第一个作了《机遇与挑战——中国机器人产业发展的深度思考》的报告。

为什么机器人发展名不副实呢？在曲道奎看来，主要是因为机器人技术发展严重滞后。

具体到中国。中国的机器人使用密度远低于全球平均水平，每一万名工人仅对应约 30 台机器人，还达不到世界平均水平 62 台的一半。而韩国、日本、德国和美国在这一领域的数字分别为 478 台、323 台、282 台和 152 台，分别是中国的 15 倍、11 倍、9 倍和 5 倍。在技术、复杂度、作业、应用等多个方面，中国机器人产业与国外差距都很大，中国机器人主要局限在低端应用，很难进入主流市场，尽管市场就在中国。

曲道奎泼冷水来自于他对事物的冷思维和独特"算法"。当西方人唱衰中国时，有些国人往往没了自信，表现沮丧；当有人看好中国时，又沾沾自喜，得意忘形。这种舆论场上的浮游心态如不及时清理，很容易形成"雾霾"。曲道奎常常扮演清理者的角色。不管你对他的观点是否认同，现场的听众显然受到了震动，偌大的会场一片寂静。

曲道奎的观点并非骇人听闻。事实上，迎接机器人时代的到来，已陆续成为各国政府的共识，美国工业化和工业互联网战略、德国工业 4.0 战略、日本机器人新战略、欧洲"火花计划"、韩国机器人强国战略、法国新工业，以及中国制造 2025 战略，都无一例外地将发展重点瞄向机器人。

如今，中国将世界机器人大会请到北京来开，也被一些人解读为中国政府大力发展机器人所释放的信号。

从 2013 年开始，中国就已经成为全球最大的机器人市场。但是，国产机器人所占市场份额并不多。当天，会场聚集了机器人行业"四巨头"——瑞典 ABB、德国库卡、安川电机和日本法那科，这些企业占据了中国大半市场份额，相比之下，国产机器人所占的份额仍很小，这已是个不可忽视的问题。

中国是全球最大的机器人市场，也是竞争最激烈的战场。中国机器人企业多而不强，产业发展快而无序，低水平重复。产业发展面临"三化"的潜在风险：技术、部件空心化，产品低端化，市场边缘化，服务机器人的"游戏化""娱乐化"。

曲道奎呼吁：目前，只见数量激增，未在市场占到任何先机。这个问题如果不能避免，有可能重蹈汽车工业产业、光伏产业的覆辙。急需培育中国的国际级机器人企业，敬畏机器人，敬畏机器人技术，敬畏机器人行业，建立国家创新、标准、检验、测试平台。

更为重要的是，在曲道奎看来，机器人应用最广的是在汽车制造业。外资机器人几乎垄断了汽车制造、焊接等高端行业领域，占比 90%。如此下去，没有自己的核心技术和高端产品，如何打造出中国标签、中国品牌？

曲道奎针对中国机器人发展产业现状发出的预警，真正点中了中国机器人产业的软肋。在这次论坛上，他的演讲引发了不小的议论和思考。在听众报以的热烈掌声中，多了些沉重。主持这场论坛的中国工程院院士李德毅先生在总结论坛的观点时，特地将曲道奎提出的"三化"问题再次强调，以引起业界人士的警醒。

最近爆出的一条消息，不免令人担忧。国内机器人企业有 1000 多家，机器人园区超过 40 个。但是在这 1000 多家企业里面，将近一半企业是没有产品的空牌子，剩下的一半企业里 70%—80% 是在代理别人的产品。真正能自己生产零部件或机器人产品的仅有 100 家左右。

出现这种现象的原因是，在这场机器人产业"竞赛"中，地方政府的补贴政策为企业入局加足了"马力"，导致一些机器人生产企业靠政府扶持过日子，甚至打着机器人牌子套取地方政府补贴。

对此，曲道奎忧心忡忡，曾用"小草与大树争抢阳光"的比喻，来形容目前中国机器人行业的这种现象。其实小草争的阳光再多也长不成大树。他担忧："国外机器人企业也就十几家，且都是巨头。中国情况恰恰相反。政府扶持本来是件好事，但要看准包子里是什么馅儿，做到精准扶持，重点扶持。否则，如果这么一锅粥地乱干快上，机器人产业的大机遇可能又会变成一个产业大悲剧。"他一再发出警告："地方政府千万不要忽悠企业，企业也不要忽悠地方政府。"

也因此，曲道奎有一个大胆的建议，中国机器人的发展，应学习中国高铁模式，利用国内的市场爆发，集中资源，真正培育出 3—5 家有国际竞争力的中国机器人企业。这是曲道奎描述的一个愿景。

在中国机器人产业联盟执行理事长宋晓刚教授看来："无可争议，新松是中国机器人行业的领头羊，但大多数企业还处于起步阶段。机器人发展代表一个国家综合发展水平，当务之急是要培育具有国际竞争力的企业。作为一个国家，没有国际级龙头企业就不可能在国际上占据优势地位。中国机器人企业还要一步一个脚印地走下去。"

05
Chinese Robot

"北京共识"

最富有戏剧性的一场论坛，当数席宁博士主持的一场高峰对话。席宁博士挑战性的提问和嘉宾们的幽默回答爆笑全场。

在这次大会期间，席宁博士当选为 IEEE 机器人与自动化学会下一届主席，接替查提拉先生，执掌世界机器人与自动化领域的学术帅印。

他主持的这场论坛是以"产业与应用"为主题的高峰对话，5 位嘉宾分别是富士康科技集团自动化总经理戴家鹏先生、哈工大机器人集团副总裁白相林先生、广州数控设备有限公司董事长何敏佳先生、美国田纳西大学教授 Smokie Robotics 先生、上海智能智臻网络科技股份有限公司（小 i）机器人创始人兼董事长袁辉先生。

可以看出，嘉宾不仅有相当的学术造诣，也是机器人产业界"达人"。席宁教授让嘉宾介绍了各自在机器人领域的研究成果和产业发展成就之后，请嘉宾们对社会关注的几个机器人问题发表各自的高见。

最后，席宁提出了一个具有挑战性的问题请每个嘉宾回答。他说："中国政府提出'大众创业、万众创新'，请你们几位专家回顾自己创业的过程，讲一讲你遇到过什么样的事？如果有机会重做一遍，你会怎么去做？"显然，这个问题的挑战性在于你要如实说出自己创业中那些走了弯路甚至失败的故事，有些事对这些"达人"来说恐怕是羞于启齿的。

席宁的用意很明确，想通过他们的经历给创业者提供一种少走弯路的借鉴或经验教训。不知是几位嘉宾故意"晕场"还是没弄明白席宁教授的真正用意，回答问题时都在跑题。席宁教授不得不一次次地提醒、强调问题的关键词，观众席上发出一阵阵笑声。似乎只有袁辉先生一个人听明白了，却说了一句让全场爆笑的话："如果有机会能重来一遍，我肯定不做机器人了。"全场轰然一片笑声，席宁和几位嘉宾也笑场了。

曲道奎坐在下面也被袁辉的话逗笑了。有人问曲道奎："如果是你，你会怎样回答？"曲道奎说："如果重做一遍，当初创建新松公司的时候，我会搞他3到5个。如果有3到5个新松站到世界舞台上，中国机器人就会是另一番景象了。"

在创业的道路上，有几人不经几番风霜雪雨的砥砺和坎坷的打磨？袁辉先生的背后有什么故事，人们不得而知，现在看到的是他的小i家族。此刻，他的小i机器人正在博览会上卖萌呢。国产机器人小i作为全球领先的智能机器人技术提供和平台运营商，一直专注于智能机器人核心语义交互技术的研发和产业应用，建立了包括学习体系、知识表示、语义理解和推理预测以及上层应用的完整架构，并针对不同领域相继推出虚拟实体智能机器人。小i机器人家族能有今天的风光实在不容易，为了它的成长，袁辉和他的团队不知浇灌了多少心血。从苦难走向辉煌，几乎是为每个成功者标配的人生轨迹。袁辉先生的奋斗史只能是中国机器人成长的一个缩影。

大概台上的袁辉先生觉得应该给大家来点儿正能量，又解释说："大家别误会，我们团队创业之初确实遇到了许多想象不到的困难，甚至到了走投无路的地步，不得不借高利贷。好在我们持之以恒，闯过难关，走出低谷，现在有了一定实力，也有了良好的发展前景。创业需要勇气、韧劲，需要永不放弃、永不言败的精神。"他得意地说："大家手机里的小i，就是我们研发的一个隐形机器人，他有各种咨询功能和短信回复功能，我们生活中已经离不开他了。"他又指着台上的两个漂亮的礼仪机器人说："你们看，这两个机器人也是我们提供的，怎么样？"观众再次报以热烈的掌声。

席宁博士主持的高峰对话很精彩，不乏幽默，也很提神。这场高峰对话在预先安排的议程上主持人并不是席宁，而是中国香港城市大学的一位教授。为什么主持人变成了席宁呢？他开心地笑着说："嗨！香港的同仁因下雪飞不过来了。我是'被'主持的。"原来，他是现场被拉上去救场的。科学家的机智会表现在各个方面。

当天晚上，中央电视台《焦点访谈》节目播出了席宁教授与主持人对话的场景。谈到他主持的高峰对话，主持人称赞他说："你主持得很好，可以到央视主持一个节目了。"

在大会的专题论坛上，席宁博士以国际一流专家的视角，作了《超限机器人技术：应用与挑战》的报告，带来了最前沿的机器人科学信息。在他看来，机器人技术除了代替人以外，更重要的是还能拓展人的功能，能够做一些人做不到的事情。他和他的团队正带着机器人由宏观世界向微观世界挺进。

他介绍了自己研究的一种突破性的新成果，通过"纳米机器人"可以在微小的环境中进行感知和控制，能够克服由于距离、尺度、环境给人带来的困难，然后进行操作和控制。他与中科院沈阳自动化研究所合作研制的纳米红外传感器，即纳米线和纳米碳管，虽然只有头发直径的千分之一，却有极其神奇的感知能力和远程遥控能力，并在开发抗癌新药和治疗聋哑疾病方面取得了突破性的进展。这是我们一般人无法想象的。

席宁教授说："在我们看不到的空间里有一个广泛的空间。机器人除了代替人在我们看到的环境里有广泛的应用以外，我们再走一步，在我们看不到、摸不着的环境里，机器人同样可以起到很大的作用，创造很大的价值。"

曲道奎透露，目前新松公司与席宁的团队合作，正向微观机器人和医疗机器人的应用领域进军。他们已看好这个市场前景的大概率。

11月23日晚，"机器人创新之夜"隆重举行，世界精英们欢聚一堂，把2015北京世界机器人大会推向高潮。

在热烈的气氛中，王天然院士、曲道奎总裁盛邀谈自忠教授、席宁教授与来自海内外的 200 多名专家和学者共同签署了《机器人创新合作北京共识》：将携手并肩、通过加强国际机器人学术与产业交流，建立国际机器人人才合作培养机制，普及机器人知识和推广应用，广泛激发社会对机器人的创新激情，推动中国机器人事业健康发展。

谈起对这次世界机器人大会的感受，谈自忠教授真诚地说："我看了机器人展览，还是令人欣慰的。毕竟有了一个好的开端。话又说回来，除了新松公司，真正像样的还是太少了。有的看起来挺高端，里面关键的东西差别就大了。技术需要长期积累，没有捷径可走，只有踏踏实实地做。好在中国政府这么支持，中国机器人应该冲上去。多少年了，我们就盼着中国机器人能够站到世界舞台上。"

2015 年世界机器人大会刚刚落下帷幕，新松公司就与东北大学共同发起，联合成立机器人大学。通过校企联手，重点在机器人研发领域培养高端人才。

2016 年 1 月，再次传来消息，新松成功并购德国陶特洛夫职业培训学院 100% 股权，由新松机器人自动化股份有限公司和安信咨询公司共同出资成立中德新松教育科技集团，成为国内首家全资收购德国职业教育的企业。新松公司将利用中德双方具有生产、教学功能的"智能工厂"实训基地重点培养高素质、高能力的技师与工程师，锻造"中国工匠"。这次并购对于全面、深入引进德国双元制教育及"中国制造 2025"发展战略落地具有重要的意义。

目前，新松公司再次谋划实施未来"4+2"战略布局，打造新松升级版，即四大产业板块战略 + 两大平台战略。四大产业板块为工业 4.0 智能制造、消费类服务机器人、国防特种制造、职业教育，并在着力打造创新平台和金融平台。

新松公司又将以全新的格局和姿态刷新梦想，跃上快速发展、超越期望的新征程。

15 年前的今天，我——中国新松，在中科院沈阳自动化所诞生。

当我还是一个牙牙学语的孩子时，便萌生了一个梦想，希望有一天我能够成为未来世界机器人领域的翘楚；

当我刚刚蹒跚学步的时候，已然肩负起振兴中国机器人产业的使命；

当我励精图治，史诗般地一路走来，过了 15 载年华，已到志学之年时，我实现了自己的梦想，成为世界机器人行业的引领者。

15 载年华岁月的中国新松，见证了中国机器人行业的崛起；

15 载年华岁月的中国新松，书写了中国制造业的奇迹。

我，还有更多使命要去完成，我依然在路上前行！

06
Chinese Robot

"TOP 10" 第一方阵出发

2016 年 5 月 18 日晚间，美的集团发布的一条公告迅速传遍全球，成为一条爆炸性的商业新闻，引发了机器人行业一场地震。美的集团拟出资约 40 亿欧元（折合人民币约 292 亿元）要约收购被称为世界机器人"四大家族"之一的德国库卡（Kuka）公司。

国际机器人领域的一场跨国"婚姻"掀起市场大波浪。几乎所有国内、国际主流媒体均对美的收购库卡进行了报道。国内主流媒体的报道更是连篇累牍。这将对中国机器人产生什么样的影响？公众莫衷一是。

库卡集团创立于 1898 年，凭借机器人本体制造跻身全球机器人"四大家族"（ABB 集团、德国库卡、日本安川、日本法那科）。库卡汽车工业机器人位列全球前三、欧洲第一。与此前中国企业跨国并购多为问题企业不同，库卡是德国人的骄傲，被誉为德国工业 4.0 的代表型企业。

在全球家用电器领域，2015 年排前十名的创新企业中，中国企业占据了前三位，依次是美的集团、格力电器和海尔集团。而美的集团在全球白色家电（大型家电和小家电）市场的占有率排第二位。

中国的"高富帅"爱上了欧洲的"白富美"。机器人正站在时代变革的风口浪尖上，显然，这不是一般的"联姻"。

当中国企业张开有力的手臂拥抱海外机器人企业时，国内机器人行业也正着手酝酿一个大举动，联手打造中国机器人团队阵营。

对于美的集团收购德国库卡，副总裁顾炎民表示："我们期望能借助我们丰富的经验和额外的资源支持来加快库卡在中国的战略实施，并支持将其业务扩展到一般工业领域。"

美的表示，收购库卡是为了推进公司"双智"战略，即指"智慧家居＋智能制造"，深化机器人产业布局。分别瞄向服务机器人市场和工业机器人市场，不仅是要生产智能产品和提升制造水平，而且要直接进入机器人市场，成为全球经营的科技型企业，提升在全球产业分工和价值链中的地位。

显然，中国企业正以不同的战略规划和行动路线，期望坐上机器人领域的头把交椅。

2016年6月16日，又传来一条令人振奋的消息：由国内机器人产业骨干企业自愿发起的中国机器人TOP 10峰会成立大会，在沈阳新松机器人自动化股份有限公司召开。

中国机器人TOP 10峰会将围绕"中国制造2025"战略目标，结合机器人产业"十三五"发展规划，整合政府、产业与金融资源，为我国机器人产业发展营造良好的生态环境，引领我国机器人产业健康可持续发展，并将TOP 10企业打造成为具有国际影响力和竞争力的中国机器人品牌，实现中国从机器人大国到强国的跨越。

中国机器人TOP 10峰会虽是自愿发起的民间组织，但从出席会议的官员可以看出，中国官方对其寄予厚望。工业和信息化部副部长辛国斌，辽宁省副省长刘强，中国机械工业联合会副会长、中国机器人产业联盟执行理事长宋晓刚到会祝贺。

辛国斌在大会上发表了热情洋溢的讲话，并对我国机器人产业发展提出了四点中肯的建议和要求，意味深长，字里行间充满了殷切期望：

一是不仅要走得快，还要走得远。当前，我国机器人产业已出现"高端产业低端化"的趋势，并有投资过剩的隐忧。机器人企业要避免盲目扩张和低水平重复建设。

二是不仅要看脚下，还要看远方。企业要有长远眼光，抓住产业薄弱环节、看清未来发展趋势，找准自身的市场定位，坚持不懈，久久为功。

三是不仅要自己走，还要并肩一起走。要注重企业之间的合作，实现优势互补，合作共赢。同时，要关注机器人产业与其他科技领域的融合创新。

四是不仅要靠自己走，还要会借力。要充分运用好资本和人才的力量实现企业发展，企业家也应具有国际化视野，善于利用和整合全球资源。

在曲道奎主持的大会仪式上，10 家企业代表以大国情怀展示国家的决心与意志，发布了共同宣言：

开放求实，创新协作，加强行业自律；提倡公平竞争，强化产业创新，提升产品质量；培育产业链条；促进示范应用，打造世界级机器人企业！

他们是：

沈阳新松机器人自动化股份有限公司；

哈尔滨博实自动化股份有限公司；

纳恩博（天津）科技有限公司；

安徽埃夫特智能装备有限公司；

南京埃斯顿自动化股份有限公司；

广州数控设备有限公司；

江苏汇博机器人技术股份有限公司；

北京康力优蓝机器人科技有限公司；

广州启帆工业机器人有限公司；

北京天智航医疗科技股份有限公司。

这10家优秀企业中有6家工业机器人、4家服务机器人企业。这种配方组合是中国官方对未来的精心布局。

TOP 10携手抱团，组成第一方阵，奏响了中国制造的最强音：

"起来！起来！起来！我们万众一心，冒着敌人的炮火，前进，冒着敌人的炮火，前进！前进！前进！进！"

他们承载着民族工业的希望，昂首阔步，在激越、雄壮的《义勇军进行曲》中启程，向着2025出发了，向着智能时代出发了。

在国歌旋律的回荡中，曲道奎的脑中突然闪出一句话，是老师蒋新松10岁时在小学毕业照片上写下的一句话：

"一个巨人在成长。"

后 记
EPILOGUE

去年 7 月，我们接受中宣部交给的创作任务来到沈阳新松公司，走近新松人和中国机器人，融入这片科技蓝海，立刻被它的神秘与魅力深深吸引，同时，我们也深感把握这样一个高科技题材所具有的高难度系数和挑战性带来的压力。

正是在"新松精神"的激励下，我们追寻着中国机器人一路走来的足迹，近距离地感受着新松人和机器人的中国风采。经过一年多的努力，几易其稿，终将这个正在发生着的故事呈现给读者。

首先感谢中国作协将本选题列入 2016 年重点扶持项目并给予有力指导。

在我们采访、创作中，中共辽宁省委宣传部、中国科学院辽宁分院、沈阳自动化研究所和沈阳新松机器人自动化股份有限公司等单位给予了大力支持和帮助；辽宁人民出版社提供了保障支持，承担了本书的编辑、出版工作；许多国内外专家学者、科技人员热情地向我们介绍情况，并提供了大量参考资料。

请宽容我们吝惜笔墨，在这里，我们向所有为本书提供支持和帮助的朋友道一声：谢谢！

王鸿鹏　马　娜

2016 年 8 月 20 日